영혼
파괴자

DER SEELENBRECHER
by Sebastian Fitzek

이 도서의 국립중앙도서관 출판예정도서목록(CIP)은
서지정보유통지원시스템 홈페이지(http://seoji.nl.go.kr)와
국가자료공동목록시스템(http://www.nl.go.kr/kolisnet)에서 이용하실 수 있습니다.
(CIP제어번호: CIP2015024381)

영혼 파괴자

Der Seelenbrecher

SEBASTIAN FITZEK

제바스티안 피체크
장편소설

김희상 옮김

문학동네

게를린데에게 바침

일러두기

1. 본문, 쪽수의 서체 차이는 원서에 따른 것이다.
2. 고딕체는 원서에서 이탤릭체로 표시된 부분이다.
3. 주석은 모두 옮긴이주이다.

죽음이 무섭지는 않아.

다만, 죽음이 찾아올 때 그 곁에 있고 싶지 않을 뿐이야.

우디 앨런

71일 앞으로 다가온 공포

환자 진료기록 No. 131071/VL

1쪽 이하.

다행히 모든 게 꿈이었다. 그녀는 멀쩡히 옷을 입고 있었다. 다리도 저 낡디낡은 산부인과 수술 의자에 묶여 있지 않았다. 꿈속에서 미치광이 남자는 녹슨 수술용 철제 카트 위에 도구들을 가지런히 정리한다. 그가 등을 돌렸을 때도 피로 엉겨붙은 손에 무엇을 들고 있는지 알아보기는 어렵다. 마침내 그게 뭔지 알아챈 여자는 눈을 질끈 감으려 했으나 뜻대로 되지 않는다. 천천히 자신의 몸 한가운데로 다가오는 시뻘건 납땜인두에서 눈을 뗄 수가 없다. 벌겋게 달아오른, 처음 보는 얼굴의 남자는 두 눈썹을 한껏 치켜뜨고 압축 분무기를 눈높이로 맞춰 들며 그녀의 은밀한 곳을 노려본다. 얼마 남지 않은 인생에서 이보다 더한 고통을 느낄 수는 없겠구나 하는 생각이 그녀의 뇌리를 스쳤다. 불현듯 인두가 시야에서 사라졌다. 다리 사이가 갈수록 뜨거워지는 느낌에 좀 전의 아픔은 본격적인 고통의 서막일 뿐이리라 짐작하고 몸을 떨었다.

살이 타는 냄새가 난다고 느낀 순간, 모든 게 선명해졌다. 그녀가 끌려온 축축한 지하실 공간이 한눈에 들어왔으며, 머리 위에서 할로겐등의 빛이 가느다랗게 떨었다. 동시에 고문용 의자와 철제 카트가 차례로 시야에서 사라졌다. 이제 남은 것은 칠흑 같은 어둠뿐이다.

오, 주여 감사합니다! 꿈이었군요. 여자는 가슴을 쓸어내렸다. 눈을 떴다. 멍하기만 한 게 아무런 생각이 들지 않는다.

여자가 여전히 사로잡혀 있는 악몽은 자취를 감추기는커녕 더욱 또렷해졌다.

지금 여기가 어디지?

주위를 돌아보니 호텔방 같다. 실내장식이 형편없는 것으로 미루어 몹시 허름한 숙박시설이 틀림없다. 삐걱대는 더블베드에 이불은 얼룩이 져 지저분했고, 바닥에 깔린 녹색과 갈색의 양탄자 곳곳에는 담뱃불 자국이 눈에 띄었다. 발바닥에 와 닿는 양탄자 섬유의 거친 느낌에 여자는 딱딱한 침대 위에서 진저리를 친다.

맨발이네. 신발은 어디 간 거지? 왜 지금 이런 허름한 방에 누워 흑백텔레비전의 눈 내리는 것 같은 조정화면만 노려보고 있을까?

꼬리를 무는 의문이 당구공처럼 두개골을 부딪치며 어지러이 굴러다닌다. 별안간 여자는 누구에게 한 대 얻어맞기라도 한 것처럼 움찔했다. 시끄러운 소리가 나는 쪽을 바라보았다. 방문 너머 들리는 소리다. 문이 한 차례 쿵하고 나서 다시 한번 둔탁한 소리를 내는 순간, 우지끈 열리며 두 명의 경찰이 뛰어들어왔다. 둘 다 제복 차림이었다. 그들은 권총을 겨누었다. 그녀의 상체를 노리던 총구는 천천히 바닥을 향했다. 경찰들의 얼굴에 드리웠던 팽팽한 긴장감은 입을 떡 벌린 놀라움으로 바뀐다.

"제길, 대체 무슨 일이 일어난 거야?" 문을 박차고 들어와 권총을 겨누었던 두 경찰 가운데 키가 작은 쪽이 불쑥 내뱉었다. "구급차 불러!" 다른 한 명이 소리를 질렀다. "당장 의사가 필요해!"

오, 주여 감사합니다! 여자는 불과 몇 초 만에 다시금 같은 생각을 했다.

두려움 때문에 숨을 쉴 수 없을 지경이다. 어디라 할 것 없이 온몸이 아팠다. 똥과 오줌 냄새가 코를 찔렀다. 어떻게 이런 곳에 와 있을까, 어쩌다 이런 일이 벌어졌을까. 풀리지 않는 의문에 여자는 미칠 것만 같았다. 그렇지만 이제 두 명의 경찰이 나타나 구급차를 부르고 있다. 이런 것을 두고 좋다고는 할 수 없지만, 납땜인두를 든 미치광이보다야 한결 나았다.

몇 초 지나지 않아 반들거리는 대머리에 귀걸이를 단 응급의가 방으로 들어와 여자 곁에 무릎을 꿇고 앉았다. 경찰은 구급차와 함께 출동한 게 분명했다. 이것 역시 좋은 징조라고 볼 수 없다.

"내 말 들리세요?"

"예……" 여자는 마치 문신을 새긴 듯한 의사의 짙은 눈 밑 그늘을 바라보며 간신히 대답했다.

"안 들리는 모양인데."

"아냐, 아니에요." 여자는 의사의 팔을 잡아 흔들려고 했으나, 근육이 말을 듣지 않는다.

"이름이 어떻게 되세요?" 의사는 상의 호주머니에서 볼펜처럼 생긴 손전등을 꺼내 여자의 눈을 비추었다.

"바네사." 여자는 쥐어짜듯 말하고 이렇게 덧붙였다. "바네사 슈트라스만."

"죽었어?" 여자는 뒤에 서 있는 경찰들 가운데 한 명이 묻는 소리를 들었다.

"빌어먹을, 동공반응이 전혀 없네. 보지도 듣지도 못하는 모양이오. 아무래도 의식불명상태거나 긴장병* 증상을 보이는 것 같소."

* 조현병 중 하나. 혼미상태와 흥분상태가 번갈아 나타나는데 혼미기에는 무표정, 근긴장 따위를 볼 수 있고, 흥분기에는 다변(多辯), 무목적 행동의 발작, 활발한 환각 따위의 증상을 볼 수 있다.

"무슨 말도 안 되는 소리야!" 바네사는 고함을 지르며 일어서려고 했지만, 손가락 하나 까딱할 수 없었다.

대체 무슨 일이 벌어지고 있는 걸까?

여자는 최대한 또렷하게 말하려고 애를 썼다. 하지만 누구도 그녀의 말에 귀기울이지 않는다. 오히려 그녀에게서 등을 돌리고 지금껏 그녀가 알아보지 못한 사람과 이야기를 나눈다.

"얼마나 오랫동안 이 여자가 방안에만 있었다고 했죠?"

의사의 머리가 시야를 가린 통에 문 쪽이 보이지 않았다. 그쪽에서 젊은 여자의 목소리가 들려왔다. "사흘은 족히 될 거예요. 아마 더 될 수도 있고요. 프런트에 와서 방을 달라고 할 때부터 뭔가 이상하다 싶었죠. 하지만 절대 방해하지 말라고 신신당부를 했거든요."

무슨 말도 안 되는 헛소리야? 바네사는 세차게 고개를 저었다. 절대 내 발로 이런 데 찾아오지 않아. 이렇게 엉망인 방에서는 단 하루도 묵지 않는다고!

"물론 제가 일부러 방을 들여다볼 이유도 없었고요. 그런데 끔찍한 신음소리가 날로 커지는 거예요. 그래서 안 되겠다 싶어……"

"저기 좀 봐!" 키가 작은 경찰이 바로 여자의 귀 옆에서 외쳤다.

"뭐야, 뭔데 그래?"

"저기 뭔가 있잖아, 저기."

바네사는 의사가 조심스레 자신의 왼손을 벌린 다음 핀셋으로 무언가 집어 빼는 것을 느꼈다.

"이게 뭐지?" 경찰이 물었다.

방안의 다른 사람들 못지않게 여자도 놀랐다. 바네사는 자신이 손에 뭔가 쥐고 있다는 것을 전혀 몰랐던 탓이다.

"쪽지군."

의사는 반으로 두 번 접힌 쪽지를 펼쳤다. 바네사는 뭐라고 적혀 있는

지 보려고 눈을 굴렸으나, 무슨 상형문자 같은 꼬부랑글씨만 가득했다. 그녀가 전혀 모르는 외국어였다.

"뭐라고 쓰여 있소?" 문 앞에 서 있던 경찰이 물었다.

"거 희한하네." 의사는 이마를 잔뜩 찡그리며 쪽지에 적힌 글을 읽었다. "사람들은 금방 던져버릴 것만 사들이는 법이다."

맙소사! 막힘없이 읽어내려가는 의사를 보며 바네사는 똑똑히 깨달았다. 자신이 사로잡혀 있는 악몽이 결코 꿈이 아니라는 사실을. 이유는 알 수 없지만 소통능력을 완전히 잃고 말았다는 데 생각이 미쳤다. 적어도 지금 이 순간은 말을 할 수도 글을 읽을 수도 없는 게 틀림없다. 심지어 글을 쓰는 것까지 잊어버린 게 아닐까? 바네사는 덜컥 가슴이 내려앉았다.

의사는 다시금 동공에 손전등 불빛을 비췄다. 돌연 남은 감각들마저 마비된 느낌이 들었다. 자신의 몸에서 나는 냄새를 더는 맡을 수 없었고, 침대의 딱딱함마저 느껴지지 않았다. 두려움만 우쭐우쭐 커져갔고, 그녀를 둘러싼 이러저런 소리들마저 갈수록 잦아들었다. 의사가 쪽지에 적힌 짤막한 문장을 읽자마자, 가늠할 수 없는 커다란 공포가 그녀를 덮친 것이다.

"사람들은 금방 던져버릴 것만 사들이는 법이다."

공포의 힘이 차가운 손길을 내밀어 그녀를 낚아챈 것일까. 앞으로 무슨 일이 있어도 다시 보고 싶지 않은, 불과 몇 분 전에 벗어난 장소로 끌고 가기 위해서.

꿈이 아니었어. 대체 어떻게 된 거지?

바네사는 어떻게든 의사의 주의를 끌어보려 했지만, 그의 윤곽은 천천히 흐려져갔다. 상황의 심각성을 가늠하면서부터 알몸뚱이로 버려진 것만 같은 공포가 엄습했다. 사람들은 그녀가 하는 말을 전혀 알아듣지 못했다. 의사도 경찰도 여자도 바네사와 이야기하려 들지 않는다. 그녀는 악몽의 구렁텅이에서 깨어난 게 결코 아니기 때문이다. 오히려 정반대였다. 할로겐등이 다시 빛을 떨기 시작했을 때, 그녀는 깨달았다. 고문이 시작되었을 때 무기력해지고 말았다는 것을! 미치광이가 아니라 이 싸구려 여인숙이 꿈의 일부였다. 꿈은 이제 참혹한 현실 앞에서 허겁지겁 달아나 버렸다.

혹시 내가 돌아버린 것은 아닐까? 살려줘, 누가 나 좀 도와줘요! 아무것도 구별할 수 없어. 뭐가 현실이고 뭐가 아니지?

불현듯 모든 게 좀 전과 똑같아졌다. 축축한 지하실, 철제 카트, 다리를 벌린 채 묶여 있는 산부인과 의자, 벌거벗은 몸. 실오라기 하나 걸치지 않아 미치광이의 숨결이 다리 사이에 그대로 느껴졌다. 그가 거친 숨을 토해댄다. 바로 그곳, 그녀의 가장 민감한 곳에 대고! 그러더니 흉측한 흉터가 꿈틀대는 그의 얼굴이 눈앞에 떠올랐다. 입술이 없다시피 얄팍한 입이 말했다. "그곳에 표시를 해둔 것뿐이야. 이제 시작해볼까."

그가 납땜인두를 꼬나쥐었다.

오늘, 10시 14분
공포가 휩쓸고 간 지
아주 오랜 시간, 몇 년이 흐른 후

"자, 이 진료기록을 읽은 느낌이 어때? 한 여인이 악몽에서 깨어났다가 곧바로 또다시 악몽에 빠진다. 흥미롭지 않나?"

교수는 기다란 떡갈나무 탁자 머리맡에 서서 당혹한 표정의 학생들을 바라보았다.

교수는 문득 오늘 아침 수강생들이 자신보다 신경써서 옷을 골라 입었다는 생각이 들었다. 그는 평소처럼 옷장에서 손에 잡히는 대로 양복을 꺼내 입었다. 아무렇게나 처박아둔 양복은 쭈글쭈글 구김이 심했다. 터무니없이 비싼 옷을 살 당시 판매원은 교수를 꼬드기느라 검은색의 더블브레스트 양복이 그의 까만 머리와 잘 어울린다고 너스레를 떨었다. 사춘기를 지난 이후에도 우스꽝스러운 반항을 일삼던 시절부터 머리를 길게 길러오던 터였다. 그때는 더 길었었지, 속으로 되뇌며 교수는 슬그머니 미소를 지었다.

두 손으로 헤아릴 수조차 없이 많은 세월이 흐른 지금, 머리 모양과 어울리는 양복을 사려면, 그 색깔은 빛나는 밝은 잿빛에 등에는 수도사의 머리처럼 가운데 뻥 뚫린 구멍이 있어야 할 거야.

"자네들 의견은 어때?"

이렇게 물으며 한 걸음 옆으로 옮기는 순간, 교수는 관절이 타는 듯한 통증을 느꼈다. '알면서도 이런 자세를 취하다니, 정말 어리석군.' 교수는 이를 악물었다. 자발적으로 참가신청을 한 학생은 단 여섯 명이었다. 여학생이 넷, 남학생이 둘. 이런 실험을 한다고 하면 꼭 여자애가 더 많단 말이야. 요즘 여학생들은 용감한 것일까, 아니면 그만큼 절박하게 돈이 필요한 것일까? 게시판에 정신과 실험을 공고하면서 참가자에게 내걸었던 보상금은 사실 적은 액수가 아니다.

"죄송합니다만, 제가 제대로 이해한 것일까요?"

왼쪽 줄, 두번째 자리. 교수는 방금 발언한 실험 대상자의 이름을 알아내려고 얼른 명단을 훑었다. 플로리안 베셀, 3학기 수강생.

그 남학생은 실험의 개요를 알리기 위해 나눠준 환자 진료기록을 읽는 동안 끝을 더없이 뾰족하게 깎은 연필로 열심히 줄을 그어댔었다. 오른쪽 눈 밑에 있는 반달 모양의 작은 흉터로 미루어 어렸을 때 주먹질깨나 했던 게 틀림없다. 그는 읽던 쪽에 연필을 끼워놓고 기록을 덮었다. "이게 환자를 진료한 기록이라고요?"

"맞아." 교수는 청년에게 기분좋은 미소를 지어 보이며 말했다. 그가 품는 의문을 충분히 이해한다는 표정이다. 사실 이런 의문을 유도하는 게 실험의 일부이기도 하다.

"납땜인두요? 고문? 경찰? 죄송합니다만 이건 무슨 스릴러의 시작 부분 같지, 환자 진료기록 같지는 않은데요."

죄송하다? 이런 케케묵은 표현을 마지막으로 들어본 게 언제였더라? 가르마를 단정하게 가른 학생이 늘 저런 식의 말투를 쓰는지, 아니면 지금 여기, 푸른 이끼가 낀 낡은 건물이 빚어내는 음울한 분위기에 물든 것인지 교수는 속으로 자문했다. 이 건물이 품고 있는 끔찍한 사연을 듣고 놀란 몇몇 참가자가 직전에 신청을 철회했다는 것을 교수는 알고 있었다. 선불로 받은 2백 유로를 되돌려주느라 소동이 일었다는 것도.

하지만 바로 이 음산한 건물에서 실험을 한다는 데 짜릿한 자극이 있는 게 아닐까. 실험은 여기가 아닌 다른 곳에서는 의미가 없다. 테스트를 하는 데 이보다 더 맞춤한 장소는 없으리라. 비록 건물 전체에 곰팡내가 배어 있고 워낙 추워서 굴뚝을 깨끗이 청소하고 본격적으로 난방을 하는 게 좋지 않을까 한때 고민도 했었지만. 어쨌거나 오늘은 12월 23일, 기온은 영하를 맴돌고 있다. 결국 석유난로 두 대를 급히 설치했지만, 천장이 높다란 실내를 충분히 덥히기에는 역부족이다.

"스릴러를 읽는 것 같다고 했나?" 교수가 되물었다. "그것도 나쁘지 않은 관점이군."

교수는 기도를 올리듯 두 손을 모아 쭈글쭈글해진 손가락들을 코에 대고 냄새를 맡았다. 할아버지의 거칠었던 손이 떠올랐다. 자신과는 달리 평생을 밖에서 육체노동을 하며 보내야 했던 할아버지.

"여러분이 지금 손에 들고 있는 기록을 남긴 의사는 내 동료들 가운데 한 명으로 정신과 전문의였지. 빅토르 라렌츠라는 이름 들어봤나? 아마 그동안 공부하면서 한 번쯤 마주쳤을 이름인데."

"라렌츠? 그분은 돌아가셨잖아요?" 어제야 참가신청을 한 학생 한 명이 알은체를 했다.

교수는 다시금 명단을 보고 머리를 검게 염색한 그 학생이 파트리크 하이덴이라는 것을 확인했다. 그는 여자친구 리디아와 딱 붙어 앉아 있다. 어찌나 찰싹 달라붙어 있던지 치실도 통과하기 어려워 보일 지경이다. 그런 자세를 주도하는 쪽은 파트리크였다. 리디아가 조금이라도 몸을 자유롭게 움직일라치면 팔로 그녀의 어깨를 감싸며 떨어지지 못하게 했다. 무슨 소중한 물건이라도 지키려는 자세일까. 그가 입고 있는 스포츠 스웨트셔츠에는 '예수님은 당신을 사랑합니다!' 하는 제법 그럴싸한 문구가 눈길을 끈다. 문제는 바로 그 아래 읽기도 힘들 만큼 조그맣게 적힌 구절이었다. '다른 사람들은 당신이 개자식이래.' 성적이 잘 안 나왔다고 항의하러 왔을 때도 파트리크는 그 옷을 입고 있었다.

"실질적으로 빅토르 라렌츠는 아무런 관여를 하지 않았어." 교수는 손을 저으며 말했다. "그의 이야기는 오늘 저녁에 있을 테스트에 별로 의미가 없지."

"그럼 뭐가 문제죠?" 파트리크가 궁금하다는 표정을 지었다. 그는 다리를 쩍 벌리고 앉아 있었다. 가죽부츠의 끈을 매지 않은 탓에 일부러 찢은 청바지 밑단이 발등 부분을 덮지 못했다. 그렇지 않았으면 복사뼈 부근에 달린 디자이너 상표를 아무도 주목할 수 없었으리라.

교수는 슬그머니 나오는 웃음을 애써 참는다. 끈을 매지 않고 열어젖힌 부츠, 찢어진 청바지, 불경한 문구를 적어놓은 스웨트셔츠 등, 아마도 패션업계에서 누군가 보수적인 부모를 경악하게 만드는 것으로 돈을 벌 작정을 한 모양이다.

"한 가지만은 분명히 알아둬야 해……" 교수는 탁자 머리맡의 자기 자리에 다시 앉았다. 낡고 해져서 꼭 애완동물이 발톱으로 갉아대기라도 한 것처럼 너덜너덜해 보이는 가죽가방을 열어 무엇인가를 꺼냈다.

"지금 막 여러분이 읽은 것은 실제 일어났던 실화야. 여러분에게 나눠준 건 진짜 사건 보고서를 복사한 거고." 교수는 낡은 문고본처럼 보이는 것을 한 권 꺼내들었다. "이게 바로 원본이야." 그렇게 말하며 두툼한 파일을 탁자 위에 놓았다.

녹색 표지 위에 '영혼파괴자'라는 붉은 글씨가 선명하다. 그 위로 실루엣 처리를 한 남자 그림이 눈길을 끈다. 남자는 흡사 짙은 안개와 같은 눈보라를 뚫고 어두운 건물 안으로 서둘러 몸을 피하고 있는 것처럼 보인다.

"겉모습에 속지 않도록 주의하게. 얼핏 흔한 소설책처럼 보이지? 하지만 그 안에는 훨씬 더 많은 게 담겨 있어."

교수는 대략 3백 쪽 정도로 보이는 책을 뒤에서부터 앞으로 손가락으로 훑었다.

"사람들은 대개 이 기록이 라렌츠 박사의 환자들 가운데 한 명이 쓴 것으로 믿고 있지. 예전에 박사는 많은 예술가를 치료했다는군. 개중에는 물론 작가도 있었고." 교수는 눈을 깜박거렸다. 그러고는 나직하게 덧붙였다. "하지만 다른 주장도 있어."

학생은 한 명도 빠짐없이 교수의 입만 쳐다보고 있었다.

"그런 의견인 사람은 소수지만 말이야. 빅토르 라렌츠가 손수 이걸 썼다는 거지."

"예? 왜죠?"

이번에는 리디아가 말문을 열었다. 짙은 색 금발에 쥐색 터틀넥 스웨터를 입은 아가씨는 교수가 가장 아끼는 수제자다. 저런 아이가 대체 무엇 때문에 옆자리의 면도도 하지 않는 만년 대학생에게 끌리는 것인지 교수는 도통 알 수가 없었다. 게다가 최고 성적으로 아비투어에 합격했음에도 번번이 장학금 심사에서 탈락하는 이유 역시 모를 일이었다.

"라렌츠가 자신의 환자 진료기록을 가지고 스릴러를 썼다고요? 뭐하러 그런 엄청난 수고를 하죠?"

"여러분은 오늘 저녁 바로 그걸 알아내야 해. 그게 실험의 목적이야."

교수는 출석부 옆에 놓인 노트에 뭔가 적어넣고는 아직 한 마디도 하지 않은 오른쪽 여학생들을 바라보았다.

"자신 없으면 포기해도 돼. 충분히 이해할 수 있으니까, 아가씨들."

빨간 머리 여학생은 고개를 들고 교수를 바라보았지만, 나머지 둘은 계속 앞에 놓인 기록만 뚫어져라 노려본다.

"모두 한번 더 신중하게 생각해보도록. 본격적인 실험은 아직 시작하지 않았으니까. 그만두고 싶으면 집으로 돌아가도 좋아. 시간은 충분해."

여학생들은 애매한 표정으로 고개만 끄덕였다.

플로리안은 고개를 앞으로 숙이고 가운뎃손가락으로 관자놀이의 흉터를 신경질적으로 긁적였다.

"그럼 2백 유로는 어떻게 되는 거죠?" 마침내 플로리안이 물었다.

"돈은 적극적인 참가자에게만 주는 거야. 또한 게시판에 공고한 규정을 그대로 준수하는 사람에게만! 기록 전체를 읽어야 하고, 중간에 몇 번 짧은 휴식시간만 가질 수 있어."

"다 읽고 나서는 뭘 하죠? 실험을 마치고 나면 무슨 일이 일어나는 겁니까?"

"그걸 알아내는 것도 실험의 일부지."

심리학 교수는 다시금 허리를 숙여 한 무더기의 서류를 꺼내들었다. 서류에는 대학교를 상징하는 휘장이 선명했다.

"남기로 결정한 사람은 여기 서명하도록."

교수는 동의서 양식을 나눠주었다. 양식은 실험에 자발적으로 참여한다는 것을 분명히 밝힘과 동시에 혹시 발생할지 모를 심신상의 상해를 대학 측이 책임지지 않는다는 데 동의한다는 내용이었다.

서류를 받아든 플로리안 베셀은 종이를 불빛에 비추며 의과대학의 투명무늬를 자세히 들여다보았다. 그러고는 세차게 고개를 흔들었다. "나는 감당 못해."

기록에서 연필을 빼든 플로리안이 배낭을 메며 자리에서 일어났다.

"짐작건대 이 모든 일의 끝장이 어디인지 알 것 같아요. 만약 짐작대로라면 그건 너무도 무서운 일이에요."

"자네의 솔직함을 높이 사겠네." 플로리안의 서류를 회수한 교수는 진료기록도 돌려받았다. 그리고 잔뜩 목을 움츠린 나머지 여학생 세 명을 바라보았다.

"정확히 뭐가 문제인지는 잘 모르겠지만 플로리안이 그만둔다면 우리도 손떼는 게 좋겠어요."

다시금 유일하게 교수와 눈을 맞춘 빨간 머리 여학생이 입을 열고 말했다.

"좋을 대로. 아무 문제 없어."

교수는 여학생들이 의자에 걸쳐두었던 겨울 코트를 다시 입는 동안 그들의 파일을 챙겼다. 플로리안은 모자가 달린 두툼한 점퍼를 입고 장갑까지 끼고서 이미 출구에서 기다리는 중이다.

"너희는 어떡할래?"

교수는 리디아와 파트리크를 내려다보았다. 둘은 여전히 아리송한 표정으로 기록을 들춰보고 있었다.

마침내 두 명은 거의 동시에 어깨를 으쓱했다.

"까짓, 뭐 어때요. 피를 뽑는 것도 아닌데." 파트리크가 중얼거렸다.

"그래, 무슨 일 있겠어." 드디어 남자친구에게서 약간 떨어지는 데 성공한 리디아도 거들었다.

"그럼 자네들은 처음부터 끝까지 실험을 함께 하겠나?"

"예."

"그냥 읽기만 하면 되는 거죠? 더 할 것은 없고요?"

"바로 그거야."

뒤에서 덜컹 문이 닫히는 소리가 났다. 포기하기로 마음을 굳힌 학생들이 인사도 없이 가버린 것이다.

"그럼 할게요. 저는 돈이 정말 필요해요."

리디아는 교수를 힐끗 쳐다보며 다짐하듯 말했다. 그 눈길은 침묵 서약을 지키라는 일종의 시위였다.

'알고 있어.' 교수는 속으로 말을 삭이며 리디아에게 고개를 끄덕였다. 아주 짧게. 리디아 말고 누구도 눈치채지 못하게.

'그래, 너는 돈이 필요하지.'

교수가 리디아의 사생활에 애틋한 동정심을 느꼈던 것은 아주 무더웠던 4월의 어느 주말에 일어난 일 때문이다.

마침내 과거를 잊고 싶다면 "틀에 박힌 일상생활"에서 탈출하라고, 교수의 유일한 친구는 제법 심각한 얼굴로 충고했었다. 평생 단 한 번도 해본 적 없는 모험을 시도하자고 부추겼다. 석 잔을 벌컥벌컥 들이켠 두 사람은 묘한 분위기를 자랑한다는 클럽으로 갔다. 하지만 흥겨울 것은 하나도 없었다. 그저 그런 지루한 쇼였다. 여자들이 가슴을 드러내고 춤을 춘다는 것뿐, 십대들이 즐겨 찾는 디스코장보다도 못한 분위기였다. 그리고 교수가 보기에 은밀한 거래가 이뤄지는 뒷방 같은 것도 없었다.

그런데 돌연 칵테일 메뉴판을 들고 나타난 리디아를 보는 순간, 교수는 자신이 퇴폐적인 소일거리를 찾아다니는 늙은이가 된 기분에 얼굴이 화끈거렸다. 리디아는 터틀넥 스웨터도 머리띠도 없이 여고생 교복 치마만 입고 있었다. 그것 말고는 아무것도 걸치지 않은 채였다.

교수는 마시지 않은 칵테일 값을 치르고 친구를 남겨둔 채 클럽을 빠져나왔다. 다음 강의 때 맨 앞줄에 앉아 있는 리디아를 보며 속으로 얼마나 안도의 한숨을 쉬었던지. 두 사람은 그 일에 관해 단 한 마디도 나누지 않았다. 파트리크는 여자친구의 비밀 아르바이트를 모르고 있는 게 분명했다. 틀림없이 그런 클럽의 바텐더 이름을 꿰고 있을 녀석이지만, 자신의 이해에 어긋나는 행동까지 받아들일 너그러운 성격의 소유자가 아닌 것만은 확실했다.

리디아는 나직하게 한숨을 쉬며 면책 동의서에 서명했다.

"무슨 일이야 있겠어요?" 이름을 적어넣으며 그녀가 물었다. 교수는 큼큼 헛기침만 하며 아무 말 하지 않았다. 대신 두 사람의 서명을 꼼꼼히 살핀 다음 시계를 보았다.

"좋아, 그럼 시작해볼까."

교수는 별로 내키지 않았지만 미소를 지어 보였다.

"실험을 시작하지. 자, 이제 환자 진료기록 8쪽을 펴볼까."

크리스마스이브 하루 전, 17시 49분
9시간 49분 앞으로 다가온 공포

환자 진료기록 No. 131071/VL, 8쪽 이하.
의사의 감독과 지도 아래서만 읽을 것.

"이런 상황을 생각해보자고……"

카스파*는 바로 앞에서 말하는 노파의 목소리가 닫힌 문 너머에서 들려오는 것처럼 둔탁하게만 느껴졌다. 그는 지금 노파의 발치에 꿇어앉아 고장난 텔레비전을 손보느라 여념이 없다.

"아버지와 아들이 한밤중에 어두운 숲속에서 차를 타고 갔대. 눈이 내려서 길은 얼어붙어 있었어. 아버지는 차가 미끄러지는 것을 막으려고 필사적으로 운전대를 꺾었지만 소용없었어. 커다란 나무를 그만 정면으로 들이받고 말았지. 아버지는 즉사했어. 아들은 중상을 입었지만 목숨은 붙어 있어서 곧장 병원으로 실려갔지. 그런데 의사가 와서 보더니 눈이 휘둥그레져서는 공황상태에 사로잡혀 덜덜 떨면서 외쳤어. '오, 주여! 나는 이 청년을 수술할 수 없어. 얘는 내 아들이야!' 하고."

침대 위의 노파는 잠시 뜸을 들이다가 어디 한번 대답해보란 듯이 의기

* 페르시아어에서 유래한 단어로, 지금은 '어릿광대'의 의미로 쓰임.

양양한 목소리로 물었다. "그 청년의 아버지가 두 명이 아니라면, 어떻게 이런 일이 벌어질 수 있지?"

"모르겠는데요."

텔레비전을 수리하는 동안 카스파는 눈을 감고 오로지 자신의 촉각에만 의지하고 있었다. 등뒤에서 노파가 짓궂은 웃음을 흘리고 있다는 건 짐작만 할 따름이다.

"아, 그러지 말고 조금만 생각해봐. 당신처럼 똑똑한 남자에게는 하나도 어렵지 않은 수수께끼라고."

브라운관 뒤에서 손을 빼낸 카스파는 고개를 돌리고 그레타 카민스키를 바라보며 그래도 모르겠다는 표시로 고개를 저었다.

은행가의 미망인인 노파는 일흔아홉 살이다. 그녀는 5분 전 카스파의 방문을 두드려 자신의 "바보상자"를 돌봐달라고 부탁했다. 노파는 자신의 기괴한 텔레비전을 늘 "바보상자"라고 불렀다. 사실 '토이펠스베르크 클리닉' 건물 꼭대기층에 자리잡은 그녀의 작은 병실에 비하면 너무 큰 텔레비전이었다. 카스파는 노파의 부탁을 당연히 들어줬다. 물론 라스펠트 원장이 알았더라면 절대 안 된다고 난리법석을 피웠을 테지만. 병원 원장은 카스파가 아무런 감독 없이 독방에서 벗어나는 것을 원하지 않았다.

"아무래도 퀴즈 풀이는 저하고 잘 안 맞나봐요, 그레타 부인." 텔레비전 수상기 뒤에 쌓여 있던 먼지를 들이마신 카스파가 에취 하고 크게 기침했다.

"그리고 저는 여자가 아니에요. 두 가지 일을 한꺼번에 해결할 수 없다고요."

카스파는 수상기 뒤에 머리를 바짝 대고 손으로 더듬어가며 안테나선을 꽂을 단자를 찾느라 안간힘을 썼다. 덩치만 커다란 수상기는 벽에서 1밀리미터도 떨어지려고 하지 않았다.

"무슨 말도 안 되는 소리를 하고 그래!"

그레타 부인은 활짝 편 손으로 매트리스를 두 번 두드렸다. "그런 식으로 모르는 척하지 마, 카스파!"

카스파.

간호사들이 그에게 붙여준 별명.

자신의 이름이 무엇인지 완전히 잊어버린 사람도 뭐라고 부르기는 해야 하니까.

"그래도 한번 풀려고 해보라니까! 혹시 알아, 당신이 퀴즈왕이었을지. 누가 당신더러 아무것도 기억 못한다는 헛소리를 해?"

"맞아요, 말도 안 되는 소리죠." 카스파는 텔레비전과 벽지 사이의 틈에 손을 집어넣으려고 끙끙거렸다.

"저는 넥타이를 어떻게 매야 하는지 알고요, 책을 읽고 자전거도 탈 수 있어요. 다만 그동안 겪은 일들이 기억나지 않을 뿐이죠."

"당신이 쌓아놓은 지식은 대부분 손상을 입지 않았을 거예요." 카스파를 담당하는 정신과 의사 소피아 도른 박사가 한 말이다. 첫 상담을 시작하며 이런 말도 했다. "하지만 감정이라고 부를 수 있는 것, 다시 말씀드려서 당신의 인격을 형성하는 것은 유감이지만 모두 흔적도 없이 사라지고 말았습니다."

역행성건망증. 흔히 기억상실증이라고 부르는 병이다.

카스파는 자신의 이름이나 가족 혹은 직업 따위를 전혀 기억하지 못한다. 대체 어떻게 해서 이런 호화판 고급 개인병원에 오게 되었는지조차 몰랐다. 토이펠스베르크 클리닉의 오래된 건물은 대도시 베를린의 변두리에 자리잡고 있다. 베를린에서 가장 높은 산인 토이펠스베르크는 2차 세계대전중 폭격으로 부서진 건물의 잔해를 모아 쌓은 것이다. 오늘날 토이펠스베르크는 녹화 사업이 성공적으로 이뤄진 매립지다. 냉전 시대 동안 미군은 이곳 정상에 공산권 동유럽 국가들을 도청하기 위한 통신 감청 기지를 설치해 운용했었다. 카스파가 치료를 받고 있는 5층짜리 병원 건물은 원래 비밀 정보요원들을 위한 카지노로 활용되었던 것을 베를린장벽 붕괴 이후 유명한 정신과 전문의이자 신경방사선학 교수인 자무엘 라스펠트가 경매를 통해 사들여 심신장애를 앓는 사람들을 위한 최첨단 장비를 갖춘 초현대식 정신병원으로 개조한 것이다. 현재 병원은 아치형 정문으로 외부와 차단된 성처럼 우뚝 서서 베를린의 허파라 불리는 거대하고 울창한 숲 그루네발트를 굽어보고 있다. 워낙 외진 곳이다보니 병원 소유의 좁다란 도로를 통해서만 접근이 가능하다. 카스파는 열흘 전 이 도로에서 발견되었다. 의식을 잃고 쓰러진 그 위로 얕게 눈이 쌓여 체온이 상당히 떨어진 상태였다.

그날 저녁 토이펠스베르크 클리닉의 건물 관리인 디르크 바흐만은 베스트엔트 시립병원에 진료 일정이 있는 라스펠트 원장을 태우고 승용차를 운전했다. 그가 한 시간만 더 늦게 돌아왔더라면 카스파는 길가에서 얼어 죽고 말았으리라. 오히려 그게 더 속 편한 일 아니었을지 그 자신은 자문하곤 하지만.

자신이 누구인지 모르고 사는 인생이 죽음과 무엇이 다를까?

"자학은 금물이야!" 그레타 부인이 그의 음울한 생각을 읽기라도 한 것처럼 살짝 나무라듯 말했다. 마치 여의사가 환자를 다루는 듯한 투였다. 그녀 자신도 혼자 오래 있으면 심한 정신불안에 시달리는, 같은 환자 처지면서 말이다.

"기억이란 아름다운 여자와 같은 거야." 여전히 빌어먹을 안테나선 단자를 찾고 있는 카스파의 등에 대고 그레타 부인은 계속 종알거렸다.

"꽁무니를 졸졸 따라다니기만 하면 지겨워서 등을 돌리지. 하지만 뭔가 다른 일에 열중할라치면 가만히 내버려둬도 질투에 불타 저절로 당신을 찾는다니까."

노파는 기분이 좋은지 혼자 킥킥댔다.

"당신을 지극정성으로 돌보는 우리 상냥한 여의사처럼 말이야."

"예? 방금 그게 무슨 말씀이죠?" 놀란 카스파가 물었다.

"허 참 뭘 그리 놀라고 그래? 나 같은 늙은 할멈 눈에는 훤히 보여. 내가 보기에 소피아와 당신은 아주 잘 어울리는 한 쌍인걸, 카스파아르!"

카스파아르!

그레타 부인의 길게 뽑는 'A'와 한껏 굴리는 'R' 발음은 전후 시절 유명했던 여배우의 목소리를 연상시켰다. 7년 전 골프장에서 남편이 심장마비로 사망한 이래, 그레타 부인은 매년 크리스마스를 이곳 사립병원에서 맞고 있다. 여기라면 명절의 우울증이 엄습할지라도 혼자가 아니라는 생각에 위로받는다는 것이다. 텔레비전 고장도 적지 않은 충격이 되는 이유 역시 다른 게 아니라, 혼자라는 느낌이 들지 않도록 항상 "바보상자"를 틀어놓고 지내기 때문이다.

"어휴, 내가 젊었더라면 당신이랑 차 마시고 춤추러 다닐 텐데." 노파가 다시 키들거렸다.

"진심으로 감사드립니다." 카스파도 껄껄 웃었다.

"진담이야. 내 남편이 당신 나이 때, 그러니까 사십대 초반에는 이마를 살짝 덮은 검은 머리가 아주 매력적이었지. 게다가 손도 당신처럼 균형이 잘 잡혀 있었어. 그리고……" 그레타 부인은 다시금 키득거렸다. "퀴즈 풀기를 좋아하는 나를 잘 받아줬지."

부인은 손뼉을 두 번 쳤다. 마치 쉬는 시간이 끝났음을 알리는 여선생처럼.

"그래요? 그럼 한번 시도해볼까요."

카스파는 그레타 부인이 다시 퀴즈 내용을 읊자 흥을 돋우려는 듯 공

신음소리를 냈다.

"아버지와 아들이 자동차 사고를 당했어. 아버지는 죽고 아들은 살아남았지."

창문이 열려 있는데도 카스파는 땀이 나는 것을 느낀다.

오전은 진눈깨비가 기승이었는데, 정오쯤 되자 기온이 다시 영하로 떨어졌다. 여기 그루네발트 한복판은 도심보다 섭씨 2도는 더 낮을 게 틀림없다. 그런데도 춥기는커녕 땀이 흐른다.

아, 여기 있구나! 카스파의 가운뎃손가락이 플라스틱 홈 안에 든 안테나선 단자의 금속 동그라미를 어루만졌다. 이제 여기 안테나선만 꽂으면 되는 거야.

"중상을 당한 아들은 병원 응급실로 실려갔지. 그런데 의사는 환자가 자기 아들이라면서 수술 집도를 거부하는 거야."

텔레비전 뒤에서 몸을 일으킨 카스파가 리모컨을 찾아 눌렀다.

"됐어? 어떻게 한 거야?" 그레타 부인은 장난꾸러기처럼 눈을 동그랗게 뜨고 물었다.

"이렇게 한 거예요." 카스파는 노파를 보고 싱긋 웃으며 텔레비전을 켰다.

처음에는 화면이 떨리더니 이내 뉴스 앵커의 낭랑한 목소리가 방안을 가득 채웠다. 마침내 화면까지 떠오르자 흡족해진 그레타 부인은 손뼉을 쳤다.

"이제 다시 작동하네. 놀라워, 당신은 천재야."

나는 내가 누군지 모른다오. 카스파는 속으로 이렇게 중얼거리며 청바지에 묻은 먼지를 털어냈다.

"그럼 저는 다시 제 방으로 갈게요. 더 늦었다가는 간호사가 화를 낼 거……" 말을 계속하려는 카스파를 보며 그레타 부인이 입에 손을 대고 조용히 하라는 시늉을 한다.

"……이른바 '영혼파괴자'에 관한 충격적인 새 소식이 들어왔습니다. 벌써 몇 주째 여성들을 충격과 경악으로 몰아넣고 있는 희대의 사건은……"

그레타 부인은 리모컨을 집어들고 소리를 키웠다.

17시 56분

"방금 들어온 소식입니다. '영혼파괴자'의 첫 희생자인 26세의 연극영화과 학생 바네사 슈트라스만이 오늘 오후 베스트엔트 시립병원 중환자실에서 사망하고 말았습니다. 두 달 반 전 강의가 끝나고 흔적도 없이 사라졌던 바네사 슈트라스만은 정확히 일주일 뒤 고속도로 휴게소의 한 허름한 모텔에서 발견되었습니다. 발견 당시 실오라기 하나 걸치지 않은 상태였으며 의식을 잃고 처참한 모습으로 버려져 있었다고 합니다."

환하게 빛나는 미모를 자랑하는 여자 사진이 화면을 가득 채웠다. 비극의 전모를 밝히기에는 뉴스 앵커의 극적인 묘사도 턱없이 부족하다는 것을 사진은 웅변했다. 다른 사진 두 장이 더 나왔다. 가족 앨범에서 특히 매력적인 사진을 골라내느라 누군가 수고깨나 했다는 것을 한눈에 알아볼 수 있는 사진들이다.

"나중에 당한 피해자들, 즉 성공한 변호사였던 도레엔 브란트와 초등학교 교사 카챠 아데시와 마찬가지로 바네사 슈트라스만 역시 겉으로 볼 때는 별 이상이 없었다고 합니다. 치료를 담당했던 의사들의 진술에 따르면 강간이나 폭행을 당하지 않았고 고문당한 흔적도 없다고 합니다. 오늘 죽음을 맞기까지 오로지 빛과 소리에만 민감한 반응을 보였으며, 그런 자극이 없을 때면 눈을 뜬 채로 혼수상태에 빠진, 이른바 '각성 혼수coma vigil'

와 비슷한 상태였다고 증언하고 있습니다."

사진이 사라지고 현대식 종합병동의 전경이 화면에 나타난다.

"의사들은 아직 정확한 사망원인을 밝히지 못했습니다. 젊은 여성이 범인이 행사한 폭력에 의해 구체적으로 어떤 피해를 입었는지도 여전히 밝혀지지 않았습니다. 유일한 단서는 피해자 세 명 모두의 손에서 발견된 쪽지라고 합니다. 하지만 쪽지 내용에 대해 경찰은 침묵으로 일관하고 있습니다. 지금까지는 다행스럽게도 또다른 실종 신고가 접수되어 있지 않습니다. 이 참혹한 연쇄범행이 성탄절 휴가 기간* 동안 잠시 그치는 게 아니라, 다시는 더 일어나지 않았으면 하는 시민들의 바람이 간절합니다. 아무래도 최고의 성탄절 선물은 '영혼파괴자'가 체포되었다는 소식이겠죠. 그렇죠, 산드라?"

뉴스 앵커는 프로다운 노련함으로 기상 캐스터에게 배턴을 넘겼다.

"맞아요, 파울! 다른 선물들도 안전하고 정확하게 크리스마스트리 아래 도착하기만 바랄 뿐입니다. 20년 만의 폭설이 쏟아질 거라는 예보가 있거든요. 밤새 내린 눈이 빙판을 이뤄 대도시들의 교통이 완전히 마비될 것으로 당국은 전망하고 있습니다. 강풍 동반도 예상되니 각별히 주의하시기 바랍니다……"

"빙판!" 날씨를 나타낸 표에서 빙판 경고 표시를 보는 순간 카스파는 자기도 모르게 아 하고 짧은 비명을 질렀다. 그리고 처음으로 기억이 되살아나는 순간을 맞았다.

폭풍우처럼 몰아닥친 기억은 워낙 강렬해서 걷잡을 수 없을 지경이었다.

* 독일에서는 성탄절을 전후해 이 주 동안의 휴가를 갖는다.

기억의 울림

"금방 다시 오는 거지?"

"그럼, 걱정하지 마." 그는 아이가 경련을 일으키느라 눈앞으로 흘러내린 젖은 머리를 쓰다듬었다.

"나 혼자 오래 내버려두지 않을 거지? 그렇지?"

"그럼 당연하지."

물론 딸이 하는 말이 실제로 귀에 들리는 것은 아니었다. 딸은 벌써 오래전부터 혀를 놀리지 못한다. 하지만 말을 못하더라도 손가락을 통해 전해지는 약한 힘은 열한 살 소녀의 침묵이 무엇을 속삭이는지 고스란히 전해준다. 그는 딸의 오른쪽 눈꺼풀이 파르르 떨리는 것 역시 뭔가 의식적으로 말하려는 것은 아닌가 하는 의문을 떨치지 못한다. 아니면 그저 경련에 의한 반사작용일까? 정확히 가려볼 수 없는 자신의 처지가 고통스럽기만 하다.

"나 무서워, 나 좀 도와줘."

딸아이의 부서질 듯 가녀린 몸이 도와달라고 온 힘을 다해 비명을 지르고 있다. 남자는 눈물을 참느라 안간힘을 쓴다. 눈길을 피하려고 딸의 오른쪽 광대뼈 주변에 느낌표의 점처럼 작고 동그란 주근깨들을 노려본다.

"너를 여기서 다시 꺼내줄게." 그가 속삭였다. "나를 믿고 안심해."

남자는 딸의 이마에 입을 맞추며 너무 늦지 않기만을 기도했다.

"알았어요!" 소녀는 입술 한 번 달싹이지 않으면서 속삭인다.

"넌 아주 씩씩하니까 이겨낼 수 있어, 알았지. 또래 친구들에 비하면 아주 용감한 거야."

"알아요." 딸의 손가락이 그의 손에서 녹아 하나가 된다.

"그래도 서둘러야 해." 딸이 조용히 다그친다.

"물론이지. 약속하마. 너를 여기서 구해줄게."

"무서워. 빨리 와야 해, 아빠!"

"그래. 금방 올게. 모든 게 다 잘될 거야, 내 예쁜 딸아! 모든 게 다 예전처럼 될 거야. 걱정 마, 알았지? 내가 실수를 저질렀구나. 하지만 너를 다시 여기서 꺼내줄게. 그럼……"

"뭐라고? 지금 뭐라고 한 거야?" 그레타 부인이 커다란 목소리로 물었다. 그 바람에 카스파는 가슴을 후벼파는 한낮의 꿈에서 깨어났다. 정신을 못 차리고 몇 차례나 눈을 깜빡인 끝에 입속 가득 고인 침을 삼켰다. 마침내 주변이 제대로 보이기 시작했다. 텔레비전 빛이 동공에 와 닿자 당장이라도 눈물이 굴러떨어질 것 같았다. 그레타 부인은 카스파의 짤막한 회상을 아직 눈치채지 못한 게 분명했다.

"예? 뭐라고 하셨죠?"

카스파는 코를 찌르는 종이 탄내를 맡은 것 같았다. 기억의 첫 파편이 날아들면서 머릿속에 화염이라도 일으킨 것일까?

그게 뭐였을까? 정말 내 기억일까? 잠깐 꿈을 꾼 걸 거야! 뇌리를 스쳐지나가는 장면들은 여전히 충격적이다. 카스파는 자기도 모르게 가슴을 쥐어뜯었다. 티셔츠 아래서 이제 막 아물기 시작한 화상 자국이 비명을 질렀다. 클리닉에서 처음 샤워할 때 발견했던 상처다. 어쩌다가 화상을 입었는지는 자취를 감춘 기억처럼 불투명하기만 했다.

"그거 흥미롭군." 그레타 부인이 흥분한 목소리로 말했다. "저기 적힌 게 뭐지?"

부인이 목소리를 낮추었다. 탄내는 점차 가신다.

"어디 말씀이시죠?"

"어디긴 어디야, 저 쪽지 말이지. '영혼파괴자'의 피해자들에게서 발견됐다는 쪽지. 희생자마다 쪽지를 한 장씩 남겼다? 도대체 무슨 의미일까?"

"그야 알 수 없죠." 카스파는 정신이 딴 데 가 있는 사람처럼 건성으로 대꾸했다. 빨리 여기서 나가야 한다. 어서 자신을 추슬러야 한다. 방금 전 그게 뭘 뜻하는지 차분히 되짚어야 한다. 아무래도 담당의사와 상담을 하는 게 좋겠다.

나한테 딸이 있었다? 딸이 저 밖 어딘가에서 나를 기다리고 있다? 아픈 몸으로? 그것도 혼자서?

"이제 텔레비전을 끄시는 게 좋겠어요. 저런 끔찍한 뉴스를 듣고 푹 잠드실 수 있겠어요?" 자신이 혼란스러워하는 것을 감추려 애쓰면서 카스파는 천천히 문 쪽으로 갔다.

"아, 뭐 까짓것 아무렇지도 않아. 그 '영혼파괴자'라는 놈이 나를 해코지야 하겠어." 그레타 부인은 노회한 미소를 지으며 몹시 닳은 플라스틱 테가 달린 돋보기를 나이트테이블 위에 올려놓았다. "내가 날씬한 편이기는 하지만 그놈은 나를 거들떠보지도 않을걸. 당신도 듣지 않았우. 놈이 노리는 여자는 모두 이십대에서 사십대 사이의 미혼에다 날씬한 금발이었다잖아. 모두 50년 전의 나여야 뽐낼 수 있는 것들이지."

노파는 깔깔거리고 웃었다.

"걱정 마시게, 친절한 아저씨. 오늘밤에는 자기 전에 감동적인 동물 영화를 볼 거야. 제목이 '양들의 침묵'이라지 아마……"

"그, 그건 감동적인 게 아니라……" 화들짝 놀라 말을 더듬던 카스파는 자신을 놀리는 듯한 노파의 눈을 보았다.

"제대로 한 방 먹었군요." 그레타 부인의 장난이었다는 걸 깨닫고 카스파는 멋쩍은 웃음을 지었다. 아무래도 지금은 머리가 너무 어지럽다.

"그럼 1 대 1 동점이에요."

카스파는 문손잡이를 잡았다.

"동점? 어째서?" 그레타의 다급한 목소리가 카스파의 뒷덜미를 낚아챘다.

"저한테 한 방 먹이셨지만, 대신 저는 퀴즈를 풀었거든요."

"거짓말, 알지도 못하면서."

"무슨 말씀. 의사는 여자였어요." 카스파는 쿡 웃으며 말했다.

"의사는 사고당한 청년의 어머니라고요. 그러니 아들을 직접 수술하지 못하겠다고 한 거죠."

"어허, 이럴 수가." 그레타 부인은 다시금 여학생처럼 키들거리며 박수를 쳤다. "어떻게 알았어?"

몰라요. 카스파는 속으로 중얼거리며 약간 자신 없는 웃음으로 인사를 대신했다.

어떻게 답이 떠올랐는지 짐작도 못하겠어요.

뒤에서 문이 닫히고 복도로 나서는 순간, 카스파의 얼굴에서 웃음기가 싹 사라졌다. 지금이라도 그레타 부인의 방으로 되돌아가는 게 낫지 않을까 잠깐 망설였다. 앞서 가는 사람들이 당장이라도 뒤를 돌아볼 것만 같았다. 그런데 마침 병실에서 나오며 성난 눈길로 언쟁을 벌이던 두 의사가 카스파의 이름을 들먹였다. 자신을 두고 다투는 것임을 직감한 카스파는 약간 거리를 두고 뒤따라가기로 마음먹었다.

18시 7분

라스펠트와 소피아는 워낙 열띠게 언쟁을 벌이고 있어서 불과 몇 미터 뒤에서 카스파가 따라오고 있다는 것을 전혀 눈치채지 못했다. 그래도 그들의 말을 똑똑히 알아듣기는 쉽지 않았다.

"글쎄 너무 이르다니까." 라스펠트는 거친 목소리로 혀를 끌끌 차며 말했다. "카스파가 크게 충격받을 거야."

원장은 제자리에 서서 목에 감은 울 목도리를 만지작거렸다. 언제 봐도 원장의 체면에는 어울리지 않는 모습이지만 그는 한여름에도 감기 걸릴까 무섭다며 두터운 목도리를 하고 다닌다. 묘한 것은 겨울에는 양말도 신지 않은 맨발로 가죽샌들을 신고 다닌다는 점이다. 아무튼 못 말릴 사람이다. 원장은 다른 사람의 매니큐어 칠한 손톱과 깔끔한 머리 모양을 높이 사면서도, 자신의 얼굴에 난 털들은 제멋대로 내버려둔다. 한아름 기른 턱수염은 콧구멍과 귓구멍에서 우쭐우쭐 솟아나는 털들과 함께 야생이라는 게 뭔지 주장하는 시위를 벌이는 것만 같다. 심리적 요인으로 비롯된 비만 증상에 관한 연구로 교수 자격 취득 논문을 썼으면서도 그의 집무실에 가보면 산더미처럼 쌓인 책들과 서류들 사이에 패스트푸드 상자들이 너저분하다. 아직 바흐만의 육중한 체구와 맞먹을 정도는 아니지만, 두툼한 뱃살은 옆에 선 소피아를 거식증 환자로 보이게 할 정도다.

"보여주면 안 된다니까!" 라스펠트는 명령조로 말했다. 그러면서 여의사의 손을 잡아끌고 계단을 내려갔다. 병실들이 있는 층에서 진료실로 내려가는 계단이다.

"어떤 경우에도 안 돼, 알았소? 절대로 그래서는 안 된다고! 이건 명령이오!"

카스파는 조심스레 그들의 뒤를 쫓았다.

"제 생각은 다른데요." 소피아가 아까보다 한풀 꺾인 목소리로 속삭였다. 하지만 환자 진료기록을 높이 들어 보이는 그녀의 눈길은 단호했다.

"그는 이걸 볼 권리가 있어요."

돌연 원장이 멈춰 섰다. 금방이라도 돌아설 기세였다. 카스파는 얼른 허리를 숙이고 구두끈을 풀었다. 그러나 라스펠트는 뒤를 돌아보는 대신 휴게실 문을 열고 소피아를 안으로 끌어들였다. 카스파는 복도에 엉거주춤 앉은 채 열린 문틈으로 실내를 엿볼 수 있었다. 라스펠트는 시야에서 벗어나 모습이 보이지 않았다.

"그래, 알았어. 아까는 미안했소, 소피아." 원장의 말소리가 들렸다. "괜스레 언성을 높였군. 과민반응한 건 사과하오. 하지만 새로운 소식이 카스파에게 오히려 해를 입힐 수도 있잖소. 아직은 정확한 판단을 할 수 없으니 좀 기다려보자는 것뿐이오."

"반대로 기억을 되살릴 수도 있잖아요." 소피아는 바를 손으로 짚고 기대서서 말했다. 늘 그렇듯 화장기 없는 민낯이다. 그래서일까? 병원을 책임지고 있는 주임 의사라기보다는 의대 2학년생 같은 분위기다. 카스파는 그녀에게 끌리는 자신의 마음이 의아하기만 하다. 심지어 그녀를 몰래 훔쳐보고 있는 지금, 가슴이 걷잡을 수 없이 두근거리고 있다. 자세히 뜯어보면 완벽한 구석이라고는 찾아볼 수 없는 얼굴이다. 전체적으로는 그럴싸하지만 볼수록 결점이 드러난다. 눈은 너무 크고, 피부는 창백하고, 귀 모양도 어딘가 모르게 어색하다. 너무 뒤로 몰린 탓일까? 게다가 코 역시 어떤 성형외과 의사의 카탈로그에도 등장하지 않을 게 틀림없다. 그런데도 눈만 감으면 떠오르는 그녀 얼굴에 카스파는 가슴이 아릿해진다. 볼수록 또 보고 싶다. 치료 상담을 할 때마다 마음에 드는 새로운 면모를 발견했다. 지금 그의 눈을 사로잡은 것은 물음표처럼 멋들어진 곡선을 그리고 있는 귀밑머리다.

"당신은 너무 조급해요, 소피아." 라스펠트가 중얼거리는 소리가 들렸다.

기미로 얼룩덜룩한 원장의 손이 천천히 소피아의 손을 향해 다가가는 것을 본 순간, 카스파는 등줄기가 서늘해졌다.

원장은 이제 단순히 친근한 정도를 넘어 유혹의 분위기를 담은 은근한 목소리로 말했다. "모든 것에는 때가 있는 법이오." 그는 나직이 말했다. "모든 것에는 때가 있지……"

라스펠트가 털이 수북한 가운뎃손가락으로 소피아의 손목을 쓰다듬으려는 순간, 카스파는 본능적으로 행동했다.

자리를 박차고 일어나 문을 벌컥 열고 짐짓 놀란 표정을 지었다가 다시 황급히 복도로 나왔다.

"여기서 뭐하는 거요? 아니, 당신이 여길 왜 기웃거려?" 움찔 놀라 주춤했던 원장이 이내 자신을 추스르며 부르짖었다.

"커피 생각이 나서요." 다시 고개를 들이민 카스파는 이렇게 둘러대며 소피아 옆에 있는 은제 커피포트를 가리켰다.

"방에서 나오면 안 된다고 분명히 말했잖소."

"아 참 그렇죠. 이런, 또 잊어버렸군요." 카스파는 머리를 쥐어뜯는 시늉을 했다. "죄송합니다. 요즘 자주 이러네요."

"아하, 그래요? 지금 장난하는 거요? 그런 사람이 이렇게 마음대로 돌아다니다가 재발이라도 돼서 자기도 모르게 병원 밖으로 나가는 날에는 어떻게 되는지 알고 하는 소립니까? 저 밖이 어떤지 보기는 했어요?"

카스파는 라스펠트의 손짓을 따라 창밖을 내다보았다.

"저기 2미터 높이로 쌓인 눈더미 안 보여요? 바흐만이 또다시 당신을 구해줄 수 있을 것 같소?"

이때 놀랍게도 소피아가 카스파의 편을 들었다.

"제 잘못입니다." 여의사는 단호한 목소리로 말했다. 그리고 진료기록을 챙겨 휴게실 문을 열고 나섰다. "제가 허락했거든요, 원장님."

카스파는 놀란 마음을 들키지 않으려고 애썼다. 사실 소피아는 그와 정반대 요구를 했었기 때문이다. 하다못해 화장실에 갈 때조차 간호사에게 알리라고 했었다.

"그렇다면야……" 라스펠트는 가운 호주머니에서 휴대용 휴지 한 장을 꺼내 신경질적으로 이마를 닦았다. "……내 결정을 취소할 수밖에."

화가 난 표정으로 원장은 두 사람을 스쳐지나갔다.

'어디 두고 보자!' 원장이 승강기로 가는 동안, 비록 입 밖에 내지는 않았지만 이런 말이 공기를 통해 전해졌다.

소피아의 표정은 원장이 멀어져갈수록 조금씩 밝아졌다. 마침내 그가 모퉁이를 돌아서자 휴 하고 한숨을 쉬었다.

"따라와요. 서둘러야 해요." 잠깐 뜸을 들이더니 소피아가 카스파에게 말했다.

"무슨 일이에요?" 카스파는 소피아를 따라 계단을 내려가며 물었다. "안 그래도 오늘 상담이 잡혀 있지 않나요?"

"알아요, 그렇지만 오늘 당신은 손님이 있어요."

"예? 누가 온다는 거죠?"

소피아는 등을 돌려 카스파를 바라보았다.

"당신의 정체를 알고 있는 누군가." 돌연 가슴을 훑는 짜릿한 아픔에 카스파는 그대로 얼어붙었다.

"그게 누구죠?"

"곧 보게 될 거예요."

걸음을 훨씬 늦추었는데도 맥박은 빨라지기만 했다. "라스펠트 원장도 알고 있습니까?"

여의사는 눈썹을 잔뜩 찡그리고 이상하다는 듯 카스파를 바라보았다. 찌르는 듯한 그녀의 눈길을 보자 카스파는 중환자실에서 깨어나던 순간이 떠올랐다. 의식이 돌아온 카스파의 눈에 처음 띈 것은 몹시 낯설게 느껴지는 얼굴이었다. 그 얼굴의 주인은 바로 소피아의 맑고 푸른 바다 같은 눈에 비친 자신이었다. 다음으로 그의 눈길을 사로잡은 것은 맑은 호수 바닥에 깔린 고운 옥빛 자갈처럼 깊은 소피아의 눈빛이었다.

"이름이 어떻게 되죠?" 그녀의 따뜻한 목소리가 그에게 물었다. 의사로서 묻는 것이기는 했지만, 직업 정신만으로는 설명할 수 없는 근심이 목소리에 묻어났다.

이게 카스파의 첫 기억이다. 이후 그는 오로지 현재에서만 살고 있다.

"원장은 당신이 저를 진실과 마주하도록 해주려는 게 못마땅한 모양이죠?" 카스파가 물었다.

그녀는 고개를 가볍게 옆으로 기울이며 카스파를 유심히 바라보았다.

"제가 보기에는 커피를 잊으신 것 같네요, 카스파." 마침내 입을 연 소피아는 입가에 번지는 웃음을 참으려 애쓰는 모습이었다. 그래도 자꾸 미소가 배어나오자 그녀는 등을 돌려 카스파의 병실 문을 열었다.

18시 17분

"어, 이게 뭐야?"

편안한 안락의자에 웅크리고 있다가 벌떡 몸을 일으키며 고개를 숙이는 녀석을 보자 카스파의 눈이 둥그레졌다. 깔끔한 가구며 침대 그리고 밝은색 커튼과 안락의자는 조금도 정신병원의 병실 같지 않다. 오히려 영국의 고성古城에 갇혀져 있다는 고급 호텔방을 보는 느낌이다.

"알아보시겠어요?"

카스파는 간절히 알아보고 싶었다. 더는 홀로 있고 싶지 않다는 생각에 앞뒤 잴 것 없이 안다고 거짓말이라도 하고 싶은 심정이었다. 카스파는 녀석과 함께한 추억을 떠올리려 안간힘을 썼다. 녀석은 왼쪽 눈으로만 카스파를 바라보았다. 오른쪽 눈이 있어야 할 자리는 흉터만 남아 있다. 그 자국으로 미루어 아무래도 무엇인가에 찔린 모양이다.

카스파와는 달리 개는 다시 만난 게 반갑기만 한 모양이다. 털이 곱슬곱슬한 잡종 개는 카스파에게 매달려 꼬리를 치면서 혀를 길게 빼물고 헉헉거렸다. 워낙 맹렬한 기세라 이러다 숨이 넘어가진 않을지 걱정될 정도였다.

"모르겠네요." 카스파는 한숨을 쉬며 자신의 무릎에 떡하니 올려놓은 개의 앞발을 두 손으로 감싸쥐었다. 고운 모래 빛깔을 연상시키는 베이지

색 털을 자랑하는 녀석은 꼬리를 너무 세차게 흔드는 바람에 뒷발로 균형을 잡기가 힘든 모양이다.

"전혀요?"

카스파 바로 앞에 서 있는 소피아는 환자 진료기록철을 두 손으로 감싸 가슴에 안고서 호기심 어린 표정으로 카스파와 개를 번갈아 바라보았다. 맨 위 단추를 푼 그녀의 블라우스 안에서 은 목걸이 줄에 매달린 동전 크기의 장식이 빛을 받아 반짝거렸다.

"정말 모르겠어요." 그렇게 대답하며 카스파는 그녀의 가슴에서 반짝거리는 진주 빛깔의 장신구를 보지 않으려고 애썼다. 혹 그녀가 자신의 눈길을 오해하면 어쩌나 싶었다. 카스파는 다시금 한숨을 쉬었다.

소피아와 개는 카스파에게 계속해서 과거의 새로운 파편을 선사했다. 절대 서두르지 않았다. 괜스레 서둘렀다가 카스파의 기억이 잘못된 방향으로 빠질까봐 조심스러워했다. 설혹 작은 조각이 그럴듯한 암시를 주더라도 집착하거나 과대포장하지 않았다. 카스파는 이를 두고 "퍼즐 요법"이라고 불렀다. 한 조각 한 조각 찾아 전체 그림을 만들어나간다는 뜻에서. 하지만 좀처럼 전체 그림을 완성할 수 없었던 탓에 자신이 구제불능 얼간이가 된 것 같아 카스파의 기분은 우울하기만 했다.

제일 먼저 찾아낸 것은 카스파의 더러운 옷가지였다.

다음으로는 지갑을 발견했다. 그 안에서 구깃구깃한 기차표가 나왔다. 함부르크와 베를린을 왕복하는 1등석 표였다. 날짜는 10월 13일로 찍혀 있다. 지갑에는 기차표 말고는 아무것도 없었다. 지금은 가라앉았지만 오른쪽 관자놀이에 생긴 혈종으로 미루어 카스파는 강도의 습격을 받았을 가능성이 컸다.

"개는 어디서 발견했죠?" 카스파가 물었다.

"병원 진입로에서요. 아마도 당신은 살아 있는 걸 개에게 감사해야 할 거예요. 바흐만은 라스펠트 원장님이 병원에 없을 때면 지프를 타고 일대를 돌며 차를 뜨겁게 덥혀놓곤 하죠. 만약 개가 길을 가로막고 짖지 않았다면 차를 세우지 않았을 거예요. 게다가 도로에서 당신을 알아보기도 어려웠죠. 어두웠던데다가 쓰러진 당신 위로 눈이 쌓여 있었으니까요."

소피아는 무릎을 꿇고 개를 쓰다듬었다. 개는 그녀의 가운에 달린 명찰을 핥았다.

"그럼 그동안은 어디 있었던 겁니까?"

소피아와 카스파는 함께 개를 쓰다듬었다. 많아야 한 살 정도 먹었을 것으로 카스파는 짐작했다.

"물론 관리인이 데리고 있었죠." 소피아가 웃으며 대답했다. "바흐만은 당신이 기억을 되살리든 말든 상관없다면서 이렇게 전하라더군요. 미스터 에드는 절대 내줄 수 없다고 말이죠. 대신 자기 마누라를 데리고 가는 건 말리지 않겠대요."

"미스터 에드?"

소피아는 어깨를 으쓱했다. "사람의 말을 할 줄 아는 신기한 말馬을 다룬 방송 드라마 시리즈가 있었는데, 그 말 이름이 미스터 에드였죠. 바흐만은 개가 그 말 못지않게 서글픈 눈매를 가지고 있다더군요. 물론 개가 훨씬 더 똑똑하대요." 소피아는 다시 일어섰다.

"미스터 에드를 봐도 아무 느낌이 없어요?"

"물론 있죠. 아주 귀여운 놈이군요. 하지만 아마도 나는 모든 동물을 좋아했던 게 아닐까요? 물론 확실하진 않지만."

"흠, 그렇담 말이죠……" 소피아는 진료기록을 뒤적였다. "이건 어떠세요?"

소피아에게서 사진을 건네받는 순간, 카스파는 오른뺨을 세차게 얻어맞는 느낌이었다. 뺨이 벌겋게 달아오르고 심지어 오른쪽은 얼얼하기만 할 뿐 감각이 없었다.

"이걸 어디서……?"

더없이 커진 눈이 반짝였으나 콧등을 타고 눈물이 흘러내리는 것을 막을 수는 없었다.

"혹시 이걸…… 그러니까……" 카스파는 코를 훌쩍이느라 말을 제대로 잇지 못했다.

"그래요." 소피아가 그의 말을 잘랐다. "바흐만이 오늘 아침 일찍 눈 더미에서 발견했어요. 아마도 당신 호주머니에서 떨어졌던 걸 못 보고 지나친 모양이에요."

소피아는 컬러사진을 확대한 복사본을 카스파에게 건넸다.

"어때요? 누구인지 알아보겠어요?"

복사본을 받아든 카스파의 손이 부들부들 떨리기 시작했다.

"예." 카스파는 사진에서 눈을 떼지 못한 채 신음하듯 말했다. "알 것 같아요."

"누구죠?" 소피아가 물었다.

"화, 확실하지는 않아요." 카스파는 말을 더듬으며 소녀의 광대뼈 주위에 난 주근깨들을 손끝으로 어루만졌다.

"이름은 몰라요." 카스파는 고개를 들고 애써 소피아와 시선을 맞추려 했다.

"얘가 저기 밖에서 나를 기다리고 있어요."

18시 23분

미스터 에드는 그 두툼한 앞발 사이에 얼굴을 묻고 양탄자에 배를 깔고 엎드렸다. 쫑긋 세운 귀는 한마디도 놓치지 않으려는 주의깊은 청중 같다.

"당신 딸이라고요? 그 얘기를 왜 이제야 하죠?" 카스파가 그레타 부인의 방에서 겪었던 악몽과도 같았던 기억을 끝까지 설명하자 소피아는 물었다.

조그만 여자아이. 경련을 일으키는 눈. 무언의 속삭임.

"그런 경험은 처음이었죠. 정말 그게 기억이 떠오른 것인지 정확하지도 않았고요. 그저 잠깐 악몽을 꾼 것일 수도 있으니까."

무서워. 빨리 와야 해, 아빠!

카스파는 피로에 지쳐 뻑뻑한 눈을 비볐다.

"여자애가 아파 보였어요?" 소피아가 물었다.

아니, 그보다 훨씬 더 심각했어.

"어쩌면 깜빡 잠들어 악몽을 꾼 것일 수도 있죠." 카스파는 일말의 희망이라도 붙잡으려는 사람처럼 중얼거렸다. "꿈속에서 아이는 못 볼 것이라도 본 사람처럼 온몸을 심하게 떨었어요. 손을 대기도 힘들 만큼 몸을 비틀었어요. 그러나……"

"그러나, 뭐죠?" 소피아가 캐물었다.

"나는 걔를 꼭 붙들고 있어야 한다고 생각했어요. 안 그랬다가는 헬륨 풍선처럼 둥둥 떠올라 천장에 가닿을 것만 같았죠. 아이는 그토록 가벼워 보였어요. 마치 누군가 안에 든 걸 몽땅 빼버려 껍데기만 남은 것처럼 말이죠. 영혼이 날아가버리고 텅 빈 껍데기라고나 할까. 제 말 무슨 뜻인지 아시겠어요?"

"당신의 말투는 종종 그런 식이에요." 소피아가 딱 잘라 말했다.

"예? 뭐라고요?"

"당신은 그런 표현을 자주 쓴다고요. 우리가 이야기를 나눌 때마다 늘 그런 식이었죠. 아마도 직업에서 비롯된 습관이 아닐까 싶어요. 어떤 복잡한 문제를 전문지식이 없는 보통 사람들에게 쉽게 풀어줘야 하는 직업 말이에요. 이를테면 교사나 전문 감정인 아니면 변호사, 뭐 그런 종류의 직업 말이죠. 말을 끊어서 미안해요. 그 여자애가 정확히 어디 누워 있었는지 기억나요?"

"침대나 들것, 뭐 그런 종류였던 거 같아요."

"방안 풍경은 어땠죠?"

"아주 밝았어요. 커다란 창문이 두 개 있었는데, 거기로 햇빛이 쏟아져 들어왔죠."

"당신과 여자애, 둘뿐이었어요?"

"뭐라고 말하기 어렵군요. 아무튼 다른 사람이 있다는 걸 느끼지는 못했어요. 걔를 어떻게 했을 사람은……"

뭘 어떻게? 여자애를 폭행하거나 겁간한 사람? 무슨 독극물이라도 먹였다고?

"거기에는 당신과 여자애, 둘뿐이었나요?" 소피아가 다시금 다짐하듯 물었다.

"예. 여자애는 내 앞에 누워 있었죠. 숨이 고르지 못했어요. 머리카락은 땀으로 흠뻑 젖었고. 눈꺼풀을 심하게 떨었죠."

"아무래도 간질 발작의 후유증인 것 같군요."

"그럴 수 있겠죠."

독극물 중독이나 쇼크 혹은 고문으로 인한 것일 수도 있지……

"그런데도 서로 이야기를 나누었다고요?"

"아뇨, 직접 대화를 한 건 아니에요. 그 아이가 하는 말을 들은 게 아니라 느꼈죠."

"텔레파시 같은 거?"

카스파는 세차게 고개를 가로저었다.

"무슨 생각으로 그런 말을 하는지 알겠어요. 하지만 초능력 같은 현상은 아니에요. 글쎄, 부모의 사랑도 거기 속하려나? 저는 그저 딸의 손을 잡고 그 아이가 나에게 뭐라고 말을 하려 한다고 느꼈을 뿐이에요."

나 무서워, 나 좀 도와줘……

"아무래도 딸아이가 누군가에게 몹쓸 짓을 당한 다음 어딘가에 갇혀 있는 것 같아요. 지금 당장 구하러 가지 않으면 상태는 더욱 악화될 거예요."

"거기 창살이 있었나요?" 소피아는 그렇게 물으며 흥분한 카스파를 진정시키려 했다.

"예? 뭐라고요?"

"쇠창살 말이에요. 햇살이 비치는 커다란 창문이 있었다면서요? 창문 앞에 철망 같은 건 없었어요?"

카스파는 눈을 감고 기억을 되살리려 안간힘을 썼다.

나 무서워, 나 좀 도와줘……

그러나 아무리 더듬어봐도 밝은 햇빛이 비치는 공간이 무슨 감옥이나 외부로부터 격리된 골방이라는 느낌은 들지 않았다.

"뭐라 말하기 힘드네요." 카스파는 어깨를 으쓱했다.

"그럼, 그 여자애가 누구이건 간에……" 소피아는 나직하지만 단호한 목소리로 말했다. "……당신이 그애 때문에 너무 근심하지 않는 게 좋아요. 알았죠, 카스파?"

"어째서죠?"

"이 사진을 당신 사건을 담당하는 경찰에게 보내 이미 여러모로 확인해봤어요. 경찰 말로는 사진 속 여자애 또래가 실종되었다는 신고나 제보는 전혀 없다더군요."

소피아는 물음표처럼 생긴 귀밑머리를 귀 뒤로 감아 넘겼다. 카스파는 씁쓸한 미소를 지었다.

"그래요? 그게 뭘 증명하죠? 경찰 말대로라면 아무도 나를 찾지 않잖아요. 그런데도 나는 이렇게 여기 있죠. 그게 어떻게 해서……" 카스파는 잠시 적절한 표현을 찾느라 망설였다. "……이 소녀가 위험하지 않다는 걸 보장하죠? 나는 분명히 아이에게 약속했다고요. ……금방 다시 와서 구해주겠다고."

잠시 숨을 고른 카스파는 더욱 나직한 목소리로 속삭이듯 말했다. "어디로 가야 할지는 모르지만."

"알았어요." 소피아는 기록을 다시 챙겼다. "그럼 이제 공개적으로 나가야겠군요."

"언론을 말씀하시는 건가요?"

소피아는 고개를 끄덕였다.

"그래요. 물론 라스펠트 원장님은 한사코 반대하겠죠. 제가 당신에게 이 사진을 보여주는 것도 못마땅하게 여겼으니까요. 하지만 이제는 행동할 때예요."

"제 생각도 그래요." 카스파는 조금도 망설이지 않고 말했다. 안 그래도 단절과 고립만 노리는 라스펠트의 태도가 수상쩍던 참이었다. 어쨌거나 그는 원장에게 고맙기 그지없는 실험 대상이었으리라. 소피아 말이 병원에서 완벽한 기억상실증 환자를 만나는 일은 무척 드물다고 했다. 바로 그런 이유로 돈 한푼 없는 그가 이런 고급 병원에 머물 수 있도록 허락해준 게 틀림없다. 라스펠트는 기억상실증 환자의 회복이 외적인 영향이 아니라 내면의 변화에 따라 이뤄진다고 굳게 믿고 있었다. 즉 카스파는 원장의 주장을 과학적으로 뒷받침할 수 있는 좋은 사례인 셈이다. 카스파가 경찰과 만나는 것을 한사코 막은 이유도 달리 있는 게 아니었다.

"제 입장에서야 기자는 언제나 대환영이죠." 물론 카스파는 온 신문에 자기 사진이 공개되면 당혹스러운 상황이 닥치리라는 것을 모르지 않았다. 사실 토이펠스베르크 클리닉에는 마약 문제나 우울증으로 입원한 유명 인사가 제법 있었다. 조용히 숨어 지내고 싶어 외딴 병원을 찾았는데 사진기자들이 몰려와 플래시를 터뜨린다면 그들이 어떤 반응을 보이겠는가.

"알았어요, 신문사에는 제가 연락할게요. 그런데 한 가지 문제가……" 소피아는 카스파의 눈길을 피했다.

"뭐죠?"

"기자들이 몰려올 때쯤이면 저는 여기 없을 거예요. 내일부터는 라스펠트 원장님이 직접 당신을 맡을 겁니다."

이게 무슨 소리일까, 잠깐 생각에 빠져 있던 카스파는 이내 미소를 띠었다.

"그야 물론이죠. 성탄절 휴가 잘 보내요, 소피아."

그녀는 고개를 들더니 난감한 표정으로 고개를 저었다.

"휴가 때문이 아니에요. 오늘이 이 병원에서 근무하는 마지막날이거든요."

"예?"

"여기를 그만두기로 했어요."

"어허, 이런."

카스파는 갑자기 자신이 말도 제대로 못하는 얼간이가 된 기분이었다. 원장에게 마음놓고 대들었던 데는 다 이유가 있었구나 하는 생각이 퍼뜩 뇌리를 스쳤다. 병원을 떠나기로 마음먹었기에 거칠 것이 없었던 모양이다.

"이유를 물어봐도 될까요?"

"아뇨, 제발 묻지 마세요." 소피아는 이렇게 말하며 그의 손을 꼭 잡았다. 카스파는 한층 더 비참한 기분이 들었다.

이미 오래전에 병원을 박차고 나가 자신의 정체를 찾아 나서지 않은 진짜 이유가 소피아였다는 것을 카스파는 새삼스레 깨달았다. 비록 몇 번에 지나지 않았지만 소피아와의 상담은 그의 의식 깊은 곳에 드리워진 일종의 닻과 같은 것이었다. 그런데 이제 그녀가 닻줄을 거두어들이려 하고 있다.

"라스펠트 원장과 관련있나요?" 이런 물음이 의사와 환자의 관계를 벗어나 사적인 영역을 건드리는 것임을 잘 알면서도 카스파는 묻지 않고 배길 수가 없었다.

"아뇨, 그런 건 아니에요."

소피아는 소녀의 사진을 다시 파일에 끼우고 지붕을 따라 비스듬히 경사진 창문 앞의 책꽂이 겸용 책상에 앉았다.

"자, 그럼." 마지막 상담 진료기록을 정리한 소피아가 가벼운 한숨과 함께 서류철을 덮고 다시 자리에서 일어섰다. 카스파는 악수를 하는 것으로 족할지, 아니면 한 번 포옹을 해줘야 좋을지 망설이는 소피아의 속마음을 고스란히 느낄 수 있었다. 손끝으로 애먼 책상만 두드리던 그녀는 한 걸음 옆으로 비켜서며 나이트테이블을 물끄러미 바라봤다.

"저하고 약속해요, 매일 잊지 않고 꼬박꼬박 안약을 넣겠다고. 내일부터는 제가 돌봐드리지 못하니까요. 아시겠죠?"

소피아는 작은 플라스틱병을 들고 힘차게 흔들었다. 카스파는 콘택트렌즈를 사용한다. 카스파가 눈밭에서 발견되어 병원으로 실려왔을 때, 렌즈는 그의 동공에 껌처럼 말라붙어 있었다. 몸이 얼어붙은 탓이기도 했지만 그만큼 오랫동안 숲속에 버려져 있었다는 방증이기도 했다.

"안약은 이제 필요 없어요." 카스파는 반항하듯 말했다.

"무슨 소리에요, 이건 연고 같은 거라고요. 자극이 가라앉았다고 멈추면 절대 안 돼요."

소피아가 침대 모서리를 손바닥으로 두들겼다. 카스파는 하는 수 없이 그녀 옆자리에 앉았다.

예의상 조금 거리를 두고 떨어져 앉았으나, 소피아가 오히려 바짝 다가왔다. 이제 눈길을 피하는 쪽은 카스파였다. 불과 며칠 전 세상에 다시 태어난 뒤로 상대의 눈에 자신의 모습이 비칠 만큼 누군가와 가까이 있어보기는 처음이다.

"어떻게 생각하세요? 그 사진 속 여자애가 정말 제 딸일까요?" 소피아가 안약 뚜껑을 여는 동안 카스파가 물었다. "저랑 닮았나요?"

잠깐 숨을 멈춘 소피아는 이내 한숨을 쉬었다.

"글쎄요, 그 나이에 뭐라 말하기는 어렵군요."

카스파는 소피아가 그의 첫 기억도, 마지막 희망도 무시하지 않으려 애쓰고 있다는 것을 피부에 와 닿듯 느꼈다.

"어떻게 생각해야 좋을지 모르겠어요. 누구나 그런 귀여운 아이를 원하죠. 하지만 그 어린것이 아빠를 기다리고 있다고 생각하니 엄마로서 가슴이 찢어지는군요."

카스파는 얼른 그녀의 손을 살폈다.

"당신이 엄마라고요?" 분명 결혼반지는 보이지 않았다. 소피아가 하고 있는 보석은 저 진주빛 장식이 달린 고운 줄의 목걸이뿐이다. 여자의 가녀린 목덜미에서 다시금 반짝 빛이 났다.

"어떻게 말씀드려야 좋을지 모르겠군요. 마리 덕분에 엄마라는 분에 넘치는 호칭을 얻기는 했죠. 하지만 엄마 노릇에는 완전히 실패하고 말았어요." 소피아의 목소리에 진한 슬픔이 묻어났다. 그녀와 상담을 나눌 때마다 느꼈던 애잔함의 정체가 이것이었구나 하고 카스파는 입술을 지그시 깨물었다. 너무도 분명하게 전해져오는 슬픔에 가슴이 먹먹해졌다.

"너무 일만 하느라 딸을 제대로 돌보지 못했어요. 그래서 그가 아이를 빼앗아가버렸죠."

그랬구나. 그래서 자꾸 그녀에게 끌렸구나. 카스파는 속으로 중얼거렸다. 우리는 같은 운명을 나누고 있었던 거야.

"누가 아이를 빼앗았다고요?" 카스파가 은근한 목소리로 물었다.

"아이 아빠가요. 그는 내가 마리에게 접근도 못하게 해요."

"어떻게 그럴 수가 있죠?" 카스파는 아차 싶어 입술을 깨물었으나 이미 말을 뱉은 다음이었다. 짧기는 했지만 남의 사생활을 너무 지나치게 파고드는 질문이었다. 소피아 역시 그 점을 의식했는지 애써 눈길을 외면했다.

"그도 나름대로의 방법을 가지고 있다고만 해두죠." 짧게 대답한 소피아는 소매로 뺨을 닦았다.

"이거야 원." 소피아는 쿨럭이며 잠긴 목을 풀었다. "쓸데없는 소리를 했네요."

"쓸데없다니요. 아니에요. 속이 후련해질 때까지 이야기하세요." 카스파는 다시 한번 은근슬쩍 이야기를 부추겼다.

소피아는 천천히 안약 병에서 유리대롱을 빼냈다.

"아니에요. 말로 한다고 해서 실수를 바로잡을 수 있는 건 아니죠. 행동해야 해요. 병원도 그래서 그만두는 거예요. 준비를 해야죠."

"어떻게 하시려고요?"

"싸워야죠. 곧 중요한 재판이 열려요. 응원해주실 거죠?"

"그럼요." 카스파는 힘내라며 눈을 찡긋해 보였다. "누가 알아요, 제가 양육권 분쟁에 정통한 변호사로 깨어날 수도 있잖아요. 무슨 말인지 아시죠?" 카스파는 껄껄 웃었다. "그렇담 그동안 훌륭하게 돌봐주신 데 보답을 해야죠."

"그래요, 그럴 수도 있겠죠." 그녀는 씁쓸한 미소를 지었다. "자, 이제 고개를 뒤로 젖히세요."

카스파는 소피아가 시키는 대로 했다. 소피아가 위에서 허리를 숙이고 내려다보는 바람에 귀밑머리가 흘러내렸다. 카스파는 소피아의 은은한 향수가 자신을 감싸고 있듯, 그녀가 자신을 안아주었으면 좋겠다는 바람을 꿀꺽 삼켰다.

이렇게 가까이 있는 것도 처음이군요. 자신에게 고정된 여자의 시선을 올려다보는 사이, 유리대롱 끝에 방울이 맺혔다.

이때 위험을 감지한 미스터 에드가 벌떡 일어섰다. 개는 침대를 뛰어넘어서 창가로 달려가 맹렬하게 짖어댔다. 소리가 와 닿기도 전에 본능적으로 위험을 감지한 모양이다. 이제는 카스파와 소피아의 귀에도 분명히 들렸다. 뭔가 우지끈 부서지는 소리를! 그 뒤를 이어 날카로운 쇳소리가 허공을 할퀴었다. 그 짧고 참혹한 소리는 카스파의 귀에 병원 입구에서 살아 있는 어떤 생명체가 두 동강 났다는 것을 알렸다.

18시 31분

카스파는 미스터 에드를 줄에 묶어 황급히 방을 빠져나가는 소피아의 뒤를 따라가야 할지 잠깐 망설였다. 아무튼 밖에서 무슨 일이 벌어진 게 틀림없다. 아무래도 사고가 난 모양이다.

카스파는 창문에 바짝 붙어 바깥을 내다보았으나 시야가 흐려서 알아볼 수 있는 것은 거의 없었다. 날씨가 맑은 낮이면 이 건물 꼭대기층에서 내려다보는 전망은 숨막히도록 아름답다. 자연보호구역으로 지정된 짙은 숲 너머로 호수가 반짝이며, 저멀리 자리잡은 고급 주택가의 저택들이 웅장한 위용을 뽐낸다. 하지만 어스름과 진눈깨비는 잿빛 겨울 오후를 이미 오래전에 삼켜버렸다. 회색 안개를 비추는 인공조명은 분위기를 더욱 더 음산하게 만들 뿐이다. 저 아래 구불구불한 비탈길을 따라 병원 입구를 향해 엉금엉금 기어오르는 차량에서 붉고 푸르게 번쩍이는 경광등 불빛이 일정 간격으로 서서 얼어붙은 침엽수들 사이로 명멸할 따름이다.

카스파는 창문을 완전히 열어젖힌 다음 고개를 빼고 아래를 내려다보았다. 한층 더 강해진 진눈깨비가 얼굴을 때린다. 멀지 않은 곳에서 단조로운 엔진음이 들린다. 아래서 육중한 철문이 열리고, 두 남자가 추위 속으로 걸어나왔다.

"봤어? 무슨 일이 벌어진 거야?" 원장이 묻는다. 라스펠트는 병원 입구의 희미한 불빛이 비치는 반경을 벗어나 있지만, 거친 목소리로 자신의 존재를 유감없이 드러낸다.

"아뇨, 못 봤습니다. 방금 전까지 도서관에서 쉬고 있었거든요." 바흐만이 대답한다. "선생님이 저에게 추천하신 수사학 책을 돌려놓으려 했죠."

수사학? 카스파는 의아하게 여겼다.

평소 관리인은 기회가 있을 때마다 환자들을 상대로 썰렁한 농담을 즐긴다. 딴에는 그런 식으로 환자들의 기분을 돋워준다고 믿는 모양이다. 하지만 바흐만은 라스펠트 앞에만 서면 부모의 서명을 받은 반성문을 뒤늦게 가져다 내는 초등학생처럼 굳어질 뿐이다. 아마도 그래서 말주변을 키우라고 그런 책을 읽으라고 한 모양이다.

"빌어먹을 빙판." 원장이 투덜댔다. "대체 누가 다친 거야?"

"글쎄요, 말씀드리기 어렵군요. 뭔가 입구를 가로질러 놓여 있어서 말이죠. 가려져서 감시 카메라에도 다 잡히지 않았고요."

축축한 눈이 바람에 실려 창으로 밀려든다. 카스파의 젖은 얼굴은 한 치 앞을 내다볼 수 없다.

"어떻게 해야 저 아래 내려가볼 수 있지?"

순간, 맞바람에 창문이 카스파의 코를 쿵 때린다. 돌아서보니 리누스가 방문을 열고 서 있다. 갑자기 문을 여는 통에 맞바람이 분 것이다. 전직 가수는 놀라고 당황하면서도 노골적인 호기심을 드러냈다. 마치 자신이 창문을 닫히게 만드는 염력을 가지고 있다는 것을 발견하고 신기해하는 표정이다.

"괜찮아, 네가 갑자기 문을 여는 통에 맞바람이 분 것뿐이야." 카스파는 리누스를 안심시켰다. "그런데 웬일이야?"

"나쁘 일야." 리누스가 나직하게 중얼거렸다. "무셔버!" 이 장기 환자는 완전히 별종의 세계에서 살고 있을 뿐만 아니라, 말도 자기 멋대로 지어냈다.

리누스는 몇 년 동안 자신의 머리를 칵테일 믹서로 혼동하며 살았다. 입이나 코로 그저 닥치는 대로 알약이나 드링크, 가루약 따위를 먹고 마시고 흡입한 것이다. 결과적으로 어떤 약물이 채찍이 되어 그를 완전히 돌아버리게 만들었는지 정확히 이야기할 수 있는 사람은 아무도 없다. 무대에서 쓰러진 가수를 응급의가 간신히 소생시켜놓았을 때, 그는 올바른 순서로 말할 수 있는 지경이 아니었다. 심지어 글자들마저 서로 얽혀 꼬일 정도였다.

"머, 머가 꿍 바살났져, 예살람." 리누스는 이렇게 외치며 웃었다. 카스파는 '나쁘 일야'를 간신히 '나쁜 사고'로 번역하는 데 성공했지만, 다른 예술적 표현들은 어찌 해석해야 좋을지 난감해 머리만 긁적였다.

입꼬리를 비틀며 웃고 있는 것으로 보아 리누스는 돌연 찾아든 사고가 즐겁기만 한 모양이다. 하지만 그의 겉모습을 보고 내면의 상태를 추측하는 일은 언제나 신중해야 한다. 카스파가 가수의 웃음소리를 마지막으로 들었을 때, 그의 손은 침대에 묶여 있는 상태였다. 갑작스러운 발작으로 자신의 머리카락을 뜯어먹는 것을 막기 위한 조치였다.

"어디 무슨 일이 벌어졌는지 구경 갈까?" 카스파가 묻자 리누스의 얼굴에 평생 이런 모욕은 처음이라고 말하는 듯한 표정이 얼핏 떠올랐다. 하지만 그도 잠시, 리누스는 깔깔 웃으며 개구쟁이처럼 펄쩍펄쩍 뛰어 방을 나갔다. 카스파는 못 말린다는 표정으로 어깨를 으쓱하고는 이내 그의 뒤를 쫓았다.

18시 39분

리누스는 코앞에서 승강기를 놓쳤다. 하는 수 없이 두 사람은 골동품 같은 나무계단으로 내려가기 시작했다. 계단은 중앙의 승강기 통로를 중심으로 열대 덩굴식물처럼 빙글빙글 돌아가는 구조였다. 한 단 한 단 내디딜 때마다 삐걱거린다. 양말만 신은 카스파는 꼭 한밤중에 몰래 부모 집을 빠져나오는 불량 청소년이 된 것 같은 기분이었다.

어렸을 때 이랬을까? 아니면 언제나 제시간에 귀가하는 모범생이었을까?

최근 며칠 동안 카스파는 시간이 날 때마다 텅 빈 성당 같은 자신의 기억을 채우기 위해 아주 사소한 문제까지 집요하게 매달렸다. 처음 키웠던 애완동물의 이름이 뭐였지? 학창 시절에는 인기가 많았을까, 왕따였을까? 차고에 세워져 있던 차는 어떤 종류였지? 무슨 책을 가장 좋아했더라? 특별한 일이 있을 때만 듣는 노래가 따로 있었나? 첫사랑은 누구였을까? 철천지원수 같은 놈도 있었을까? 대답할 수 있는 것은 아무것도 없었다. 그의 기억은 이사를 가면서 텅 빈 집에 먼지 앉지 말라고 커다란 침대보를 씌워놓은 가구 같았다. 어제까지만 해도 카스파는 물음표를 덮고 있는 먼지막이를 벗겨내려고 안간힘을 썼다. 하지만 오늘은 두렵다. 그 아래 끔찍한 진실이 숨겨져 있을지도 몰랐다.

무서워. 빨리 와야 해, 아빠!

음울한 생각에 빠져 카스파가 1층에 내려왔을 때, 이미 리누스는 사라지고 없었다. 대신 야스민 실러와 마주쳤다.

"예, 예, 알았어요. 나 아니면 누가 하겠어요." 젊은 간호사는 뾰로통한 얼굴로 몇 발짝 떨어지지 않은 바흐만의 관리실 앞에 서 있는 라스펠트에게 종알거렸다. 원장에게 다시금 사환 취급을 받는 것을 못마땅해하는 기색이 역력하다. 카스파를 휙 스쳐지나가는 야스민의 입에는 밝은 푸른색 풍선껌이 3분의 2가량 붙어 있었다. 그녀는 카스파를 보고도 인사조차 하지 않았다.

"그저 잠깐 이 일을 하고 있을 뿐이에요, 아셨어요?! 저는 가수라고요, 정신병자들 뒤치다꺼리나 하는 여자가 아니란 말예요." 병원에 들어온 둘째 날 야스민이 카스파의 면전에 대고 한 말이다. 소변 볼 때 도와줄 필요가 없다는 사실을 확인하자 날아갈 것 같은 표정을 지었다. 붉은 아크릴처럼 물들인 앞머리와 엄지손가락에 끼고 있는 철조망 모양의 반지 그리고 언제 봐도 툴툴거리기만 하는 기질로 미루어볼 때, 아무래도 병원은 그녀와 맞지 않아 보였다. 하지만 그동안 카스파는 혓바닥에 피어싱을 하고 몸 곳곳에 문신을 한 아가씨를 엘리트 지상주의자인 라스펠트가 왜 용인하고 있는지 그 이유를 알 수 있었다. 야스민은 자신의 직업을 정말 사랑했다. 그녀는 맡은 일 하나는 똑 부러지게 해내는 훌륭한 간호사였다. 다만 다른 사람들이 그것을 아는 게 싫었던 것이다.

입구로 가는 동안 카스파의 발은 푹신한 양탄자의 촉감을 즐겼다. 양탄자는 병원 접수대 앞까지 깔려 있다. 처음 병원을 찾는 사람들은 이 고급 양탄자를 보며 마치 어느 대저택에 온 듯한 기분을 느끼기 마련이다. 일반 병원에서 보는 살균 용액으로 닦은 리놀륨 바닥과는 비교가 안 되는 분위기였다. 관리인의 사무실도 마찬가지다. 디르크 바흐만은 크리스마스를 진심으로 사랑하는 남자였다. 아직껏 자식을 얻지 못했음에도 아주 세

세한 부분까지 신경써가며 근사한 가족 만찬을 즐겼다. 마치 무슨 상이 걸린 대회라도 참가하는 것처럼 열과 성을 다했다. 병원 입구를 들어서면 바로 마주치는 접수창구에는 헤아리기 힘들 만큼 많은 산타클로스 인형, 금색을 자랑하는 천사 인형, 예수가 태어난 마구간 모형 등이 꼬마전구들을 달아놓은 줄 장식에 감싸여 저마다 예쁜 미소를 흘려대는 통에, 철제 책상과 열쇠함 사이에 금박 줄을 칭칭 감아 세워놓은 전나무는 눈에 들어오지도 않을 지경이다.

"원장선생님……?" 카스파는 라스펠트를 놀라게 하지 않으려고 나직한 목소리로 불렀다. 그럼에도 원장은 움찔했다.

"아니, 또 당신이오?" 라스펠트의 눈빛에서 죄책감 같은 게 나타났다가 이내 사라지는 것을 카스파는 놓치지 않았다.

"그만큼 했으면 충분히 알아들은 줄 알았는데! 당신이 있어야 할 곳은 병실 침대란 말이오!"

당신도 침대 신세를 져야 하는 게 아닐까. 카스파는 그렇게 생각하며 원장 눈 밑의 시커먼 그늘을 바라보았다. 그런 시선을 원장이 알아챌까봐 짐짓 딴청을 피우면서.

"다른 환자들이 몹시 흥분해 있어서 말이죠." 카스파는 거짓말로 둘러댔다. 실제로 지금 병원에 있는 환자라고 해봐야 카스파 말고는 그레타와 리누스가 전부였다. 다른 환자들은 크리스마스가 지나야 돌아올 것이다. 노파는 소리를 잔뜩 키워놓고 텔레비전 저녁 프로그램을 즐기느라 여념없었으며, 리누스는 일찌감치 사건에 흥미를 잃고 어디론가 사라진 뒤였다. 어쨌거나 병원 현관에서는 리누스의 모습이 보이지 않았다.

"밖에 무슨 일이 있는 겁니까?"

라스펠트는 못마땅한 듯 말없이 고개만 저으며 손으로 모니터를 가리켰다. 빨리 물음에 답해줘야 카스파를 떼어낼 수 있다고 생각한 모양이다.

“구급차 한 대가 우리 병원 아래 도로를 지나다가 미끄러지면서 공중전화부스를 들이받고 뒤집혔소.”

카스파는 심하게 흔들리는 모니터 화면을 힐끗 바라보았다. 나무들 사이에서 떨고 있는 것은 구급차의 경광등 불빛이었다. 차량 지붕 위의 푸른색 경광등이 여전히 돌아가고 있었던 것이다.

병원으로 오르는 길을 카메라로 감시하고 있다면, 내가 여기로 올라올 때 찍어놓은 것도 틀림없이 있지 않을까? 문득 그런 생각이 들었지만 카스파는 라스펠트에게 녹화테이프에 관해서는 묻지 않기로 했다. 그런 질문을 하기에 적절한 때는 아니었다.

“제가 뭐 도와드릴 건 없나요?” 대신 카스파는 그렇게 물었다.

오늘 저녁 병원은 한산했다. 환자라야 고작 세 명이고, 소피아 말고 다른 의사들은 모두 휴가였다. 그러나 공휴일의 우울한 적막감은 내일 오후에야 본격적으로 그 모습을 드러내리라. 드디어 크리스마스이브구나 하는 느낌에 사로잡힐 순간에야. 성탄절 전야에 또다시 혼자라니 생각만 해도 끔찍한 일이다.

“아니요, 없어요. 말은 고맙지만 당신이 도울 일은 없소. 지금 상황은 우리끼리 충분히 해결할 수 있소.” 라스펠트는 입꼬리를 비죽이며 희미하게 웃었다. 네깟 환자가 뭘 돕겠느냐는 표정이다. “소피아 도른 박사와 바흐만이 제설차량을 타고 내려갔소.”

그의 말을 증명이라도 하듯 소피아와 관리인의 모습이 감시 카메라 모니터에 나타났다.

“제설차량 없이는 온통 빙판인 비탈길을 내려갈 수가 없지. 올라오는 거야 두말할 것 없고요.”

모니터 옆 충전기에 세워져 있던 무전기에서 삐 소리가 나더니 바흐만의 목소리가 들린다.

"제가 보기에는 한 명뿐인 것 같습니다."

라스펠트는 발광다이오드가 깜빡거리는 무전기를 충전기에서 빼들었다.

"부상 정도는?"

"말씀드리기 어렵군요." 이제는 소피아가 말했다. "운전사는 쇼크를 받은 것 같아요. 완전히 박살난 공중전화부스 옆에 앉아 있습니다. 잠깐만요."

라스펠트의 등이 가린 탓에 카스파는 모니터 화면을 볼 수 없다.

"제기랄, 여기 한 명이 더 있네요." 무전기에서 다급한 목소리가 터져 나왔다. "환자를 옮기던 모양이었나봐요."

카스파는 까치발을 하고 화면을 보려 했다.

구급차 측면의 반투명 유리가 산산조각나 있다. 카스파는 바깥을 향해 힘없이 흔드는 피투성이 손을 본 것 같아 눈을 끔벅였다. 제대로 본 것인지 의심스럽기만 했다.

라스펠트도 놀란 나머지 주춤거리며 한 발 물러섰다.

"둘 다 데리고 올라와요." 원장은 무전기에 대고 지시했다.

"글쎄 잘 모르겠네요. 차라리 다른 방법을 찾아보는 게 낫지 않을까요?"

"무슨 방법?" 라스펠트가 소리를 질렀다. "헬리콥터라도 부를까? 소방대를 불러? 지금 사고차량 때문에 전화선이 완전히 끊어진 걸 모르고 하는 소리요?"

이 병원 구역에서는 휴대폰이 터지지 않는다. 카스파는 입이 탔다. 휴대폰 생각을 꿀꺽 삼키며 사레라도 들린 듯 크게 기침을 했다. 이 지역은 이동통신사업자들의 카드에 남아 있는 마지막 사각지대였다. 라스펠트는 이를 두고 정신과 진료를 하는 데 더없이 좋은 점이라고 고집을 피웠다. 환자들을 외부의 부정적인 영향으로부터 지켜줄 수 있다나!

무전기가 다시금 깜빡이기 시작했다.

“바흐만이 지렛대로 문짝을 열었어요. 지금 환자가 보입니다. 악, 안 돼, 하느님 맙소사!”

“뭐야? 뭔데 그래?” 라스펠트는 모니터를 노려보며 상황을 파악하려고 안간힘을 썼다.

“아, 소리부터 질러서 죄송해요. 환자 목에 칼이 꽂혀 있어요.”

“죽었어?”

“아뇨, 기도에 구멍이 났어요. 의식은 있어요, 숨도 고르게 쉬고요, 하지만……”

“하지만 뭐?” 완전히 자제력을 잃은 원장이 소리를 질렀다. 그러면서 카스파에게 이제 제발 꺼지라며 신경질적으로 손을 흔들어댔다.

“환자가 누구인지 알면 믿지 못하실걸요.”

18시 56분

야스민이 돌아오자 원장은 제발 카스파를 좀 병실로 데려가라며 툴툴거렸다. 방으로 돌아가보니 식판에 담긴 저녁식사가 카스파를 기다리고 있었다. 병원의 여자 요리사 지빌레 파츠발크는 늘 그러듯 요리 자체보다 장식에 더 많은 공을 들였다. 고급 천으로 만든 냅킨을 한껏 재주를 부려 백조 모양으로 접어놓았으며, 그 옆에는 묵직한 은 나이프와 포크, 그리고 스푼을 하얀 면 수건으로 정성스레 감싸놓았다. 수프 접시 가장자리에는 파슬리 가루를 뿌렸다. 물잔 옆에는 하얀 난초 한 송이가 놓여 있었다. 카스파는 빵 광주리를 덮어놓은 천을 들췄다. 허기가 냄새를 맡은 사냥개처럼 그를 덮쳤다. 벌써 몇 시간째 아무것도 먹지 않았던 것이다.

빵을 한입 베어물자마자 창밖에서 잔디깎이 못지않은 시끄러운 엔진 소리가 뱃속의 꼬르륵 소리를 집어삼켰다. 바게트를 내려놓고 얼른 창가로 다가간 카스파는 바깥을 유심히 살폈다. 어느덧 두툼한 눈송이로 변한 진눈깨비가 벌써 창틀에 소복이 쌓여 있었다. 조금만 있으면 창 너머로 아무것도 볼 수 없을 지경이다. 지금도 소피아와 바흐만이 사고 희생자들을 병원으로 데리고 온 제설차량을 전혀 알아볼 수 없다.

카스파는 창문을 약간 열었다. 틈새로 맹렬한 추위가 몰려온다. 이러다가는 눈물까지 얼어버리지 않을까 무서울 정도다. 내가 여기서 할 수 있는 게 뭐지? 카스파는 자신에게 물음을 던진다. 담배연기 같은 입김이 뭉게뭉게 피어오른다. 문득 그레타의 방에서 병든 소녀를 떠올렸을 때 났던 종이 탄내가 다시 코끝을 간질인다.

금방 다시 오는 거지?

창문을 닫은 카스파는 방 한복판으로 갔다. 방안을 한번 빙 둘러보며 내면의 불안이 위험수위를 넘어섰다는 것을 느꼈다. 이로써 카스파는 분명한 기억보다 훨씬 더 중요한 것을 자기 안에서 찾아냈다. 그저 팔짱만 끼고 기다리는 것은 그의 성격과 조금도 어울리지 않는다는 사실을! 이런 깨달음은 최근 며칠 동안 발견한 것, 이를테면 손목시계를 오른손에 찬다든가, 식사를 할 때면 언제나 소금부터 뿌리고, 자신이 직접 쓴 글씨를 잘 알아보지 못한다는 것 따위보다 더 중요했다.

그 안의 모든 것이 당장 이 병원을 떠나라고 고함을 질러댔다. 이는 곧 그의 숨겨진 본능이 서서히 깨어나고 있음을 의미했다. 지금까지는 주변을 둘러싼 일들에 직접 손대기보다는 치료의 기적이 일어나기만을 기다렸다. 그저 팔짱 끼고 어떤 계기가 찾아와주기만을 기대했다. 하지만 카스파는 사실 자기 자신을 숨겨놓은 것에 지나지 않았다. 여기 이 병원이 아니라, 누구도 그를 찾아낼 수 없는 장소에. 그리고 그곳은 바로 자기 자신 안이다.

카스파는 옷장을 열었다. 여덟 개의 옷걸이 가운데 옷이 걸려 있는 것은 네 개뿐이다. 게다가 양복 상의와 바지는 따로 걸어두었다. 오늘 저녁 이곳을 떠난다면, 짐은 많지 않으리라.

몇 안 되는 자기 물건을 침대 위에 늘어놓는 카스파의 입에서 한숨이 새어나왔다. 그것도 대부분 병원에서 준 것이거나 소피아가 시내에서 사다준 것이다. 갈아입기 위한 그야말로 최소한의 옷가지다. 양말 여섯 켤레, 팬티 다섯 장, 파자마 두 벌, 트레이닝복 한 벌, 욕실 슬리퍼, 몇 가지 소소한 화장품 그리고 페터 프랑에*의 역사소설 한 권이 전부였다. 책은 그나마 병원 도서관에 반납해야 한다.

내 인생은 딱 쓰레기봉투 하나 크기군. 당장 입거나 걸치지 않을 것들을 모두 쓰레기봉투에 담아놓자 비참한 기분이 들었다. 배낭이나 가방이 없어서 쓰레기통에서 꺼낸 봉투에 짐을 챙길 수밖에 없었다.

그런 다음 카스파는 검은 양복을 입었다. 병원에 오던 날 입고 있었던 옷이라고 한다. 두툼한 안감을 두둑하게 댄 겨울 코트는 봉투를 쥔 팔에 걸쳤다. 다른 손에는 끈이 달린 묵직한 부츠를 들었다. 나무계단을 다 내려간 다음 신을 생각이다.

그럼 출발해볼까.

카스파는 아늑한 자기 방을 애써 돌아보지 않고 나왔다. 불을 끄고 고요한 복도를 살금살금 걸어가는 그의 얼굴에는 다시는 돌아오지 않으리라는 굳은 결의가 새겨져 있다.

---

* 역사소설 분야의 베스트셀러 작가.

19시 6분

계단을 천천히 내려가며 카스파는 병원에 환자가 적은 게 다행이라고 생각했다. 마주치는 사람이 있을 수 없다는 사실이 고마웠다. 하지만 2층에 다다르자 아주 불리한 시간대를 골랐다는 것을 깨닫지 않을 수 없었다. 누구에게도 들키지 않고 병원을 걸어나가고 싶었던 그로서는 당황스러웠다. 계단 난간에 기대서서 아래를 굽어보았다. 그가 모르는 목소리가 크게 들렸다. 저 구급차 운전사인 모양이었다. 소피아의 짐작과 달리 쇼크를 받지 않은 게 틀림없었다. 그렇다고 보기에는 말이 너무 유창했다.

"요나탄 브루크, 47세, 키 185, 체중 약 90킬로그램." 아래의 남자가 주워섬겼다. 그의 기분좋은 바리톤은 흡사 뉴스 앵커의 목소리처럼 진지했다. 다만 옆에서 들리는 뭔가 이상한 소리가 거슬렸을 뿐이다. 카스파는 커피머신에서 물이 끓는 소리인가 싶었다.

"알코올중독이거나 마약을 한 걸로 보입니다. 청소부가 방에 들어갔다가 의식을 잃고 쓰러져 있는 브루크를 발견했고, 토이펠스제 모텔 주인이 구급차를 불렀죠."

카스파는 접이식 철제 들것을 펼치는 소리를 들었다. 들것의 바퀴는 틀림없이 크림색 양탄자 위에 깊은 홈을 남기리라. 이때 문득 카스파는 저 쿨럭거리는 소리가 환자의 목구멍에서 나오는 것이라는 사실을 깨달았다.

"그럼 기관절개는 어떻게 된 거요?" 라스펠트가 확인을 위해 물었다.

"자기 손으로 그런 거예요. 미치광이가 틀림없습니다. 오늘 마지막 근무였거든요. 그저 빨리 저자를 베스트엔트 시립병원에 데려다주고 퇴근하자 싶었죠. 그런데 마침 저 아래 도로를 지날 때, 백미러를 보고 제 눈을 의심했어요. 저 미치광이가 벌떡 일어나 주정뱅이처럼 고래고래 소리를 지르더니 주머니칼을 자기 목에 박아넣지 뭡니까. 나도 모르게 급브레이크를 밟았죠. 차가 기우뚱하더니 그대로 돌면서 전화부스인지 뭔지를 덮쳤어요. 뭐, 나머지야 아시는 그대로고요."

상황을 요약 정리하는 동안 구급대원과 라스펠트는 승강기 쪽으로 향했다. 그들은 이제 바로 난간 아래 서 있다. 불과 몇 미터 높이에서 그들을 굽어보고 있는 카스파의 귀에 브루크의 거친 숨소리가 들려왔다. 마치 빨대로 종이컵에 남은 마지막 한 모금을 빨아들이는 소리 같았다.

"부탁이오만, 환자를 미치광이라고 부르지 마시오." 라스펠트는 자신이 모욕을 당하기라도 한 것처럼 불쾌한 표정을 지었다.

돌연 눈앞에서 뭔가가 움직이는 기척에 카스파는 움찔했다.

그가 서 있는 층계참 아래의 계단이 외벽으로 이어지는 모습이 1층 통유리창에 비친 것임을 깨닫고 나서야 안도의 한숨이 나왔다. 바깥의 바람은 불과 몇 분 만에 본격적인 눈보라로 변해 있었다. 평소에도 희미한 병원 정원의 가로등 불빛은 동전만한 눈송이들을 뚫기는 역부족이었다. 바람 부는 대로 이리저리 흩날리는 눈송이들을 보고 있으려니 하얀 벌떼를 보는 것 같다는 착각이 들었다. 점점 크기를 부풀리며 우쭐우쭐 위용을 자랑하는 벌들의 무리! 창문에 비친 모습에 잠깐 집중하는 사이, 눈 한 번 깜빡이는 찰나 카스파의 뇌리에 묘한 이미지가 떠올랐다. 건장한 남자 둘이 들고 가는 들것에는 목에 스위스 다용도 칼이 꽂힌 몸뚱이가 꼼짝도 않고 누워 있다. 승강기 문이 덜컹하는 격노한 소리와 함께 열리자 이미지는 사라지고 묘한 냄새가 카스파의 코를 찌른다. 뭔가 불타는 냄새. 매캐함을 동반한 연기.

다시금 무슨 기억이 떠오르려는 전조일까?

카스파는 자기도 모르게 승강기에서 한 걸음 떨어졌다. 마치 기억이 승강기를 타고 그를 향해 올라오기라도 하는 것처럼! 승강기에서 튀어나온 기억이 그의 목덜미를 붙잡기라도 한 것처럼! 온몸에 소름이 돋고 으스스 한기가 돌았다. 그런 다음 등뒤에서 뭔가 마른 형체와 부딪치는 순간, 카스파는 헉하고 비명을 질렀다. 그 형체는 어둠 속에 숨어 내내 카스파를 지켜보고 있었다.

19시 10분

얇은 가죽장갑을 낀 남자는 껌을 씹고 있었다. 그렇지만 이제 막 감은 머리가 그의 정체를 숨김없이 노출하고 만다. 창문을 열어놓고 담배를 피웠다고 해서 연기가 모두 빠져나간 것은 아니었다. 몇 가닥으로 꼬인 담배 연기가 여전히 그의 머리 위를 맴돌았다. 그가 고개를 세차게 흔들수록 냄새는 더욱 퍼질 뿐이었다.

"알았어, 알았다고! 이르지 않을 테니까 걱정하지 마."

병원은 어느 한곳 빠짐없이 철저한 금연이었다. 그런데 하필이면 리누스가 체력단련장이 있는 건물 2층에서 담배를 피운 것이다. 건강관리를 위한 장소에서 담배를 피웠다? 이런 것을 두고 리누스의 유머 감각이라고 해야 할까.

기억의 전조가 아니었어. 다시 기억이 찾아온 게 아니었다고.

"와봐봐, 내가 머, 머 보여줄께!" 리누스가 입을 씰룩이며 말했다. 그의 목소리는 잔뜩 겁에 질려 있었다. 단지 금연 규정을 어겼다고 겁을 먹은 것처럼 보이지는 않았다. 손을 불안하게 휘저으며 뭔가 알리려는 게 분명했다. 어차피 애매하기만 한 말솜씨를 생각하면 나쁘지 않은 시도였다.

"뭐야, 무슨 일인데 그래?" 카스파가 물었다.

대답 대신 리누스는 봉투를 든 카스파의 손을 잡아끌었다. 리누스는 맞은편 문을 벌컥 열었다. 문에는 실제로 '피트니스 센터'라는 안내판이 붙어 있다. 다른 병원 같았으면 그저 환자들의 재활운동을 위한 공간이었으리라. 하지만 이곳에는 온갖 최신 운동기구가 완비되어 있었다.

지금껏 한 번도 이곳을 찾은 적 없던 카스파는 사방 벽에 거울이 붙은 홀을 채우고 있는 최신식 운동기구들에 적잖이 놀랐다. 카스파는 러닝머신과 벤치프레스, 사이클 등을 차례로 둘러보았다. 러닝머신 한 대에서는 발판 주위로 발광다이오드가 반짝였다. 왜 저런 장식을 해놓았을까 자문하는 사이, 리누스는 손가락을 입에 대고 조용히 하라는 시늉을 하며 실내조명을 껐다. 그제야 카스파는 러닝머신의 장식이 왜 필요한지 깨달았다. 그런 다음 리누스는 유리문을 열고 발코니로 나갔다. 갑자기 밝아진 것 같았다. 그러나 명멸하는 운동기구의 빛이 쌓인 눈에 반사되어 그렇게 보이는 것일 따름이다. 더구나 매서운 바람에 발밑에서는 눈이 회오리를 친다.

아하, 여기서 담배를 피우곤 했구나. 카스파는 그런 생각을 하며 자리에 멈춰 섰다. 리누스가 다시 손짓한다. 따라오라는 뜻인 모양이다. 눈덩이를 밟으며 조심스레 나아가면서 보니 발코니의 나무바닥은 완전히 얼어붙어 있다.

"이봐, 친구, 이걸 좀 봐." 카스파는 고개를 저으며 자신의 발을 가리켰다. "양말밖에 안 신었는데 어디를 더 가자는 거야?"

"머, 머 보여중께 이써." 리누스는 바람이 새는 것만 같은 소리로 말했다. 이번에는 더욱 겁에 질린 목소리다. 안절부절못하는 게 고스란히 느껴졌다. 그런 다음 한 걸음 더 나아가며 카스파에게 손짓하고는 눈 깜짝할 사이 어둠 속으로 사라졌다.

"돌아와!" 카스파가 소리를 질렀다. 너 그러다 죽을 수 있어. 입 밖에 내기 전 이런 생각만으로도 온몸에 소름이 돋았다.

이제 어쩐다?

여기서 이러고 있을 때가 아니었다. 지금 라스펠트를 비롯해 소피아와 바흐만은 사고 처리에 여념이 없다. 들키지 않고 병원을 빠져나갈 절호의 기회다. 또다른 한편 카스파는 갖가지 언어가 뒤섞인 저 바벨탑에서처럼 알아듣기 힘든 리누스의 말을 어떻게 해석해야 좋을까 생각했다.

'와봐봐, 내가 머, 머 보여중께!' 이는 곧 '이리 와봐, 내가 뭘 보여줄게!'라는 이야기이리라.

빌어먹을. 아마도 리누스는 뭔가 중요한 것을 보고 카스파에게 알리고 싶었던 모양이다. 리누스는 좀체 이런 식의 호들갑을 떨지 않는다는 생각이 퍼뜩 뇌리를 스쳤다.

카스파는 주섬주섬 앵글부츠를 신고 겨울 코트를 껴입었다. 발코니에 차양이 3분의 1 정도 내려와 있었고, 카스파는 리누스보다 키가 족히 머리 두 개는 더 컸기 때문에 그를 따라가자면 허리를 숙일 수밖에 없었다. 얼음장 같은 바람이 눈에 보이지 않는 문지기처럼 앞을 가로막고 추위의 제국 입구를 지키며 출입을 통제한다. 카스파는 허리를 더 숙이고 양팔로 상체를 감싸안았다. 바로 왼쪽 옆에 있는 돌출 창틀 덕에 바람이 약해지기는 했다. 눈도 맞지 않게 가려주었지만, 시베리아 같은 혹독한 추위만은 어쩌지 못했다. 리누스 역시 창틀에 기대서서 다시금 손가락으로 입술을 가리는 시늉을 했다.

"저, 저기 아, 아래." 리누스는 이렇게 속삭이며 병원 입구 옆에 비스듬히 주차된 빨간 제설차량을 가리켰다. 입구의 차양 아래 세워져 있는 차량은 뾰족한 앞부분만 눈이 내리는 길로 비죽 고개를 내민 모습이다. 엔진이 아직 따뜻한 모양인지 눈이 닿자마자 녹아버린다.

"뭔데 그래?" 카스파는 고개를 숙이고 내려다보았지만, 바람 그늘에서 빠져나온 터라 시야가 더욱 좋지 않았다. 눈보라가 직접 눈 안으로 날아들었다. 카스파는 눈을 찔끔거리며 고개를 비스듬히 기울이는 자신의 어리석음에 화를 냈다. 병원을 몰래 빠져나가려던 당초 계획과 달리, 지금 얼어붙은 어두운 발코니에 정신병자와 함께 서 있다는 것이 어처구니가 없었다.

막 돌아서려는 순간, 바람이 방향을 틀었다. 그러면서 카스파의 시야도 열렸다. 돌연 환하게 보이는 그것은!

눈밭에 생긴 커다란 얼룩! 그것은 차량의 오른쪽 뒷바퀴에서 시작되어 병원 현관 쪽으로 계속 번졌다. 바흐만의 관리실에서 새어나오는 희미한 불빛에도 얼룩은 눈 위에 오줌발을 갈긴 것처럼 노란 색채를 자랑했다. 카스파는 그 노란 액체의 정체를 단박에 깨달았다.

휘발유다!

아무래도 휘발유 관에 구멍이 났거나, 누군가 일부러 구멍을 뚫은 모양이다.

왜? 무얼 하려고? 이런 혹한의 날씨에서 유일하게 믿을 수 있는 운송수단을 고장낸 이유가 뭘까?

혹 누가 차량에 접근하는 것을 보았는지 리누스에게 물으려는 순간, 왕년의 가수는 카스파를 돌출 창틀의 그늘 속으로 잡아당겼다. 기가 막힌 타이밍이었다. 바로 그때 제설차량 뒤에서 바흐만이 불쑥 나타나 위를 올려다보았기 때문이다.

19시 18분

관리인이 다시 입구 일대를 벗어나 순찰을 돌 때까지 카스파는 자기 방으로 돌아가서 기다리기로 작정했다. 그런데도 모든 게 평소와는 다르다는 느낌을 지울 수가 없었다. 병원을 빠져나가기가 갈수록 어려워지고 있는 것 같았다. 일체의 통신수단과 단절된 채 여전히 이곳에 발이 묶여 있을 뿐이다. 게다가 무슨 이유인지는 알 수 없지만 관리인은 차량을 일부러 고장냈다. 자신이 사라진 것을 알면 그 차로 쫓아왔을 테니 카스파에게는 오히려 다행인지도 몰랐다. 지금이라도 빠져나갈까. 정 안 되면 봉투를 썰매 삼아 저 아래까지 타고 내려가는 거다.

무슨 일이 있어도 여기서 하룻밤을 더 보내고 싶지 않았다. 저 밖 어딘가에 곤경에 처한 딸아이를 내버려두었다는 끔찍한 자책감 때문만은 아니었다. 카스파는 더 나아가 저 기묘한 새 손님들과 함께 정체를 알 수 없는 뭔가가 병원에 숨어들었다는 느낌이 들었다. 피하고 보는 게 상책인 어떤 악한 기운이! 눈으로 볼 수는 없지만 생명을 심각하게 위협하는 바이러스처럼. 지금 바이러스는 평온했던 작은 병원을 빠른 속도로 잠식해 들어가고 있다. 혹시 카스파의 방이 어디인지도 알아내서 벌써 이리로 달려오고 있는 것은 아닐까.

대체 무슨 일이 벌어지고 있는 걸까?

자기 방과 가까워질수록 카스파는 발걸음이 느려졌다. 문이 열려 있고 불이 켜져 있다. 이상하다? 아까 분명히 껐는데!

제길, 이 무슨 귀신이 곡할 노릇이람.

격앙된 목소리가 방안에서 복도로 흘러나온다. 그중 하나는 소피아의 것이다. 소피아는 거듭 질문을 하고 있다. "지금 무슨 짓을 하는 거예요?" 카스파의 영혼이 묻고 있는 바로 그 질문을! 문 앞에 이른 카스파는 방안에서 벌어지고 있는 광경을 도무지 이해할 수 없었다. '왜 저 자식이 더러운 구두를 신고 내 책상에 올라가서 창밖으로 팔을 뻗치고 있는 거야?'

"이렇게 하면 신호가 잡히지 않을까 싶어서요." 젊은 남자는 껄껄 웃었다.

카스파는 그가 예의 구급차 운전사라는 것을 목소리로 알았다. 정말이지 외모와 전혀 어울리지 않는 목소리였다. 카스파는 목소리만 듣고 전혀 다른 모습을 상상했었다. 야간에 사고 현장이나 응급환자를 찾아다니느라 피로에 전 초로의 중년 같은 모습을. 그러나 지금 카스파가 보고 있는 얼굴은 구급차의 운전대보다는 2인승 스포츠카의 핸들을 쥐고 한껏 자기도취에 젖은 돈 많은 젊은이라 하는 편이 더 어울렸다.

"신호?" 소피아가 물었다.

"휴대폰 신호 말이에요."

구급대원은 책상에서 폴짝 뛰어내려 소피아에게 조그만 휴대폰을 보여줬다. "이 병원에서는 여기가 지붕 아래 가장 높은 곳이니까 혹시 신호가 수신될까 싶었죠. 허락도 없이 들어와서 미안해요." 카스파를 허물없이 바라보던 대원은 이내 여의사에게로 눈길을 돌렸다.

"문이 열려 있었어요. 그저 신호가 잡히는지 잠깐 확인해본 거예요."

소피아는 거의 알아챌 수 없게 혀를 차며 책상 위에 생긴 구두 자국을 휴지로 닦아냈다. 얼굴에는 못마땅한 기색이 역력했다.

"휴대전화는 병원 전역에서 기능하지 않아요. 당신이 아무리 몸을 비틀고 꼰다고 해도 기지국이 없는데 어떻게 신호가 잡히겠어요." 소피아의 잔뜩 긴장한 몸짓은 그녀가 구급대원을 어떻게 여기는지 숨김없이 드러냈다.

카스파 또한 권투경기의 상대라도 되는 양 녀석의 얼굴을 훑어보았다. 군살 하나 없는 날렵한 몸매의 남자는 그리 나쁜 인상은 아니었다. 무엇보다 깔끔하게 면도를 했거니와, 머리에는 헤어왁스를 발라 이리 삐뚤 저리 삐뚤 고슴도치처럼 세운 모습이 영락없는 철부지였다. 다른 곳이었더라면 카스파는 청년을 거들떠보지도 않았으리라. 하지만 지금은 소피아를 보며 실새없이 짓궂은 눈웃음을 흘리는 그가 몹시 못마땅했다.

"아래로 가셔서 바흐만 씨에게 당신이 묵을 방을 안내해달라고 하세요." 소피아가 말했다.

젊은 남자는 야릇한 미소를 지었다. "정말 여기서 우리가 함께 밤을 보내길 바라시나요, 의사선생님?"

소피아는 눈 하나 깜짝하지 않았다.

"지금 희망사항을 말할 때가 아니잖아요, 샤데크 씨. 유감이지만 우리는 지금 여기서 꼼짝도 못해요."

톰이라는 이름으로 불러달라는 구급대원의 청을 깨끗이 무시하는 소피아를 보며 카스파는 은근히 통쾌했다.

"그런데 당신이 오늘 근무를 마쳤다고 제때 보고하지 않으면 중앙통제본부에서 당신과 구급차를 찾으려고 하지 않을까요?"

"아뇨, 그러지 않을걸요." 샤데크는 고개를 저었다. "이번 운행이 오늘 마지막 근무였어요. 구급차를 가지고 퇴근했다가 내일 정오에 다시 출근하면 돼요. 그동안은 나를 찾지 않을 거예요."

소피아는 아쉽다는 표정으로 어깨만 으쓱했다.

"자, 어찌되었든 간에 혼자서 이 눈보라에 어둠을 헤치고 가는 건 너무 위험한 일이에요. 날씨예보를 보니 내일 아침 일찍 날이 좀 갠다는군요. 제설작업도 이뤄질 거고요. 환한 대낮에야 함께 저 아래로 내려가는 데 별문제가 없겠죠."

저 아래로! 카스파는 그제야 자신이 아직도 봉투를 들고 있다는 것을 깨닫고 침대 옆에 내려놓았다.

소피아의 말에 귀를 기울이고 있자니 현기증이 날 만큼 까마득한 해안 절벽에 서서 저 아래 절벽의 발치를 때리는 거센 파도 소리에 벌벌 떨고 있는 것만 같았다.

"아니 그럼 여기서 자라는 게 농담이 아니라 진담이라고요? 내가 여기서 하룻밤을 묵어야 해요? 여기 이……" 이미 혀끝까지 치고 올라온 "정신병원"이라는 말을 다시 삼키느라 톰의 얼굴이 벌게졌다.

"당신이 억지로 해야 할 건 아무것도 없어요." 소피아가 톡 쏘아붙였다. "원한다면 어디 한번 가보세요. 30분이면 여기서 가장 가까운 민가에 도착할 수 있을 거예요. 하지만 네 발로 숲속을 엉금엉금 기어가야 할걸요. 지금 영하 7도군요. 앞으로 계속 떨어질 테고 말이죠."

"그럼 혹시 일이라도 생기면 어떡해요?"

"무슨 말씀이시죠?"

"그러니까 예를 들어 브루크의 상태가 더욱 나빠진다면, 도움을 요청해야 하지 않겠어요?"

샤데크의 질문이 완전히 터무니없는 것은 아니었다. 하지만 카스파는 구급대원이 다른 것을 염두에 두고 그런 물음을 던졌음을 알 수 있었다.

"걱정할 거 없어요. 여기는 최고의 시설을 갖춘 병원이에요." 소피아가 대답했다. "지금 상태로만 보면 칼이 더 심한 내상을 일으킨 것 같지는 않아요. 최악의 경우라고 해봐야 성대 손상 정도일 거예요. 지금 원장님이 브루크 박사를 돌보고 계시고 기도가 붓지 않게 하는 약도 처방하실 겁니다. 깨어나면 통증을 느끼겠죠. 아마 말도 할 수 없을 거예요. 하지만 목숨에는 전혀 지장이 없어요."

브루크 박사?

"자, 이제 내려가실까요?"

소피아는 턱으로 문 쪽을 가리켰다. 톰은 마치 데이트 신청을 받은 남자처럼 미소를 지었다.

"아, 기꺼이 모시죠." 구급대원은 카스파를 보며 이만 가보겠다는 의미로 이마를 찡긋했다. "혹시 썰매라도 구할 수 없을까요. 그럼 내 무전기라도 찾을 수 있을 텐데."

"행운을 빌어요." 카스파가 말했다. 그러면서 리누스가 보여줬던 휘발유 자국을 떠올렸다.

소피아는 톰 뒤에서 두 발짝 정도 떨어져 걸으며 카스파 옆을 지나갈 때 그의 손을 꼭 잡았다.

"소란을 피워서 죄송해요." 소피아는 그렇게 속삭이며 씁쓸한 미소를 지어 보였다.

짧은 순간이나마 우울했던 기분이 싹 가시는 느낌이었다. 하지만 문간에 선 톰이 돌아서며 이죽거리는 통에 분위기는 다시 엉망이 되었다.

"그럼 혹시 당신 방에서 묵을 수 있을까요, 의사선생님? 나는 어둠 속에 혼자 있으면 너무 무서움을 타서 말이죠."

그러고는 깔깔대고 웃으며 항복이라는 듯 두 손을 번쩍 들었다.

"에이 뭘 그렇게 심각한 표정을 하고 그래요? 농담이에요, 농담!"

카스파는 적절한 대꾸를 해주고 싶었으나, 톰의 오른손 손바닥에 있는 화상 흉터를 발견하고 얼어붙고 말았다. 흉터 모양이 자신의 가슴에 있는 것과 너무나 흡사했다. 다만 차이가 있다면 가슴의 그것은 피부가 짓물러 우연히 그런 형태를 띠게 된 것이라면, 샤데크의 경우는 일부러 만든 것처럼 도형 형태가 뚜렷했다. 확실하지는 않았지만, 톰은 일종의 '하켄크로이츠'*문신을 새기려고 상당히 서툴게 살을 지져댄 것처럼 보였다.

19시 24분

혼자 남게 된 지 1분도 채 되지 않아 다시금 소피아가 방안으로 고개를

* 나치스가 유대인 배척의 의미로 쓴 갈고리 십자가 모양의 휘장.

들이밀었다.

"도대체 무슨 생각으로 그러죠?"

"뭘 말이에요?" 카스파는 이렇게 얼버무리며 발로 얼른 쓰레기봉투를 침대 밑으로 밀어넣었다. 하지만 이미 때는 늦었다. 소피아는 방안으로 들어서며 카스파가 신고 있는 구두 그리고 옷장에 걸어넣는 것을 깜빡 잊은 겨울 코트를 차례로 가리켰다.

"부탁인데, 오늘 저녁 제발 어리석은 일일랑 저지르지 마세요."

카스파는 자신의 속마음을 굳이 숨기려 하지 않았다.

"나는 여기를 떠나야 해요, 소피아. 여기에 너무 오래 머물렀어요."

"대체 어디로 가겠다는 거죠? 더구나 이런 날씨에! 돈 한푼 없으면서 그런 남루한 행색으로 어디를 간다는 거예요?"

"경찰서로 갈 생각이에요." 카스파는 그제야 서둘러 쥐어짠 계획을 주워섬겼다. 아무래도 앞을 내다보는 능력은 별로 뛰어나지 못한 모양이다.

"그 얘기는 이미 아까 했잖아요. 라스펠트 원장님도 당신이 직접 경찰과 언론을 상대하는 것에 동의했단 말이에요."

"언제?" 카스파는 침대에서 벌떡 일어서며 티셔츠 아래의 흉터를 긁었다. "내일? 모레? 성탄절 휴가가 끝난 다음에? 너무 오래 걸려요. 나는 잃어버릴 시간이 더는 없어요."

소피아가 워낙 세차게 고개를 흔드는 바람에 머리카락이 이마를 온통 덮고 말았다.

"잘 들어요, 나도 원장님의 격리 우선주의를 좋아하는 건 아녜요. 하지만 한 가지만은 인정해요. 지금 당신이 그런 무방비상태로 병원을 떠난다는 것은 너무 위험하다는 거요."

"물론 그럴 수 있겠죠. 그러나 지금 내 생각만 할 때가 아니잖아요."

"그 여자애를 두고 하는 말씀이신가요?"

카스파는 고개를 끄덕였다. "미안해요. 그러나 그애를 떠올린 순간부터 여기 있다간 질식할 것 같아요. 당장 여기를 나가야 해요."

"그 아이가 정말 당신 딸인지조차 모르잖아요. 실재하기는 할까요?"

"그럴 수도 있겠죠, 하지만……" 카스파는 잠시 망설였다. 다음 이야기를 했다가 혹시 넘어서는 안 되는 선을 넘어설 수도 있다는 생각이 든 것이다. 크게 심호흡을 하고 입을 열었다. "하지만 당신이 내일 가버리고 나면, 나는 완전히 혼자요. 이젠 이곳에 내가 믿을 수 있는 사람이 아무도 없잖아요."

소피아는 카스파를 오랫동안 물끄러미 바라보다가 애잔한 미소를 지었다.

가운 호주머니에서 전화벨이 울렸으나 그녀는 무시했다. 병원 내부의 무선통신망은 아직 살아 있는 게 틀림없다.

"알겠어요." 전화벨 소리가 그치자 소피아가 말했다. "그래도 한 가지 부탁 드려도 될까요, 카스파?"

"어떤?"

그녀는 창문을 가리켰다. 얼어붙은 눈들이 마치 실내를 들여다볼 수 없게 만든 블라인드처럼 유리창을 가리고 있었다.

"이 폭설을 뚫고 어디를 가신다고 그래요? 오늘 하루만 여기서 더 주무세요. 내일 제가 가기 전에 마지막으로 다시 한번 의논해봐요."

"꼭 그래야 할 이유라도 있어요? 지금 결정하면 안 되는 거요?"

"내일 아침까지도 당신 결심이 확고하다면 그때는 막지 않을게요."

"그리고……?"

"그리고 한 가지 정보를 드릴게요. 이 정보 없이는 어떤 경우에도 병원을 나가서는 안 돼요. 경찰에게 간다고 해도 이것만은 아셔야 해요."

카스파는 아무 말도 못하고 입만 벌렸다. 귀에서 갑자기 삐 하는 소리가 들렸다. 귓속 모세혈관이라도 터진 것일까. 문득 카스파는 자신이 무기력하게 느껴졌다. 마치 의사에게 더 오래 살 수 없다는 선고를 들은 것만 같았다.

"그게 무슨 정보인데요?" 카스파가 중얼거렸다.

소피아는 다시금 고개를 흔들고는 힘차게 울리는 전화기를 들여다보았다.

"내일 아침 일찍 말씀드릴게요, 카스파. 지금은 아니에요."

귓속의 삐 소리가 목소리만큼이나 커졌다.

"지금 당장 알고 싶어요!"

"알아요, 하지만 지금은 안 돼요."

"왜 안 된다는 거죠?"

"아직 확인할 게 있어요."

"뭘 확인해?"

카스파도 소피아도 돌연 들리는 제3자의 목소리에 화들짝 놀랐다.

전화벨이 울리는 바람에 라스펠트가 온 것을 눈치채지 못한 것이다.

"뭘 확인하고 싶다는 거요?" 원장은 수상쩍다는 눈길로 바라보며 나무라듯 소피아에게서 무선전화기를 낚아챘다. 카스파가 마른침만 삼키는 동안 소피아는 냉정을 되찾았다.

"에, 음 그러니까 환자가 오늘밤 잘 수 있게 수면제를 달라고 해서 말이죠. 그래서 원장님과 의논해야 한다고 이야기하던 중이었어요."

라스펠트는 고개를 끄덕였다. 만족한 눈치였다. 자신의 권위를 세워주는 게 흡족했던 모양이다.

"좋아요. 하지만 그건 지금 중요한 문제가 아니에요, 도른 박사." 라스펠트는 어떤 대꾸도 허락하지 않겠다는 단호한 목소리로 말하며 여의사를 데리고 나갔다.

"벌써 한참 전부터 당신만 찾아다녔소. 어서 수술실로 갑시다. 당신이 필요해요."

라스펠트와 소피아가 골치 아픈 의문부호들만 남겨놓고 가버린 지 꽤 시간이 흘렀음에도 카스파의 머릿속은 여의사의 기묘한 약속으로 혼란스러웠다.

그리고 한 가지 정보를 드릴게요. 이 정보 없이는 어떤 경우에도 병원을 나가서는 안 돼요.

두 시간이나 침대에서 뒤척이며 눈을 감고 생각을 정리해보려고 애썼으나, 머릿속 소피아의 목소리는 조금도 잦아들지 않았다. 모든 것은 자신의 진료기록카드에 들어 있을 게 틀림없다. 거기에 어떤 내용이 있기에 소피아가 그런 말을 했던 걸까? 그럼 그 내용을 한사코 알려주지 않으려는 라스펠트도 알고 있다는 말이 아닌가?

아직 확인할 게 있어요.

카스파는 소피아를 만나야겠다는 생각에 자리에서 일어서려고 했다. 하지만 눈을 뜰 수가 없었다.

카스파는 안간힘을 쓰며 일어나야 한다고 자신을 독려했으나 허사였다. 그러지 않아도 지칠 대로 지친 정신을 너무 많은 일로 혹사시킨 하루였다. 어느덧 그는 깊은 잠에 빠져들었다.

크리스마스이브, 0시 26분
3시간 12분 앞으로 다가온 공포

연기는 살아 있는 생명체다. 현미경을 통해서만 볼 수 있는 작은 세포의 무리가 피부를 파고들어 안에서부터 그를 파괴한다. 기도와 기관지를 차례로 통과한 티끌이 특히 노리는 것은 허파다. 그가 기침을 한다.

평소 같았으면 악몽에서 깨어났으리라. 지난 열흘 동안만 기억할 수 있는 세상으로! 하지만 오늘은 계속 잔다. 불타는 자동차는 오늘밤 그를 가두고 놔주지 않기로 한 모양이다.

조수석에 놓인 사진을 바라본다. 병 옆에 있는. 이미 열기가 너무 뜨거워 사진은 쭈글쭈글 녹아내리기 시작했다. 사진 속 남자는 얼굴을 알아볼 수 없다.

카스파는 심하게 발버둥친다. 잠든 것도 아니고 깬 것도 아닌 붕 뜬 상태가 몹시 불편하다. 끈적거리는 의식은 아주 느리게 현실로 되돌아온다. 꿈에서 현실로 전환하는 속도를 높이려고 카스파는 안간힘을 쓴다. 악몽에서 빨리 풀려나기 위해.

안전띠를 풀어버린다. 이글대는 불꽃을 바라본다. 계기판을 태우는 불이 혀를 날름대며 그의 가슴팍을 노린다. 이미 윗옷을 핥기 시작했다. 순간 흉터가 선명한 톱의 손바닥이 나타나 불길을 뚫고 그를 움켜잡으려 한다. 꿈속의 통증이 끈적거리기만 하는 잠에서 그를 떼어놓는다.

카스파는 눈을 떴다. 불타는 자동차는 사라져버렸다. 대신 겁에 잔뜩 질린 리누스의 눈이 머리 위에서 그를 내려다보고 있다. 리누스의 코끝이 어찌나 가까운지 혀를 뻗으면 닿을 것 같다.

"소피도!" 그가 말했다. 간신히 새어나오는 소리다. 고함을 지르고 싶지만 웅얼거리는 듯한 울림만 섞여 있다.

"또 무슨 일이야?" 카스파는 피곤한 나머지 길게 하품을 했다. 수면장애에 시달리는 리누스는 잠이 오지 않을 때마다 한밤중의 병원을 이곳저곳 돌아다닌다.

"소피도환자죽여." 리누스는 카스파의 팔을 잡아끌며 침대에서 일어나라고 한다. 웃통을 벗은데다 물방울무늬 파자마 바지만 앙상한 엉덩뼈에 간신히 걸친 터라 상당히 야릇한 장면이 연출되고 만다.

"이봐, 뭐 때문에 그러는 거야?" 카스파는 투덜거리며 일어나 앉았다. 그러자 그도 분명히 들을 수 있었다. 아래층에서 나는 쿵쿵 소리. 누군가 무거운 책상을 들었다가 사정없이 내려놓는 듯한 소리다. 카스파는 시계를 보았다. 0시 27분이다. 이런 시간에 가구를 옮길 리는 없다.

"무슨 일이야?" 카스파는 그렇게 물으며 아래층에 누가 혹은 무엇이 있는지 생각을 더듬었다.

"……죽여, ……죽여!" 리누스는 몇 번이나 같은 말을 되풀이하며 카스파의 팔을 잡아끌었다. 마침내 카스파가 침대에서 일어서고 나서야 팔을 놓았다.

"가치가자."

"알았어, 알았다고, 같이 갈게!"

카스파는 두리번거리며 실내화를 찾았다. 그때 쿵쿵거리던 소리가 묵직한 것을 잡아끄는 소음으로 바뀌었다. 마치 누군가 흠씬 젖은 양탄자를 다른 방으로 끙끙거리며 끄는 것처럼 들린다. 서둘러야 했다. 리누스가 쿵쾅거리며 계단을 뛰어내려가는 동안, 카스파는 저 한밤중의 소란이 무얼 의미하는 것인지 궁금해하며 뒤따라갔다. 그러다가 리누스가 그를 깨우며 했던 말이 다시금 뇌리를 스쳤다. 순간 카스파는 훅 숨을 들이켰다.

소피도!

이제 카스파도 정신없이 달리기 시작했다. 소피아…… 도와야 해!

어두운 복도의 모퉁이를 돌아서는데 카스파는 왜 자동감응센서가 작동하지 않는지 의아했다. 평소 복도의 조명등은 사람이 지나가면 자동으로 불이 켜졌기 때문이다. 지금은 저 앞에 있는 방에서 흘러나오는 불빛이 유일했다. 그 방의 활짝 열린 문 앞에 서서 리누스는 두 손으로 머리를 감싸쥐고 벌벌 떨었다.

방에서 복도로 흘러나오는 오싹한 한기를 느끼는 순간, 카스파는 암호처럼 알 수 없었던 리누스의 나머지 말도 풀어냈다. 환자죽여!

환자. 죽인다.

카스파는 방을 들여다보았다. 평소와 별로 다를 게 없다. 여기 4층은 중환자를 다루는 곳이다. 위급한 환자를 집중적으로 관리할 수 있는 장비들이 완비되어 있다. 수압을 이용해 높낮이를 조절하는 수술용 침대와 각종 전자 측정 장비들이 보인다.

소피아. 도움. 환자. 죽인다.

카스파는 침대 옆에 벙어리 하인처럼 각종 줄을 늘어뜨리고 있는 링거 스탠드를 보는 순간 소름이 끼쳤다. 침대에 있어야 할 환자가 보이지 않는다. 불현듯 입김이 뿜어져나오는 것을 깨닫는다. 창문이 열려 있는 모양이다. 거칠었던 호흡이 점차 가라앉는다. 이제 카스파는 자신이 무심한 구경꾼이 되었다는 느낌을 받는다. 마치 앨범을 들여다보고 있는 것 같다.

새롭고 더욱 충격적인 사진을 보기 위해 앨범을 뒤적이고 있는 구경꾼.

창이 열려 있다. 라디에이터 위에 올라간 남자는 이미 한 발을 바깥에 걸치고 있다. 리누스는 들어가라며 카스파의 등을 떠민다. 카스파 쪽을 돌아보는 남자는 아픔을 참느라 얼굴을 찡그리면서도 씨익 웃는다. 목에 칭칭 감은 붕대가 보인다. 남자는 고개를 절레절레 젓는다. 그런 다음 깊은 어둠 속으로 사라졌다.

눈보라치는 어둠이 도망가는 환자를 집어삼킨 순간, 다시금 모든 게 빨라졌다. 첫번째 기억이 뇌의 구멍난 그물에 걸려 올라왔다. 카스파는 방금 창밖으로 뛰어내린 게 누구인지 알았다. 그의 얼굴은 지금 다시 카스파의 코를 채우는 종이 탄내처럼 친숙했다. 카스파는 요나탄 브루크를 과거에 자주 보아왔다. 리누스가 잠을 깨우기 전에도 그의 얼굴을 봤다. 그의 얼굴은 사진 위쪽을 장식하고 있었다. 밤마다 카스파를 덮치는 악몽에 나오는, 자동차 조수석에서 불길에 녹아내리는 사진 말이다.

"대체 무슨 일이야?" 카스파는 허리를 숙이고 창틀 너머로 내다보는 리누스에게 물었다. 리누스가 몸을 떠는 게 추워서인지, 아니면 무서워서인지 카스파는 알 수가 없었다.

"소피도환자죽여." 돌아오는 것은 몇 번이나 되풀이했던 말뿐이다. 하지만 카스파는 어디서도 소피아를 발견하지 못했다. 소피아에게 무슨 일이 일어난 것일까? 카스파는 리누스는 물론이고 자신도 이해할 수가 없었다. 브루크를 어떻게 알고 있을까? 왜 브루크는 저 얇은 환자복만 입고 눈보라 속으로 도망간 것일까? 그리고 어째서 리누스는 저렇게 겁에 질린 눈으로 방에서 달려나가는 것일까?

카스파가 답을 얻기까지는 오랜 시간이 걸렸다. 나중에 그는 말했다. 욕실 수도꼭지에서 물이 콸콸 쏟아지는지 몰랐다고. 어쨌거나 카스파는 그제야 비로소 문 뒤에서 물 떨어지는 소리가 나는 것을 깨달았다.

0시 34분

그래도 그녀는 아름다웠다. 처음 본 순간 카스파는 별 재능도 없는 예술가가 정신이 이상해져서 작은 욕실 안에 조각상을 깎아놓은 것은 아닌가 하는 생각이 들었다. 조각상은 영혼을 잃은 것처럼 생기라고는 없었다.

그러나 카스파는 보았다. 얼굴은 표정 없는 마스크처럼 굳었고 오른쪽 다리를 욕조 밖으로 내밀고 있었지만, 소피아의 아름다움은 눈이 부실 정도였다. 이런 순간 아름답다는 생각은 그녀가 받고 있는 고통을 지켜보기를 더욱 힘들게 만들었다.

"소피아?" 카스파는 목이 멘 나머지 너무 약한 소리로 그녀를 불렀다. 갈라진 목소리는 배수구로 흘러드는 물소리에 씻겨버린다. 여의사는 카스파를 알아보지도, 온몸을 감싸고 있는 얼음처럼 차가운 물을 느끼지도 못하는 것 같았다.

"이게 어떻게 된 일이에요?" 이제 카스파는 고함을 지르듯 외쳤다. 하지만 소피아는 눈 한 번 깜빡이지 않았다. 머리는 위태로워 보일 만큼 비스듬히 꺾였고, 눈은 욕실 타일 벽의 어떤 점에 묶인 듯 고정되어 있었다. 흠뻑 젖은 상체에 하얀 잠옷이 위로 말려올라간 바람에 브래지어 위로 젖꼭지 모양이 그대로 드러났다. 부끄러운 부분은 너덜너덜 찢긴 슬립이 간신히 가리고 있을 뿐이다.

"내 말 들려요?" 카스파가 물었다. 죽은 사람과 이야기하는 기분이었다. 물론 어디에도 피는 보이지 않았고, 외상을 당한 흔적도 없었다. 숨도 여전히 쉬고 있다. 그럼에도 죽은 사람처럼 꼼짝하지 않는다. 발이 불규칙적으로 욕조 벽을 때리고 있는 것도 살아 있는 징조로 보기 어려웠다. 그저 뇌와 척수 사이의 신경회로가 끊어진 바람에 반사적으로 떠는 사고 피해자를 연상시킬 따름이다.

어린 여자아이에 대한 기억과 욕실의 참혹한 현재 사이에 일종의 유사성을 깨달은 카스파는 부르르 몸을 떨었다.

금방 다시 오는 거지?

그럼, 걱정하지 마.

갑자기 카스파는 이 참상에 붙일 제목이 떠올랐다. 산 채로 묻어버리다.

바로 그랬다. 죽음이라는 벽을 쌓고 그 안에 산 채로 가두어버린 것이다. 무덤은 곧 그녀의 육신이다.

카스파는 손을 뻗어 그녀의 머릿결을 쓰다듬었다. 불과 몇 시간 전에 자신을 부드럽게 스치던 그 머리카락이다. 지금 그 금발은 창백한 목덜미에 해초처럼 달라붙어 있다. 카스파는 벌떡 일어섰다. 충격 때문에 너무 많은 시간을 허비했다는 생각이 들었다.

"원장을 불러올게." 이렇게 중얼거리며 막 등을 돌리려는 찰나, 변화가 일어났다. 생명이 소피아의 몸에 돌아온 것이다. 그것은 아무 의지 없는 무감각함보다 더 놀라운 일이었다. 그녀의 온몸은 이제 막 때린 소리굽쇠처럼 부르르 떨었다. 소피아가 오른손을 위로 들자, 카스파는 본능적으로 한 걸음 물러섰다. 그녀가 뭔가 가리키려는 것 같다고 카스파는 생각했다.

아직 확인할 게 있어요.

그는 열려 있는 욕실 문을 향해 돌아섰다. 하지만 아무것도 없다.

그런 다음 카스파의 눈길은 그녀의 왼손을 찾았다. 왼손은 선정적으로 보일 만큼 욕조 모서리에 매달려 흔들리고 있다. 손가락 마디마디가 눈처럼 희다. 주먹을 꼭 쥐고 있는 탓에 피가 통하지 않는 모양이다. 그만큼 세차게 그녀는 그 가냘픈 손가락을 꼭 그러쥐고 있다.

"거기 뭘 가지고 있는 거요?" 카스파가 나직이 물으며 다가가자 다시 한번 몸을 떨며 그녀는 주먹을 폈다. 뼈마디가 부서져나가는 아픔을 참아가며 간신히! 그녀가 쥐고 있던 이상한 물건이 마침내 바닥에 떨어졌다.

혹시나 하는 두려운 의심으로 그게 뭔지 확인하기도 전에 뒤에서 카스파의 양어깨를 움켜쥔 억센 손길이 그의 얼굴을 욕실 타일바닥에 찍어눌렀다.

0시 36분

"대체 무슨 일을 저지른 거야?" 라스펠트의 목소리다. 얼굴이 눌려 좁아진 시야 속에 원장이 즐겨 신는 흰색의 이른바 '건강 신발'이 보인다.

"모르죠, 이 친구가 도른 박사에게 무슨 짓을 한 걸까요?" 관리인이 대꾸하는 소리가 들린다. 그는 묵직한 쇳덩이처럼 카스파의 등을 찍어누르고 있었다.

"내가 그런 게 아니에요!" 카스파는 소리를 지르려 했으나 그의 허파 속 공기는 그럴 만큼 충분하지 않다.

"하느님 맙소사! 도른 박사?" 라스펠트는 손으로 소피아의 뺨을 몇 번 때리며 외쳤다. 이윽고 물을 잠갔다. 갑자기 사방이 조용해지는 바람에 그녀의 몸을 비추고 있는 할로겐등이 윙윙거리는 소리까지 들릴 지경이다.

"뇌졸중을 일으킨 것 같군. 야스민, 당장 MRI를 할 수 있도록 준비해 줘." 라스펠트는 전문가다운 침착함으로 말했다. "그리고 혈액검사도 필요해."

카스파 뒤의 어디선가 바닥에 끌리는 고무 밑창 소리가 갈수록 빨라지는 게 들렸다. 바흐만이 일으켜 세울 때 카스파는 어깻죽지가 떨어져나갈 듯한 통증을 느꼈다. 관리인은 환자가 목만 내놓고 땀을 내는 사우나 기계 안에 카스파를 가두었다. 그런 다음 그 굵직한 팔로 카스파의 목을 사정없이 찍어눌렀다. 카스파는 어떻게든 원장과 눈길을 맞추려 애썼지만, 욕조 앞에 무릎을 꿇고 앉은 라스펠트는 그가 있는 쪽을 쳐다보지도 않았다. 대신 작은 손전등으로 소피아의 눈을 들여다본다.

"동공반응은 보이는군." 그가 중얼거렸다. "도대체 이 무슨 귀신이 곡할 노릇이야?"

라스펠트는 고개를 설레설레 젓더니 왼손으로 소피아의 경동맥을 짚은 채 카스파를 돌아보았다.

"그녀에게 무슨 짓을 한 거야?"

"아무것도!" 카스파는 쿨럭이며 간신히 대답했다.

바흐만이 손 힘을 빼자, 카스파는 마침내 휴 하고 숨을 쉬었다.

"그녀를 그렇게 만든 건 브루크요." 카스파가 쥐어짜듯 말했다.

"브루크?"

"그의 침대가 비었습니다." 바흐만이 확인해주었다.

"창문으로 달아났어요."

라스펠트는 일어서며 눈을 가늘게 떴다. 바흐만에게 뭔가 신호를 준 모양이다. 관리인은 카스파를 기계에서 꺼내어 뒷걸음치게 만들며 욕실에서 끌고 나왔다. 동시에 면도용 화장수 향이 나는 그림자가 그를 스쳐지나간다.

"당신은 여기 웬일이오?"

"도와주려고요!" 카스파는 그림자가 대답하는 소리를 들었다.

옛날 슬라이드 쇼처럼 톰 샤데크의 얼굴이 갑자기 카스파의 눈앞에 나타난다.

분명 병원 전체가 소란에 놀라 깬 것이다. 라스펠트는 돕겠다는 구급대원의 손길을 뿌리치지 않았다. 찰랑이며 떨어지는 물소리가 욕실에서 새어나온다. 카스파는 흠뻑 젖은 소피아를 욕조에서 함께 끌어내는 두 남자의 모습이 떠올라 몹시 불쾌해졌다.

"우리에게는 지금 일분일초가 아까워요." 카스파가 바흐만에게 말했다. 관리인은 브루크 침대 옆에 있던 휠체어를 욕실로 밀고 가기 위해 그때껏 붙잡고 있던 카스파를 침대에 앉혔다.

"서두른다면 지금이라도 그를 잡을 수 있을 거예요."

"누구 말이오?"

바흐만은 구레나룻을 긁었다. 조금 전의 완강했던 힘과는 달리 겁에 질린 표정이다.

"브루크 말이에요." 카스파는 그렇게 대꾸하며 고갯짓으로 열린 창문을 가리켰다. 바흐만은 부르르 진저리를 치며 창문을 닫았지만, 어째 방 안은 더 추워진 것 같았다. 눈앞의 광경이 너무나도 으스스했기 때문이다. 라스펠트가 구급대원과 함께 방금 휠체어에 앉힌 것은 말 그대로 푹 젖은 살덩이와 뼈의 더미처럼 보였다. 살아 있는 인간이라기보다는 갓 포획한 동물 같다고나 할까.

"자, 자, 어서 지하실로!" 라스펠트가 외쳤다. 톰은 평소 익숙한 일을 하는 사람처럼 표정이 여유롭기까지 했다. 환자가 탄 휠체어가 아니라 쇼핑카트를 미는 모양새였다.

톰을 뒤따르던 원장이 뭔가 잊은 게 생각난 듯 돌연 문 앞에 멈춰 섰다.

"브루크라고?" 원장은 믿기 어렵다는 표정으로 카스파를 보았다.

"예."

라스펠트는 세 발짝쯤 걸어 카스파에게로 되돌아왔다. 근심에 찬 이마에서 욕조의 물인지 땀인지 모를 물방울이 줄줄 흘러내렸다.

"리누스가 확인해줄 겁니다." 그렇게 말하면서도 동시에 카스파는 이 얼마나 웃기는 이야기인가 하는 생각이 들었다. 장님을 증인이라고 내세우는 것과 뭐가 다를까.

라스펠트는 긴 한숨을 쉬었다.

"알았소, 외상을 확인할 수는 없었지만 도른 박사는 심한 정신적 충격을 받은 것 같소. 지금 쓸데없는 일로 왈가왈부할 시간이 없어요. 뭔가 아는 게 있거든, 본 게 있거든, 당장 이야기해주시오. 아니면……"

"아뇨, 아무것도 못 봤습니다." 카스파는 의사가 방사선과로 가기 위해 등을 돌리는 것보다 더 빠르게 말했다.

"하지만 발견한 게 있습니다."

카스파는 주먹을 펴고 바흐만이 그를 제압하기 직전 손에 넣었던 것을 보여줬다.

"중요한 건지는 모르겠어요. 하지만 소피아가 이걸 손에 쥐고 있었습니다."

"오, 안 돼! 제발!"

라스펠트는 성큼 다가서며 마지못해 억지로 그러듯이 쪽지를 받아들었다.

쪽지는 겉보기에는 별것 아닌 듯했다. 학생들이 교실에서 고무줄로 튕겨 주고받는 쪽지와 전혀 다를 게 없었다. 반으로 두 번 접힌 작은 쪽지를 펴든 정신과 전문의의 노련한 손이 부들부들 떨리기 시작했다.

"이름이 속일지라도 이것은 깨어 있음이라." 라스펠트가 속삭이듯 쪽지에 적힌 글을 읽었다. 그런 다음 고개를 위로 치켜들더니 눈을 감고 천장을 바라보는 듯한 자세를 취했다. 순간, 카스파는 사건이 몰고 온 충격이 어느 정도인지 깨달았다. 아마도 바흐만이 밀어넣은 사우나 기계가 기억을 쥐어짠 모양이다. 라스펠트가 이제 막 읽은 문장은 그레타 카민스키의 취미인 퀴즈 내기는 물론이고 뉴스 앵커의 목소리까지 떠오르게 만들었다.

유일한 단서는 피해자 세 명 모두의 손에서 발견된 쪽지라고 합니다. 하지만 쪽지 내용에 대해 경찰은 침묵으로 일관하고 있습니다.

"영혼파괴자!" 마침내 라스펠트는 카스파의 머릿속에 맴돌던 생각을 입 밖에 내놓았다. 그리고 이제는 닫혀 있는 창문을 슬쩍 바라보았다.

"이럴 때 어떻게 해야 할지 알고 있죠?"

바흐만이 천천히 고개를 끄덕였다.

"차단벽 작동!"

"선택의 여지가 없군." 원장은 주름이 가득한 이마를 소매로 닦았다. 그의 가운에 맺혀 있는 것은 분명히 땀방울이다.

"지금 당장 비상 프로그램을 가동하도록!"

0시 41분

불과 몇 시간 만에 카스파는 다시 관리실에 서서 바흐만의 책상을 노려보았다.

하지만 이번에는 맨발이다. 사고로 뒤집힌 구급차 위에는 그동안 어른 팔 하나 높이만큼 눈이 쌓였다. 감시 카메라의 광증폭기 덕분에 구급차량은 모니터 화면에 푸른빛으로만 표시되어 있다.

"메리 크리스마스!" 관리인이 투덜대듯 웅얼거렸다.

그의 눈길은 벽에 구멍을 내고 설치해놓은 안전기 상자의 회색 뚜껑에서 떨어질 줄 모른다. 원래는 크리스마스트리에 가려 보이지 않았는데 나무를 옆으로 밀자 그 모습을 드러낸 것이다.

"차단벽? 라스펠트의 그 말이 무슨 뜻이죠?" 카스파는 다시금 관리인에게 캐물었다. 아까 원장이 한시도 관리인 옆에서 떨어지지 말라고 지시한 이래, 두 사람은 내내 함께다. 바흐만은 투덜대면서도 설명을 해줄 기세였다. 한결 친절해진 그의 태도에 카스파는 내심 놀랐다.

"차단벽이란 비상시를 대비해 만들어놓은 장치요. 전 세계적으로 이런 장치를 갖춘 곳은 세 곳뿐이지. 독일에서는 토이펠스베르크 클리닉이 유일하고. 여기 이 물건 보이쇼?" 관리인은 숨을 거칠게 몰아쉬며 안전기를 덮은 플라스틱 뚜껑을 열었다. 똑같은 모양의 무수한 레버가 드러난다. 바흐만이 두툼한 손을 치우자 그 가운데 유일하게 녹색인 레버가 나타났다. 그 밑 금속판에는 검은 매직펜으로 '지나GINA'라는 글자가 대문자로 적혀 있다.

"이걸 딸깍 내리는 순간, '지나'는 자동으로 모든 출구를 막아버린다오. 족히 스물네 개는 될 철제 셔터가 모든 창문과 출입구를 봉쇄해버리는 거지."

카스파는 리누스를 따라 발코니로 나갈 때 두꺼운 차양 아래를 지나느라 몸을 숙여야 했던 것을 기억해냈다.

"그런데 '지나'가 무슨 뜻이죠?" 카스파가 물었다.

"내 마누라 이름이오." 바흐만이 답했다. "화가 났다 하면 지나도 입을 굳게 닫고 열 줄 모르거든." 바흐만은 피식 웃었다. 하지만 웃음소리에는 헛헛함이 그대로 배어났다.

"그런데 이런 장치를 왜 해둔 거죠?" 카스파가 아리송한 표정을 지었다.

"위험한 환자나 자살이 우려되는 환자를 도망가지 못하게 하려는 거요. 물론 지금까지 작동한 적은 없소. 하지만 환자가 새로 들어올 때마다 만약의 경우를 대비해 감금에 동의한다는 서명을 받아놓죠."

카스파는 한 팔로 책상을 짚고 기대서서 자신의 경우에도 서명을 했는지 곰곰이 더듬어봤다. 손끝에서 희미한 진동이 느껴진다.

"그렇군요. 하지만 브루크는 벌써 달아났잖아요. 이런다고 그가 가까운 동네로 숨어들어 또 사람을 해치는 걸 막을 수 있나요?"

"그게 문제가 아니오." 바흐만은 다시 상자 뚜껑을 닫았다. 나무를 제자리로 밀어놓자 상자는 흔적도 없이 사라졌다.

"그럼 뭐가 문제죠?"

"당신도 영혼파괴자 이야기는 들어봤죠?"

카스파는 조심스레 고개를 끄덕였다.

나는 심지어 그놈을 개인적으로도 알고 있을지 몰라요. 카스파는 그렇게 생각함과 동시에 누구에게도 이 사실을 알리지 않기로 다짐했다. 적어도 대체 왜 브루크가 자신의 꿈에 나타나는지 그 이유를 확실히 알 수 있을 때까지는.

"원장은 경찰 요청으로 수사 자문을 해줬소. 정신질환 전문가로서 말이오. 모든 희생자를 손수 진찰했소. 어제 죽었다는 여자도 알고 있지. 그러니까 영혼파괴자라는 놈이 어떤 짓을 벌이고 다닐지 가장 잘 아는 분은 원장이라오. 바로 이런 이유에서 우리는 '지나'를 작동한 거요. 라스펠트 원장은 그를 잡으려는 게 아니오. 원장이 막고자 하는 것은 그 미친놈이 다시 돌아오는 거지. 우리에게!"

카스파는 큼큼 헛기침을 했다. 바흐만의 이야기를 들으며 불안이 더 커지는 것과 보조를 맞춰 그를 둘러싼 진동의 강도도 갈수록 세졌다. 크리스마스트리 앞에 서서 입을 굳게 다문 관리인을 보며 카스파는 '지나'가 이미 실행중이라는 것을 알았다.

"큰일났어요!"

돌연 여자의 비명소리가 들렸다. 두번째 비명을 듣고야 카스파는 목소리의 주인공이 젊은 간호사임을 알아차렸다. 얼굴이 하얗게 질린 야스민이 병원 입구 홀을 가로질러 뛰어왔다.

"무슨 일이야?" 덩달아 흥분한 바흐만이 외쳤다.

약하게 조절해놓은 천장 조명 때문에 야스민의 붉게 물들인 앞머리가 마치 피를 뒤집어쓴 것처럼 보였다.

"원장님이." 그녀는 숨을 헐떡이며 말했다. "라스펠트 원장님이 사라졌어요!"

"사라져?"

"예. 귀마개가 떨어져서 원장님이 저를 보냈거든요. 창고에서 새 걸 가져오라고요. 그런데 돌아와보니……"

야스민은 오른손을 펴 노란 귀마개 두 개를 보여줬다. MRI 촬영기의 소음으로부터 소피아의 귀를 보호하기 위한 것이다.

"돌아와보니 원장선생님이 사라졌어요."

"빌어먹을." 바흐만은 한 걸음 옆으로 비켜서더니 책상 서랍 세 개 중 가운데 것을 열었다. 이내 바흐만의 손은 비정상적으로 큰 장난감 권총처럼 보이는 것을 쥐고 있었다.

"빌어먹을." 관리인은 다시 한번 소리를 지른 다음 뛰기 시작했다.

그를 뒤쫓아 홀을 뛰면서 카스파는 불빛이 달라지는 것을 느꼈다. 훨씬 밝아진 느낌이었다. 하지만 실제로는 외부의 어둠으로부터 격리되었을 뿐이다. 1층 홀을 둘러싼 커다란 통유리창에 차단기가 내려와 그만큼 천장의 조명 빛이 더욱 강하게 반사되면서 생긴 현상이다. 이제 토이펠스베르크 클리닉의 다른 모든 창문도 그러할 것이다.

차단벽 작동!

반쯤 뛰어내려갔을까? 지하실에서 소피아의 비명이 들렸다.

0시 43분

고통스러워 지르는 비명을 물들인 공포의 울림은 차마 들을 수가 없을 만큼 처참했다. 하지만 더욱 끔찍한 것은 최고조에 달한 비명이 뚝 그치고 찾아드는 정적이었다. 누군가 칼로 소피아의 성대를 끊어놓은 것은 아닐까 두렵기만 했다.

두 남자는 서둘러 아래로 뛰었다. 바흐만이 앞서고, 카스파가 그 뒤를 바짝 좇았다. 그의 헐벗은 발이 건물 지하 1층으로 내려가는 차가운 돌계단 바닥을 찰싹찰싹 때렸다.

"괜찮아요?" 위에 남은 야스민의 겁에 질린 말소리가 좁은 복도를 따라 울려퍼지며 메아리를 만들어낸다. 계단 끝을 중심으로 양옆으로 뻗은 복도의 왼쪽과 오른쪽 끝에는 유리문이 달린 비상구가 있다. 그 뒤로 차단벽이 불과 몇 밀리미터를 남기고 내려오고 있다.

마침내 철컹하고 차단벽이 닫힌다. 동시에 차단벽을 이루는 블라인드 금속판들이 차르륵 맞물리며 유리문 너머 아무것도 들여다볼 수 없도록 막는다.

"오, 이런 안 돼!" 바흐만이 바닥에 피로 찍힌 발자국들을 가리킨다. 발자국은 오른쪽 복도를 따라 이어지다가 끝에서 두번째 문 앞에서 끝난다. 문에는 검은색과 노란색으로 칠해진 야광 안내판이 걸려 있다. '뢴트겐—출입 금지.'

바흐만은 그의 묵직한 작업화로 금속판을 씌운 나무문을 걷어찼다. 우지끈 소리와 함께 열린 문 안으로 두 남자가 뛰어들었다. 신경방사선과 촬영실이다.

"어디 있는 거지?"

라스펠트, 소피아!

두 남자의 조급한 시선이 한순간 마주쳤다가 각자 따로 축을 그리며 사방을 훑었다. 아무도 없다. 공간 한가운데의 커다란 유리벽 말고는 어떤 것도 보이지 않는다. 두 남자의 피곤한 얼굴이 유리에 그대로 비친다. 유리벽!

얼른 벽 쪽으로 달려간 관리인이 단번에 모든 전등 스위치를 켰다. 팟 하고 불이 들어오면서 유리에 비치던 모습은 사라지고, 유리 뒤 어둠 속에 숨어 있던 것이 모습을 드러낸다.

다리들, 두 개의 발이 돌아가고 있다.

"그녀죠?" 카스파는 물을 필요도 없는 질문을 한다. 소피아의 아름다운 몸이 자기공명촬영기의 원통 안에서 경련을 일으키고 있다. 마치 고압 전류에 감전이라도 당한 것처럼!

카스파는 다시금 바흐만을 뒤따랐다.

두 남자는 눈길을 피하지 않으려고 안간힘을 써야 했다.

당장이라도 부러질 것 같은 소피아의 팔과 다리가 회전하는 원통에 간신히 고정되어 있었다.

바흐만은 소피아를 원통에서 꺼내려고 기계를 멈추었다. 심하게 경련한 탓인지 한쪽 손목을 끼운 밴드는 이미 상당히 헐거워진 상태다. 바흐만이 다리를 묶은 밴드를 풀어낸다. 왼쪽 발은 풀리자마자 휙 옆으로 벌어졌다. 워낙 빨랐던 탓에 카스파는 바람 소리를 들은 줄 알았을 정도였다. 동시에 그녀가 신음하기 시작했다. 오래된 동전에서 나는 냄새가 허공에 가득하다. 아래를 내려다보면서 카스파는 무엇이 자신의 눈길을 기다리고 있을지 이미 짐작했다. 그의 추측은 맞아떨어졌다.

"여기도 온통 피투성예요."

"뭐요?"

"여기."

카스파는 바닥을 가리켰다. 굵은 핏방울이 점점이 찍혀 방을 빠져나가고 있다. 그중 두 개는 누군가 맨발로 밟아 뭉갠 것처럼 지워졌다.

"알았소. 그녀를 지키고 있을 테니 어서 라스펠트와 리누스를 찾아요."

사각형처럼 각진 바흐만의 이마에서 구슬땀이 뚝뚝 떨어졌다. “다른 사람도 모두 데려와요. 야스민, 구급대원, 그레타, 아 참 그리고 요리사도. 한 사람도 빠짐없이……” 바흐만은 말을 잇지 못하고 훅하고 숨을 참았다.

“뭐야, 왜 그래요?”

“저 소리 안 들리쇼?”

카스파는 고개를 돌리며 주위를 살폈다.

저게 무슨 소리지?

새로운 소음이 소피아의 신음소리를 뒤덮는다. 카스파의 귀에는 마치 머리 바로 위에서 커다란 무언가가 쇠줄을 타고 올라가는 소리처럼 들린다.

“혹시 저건……?” 카스파는 바흐만의 물음을 끝까지 듣지 않고 자리를 박차고 뛰어나갔다. 복도를 따라 승강기의 널찍한 알루미늄 문을 향해 뛰는 동안 소리는 더욱더 커졌다.

짐작대로다. 승강기.

카스파는 승강기 입구에 서서 층을 알리는 계기판을 바라보았다. 누군가 지하에서 위로 올라가고 있다.

0시 47분

2층에서 3층으로 올라가는 계단을 돌아서는 순간 뭔가에 찔리기라도 한 것처럼 옆구리가 아팠다. 그래도 카스파는 멈추지 않았다.

승강기는 어처구니없을 만큼 느린 속도로 올라간다. 그렇지만 막판 스퍼트를 포기하면 자신보다 먼저 도착할 게 틀림없다. 카스파는 이를 악물고 두 단씩 한꺼번에 건너뛰었다.

땡.

계단을 다 올라온 카스파가 막 모퉁이를 돌아서려는 순간, 승강기 문이 열리는 맑은 종소리가 울렸다.

해냈다. 그러나 승리의 기쁨도 잠시, 카스파는 얼어붙은 듯 멈춰 서고 말았다. 이제 저 알루미늄 문이 열리고 승강기 안에서 쏟아져나오는 빛이 자신의 눈에 와 닿게 되면, 아무런 무기도 없이 '영혼파괴자'와 마주해야 한다는 생각이 퍼뜩 든 것이다. 이를 어쩐다?

마침내 덜컹 문이 열린다. 조금씩 승강기 안이 들여다보인다. 뒷면에 달린 커다란 거울은 내부를 환하게 담고 있다. 카스파는 도망가고 싶은 본능을 억누르느라 진땀을 흘렸다. 손으로 방어하듯 얼굴을 가리고 환한 빛을 마주보았다. 드디어 보인다……

"여기서 뭐하는 거야?"

제기랄, 이게 누구야.

사람들이 대개 그러듯 카스파는 본능적으로 한 걸음 물러서며 주춤했다. 하지만 톰 샤데크는 태연하게 서서 카스파를 바라볼 뿐이다. 눈 한 번 깜빡이지 않고, 시선을 피하는 일도 없다.

"말해봐, 여기서 뭐하냐고?"

구급대원은 말쑥하게 옷을 갈아입고 있었다. 휠체어에 소피아를 태우고 밀 때만 해도 욕실 가운 차림이었는데 이제는 다시 하얀 근무복 바지와 터틀넥 스웨터 차림이었다. 어제의 차림새 그대로다. 머리에는 헤어왁스를 새로 발랐다.

"당신은 여기서 뭐하는 겁니까?" 카스파는 되물었다. "방금 승강기를 탄 게 당신이에요?"

"엉?" 구급대원은 카스파를 지나쳐 텅 빈 승강기 안을 들여다본다.

"내 말은 당신이……" 뭐라고 해야 좋을지 몰라 적당한 말을 찾으면서 카스파는 그렇게 되묻는 자신이 참 멍청해 보일 거라고 생각했다. 지금 내 꼬락서니가 어떤가? 맨발에 면도도 하지 않고 걸친 것이라고는 민트색 바탕에 녹색 물방울무늬가 찍힌 파자마 바지와 땀에 흠뻑 젖은 티셔츠뿐이다. 남이 보면 정신병원 복도에서 진짜 돌아버린 놈과 마주쳤다고 손가락질하리라. 저녁때 나눠주는 알약을 받아먹지 못해 상태가 더욱 심각해진!

"까짓 나중에 설명할게요. 어쨌든 지금은 라스펠트를 찾아야 해요."

"라스펠트?"

"네. 그가 사라졌어요."

카스파는 오싹한 한기에 몸을 부르르 떨었다.

자신의 맨발을 내려다보았다. 발바닥에 아무 느낌이 없다. 순간 그는 자신이 착각했다는 것을 깨달았다. 걸친 게 별로 없어서 추운 게 아니었다. 이 병원의 난방은 아주 훌륭하다. 그를 얼어붙게 만드는 것은 커다란 구멍에서 몰려드는 얼음처럼 차가운 바람이었다. 바람은 복사뼈를 휘감고 돌아나간다.

"이제 어떻게 하지?"

카스파는 뭐라고 대답해야 할지 몰라 바닥만 내려다보았다.

반짝이는 리놀륨 바닥에 찍힌 핏자국을 보면서 카스파는 다시 정신을 집중했다.

"이봐, 너한테 묻고 있잖아, 이 사이코야!"

카스파는 톰을 승강기 앞에 내버려두고 녹이 슨 것만 같은 핏자국을 따라갔다. 스무 걸음쯤 걷자 갑자기 오른쪽으로 방향이 꺾였다.

구급대원의 성난 목소리가 잦아들수록 한기는 더욱 심해졌다. 모퉁이를 돌아선 카스파가 덜덜 떨며 앞쪽을 살피는데 딱, 딱 하는 소리가 들렸다. 이번에는 맑은 쇳소리가 아니라 단단한 것이 충돌하는 파열음이다.

드디어 소리의 정체를 보았다.

복도 끝 비상구의 차단벽은 완전히 닫히지 않았다. 이미 백 번도 넘게 유리창을 향해 돌진했다는 것을 2초마다 잊어버리는 파리처럼 철제 블라인드는 계속 되튕기면서도 아래로 내려가기를 반복했다. 문제는 그 아래 누운 굵은 쇠파이프였다. 비상구 유리는 깨져 있었고, 불과 2센티미터를 남긴 블라인드는 헛되이 내려가는 동작만 거듭했다.

톰을 부르려고 돌아선 카스파는 이미 뒤에 와 있는 그를 발견했다. 바흐만과 함께였다. 바흐만도 계단을 뛰어올라온 게 틀림없다.

소피아는 어떻게 한 걸까? 카스파는 궁금했지만, 관리인이 먼저 물었다.

"라스펠트를 발견했소?"

"아뇨, 그런데 이것 좀 봐요."

카스파는 블라인드가 완전히 내려오지 못하게 받치고 있는 쇠파이프를 가리켰다. "저걸로 유리창을 깬 모양이에요."

"그리고 유리조각 때문에 다쳤고."

샤데크는 무릎을 꿇고 앉아 바닥에 난 무수한 핏자국을 살폈다.

"이거 아주 지랄이군." 구급대원이 모두의 생각을 대변했다. 얼룩의 형태와 진행 방향으로 내릴 수 있는 결론은 딱 하나뿐이었다.

'영혼파괴자'는 자기 방에서 발코니로 빠져나간 다음 바로 아래층 발코니로 뛰어내렸다. 이때 쇠파이프로 유리창을 깼으리라. 그러고 나서 차단벽이 완전히 닫히지 못하게 쇠파이프를 받쳐놓았다. 아래로 내려가 병원을 빠져나갔다가 다시 숨어든 다음, 쇠파이프를 걷어차버림으로써 차단벽이 2센티미터만 남기고 내려오게 만들었다.

"그렇다면 이건 우리를……?"

"바로 그거예요." 카스파는 물음을 끝맺지 못하고 얼버무리는 바흐만의 속마음을 콕 집어냈다.

"그럼 빨리 저걸 다시 올려, 지금 당장!" 톰은 소리를 지르며 차단벽에 달려들었다. 쇠파이프로 블라인드를 구부려보려 했으나 허사였다.

"아냐, 그건 안 돼." 관리인은 고개만 절레절레 흔들었다.

"어째서 안 된다는 거야? 지금 이게 안 보여? 핏자국은 창문에서 안쪽으로 나 있어. 이건 '영혼파괴자'가 지금 병원 밖이 아닌 안에 있다는 뜻이야."

여기. 바로 우리와 함께.

"안 돼, 이건 아니야." 바흐만은 신음을 토해내듯 말했다. 그의 목소리에 절망과 체념이 묻어났다.

"그건 불가능해." 바흐만은 길게 한숨을 쉬었다. "저 차단벽은 쉽사리 다시 올릴 수 있는 게 아니야."

1시 12분
2시간 26분 앞으로 다가온 공포

카스파는 지금 토이펠스베르크 클리닉의 차단된 창문을 때리는 눈보라가 머나먼 길을 거쳐 도달했다는 것을 잘 안다. 대기권의 저 높은 꼭대기, 섭씨 영하 50도는 족히 되는 혹독한 추위 속에서 아주 작은 물방울이 하나의 먼지 입자에 붙어 꽁꽁 언다. 처음에 구름을 통해 떨어지는 입자는 0.01밀리미터 정도의 아주 작은 크기에 지나지 않는다. 낙하하면서 생기는 마찰열에도 녹지 않는 것은 이렇게 표면적이 아주 적기 때문이다. 영하 15도 정도 되는 공기층인 3천 미터 상공에 이르러서야 비로소 눈 결정은 익히 알려진 별 모양을 이룬다. 물론 처음보다 더 많은 수분이 결정의 핵을 중심으로 얼어붙는다. 카스파는 별 모양의 여섯 꼭지가 똑같은 모습을 하고 있다는 것도 안다. 낙하하면서 난기류에 이리저리 날려다니고, 다양한 각도로 바람과 부딪쳐도 같은 모양을 잃지 않는다. 그럼에도 인류가 지구상에 생존한 이래 모양이 똑같은 눈 결정이 두 번 떨어진 일은 없다. 다시 말해 눈 결정은 제각각 생김새가 다르다. 자연이 빚어내는 놀라운 기적이 아닐 수 없다. 이런 현상은 아리스토텔레스도 이미 관심을 가지고 연구했다 한다. 카스파는 이렇게 아무짝에도 쓸모없는 지식까지 낱낱이 기억한다. 그런데도 자신이 어디서 왔는지, 정체가 무엇인지는 알지 못한다. 참으로 희한한 미스터리가 아닐 수 없다. 이 건물에는 대체 어떻게 온 것일까? 소피아를 죽이려 했던 남자는 어떻게 알고 있을까? 또 저 밖에 홀로 버려두고 도움을 불러오겠다고 약속해준 여자아이는 도대체 누구일까? 카스파는 가슴 한편이 쓰라려왔다. 지금 겪고 있는 외적 상황이 자신의 답답한 속을 고스란히 반영한 것이라는 생각 때문이다. 차단벽은 마치 감옥처럼 그를 가두어두고 이름도 모르는 딸을 찾아 나서는 것을 방해하고 있다.

카스파는 되도록 차분하게 이야기하려고 애쓰는 바흐만에게 집중하기로 했다.

"여러분은 어떤지 모르겠소만, 나는 크리스마스 선물로 카레라 카 레이싱 트랙*을 받고 싶어서 꼭두새벽같이 일어났지 뭐야." 참기 힘든 긴장감을 농담으로 풀어보려던 바흐만의 의도는 빗나가고 말았다. 아무도 웃지 않는다. 오히려 그 반대다. 여덟 개의 눈동자가 그를 딱하다는 듯 노려볼 뿐이다. 샤데크는 경멸의 눈초리로 바흐만을 바라보았으며, 여자 요리사는 당장이라도 울음을 터뜨릴 것 같은 표정이었다. 야스민 역시 평소의 쌀쌀맞은 무심함은 찾아볼 수 없다. 오히려 손목을 신경질적으로 긁어대는 것이 어지간히 불안한 모양이다.

"허튼소리 좀 그만해요, 아저씨. 앞으로 어떻게 할 건지나 얘기하시죠." 간호사는 신경질적으로 쏘아붙였다.

"침착해, 야스민. 여기 도서관은 그 어디보다도 안전하니까."

---

* 독일의 장난감 회사 '카레라'에서 제조, 판매하는 모형 자동차 경주 트랙. 카레라는 포르셰에서 생산하는 모델명이기도 하다.

바흐만은 상의 호주머니에서 테가 없는 돋보기를 꺼내 땀구멍이 숭숭 난 코에 걸쳤다. 아마도 자신이 침착하고 능력 있는 위기 관리자처럼 보이기를 바라는 모양이다. 그러나 실상 안경은 그 민숭민숭한 대머리와 기묘한 대조를 이루며 마치 사막 한가운데 있는 신호등처럼 어색하기만 했다. 안경을 썼다고 겁에 질린 표정이 감춰지는 것도 아니었다. 땀에 전 손이 떨리는 걸 숨기려고 소피아의 휠체어 플라스틱 손잡이만 꽉 쥐고 조금씩 밀었다가 잡아당겼다가를 되풀이할 뿐이다.

"이 도서관 문은 아주 튼튼하고 육중한 떡갈나무로 만들어졌어. 이걸 뚫고 들어올 사람은 아무도 없지. 그러니까 겁낼 이유가 조금도 없다고!"

"겁낼 이유가 조금도 없다?" 간호사는 바흐만의 말투를 흉내내며 비웃듯 말꼬리를 올렸다. "도른 박사님은 눈을 뜬 채 혼수상태고, 라스펠트 원장님은 사라졌어요. 사이코패스가 피를 흘리며 난동을 피우는 탓에 전 환자들이 못 나오게 병실에 가둬야 했다고요. 제가 무슨 드라마퀸이라 지레 호들갑 떠는 건가요? 겁을 낼 이유가 없다면, 왜 모두 여기 숨어서 바리케이드를 치고 있는 거죠?"

야스민의 성난 눈길은 적외선 경보기에서 나오는, 눈에 보이지 않는 광선처럼 주위를 훑었다. 지금 사람들이 모여 있는 공간은 병원 식당으로 쓰는 곳이다. 실제로 거동이 불편하지 않은 환자는 여기 1층에서 식사를 했다. 그러나 높은 천장과 맞닿을 정도의 키를 자랑하는 서가에 책들이 즐비한 탓에 이곳 홀은 영국 신사들의 클럽에 마련된 시가 흡연 공간과 흡사했다. 그래서 사람들은 이곳을 '도서관'이라고 불렀다. 모퉁이마다 편하게 앉아 책을 읽을 수 있다. 가죽소파나 포도주색 가죽을 씌운 안락의자 또는 크림색 흔들의자 등을 원하는 대로 골라 앉아도 좋다. 환자와 방문객 대다수는 벽난로 앞에 놓인 등받이와 머리 받침대가 달린 줄무늬 안락의자를 가장 선호한다. 지금은 모두 원목으로 짠 기다랗고 묵직한 식탁에 둘러앉아 있다. 자연스레 최후의 만찬이 떠오르는 장면이다.

"피 흘리는 사이코패스라니? 그게 누구야?" 요리사가 눈이 동그래져서 물었다. 지빌레 파츠발크는 수면제를 먹고 잠이 든 덕에 그동안의 난리법석을 전혀 알지 못했다. 지금까지 한밤중에 무슨 일로 잠자리에서 끌려나와 화장도 하지 않은 맨얼굴로 도서관으로 달려야 했는지 그녀에게 설명해준 사람은 아무도 없었다. 지금도 샤데크가 말을 자르는 바람에 그녀는 다시 무시당하고 만다.

"아직도 모르겠네. 저 차단벽을 올려버리고 경찰을 부르면 간단한 거 아냐? 대체 왜 안 된다는 거야?"

톰은 묵직한 구두굽으로 바닥을 쿵쿵 굴렀다. 날씨가 더운 계절에는 정원으로 향한 유리창을 활짝 열어놓는다. 지금은 쥐색 차단벽 금속판이 버티고 서서 눈 내린 정원이 보이지 않게 가로막고 있다.

바흐만은 큼큼 헛기침을 하며 바지 호주머니에 넣어둔 가스총을 만지작거렸다. 앞서 관리실을 나올 때 무장했던 바로 그 권총이다. 이 총은 9밀리미터 공포탄만 장전할 수 있지만, 가까운 거리에서 쏘면 비록 죽이지는 못할지언정 중상을 입힐 수 있다.

"나는 코드를 몰라."

"뭐라고? 당신은 그저 레버만 내렸잖아?"

카스파는 무턱대고 반말을 일삼는 톰이 거슬렸다. 이제 보니 톰은 상대가 누구든 반말이었다.

"차단벽을 내리는 거야 어렵지 않소. 그래야 자살하려는 환자가 뛰어내리는 것을 빨리 막을 수 있으니까. 하지만 다시 올리는 건 다른 문제요. 환자를 달래 평상시로 되돌려놓기 전에 그가 빠져나가면 곤란하니까. 그래서 차단벽은 코드로만 해제할 수 있게 만들어놓았소."

"그 코드를 당신은 모른다? 이거 소방법 위반 아냐!"

샤데크는 넋 나간 사람처럼 관리인을 노려보았다.

"물론 비상대책은 있지. 근무조당 두 명인 의사가 코드를 조합하면 차단벽을 다시 올릴 수 있도록. 다만……" 바흐만은 다시금 헛기침을 했다.

"한 사람은 행방불명이고, 다른 한 명은 이렇게 혼수상태니, 이 일을 어쩝니까."

카스파는 고개가 한쪽으로 심하게 꺾인 소피아를 내려다보았다. 그녀는 꿈도 없는 영원한 잠에 빠져 있는 것처럼 보인다.

"그녀가 다시 깨어난다 한들 어쩌겠소? 코드가 있어도 소용없어요." 바흐만이 중얼거렸다. "지금 저 밖에는 백 년에 한 번 있을까 말까 한 폭설이 쏟아지고 있으니 말이오."

"그럼 여기 이렇게 앉아 꼼짝도 하지 말자고요?" 야스민이 날카로운 소리를 질렀다.

"여섯 시간만 기다리면 돼. 그럼 아침 근무조가 올 테니까. 뭔가 이상하다고 눈치채면 즉시 경찰을 부르겠지."

"그딴 걸 계획이라고 떠드는 거야?" 샤데크는 고개를 세차게 흔들었다. "차라리 우리가 직접 나가서 이 미친놈을 잡아 족쳐야 해. 게다가 그는 당신네 원장까지 사로잡고 있잖아!"

"그리고 리누스도." 야스민이 거들었다.

"리누스?" 카스파가 물었다.

리누스를 생각하는 순간, 어째서 그를 까맣게 잊고 있었던 건지 의아해졌다.

"그래요, 문을 잠그러 갔을 때 리누스는 병실에 없었어요. 그레타는 운좋게도 벌써 깊은 잠에 빠져 있었지만요."

이렇게 말하며 야스민은 못마땅한 눈초리로 카스파를 바라보았다. 그 눈빛은 당신도 환자인데 왜 여기 있느냐며 캐묻고 있었다. 카스파는 병실로 올라가라는 요구를 한사코 거부했다. 결국 바흐만은 그가 아래 남아도 좋다고 결정했다. 자신이 대장 노릇을 하려면 아무래도 샤데크에 맞서 균형을 잡아줄 남자가 필요하다는 계산 때문이었다.

"흠, 그렇군. 라스펠트뿐 아니라 리누스도 사라졌단 말이지." 바흐만은 이마를 긁적였다. "그렇지만 이제 우리가 그들을 찾아 나선다면 영혼파괴자의 표적이 될 뿐이야."

"영혼파괴자?" 요리사 지빌레가 숨이 넘어가게 놀랐다.

두 팔로 가슴을 싸안은 바람에 잠옷 위로 엄청나게 큰 젖가슴이 불룩 솟아오른 채 요리사는 벌벌 떨었다. 거듭 설명해주었으나 그녀는 병원에서 일어난 참상을 좀체 이해할 수 없다는 표정만 지었다. 휠체어에 앉은 소피아를 보는 것만으로도 넋이 나간 모양이었다.

"그렇담 정말 저……?"

"인정하기 싫지만 어쩔 수 없는 사실이오."

바흐만은 어깨를 으쓱하며 무거운 한숨을 쉬었다. 그런 다음 벽난로 앞의 소파 탁자 위에 있는 신문들 가운데 아무거나 골라잡았다. 오래 뒤적일 필요도 없었다.

"여기 좀 봐요. 세 명의 여자. 모두 젊고 아름답고 한창 인생을 즐길 때였지."

소피아처럼. 다른 사람들과 마찬가지로 탁자 위에 고개를 숙이고 희생자들의 사진을 바라보던 카스파는 속으로 중얼거렸다.

"차례로 납치된 다음 흔적도 알 수 없다가 불과 며칠 뒤 돌연 나타났지. 겉으로 드러난 상처 따위는 없었어. 대신 속은 철저하게 망가졌지. 범인이 여자들에게 무슨 짓을 한 건지는 아무도 몰라. 아마도 영혼에 고문을 가했을 테지. 여기 이 사진을 한번 봐."

바흐만은 한 장의 흑백사진을 가리켰다. 그 아래 바네사 슈트라스만이라는 이름이 적힌 사진은 오래된 탓에 희멀겋게 뜬 얼굴을 보여준다. 첫 번째 피해자. 오늘 사망.

"이 여자의 얼굴, 지금의 도른 박사와 흡사하지 않아?"

"브루크가 그런 짓을 했다고? 절대 아닐걸."

모두 샤데크를 바라보았다. 그는 지금 탁자에 엉덩이를 붙이고 앉아 다리를 꼬고 있다. 만약 그가 일련의 사건으로 불안에 떨고 있다면, 태연한 척하는 그의 연기는 무척 뛰어난 것이리라. 그의 얇은 입술은 심지어 비죽 미소까지 짓고 있다.

"어째서 그렇게 생각하지?" 바흐만은 주먹으로 입을 막고 쿨럭이며 기침을 했다. 어딘가 모르게 짜증이 묻어난다.

"브루크는 내가 모텔로 갔을 때 보드카에 흠씬 취한 채 침대 옆에 널브러져 있었어. 다시 말해서 그는 지독한 알코올중독자야. 빌어먹을 건달이라고. 모텔 지배인은 성탄절이 되기 전에 그를 내쫓고 싶었던 거야. 성탄절만 다가오면 우리는 인간 쓰레기를 치우는 청소부가 된다니까."

샤데크의 입술은 이제 아예 노골적으로 비웃었고, 바흐만은 고개만 저었다.

"이상하네, 앞뒤가 맞지 않는군. 라스펠트 원장은 그를 보고 요나탄 브루크 박사라고 불렀어. 도른 박사도 그를 알고 있는 게 틀림없었고."

"헤, 그래. 그렇담 두 의사분은 아주 멋진 동료를 뒀군그래." 샤데크가 이죽거렸다.

"나도 잘 모른다는 점은 인정할게. 어째서 브루크는 만취한 채 그 허름한 모텔에 갔을까? 어쩌자고 제 손으로 목에 칼을 박았을까?" 바흐만은 두툼하게 살찐 가운뎃손가락으로 허공에 물음표를 그렸다. "나도 몰라. 하지만 한 가지는 확실하지. 도른 박사는 영혼파괴자의 네번째 희생자야."

카스파는 다음에 무슨 말이 나올지 직감했다. 누구도 귀담아들으려 하지 않을지라도 바흐만은 이제 자신의 주장을 뒷받침할 확실한 증거를 내놓으리라.

"영혼파괴자는 피해자 여자마다 쪽지를 한 장씩 남겼어."

바지 호주머니를 뒤적거리던 바흐만이 말했다. "바로 이런 쪽지 말이야." 관리인은 쪽지를 샤데크에게 건넸다.

"이름이 속일지라도 이것은 깨어 있음이라." 톰이 쪽지에 쓰인 글을 큰 소리로 읽었다. "이게 뭐야? 무슨 농담 따먹기 하자는 거야?"

"맞아, 그건 일종의 퀴즈 같은 거야."

"내가 도른 박사를 욕실에서 발견했을 때 그녀 손에서 나온 거예요." 카스파가 보충해서 설명했다.

"오, 주여!" 지빌레는 차마 말을 잇지 못했다. 그녀도 카스파가 어제 오후 그레타의 방에서 보았던 뉴스를 시청했던 모양이다. 요리사는 붉게 물든 뺨 위로 흘러내리는 눈물을 닦아냈다. 그리고 휠체어 바로 앞에 무릎을 꿇고 앉는 바람에 카스파를 놀라게 했다.

"어휴, 불쌍한 것." 지빌레는 훌쩍이며 소피아의 아무 반응이 없는 손을 잡았다. "왜 하필이면 이 여자를. 왜 그런 거야? 왜?"

"그럼 영혼파괴자가 우리한테 원하는 게 뭐죠?" 야스민이 물었다.

"우리한테 원하는 거야 전혀 없죠." 카스파의 나직한 목소리는 모두의 주의를 일순간 그에게로 집중시켰다. 그는 여전히 탁자 위에 펼쳐져 있는 신문을 손가락 두 개로 톡톡 두들기면서 헛기침을 했다.

"여기를 보면 지금까지 피해자는 극단적인 외부 자극에만 반응한다고 되어 있어요. 웬만해서는 거의 반응을 보이지 않는다는 거죠. 하지만 도른 박사는 달라요. 앞서 그녀는 몹시 심하게 떨었죠. 그녀의 비명소리까지 들었어요. 어쨌거나 라스펠트 박사는 동공반응을 확인했고요. 다른 여자들에게서는 전혀 이런 반응이 없었단 말이죠."

"그럼 영혼파괴자의 짓이 아니라 그저 사고일지도 모른다는 말인가요?" 지빌레는 다시 희망의 불씨가 되살아나는 모양이었다.

"아뇨! 다만, 아직 영혼파괴자가 끝장을 보지 못했다는 말이죠. 리누스에게 방해받았거든요. 제가 보기에는 도른 박사와 다시 단둘이 있기 위해 우리를 해치려 들 거예요. 바로 그래서 그가 돌아온 거죠. 시작한 걸 끝맺기 위해. 그게 뭐가 되었든 말입니다."

침착하게 말을 맺은 카스파는 속으로 적잖이 놀랐다. 어디서 무슨 힘이 나서 이런 무서운 이야기를 눈 하나 깜짝하지 않고 한 것일까? 게다가 어떻게 상황을 이처럼 또박또박 정리할 수 있을까? 한 가지는 분명했다. 자신의 말이 옳다면, 그래서 오늘밤 소피아를 저 영혼파괴자로부터 보호하는 데 성공하지 못한다면, 소피아는 코드 그 이상의 것과 함께 몰락하고 말리라. 차단벽이 만든 감옥에서 빠져나가지 못하는 게 문제가 아니다. 소피아가 깨어나지 못하는 한, 카스파는 결코 알 수 없으리라. 그녀가 자신의 정체에 관해 뭘 알아냈는지. 그럼 딸아이에 관해서도 마찬가지가 아닐까.

아직 확인할 게 있어요.

무섭지만 일목요연한 카스파의 상황 정리에 박수라도 쳐주고 싶었던 것일까? 소피아가 갑자기 격렬하게 몸을 떠는 바람에 휠체어의 모든 금속 부분이 일제히 철커덕거리는 소리를 냈다. 그리고 이 기묘한 박수갈채 다음에는 훨씬 더 오싹한 일이 기다리고 있었다. 그녀가 입을 열고 말을 한 것이다.

1시 22분

노포르. 그게 다였다. 단 한 마디였다. 짧기만 한 게 아니라 무슨 소리인지 알아들을 수가 없었다. '쇼포르' 혹은 '로포르'라고 말한 것도 같았다. 어쨌거나 카스파는 그게 무슨 뜻인지 알지 못했다. 피할 수 없이 함께 어울리게 된 운명공동체의 나머지 다른 사람들도 눈이 휘둥그레져서는 서로의 얼굴만 바라볼 뿐이다. 카스파는 소피아 앞에 무릎을 꿇고 그녀의 뺨을 부드럽게 어루만졌다. 그녀는 뺨을 그의 손바닥에 누르며 반응을 보이려 했다. 그런 다음 바짝 마른 입술을 열었다. 송곳니로 깨문 탓에 입술에는 생채기가 나 있다.

"도른 박사?"

카스파의 목소리가 처음으로 그녀에게 가닿은 모양이다. 하지만 카스파는 이게 기뻐할 일인지 자신이 없었다. 혼수상태에 빠진 환자가 보여주는 반응들은 각각 회복의 조짐을 알리는 이정표일 수 있다. 하지만 그저 잠깐 생기가 돌아온 것일 뿐이라면? 생명력이 마지막으로 불사르는 불꽃에 지나지 않는다면?

"내 말 들려요?" 카스파가 나직하게 물었다.

소피아의 감은 눈꺼풀 아래 안구는 마치 팽팽하게 잡아당긴 그물침대의 한쪽 끝에서 다른 쪽 끝으로 부지런히 왔다갔다하는 딱정벌레처럼 바삐 움직였다.

바흐만은 걱정스러운 표정으로 카스파의 옆에 서 있다.

"추운가봐요." 카스파가 말했다.

누군가 소피아의 의사 가운을 가져와서 덮어주었다. 아마도 야스민인 모양이다. 그래도 소피아는 몸을 떤다. 관리인은 말없이 고개만 끄덕이며 다시 옆으로 물러섰다.

"여자가 무슨 말을 하는지 알아들었어?" 샤데크가 카스파의 귀 바로 옆에서 물었다. 카스파는 구급대원이 언제 자기 곁에 무릎을 꿇고 앉았는지 전혀 눈치채지 못했었다.

"아니, 그저……" 카스파는 흠칫 놀라는 통에 하마터면 중심을 잃을 뻔했다.

소피아가 갑자기 고개를 그에게 돌린 것이다. 마치 바에서 내내 자기 잔만 내려다보던 손님이 돌연 옆자리 사람에게 말을 걸려는 듯한 동작이었다.

무슨 이야기를 하고 싶은 걸까?

카스파는 눈썹을 잔뜩 찡그린 채 소피아의 눈에만 집중했다. 그녀의 눈은 브루크의 방에서 있었던 사고 이후 처음으로 초점을 되찾고 있었다. 지금껏 공허하기만 했던 눈초리가 힘을 얻기 시작했다. 마치 벽에 못이라도 박을 기세였다.

"소피아?" 카스파는 다시 한번 그녀의 이름을 나직하게 불렀다. 톰은 손가락 하나를 들어 그녀의 눈앞에서 흔들며 반응을 살폈다.

"수……며며며……마비……토포……" 그녀가 쥐어짜는 듯한 소리를 냈다. 무슨 소리인지 알아들을 수 없는 것은 방금 전이나 지금이나 마찬가지다.

순간 카스파는 소피아의 입에서 나온 알쏭달쏭한 울림이 바로 자신의 얼굴 앞에서 연기로 변하는 느낌을 받았다. 자작나무 향이 나는 연기였다. 그때 카스파는 그녀의 동공에 불꽃이 이글거리는 것을 보았다. 바흐만이 벽난로에 불을 피운 것이다.

"그거 좋은 생각이에요." 카스파는 몸을 일으켜 세우며 관리인을 보고 고개를 끄덕였다. 그리고 휠체어를 벽난로 앞으로 밀고 갔다. 어디서 갈색 담요를 찾아온 야스민이 소피아의 어깨를 조심스레 감싸주었다. 이때 야스민은 슬픔이 담긴 노래를 나직이 흥얼거렸다. 곡이 어딘지 모르게 친근하게 느껴지는 통에 카스파는 고개를 갸웃했다. 어느 밴드가 부른 것인지 기억나지 않았지만 가사는 익히 아는 것이었다.

Yesterday I got so old
I felt like I could die
Yesterday I got so old
It made me want to cry
어제 나는 늙어버렸어
죽을 것만 같아
어제 나는 늙어버렸어
울어버릴 것만 같아

노래가 소피아의 마음을 달래주는 모양이었다. 그녀는 눈을 감았다.
"아프지 말아야 해요." 야스민이 이렇게 말하며 계속 노래를 불렀다.

Go on go on
Just walk away
Go on go on
Your choice is made
가자 떠나자
그냥 떠나버리자
가자 떠나자
이미 선택은 내려졌어

갈수록 분위기는 뭐라 말하기 힘든 묘한 쪽으로 흘러갔다. 노래를 부르는 간호사, 불이 활활 타는 벽난로, 화려하게 장식한 크리스마스트리, 담요를 덮고 있는 여인. 모든 게 갑자기 평화롭게만 보였다. 하지만 카스파에게는 이런 느낌이야말로 위험을 실감케 하는 징조였을 뿐이다.

그는 손끝으로 조심조심 소피아의 메마른 입술을 어루만졌다.

"탈수 현상이 일어나고 있군." 그가 확인했다.

"아이고, 이를 어쩌나. 여긴 물이 없는데." 요리사가 맑은 목소리로 말했다. 일단 눈물은 마른 모양이다. 다시금 평온을 되찾은 모습이다. 아마 눈물을 흘린 것도 사고 소식을 듣고 충격을 받은 사람이 무의식적으로 보인 반응이었으리라.

"물만 있어선 아무 소용 없어요. 지금은 물을 줘도 못 마실걸요. 링거가 필요해요." 야스민이 간호사답게 정리했다.

"맞는 말이야." 톰이 고개를 끄덕였다. "이럴 때 가장 좋은 것은 전해질 용액이지."

"정말 그럴까?" 바흐만은 근심 가득한 얼굴로 반들반들한 뒷머리를 긁적였다. "그게 꼭 필요하오?"

"잘 모르겠어요. 브루크가 그녀에게 무슨 짓을 한 건지 모르는 한, 뭐라 말하기 힘들군요." 카스파는 소피아의 이마를 짚어봤다. "어쨌거나 생리식염수가 있으면 좋겠어요. 해가 되지는 않을 테니까. 그렇지만 독극물로 손상을 입은 것이라면, 당장 코르티손을 주사해야 해요."

"아냐, 안 돼요. 위험을 자초하는 행동은 허락할 수 없소." 바흐만은 신경질적으로 안경 아래 손가락을 넣어 눈을 비볐다. "일단 여기 안전하게 머물면서 날이 밝기를 기다립시다."

"무슨 헛소리야!" 샤데크가 소리를 질렀다. "나더러 비겁한 겁쟁이처럼 숨어만 있으라는 말이야?"

카스파는 관리인이 움찔하는 것을 보았다. 톰 샤데크의 거친 말투에 적잖이 기분이 상한 모양이다. 치미는 화를 애써 누르고 있는 게 틀림없다. 나름대로 꾸미기 위해 쓴 돋보기안경이랄지, 자기도 모르는 사이 불쑥불쑥 드러내는 부부 갈등 등으로 미루어볼 때 바흐만도 쌓인 게 많은 남자가 아닐까. 애써 자신을 숨기기에 바쁜 그런 남자.

샤데크는 바흐만에게 한 걸음 다가섰다.

"이봐, 내가 아버지한테 배운 게 뭔지 이야기해줄까. 내 아버지는 프로 권투선수였지."

"뭐, 그렇고 그런 얘기군."

"기다려봐. 아버지는 한 번도 싸움에서 진 적이 없어. 왜인 줄 알아?"

"아니. 그런데 지금 그런 얘기를 할 때라고 생각하나?"

"그는 언제나 자기보다 약한 상대만 골랐거든." 샤데크는 바흐만의 말을 무시하고 계속 지껄였다.

"그가 주로 싸운 상대는 내 어머니였지." 톰은 본론에 들어가기에 앞서 긴장감을 높이려는 사람처럼 말했다. "내가 열두 살 때였어. 그날은 내가 봐도 지나치더군. 감자 수프가 간이 맞지 않아 너무 싱겁다며 난리를 쳤어. 단숨에 식탁을 건너뛰더니 엄마의 머리를 팔로 감아 무자비하게 조여대더군. 저러다 정말 박 터지는 거 아닌지 겁나더라니까." 톰은 자기 팔로 비슷한 동작을 해 보였다.

"난 엄마가 진짜 다시는 고개를 못 들게 될까봐 벌벌 떨기만 했지. 뚝 목이 꺾이는 소리가 났다니까. 그러고는 감자 수프를 벽에 던져댄 통에 부엌 안은 난장판이었어. 나는 개수대에서 2미터 떨어진 곳에 서 있었는데도 머리에 온통 끈끈하고 노란 덩어리를 뒤집어썼으니 두말해 뭐하겠어." 톰에게서 냉소적인 표정은 이미 사라지고 없었다.

"엄마의 몰골은 그야말로 가관이더군. 코피가 줄줄 흘렀고, 남은 감자 수프는 그 피로 시뻘겠어. 어디가 어떻게 부러진 것인지 모르겠더군. 아마 그릇보다 엄마 턱이 더 잘게 깨졌을걸. 아버지는 으흐흐흐 웃으며 이제는 죽이 오히려 짜겠다고 하더군. 나는 또다시 전화번호부를 뒤져 병원이 어디 있는지 알아내야 했지. 간단한 일이 아니야. 그때껏 안 가본 병원은 몇 군데 없었으니까." 샤데크는 사람들의 얼굴을 둘러보았다. "이제 알겠지, 말도 안 되는 헛소리를 하며 아내를 폭행하는 인간도 있다는걸!"

"흠, 그거 아주 끔찍한 얘기군." 바흐만이 대꾸했다. "그런데 그게 지금 우리 상황과 무슨 상관인가?"

"그날 저녁 난 다시는 팔짱 끼고 구경만 하지 않기로 다짐했어. 물론 나와 두 동생은 아직 어린애였지. 하지만 엄마까지 합세하면 우리는 넷이야. 아버지는 혼자고. 무슨 말인지 알겠어?"

"그래서 어떻게 했죠?" 지빌레가 기어들어가는 목소리로 물었다.

"누구나 자기만의 어두운 비밀이 있는 법이지." 샤데크는 비죽 웃었다. 그의 시선이 돌연 카스파를 향했다.

"말이야 쉽지." 바흐만이 대꾸했다. "그래도 아침까지 기다려야……"

순간 사람들이 모두 갑자기 천장을 쳐다보았다. 그 바람에 관리인은 말을 더듬었다.

"……아침 근무조를 기다려보자고. ……빌어먹을, 이게 무슨 소리야?"

이제는 카스파도 들렸다. 천장에 달린 조그만 플라스틱통에서 뭔가 달그락거렸다. 지금까지 화재경보기인 줄로만 알았던 통이다. 마이크의 기계음이 솨솨 바람 새는 소리를 내서 소피아의 저 이상한 말보다 더 알아듣기 힘들었다. 마치 커피머신이 물을 끓여낼 때 마지막으로 내는 소리를 흉내내는 것처럼 들렸다.

"저 소리 어디서 나는 거야?" 샤데크가 물었다.

"저건 우리 병원 구내방송 스피커요. 병원의 모든 공동사용 공간에 저런 스피커가 설치되어 있지."

"오, 주여! 그럼 저 소리가……?" 요리사가 소리를 질렀다. 카스파는 반사적으로 고개를 끄덕였다. 당연히 저 소리는 그놈 것이리라. 성대를 다친 놈이 내는 소리. 칼로 성대에 구멍을 내서 저렇게밖에 내지 못하는 소리.

"영혼파괴자가 우리한테 방송을 하는 거예요." 야스민이 한층 커진 목소리로 외쳤다.

"쉿, 모두 입닥치고 조용히 해!" 샤데크가 짜증스러운 얼굴로 주먹을 흔들었다. 그러더니 의자를 밟고 올라가 스피커에 귀를 기울였다. "뭔가 또 있는데." 마침내 그가 말하고는 다른 사람들을 내려다보았다. "배경에서 뭔가 다른 소리가 들려."

젠장, 내 귀에도 들려. 카스파는 생각했다. 속에서 메스꺼움이 치밀어올랐다. 지금껏 벌어진 소동 때문에 까맣게 잊고 있던 녀석을 떠올린 것이다. 스피커를 통해 녀석의 고통스러운 신음소리가 갈수록 또렷이 들려왔다.

평소 가까이 있을 때는 한 번도 의식해서 들어본 적 없는 소리였다. 그러나 멀리 스피커를 통해 헐떡이는 소리가 낯설게 들려오는 지금 카스파는 그게 녀석이라고 확신했다. 개를 어떻게 괴롭히기에 저런 소리를 내는 것일까? 그런데 비슷한 소리를 예전에도 들은 적이 있다는 느낌을 지울 수 없었다. 그때는 스피커에서 나는 게 아니라, 벼룩시장 한 모퉁이에 버려진 형편없이 망가진 자동차에서 나는 소리였다. 카스파는 눈을 감았다. 낑낑거리는 신음소리는 갈수록 커졌다.

때는 다시 여름이었다. 은색 차체가 반사하는 햇살이 어찌나 강렬한지 그곳을 바라보려면 한 손으로 눈을 가려야 할 정도였다. 타이어들은 훔쳐가버렸는지 하나도 남은 게 없다. 처참한 몰골의 녹슨 자동차는 헐벗은 휠에만 간신히 의지하고 서 있다. 깨지고 부서지지 않은 곳을 찾아보기 힘들 지경이다. 전조등, 앞과 뒤는 물론이고 옆 유리까지 온통 박살나 있다. 심지어 트렁크는 누군가 냉장고를 집어던진 듯한 꼬락서니였다. 카스파는 뒤에서 외국어들이 뒤섞여 떠드는 소리를 들었다. 젊은 여자 하나는 방금 성사시킨 거래가 만족스러운지 깔깔 웃고 있다. 배달 트럭이 울려대는 경적 소리가 어지럽기만 하다. 꾀죄죄한 몰골의 어린애 둘이 고물차 옆에서 놀다가 그가 다가가자 도망가버린다. 그는 트렁크 뚜껑을 범퍼에 붙들어맨 노끈을 살펴본다. 라이터를 꺼내 거기에 불을 붙이자 뚜껑이 덜컹 열린다. 그는 보았다. 죽음이라는 게 어떤 얼굴을 하고 있는지! 네 마리의 강아지가 말라비틀어진 채 널브러져 있다. 속부터 타들어간 게 분명하다. 섭씨 30도를 웃도는 무더위였다. 트렁크 안은 최소한 그 두 배는 더 뜨거웠으리라. 강아지들은 아주 천천히 참혹한 죽음을 맞은 게 틀림없다. 한 마리는 심지어 왼쪽 눈알이 빠져나왔다.

여기서 모두 미스터 에드라고 부르는 녀석은 지금 구내방송 스피커를 통해 아주 고통스러운 신음을 뱉고 있다. 어서 빨리 구해달라고 애원이라도 하는 것일까.

1시 31분

어둠은 세상을 깨끗이 지워버리는 힘을 가졌다. 카스파는 칠흑 같은 어둠을 귀로 듣고 코로 맡으며 온몸으로 느꼈다. 불과 몇 초 전부터 숨어든 1층 홀은 어찌나 어두운지 걸음을 옮길 때마다 뭔가 턱턱 앞을 가로막는 것만 같다. 영혼파괴자는 1층 홀의 조명이란 조명을 모조리 망가뜨려놓았다.

"왼쪽으로 바짝 붙어." 바로 뒤에서 따라오던 톰 샤데크가 속삭였다. 머리 위에서 들려오는 개의 신음은 잠깐씩 끊어지다가 다시 이어지고 있다. 구급대원은 병원의 약품 창고를 찾아가는 카스파를 한사코 따라가겠다며 고집을 부렸었다.

"야치가 그러던데 당신은 기억의 블랙홀에 빠졌다면서? 맞아?"

카스파는 어둠을 더듬어가며 조심스레 한 발씩 나아갔다. 방향을 잃지 않기 위해 한 손은 계속 페인트칠한 벽에 대고 있다. 카스파는 어둠 속에서 기가 차다는 표정을 지었다. 이런 순간까지 잡담을 하려고 드는 톰이 의아하기만 했다. 게다가 저 간호사를 언제부터 '야치'라는 애칭으로 불렀을까? 야스민이 좀 경박하긴 하지만, 벌써 둘이 그렇게 친해졌단 말인가?

"필름 끊김, 건망증, 블랙홀, 기억상실증. 어쨌거나 지금 상황하고 아주 잘 어울리네, 안 그래?" 샤데크는 잠깐 킬킬댔다. "뭐 내가 상관할 바 아니지. 제발 저 사이코가 야간투시경만은 가지고 있지 않아야 할 텐데. 그 놈한테 그게 있다면 우리 계획은 물거품이니까."

"얼른 가서 의사선생에게 꼭 필요한 것만 챙겨오는 거예요. 그러곤 미스터 에드를 찾아 저 빌어먹을 방송을 꺼야지." 카스파의 말에 바흐만은 마지못해 고개를 끄덕였다. 그리고 서둘러 경고의 말을 잊지 않았다.

"라스펠트 원장 집무실은 약품 창고와 직접 맞닿아 있소. 방송에 쓰는 마이크 두 개 중 하나는 그의 책상 위에 있고. 그러니까 브루크가 바로 그 옆에서 당신들을 기다릴 확률은 50 대 50이오."

천천히 앞으로 나아가던 카스파는 하마터면 냉온급수기에 부딪힐 뻔했다. 그의 기억이 틀리지 않다면 원장의 방은 그리 멀지 않다. 문 두 개를 더 지나가면 되리라.

머리 위에서 들리는 신음은 약간 잦아들었다. 입구 홀의 스피커로부터 그만큼 멀어졌기 때문이다.

그럼에도 카스파의 머릿속에는 과열된 트렁크 안에서 질식해 죽어가는 강아지의 모습이 더욱 선명하게 떠올랐다.

"저것 좀 봐!" 돌연 톰이 카스파의 어깨를 쳤다.

"뭐요?"

"저기 저것!"

아, 저거! 카스파도 발견했다.

처음에는 그 깜빡이는 빨간 불빛이 착시에 의한 것인 줄로만 알았다. 눈을 감고 세게 누르면 생겨나는 빨간 점 말이다. 그러나 불빛은 현실이었다. 라스펠트 방의 문틈 사이로 작고 빨간 점이 규칙적인 간격을 두고 깜빡였다. 마치 누군가 바닥에 누워 리모컨의 발광다이오드로 밖을 향해 모스 신호를 보내는 것처럼 보였다.

"아까만 해도 저런 게 보이지 않았잖아, 안 그래?" 톰이 물었다. 카스파는 고개를 끄덕였다. 너무 흥분한 탓인지 샤데크가 어둠 때문에 자길 볼 수 없다는 것을 잊은 것이다.

"이제 어떡하죠?" 구급대원이 뭐라고 답할지 뻔히 알면서도 카스파는 그렇게 물었다.

"뭘 어떡해? 안으로 들어가야지."

1시 33분

리모컨이 아니었다. 손전등도 아니다. 모스 신호는 더더욱 아니다. 처음 본 순간 카스파는 너무 놀란 나머지 그게 시한폭탄인 줄 알았다. 라스펠트의 책상 한가운데서 폭발의 순간만 기다리고 있는 시한폭탄! 그러나 물건이 아무런 해를 끼칠 수 없는 것임을 확인한 순간, 카스파는 맥이 풀리고 말았다.

"이런 개자식이 있나!" 흥분한 톰이 소리를 질렀다. 그는 조심하라던 바흐만의 경고를 까맣게 잊어버리고 문 옆의 조명 스위치를 켰다. 천장에 달린 조명기구의 환한 빛에 카스파는 이내 적응했다. 병원 원장의 집무실은 널찍하면서도 온갖 물건이 널려 있어 답답하기 짝이 없었다. 산더미처럼 쌓인 환자 진료기록과 책들이야 그렇다고 치자. 바닥에는 텅 빈 피자 상자가 너저분했고, 서가는 뭘 그리 쌓아놓았는지 빼곡했다. 하지만 그저 그런 일상의 모습일 뿐, 뭔가 이상해 보이는 점은 전혀 없었다. 어쨌거나 살아 있는 생명체의 흔적은 눈을 씻고 봐도 없었다. 방안에는 카스파와 톰 말고는 아무도 없다. 라스펠트도 영혼파괴자도 보이지 않았다.

"우리를 가지고 노는군." 톰이 마이크 앞에 놓인 녹음기를 움켜쥐었다. 여러 개의 녹음 파일 중 무작위로 골라 재생하는 녹음기의 발광소자가 연신 깜빡였다.

"받아……" 톰은 카스파에게 녹음기를 던졌다. "놈이 개를 괴롭히면서 녹음해둔 걸 지금껏 틀었나보군."

카스파는 휴대폰만한 녹음기를 찬찬히 뜯어봤다. 오래 생각할 것도 없이 옆에 달린 스위치 하나를 누르자 미스터 에드의 신음은 사라졌다. 순간 카스파는 현기증이 나 두 손으로 책상을 짚었다. 녹음기가 바닥에 떨어졌다.

"왜 그래?" 샤데크가 물었다.

"잘……" 카스파는 뭐라고 대답해야 좋을지 몰라 망설였다. 결국 있는 그대로 이야기했다. "잘 모르겠어요."

카스파는 이 방을 본 적이 없다. 이전에 비슷한 곳을 본 적도 없다. 그런데도 모든 게 익숙하게 느껴졌다. 이미 잘 아는 곳이라는 느낌을 지울 수가 없었다. 건물의 큰방이 거의 그렇듯 원장실 역시 벽난로를 갖추고 있다. 벽에는 온갖 자격증과 졸업장 그리고 상장이 걸려 있고 가족사진이 든 액자도 보였다. 이상하게도 모든 게 낯선 동시에 친숙했다. 카스파는 벽난로로 한 발 다가가며 숨을 깊이 들이마셨다. 그러자 드디어 기억이 되살아났다.

아무런 예고 없이 문득 살아난 기억이었다. 갑자기 몸안의 생화학 신경 선로들이 기억의 궤도 이탈을 바로잡으려는 움직임을 보였다. 기억이라는 이름의 열차는 순식간에 덮치듯 달려들어왔다. 오랫동안 사용하지 않고 버려두었던 선로가 감당하기 어려울 정도로 빠른 속도였다. 돌연 의식의 벽을 허물고 달려드는 기관차! 어지러운 나머지 카스파는 생각의 앞뒤를 가늠할 수 없을 지경이었다. 피하고만 싶어 고개를 비트는 순간, 기관차는 다시 느려졌다. 기관차의 배기구로 종이가 타는 듯한 짙은 연기가 피어오른다. 마치 저 아래 묻혀 있던 장기기억이 꿈틀거리며 위로 올라오듯이! 이제 카스파가 가진 정신의 눈에 기억이 또렷한 형상을 갖춘다. 책상으로 가자! 책상 앞에 앉은 내 모습을 보자. 손에 들고 있는 것은 뭐지? 녹음기! 조금 전 톰이 던져줬던 것과 비슷하게 생긴 녹음기를 들고 있다.

"시작하시죠. 따님도 준비됐습니다." 책상에 놓인 인터폰에서 여자 목소리가 흘러나온다. 그는 자리에서 일어나 의자를 책상에 밀어놓는다. 그리고 이제 막 덮으려던 기록에 붙은 사진을 마지막으로 본다. 곱슬곱슬한 금발 소녀의 사진이다. 딸일까?

"모든 준비가 끝났습니다, 박사님……"

"이봐, 내 말 안 들려?"

"뭐라고, 어……? 에, 음……괜찮아요. 아무 일도 아니에요." 카스파는 더듬더듬 말했다. 말꼬리가 힘없이 늘어졌다. 인터폰의 목소리가 귀에서 멀어졌다.

톰이 이상하다는 눈초리로 그를 쏘아본다.

"무슨 기억이라도 떠오른 거야?"

"아니, 아니에요…… 그냥 좀 어지러워서."

카스파는 천천히 떠오르고 있는 기억을 그물로 확실히 붙잡기 전에는 누구에게도 자신의 속내를 드러내고 싶지 않았다. 적어도 적대감을 밑에 깔고 이죽거리는 인간에게는 더더욱.

"뭔가 감추고 있는데?" 샤데크가 물었다.

"아니라니까요."

"뭐가 아냐, 뭘 감추고 있는데!"

쓸데없는 신경전에 휘말리고 싶지 않았던 카스파는 샤데크를 그냥 지나쳐 원장 방에서 약품 창고로 통하는 문으로 갔다. 잠겨 있었지만, 바흐만이 준 열쇠로 곧장 따고 들어갔다.

창문이 없는 공간에 들어서자 자동감응센서가 작동하며 조명에 불이 켜졌다. 수없이 많은 진열장과 철제 선반 앞에서 카스파는 어디부터 뒤져야 할지 몰라 난감했다. 사방에 약이 빼곡하게 쌓여 있다.

"우리에게 필요한 건 여기 있네." 바짝 뒤따르던 샤데크가 투명창이 달린 냉장고 문을 열었다. 그는 생리식염수 두 팩을 꺼내 칵테일을 섞듯 힘차게 흔들어대고 나서, 또다시 방금 전처럼 꼬치꼬치 캐묻기 시작했다.

"내기를 해도 좋아. 이를테면 말이야, 우리는 같은 업종에서 일하는 것 같은데?"

"네? 어째서 그렇게 생각하죠?"

"생리식염수, 탈수 현상, 코르티손?" 구급대원은 이어서 냉장 진열장에서 주삿바늘과 호스 등을 찾으며 중얼거렸다.

"모두 당신이 직접 사용한 단어들이야. 다시 말해 당신 직업은 의약품 사용설명서를 열심히 읽어야 하는 게 틀림없어. 그저 기억을 잃은 우울증 환자라면 그런 전문용어를 알 턱이 없지. 게다가 아주 노련해 보여."

"뭐가요?"

"그녀의 맥을 짚던 당신 솜씨 말이야. 내기를 하지, 당신은 의사 면허를 가진 게 분명해!" 샤데크는 주삿바늘을 포장째 바지 호주머니에 닥치는 대로 쑤셔넣고 나서 고개를 돌려 카스파를 바라보았다.

"이것만은 명심해, 앞으로 당신에게서 한시도 눈을 떼지 않을 거야. 저 감시 카메라 녹화 비디오에 대해서도 알고 있다는 걸 잊지 마."

"무슨 비디오요?" 톰이 무슨 말을 하는 건지 알면서도 카스파는 시치미를 떼고 물었다.

"당신은 개하고 함께 병원에 이르는 진입로에 숨어들었어. 그러고는 우리 큰 아기 바흐만이 차를 타고 일대를 떠돌 때까지 기다렸지. 당신이 여기 있는 게 우연이 아니라는 증거야. 다시 말해 당신은 무슨 목적이 있어 여길 찾아온 거야."

"아하, 그 '야치'한테 들었나보죠?" 그렇게 반문하던 카스파는 슬그머니 짜증이 났다. 태연하게 꾸미려던 목소리가 원하는 대로 나오지 않았기 때문이다. 하지만 그러기에는 긴장감이 너무 컸다. 더욱 고약한 것은 톰의 말을 부정도 긍정도 하지 못하는 자신의 우유부단한 태도였다.

"맞아. 바흐만에게 부탁해서 다 봤다더군."

"훌륭한 정보수집능력이네요." 카스파는 시계도 차고 있지 않은 자신의 손목을 내려다보았다. "더는 허비할 시간이 없어요. 어서 돌아가요! 영혼파괴자가 왜 여기 녹음기를 뒀는지는 당신도 잘 알겠죠?"

"그거야 우리를 유인하기 위해서겠지!" 톰은 정신이 번쩍 든 사람처럼 등을 돌렸다.

"맞아요!"

두 사람의 짐작을 입증이라도 하듯, 도서관 쪽에서 쾅하는 문소리가 들렸다. 이내 여자의 날카로운 비명이 복도에 울려퍼졌다.

1시 37분

카스파와 톰은 정신없이 복도를 뛰었다. 카스파의 눈에 복도는 마치 저쪽 끝에 이리저리 흔들리는 등잔불이 달린 어두운 터널처럼 보였다. 막 지나친 입구 홀은 블랙홀처럼 그 가녀린 빛을 빨아들이는 것만 같다. 그래도 두 남자는 불빛 덕분에 방향을 잡고 뛸 수 있었다. 도서관 문이 닫혀 있다면 이런 안내판도 기대할 수 없었으리라.

"조심해요!" 복도에서 오른쪽으로 꺾이는 곳에 가까워지자 카스파가 경고했다. 도서관으로 가는 쪽이다. 빛이 떨고 있는 그곳으로!

바흐만이 왜 문을 열었을까? 그토록 조심하더니 왜 그랬을까?

이제 비명은 들리지 않았다. 카스파는 그게 좋지 못한 조짐으로 여겨져 등이 오싹했다. 비명을 지르려면 공기가 필요하다. 고통을 느끼는 것은 뇌에 피가 돌 때뿐이다. 순간, 카스파는 지빌레가 쌕쌕거리는 소리를 다시 한번 들었으면 좋겠다는 변태적인 생각을 하는 자신이 부끄러워졌다. 모퉁이를 돌아서는 찰나, 카스파는 자신의 오판을 깨달았다. 문은 굳게 닫혀 있다. 불빛은 도서관이 아니라 대각선 맞은편에 있는 작은 다용도실 같은 곳에서 흘러나왔다.

"함정이야." 샤데크가 속삭였다. 동시에 그는 뭔가 기다란 물건을 꺼내 들었다. 희미한 불빛을 받아 은색이 번쩍거린다. 톰은 카스파가 그 기묘한 기억에 사로잡혀 있을 때 라스펠트의 책상 위에 놓였던 칼 한 자루를 슬쩍했던 게 틀림없다. 모양새로 보아 편지봉투를 자를 때 쓰는 칼이다. 그런 다음 톰은 가슴을 바닥에 대고 엎드려 빠르게 기어갔다. 아무래도 이른바 '서바이벌 게임'을 무척 즐겼던 게 분명했다. 칼을 잇새에 물지 않았을 뿐 직업군인 못지않은 동작이었다.

이건 미친 짓이야. 카스파는 오른쪽으로 몸을 돌려 도서관 문손잡이를 잡고 흔들었다.

"이봐, 문 열어!"

"당신들뿐이요?" 관리인이 즉각 반응했다. 문에 귀를 대고 있었던 게 틀림없다.

"글쎄, 잘 모르겠어요." 카스파는 마침 바스락 소리가 나는 다용도실을 바라보았다. 쥐가 쓰레기봉투 위로 어지러이 달리는 듯한 소리였다. 그때 카스파는 이곳에 주방이 있었던 것을 기억해냈다.

"들여보내줘요."

"지빌레는 어디 있소?" 바흐만의 목소리가 육중한 떡갈나무 문을 통해 둔탁하게 울렸다.

"몰라요. 그거야 당신이……"

카스파는 재빨리 주위를 돌아보았다. 바스락거리는 소리가 더욱 커졌다. 아까와는 한결 다른 소리다. 지금은 넘쳐나는 쓰레기봉투를 돌바닥에 질질 끄는 소리다.

톰도 이상하다 싶었는지 개구리 같은 그 자세로 꼼짝하지 않는다. 다용도실에서 불과 1미터 정도 떨어진 거리다. 구급대원은 고개를 들고 옆으로 돌린 다음 오른쪽 귀를 바닥에 대고 소리를 좀더 잘 알아들으려는 자세를 취했다. 그러더니 다시 무릎을 구부렸다. 앞으로 나아가기 위한 동작이다. 이제 막 다용도실 안을 들여다보려는 찰나, 돌연 어둠이 그 희미한 불빛마저 삼켜버렸다.

다용도실 전구의 깨진 조각이 바닥에 떨어지는 것보다 훨씬 빠르게 한밤의 어둠이 모든 형체를 덮어버렸다.

그야말로 완벽한 어둠이다. 살랑거리는 것도 깜빡이는 것도 없다. 카스파는 아무것도 볼 수 없었다. 다만 들을 수 있을 뿐이다. 끄는 소리는 곧장 그를 향해 다가온다. 그 소리는 구더기로 들끓는 쓰레기봉투가 연상될 만큼 구역질나는 것이다. 구더기들이 모여 이룬 커다란 뱀이 소름끼치는 쉭쉭 소리와 함께 바닥을 기고 있다.

카스파는 비명을 지르려 했다. 하지만 그러기도 전에 벌써 고래고래 소리를 지르고 있었다. 허파가 타는 것 같았고, 계속 발로 문을 걷어차는 바람에 발가락들이 떨어져나갈 듯 아팠다. 바흐만이 어서 문을 열고 이 지옥의 암흑 속에서 자신을 꺼내주기만 간절히 바랐다. 어둠이 짙어갈수록 끄는 소리는 더욱 커졌다. 숨이 막힌 탓에 카스파는 이제 꺽꺽 바람 빠진 비명만 흘려댔다. 어서 샤데크가 나타나 영혼파괴자와 대결을 벌여주기를 바랐다. 아니, 자기 목에서 나는 꺽꺽 소리가 톰이 브루크의 목을 짓눌러서 나는 것이기만 빌고 또 빌었다. 오히려 그 정반대일 수도 있다는 생각이 머릿속을 스치고 지나갔다. 만약 톰이 목숨을 건 싸움에서 졌다면, 이제 다음 희생자는 자신이 되는 게 아닌가.

대체 무슨 일이 벌어지고 있는 걸까? 어째서 바흐만은 문을 열지 않을까? 속으로 이렇게 물으며 카스파는 입속에 번지는 피맛에 정신이 아득해졌다. 혀는 언제 깨물었던 것일까? 그러고 보니 아까까지 매달려서 흔들어대던 문손잡이도 어디론가 사라지고 없었다. "우리한테 원하는 게 뭐야?" 마침내 카스파는 소리를 질렀다. 원래 내고자 했던 소리보다 형편없이 작았던 탓에 제 귀에조차 잘 들리지 않았다.

순간, 뭔가 번쩍했다. 관자놀이를 1밀리미터 정도 비껴간 것이 나무에 박히는 소리가 났다. 머리카락이 그슬렸는지 매캐한 냄새가 코를 채운다. 고개를 옆으로 돌린 채 카스파는 어째서 머리가 문에 부딪히지 않고 균형만 잃었는지 기이하다는 생각이 들었다. 그런 다음 빛 속으로 빨려들어가며 그는 보았다. 순면으로 만든 창백한 녹색 옷을! 총구가 불을 뿜을 때, 이미 그 형체를 알아보았던 옷이다.

환자복, 브루크!

뒤에서 누군가 강하게 잡아당기는 것을 느끼는 순간, 묵직한 구두가 어지러이 자신의 얼굴 위로 날아드는 것을 카스파는 보았다. 구둣발이 한 번은 그의 배를 걷어찼고, 또 한 번은 팔을 짓밟았다.

나중에 피멍이 시퍼렇게 든 것을 보고 샤데크는 정중하게 사과를 했다. 공포에 질려 정신없이 도서관 안으로 달려드느라 저지른 실수였다는 것이다. 하지만 그 순간 카스파는 전혀 통증을 느끼지 못했다. 오히려 마침내 바흐만이 문을 열었다는 무한한 안도감에 사로잡혔을 뿐이다. 구원의 느낌이란 게 이런 것일까. 마지막 순간 죽음을 비껴갈 수 있었다는 기분이 묘한 쾌감을 불러일으켰다. 하지만 그것도 잠시, 관리인이 다시 문을 닫고 그대로 주저앉아 목놓아 울기 시작하자 그 쾌감은 온데간데없이 사라졌다.

오늘, 12시 34분
공포가 휩쓸고 간 지
아주 오랜 시간, 몇 년이 흐른 후

아직 눈이 내리지 않는다. 일기예보는 오늘 오후 눈이 온다고 했다. 그러나 지금껏 바람은 찢어진 비닐봉지와 말라비틀어진 낙엽만 얼어붙은 땅 위로 이리저리 날리고 있을 뿐이다.

겨울은 영혼을 맑게 정화하는 힘이 있어. 교수는 그렇게 생각하며 정원으로 통하는 유리 쌍닫이문의 틀에 한 손을 짚고 서 있다. 정확히 말하면, 세월이 남겨놓은 것으로 이르는 문이리라. 한때 정성을 다해 가꿨던 잔디밭은 요즈음 아이들의 발길에 짓밟힌 축구장으로 변했을 따름이다.

추위는 진실이라는 이름의 나무에서 잎사귀를 모조리 떨어뜨린 다음, 그 뒤에 숨어 있던 게 무엇인지 알아볼 수 있게 해주지.

교수는 유리창에 손을 대고 정원에 몇 그루 남지 않은 헐벗은 나무들을 바라본다. 좀체 쓰러지는 일이 없는 수양버들만 빼고 나머지는 꺾이고 말라 죽거나 진균에 잠식당하고 말았다. 얼마 전 폭설과 격심한 강풍으로 자작나무 한 그루는 허리가 꺾이고 말았지만, 누구도 그 몸통을 도끼로 패어 땔감을 만들 생각은 하지 않았다. 또 그래야 할 이유도 없다. 이곳의 벽난로는 이미 오래전부터 사용하지 않는다.

벽난로를 쓰지 않은 게 언제부터였더라……

"교수님?"

깜짝 놀란 그가 뒤를 돌아본다.

"응?"

한동안 뒤에 있는 두 학생을 까맣게 잊고 있었다.

파트리크 하이덴이 진료 파일을 덮고 자리에서 일어섰다. 먼저 그는 우중충한 벽 앞에 세워진 텅 빈 서가들을 가리켰다. 그런 다음 벽난로 앞에 차곡차곡 포개 커다란 천으로 덮어놓은 의자들을 바라보고는, 육중한 탁자를 주먹으로 가볍게 두들겼다.

"여기가 그 도서관이죠, 그렇죠?"

"뭐?"

"카스파, 샤데크, 영혼파괴자, 이들은 바로 이 공간에 있었던 게 아닌가요? 그러니까 모든 일은 바로 여기서 벌어진 거죠?"

질문인지 확인인지 아리송한 말투였다. 그의 말은 차라리 불평에 가까웠다.

"눈치도 빨라! 무슨 생각으로 하는 말이야?" 교수가 대답하기 전에 리디아가 먼저 가로챘다.

"이 이야기는 텅 빈 토이펠스베르크 건물에서 일어난 사건을 다루고 있어. 기록 첫 쪽부터 분명했던 걸 이제야 알아보다니."

"아, 그래요?" 파트리크는 바지 뒷주머니에서 아무렇게나 접은 종이 한 장을 끄집어냈다.

"여기 이 실험 초대장에는 그런 말이 전혀 없는데요." 그는 양면으로 인쇄된 종이를 보란듯이 흔들어댔다. 종이 뒷면은 흑백으로 그린 약도로 거의 채워졌다.

"학교 측은 이런 간단한 약도만 보냈더군요. 여긴 거리 이름도 토이펠스베르크라는 지명도 나오지 않아요. 그리고 여기로 오는 동안 진입로에서 무슨 입간판 같은 것도 본 기억이 없고요."

"자네는 베를린 출신 아니던가?" 교수는 이렇게 물으며 돋보기안경을 고쳐썼다. 지금은 다시 탁자 머리맡의 제자리에 서 있다.

"아뇨." 파트리크는 화난 목소리로 대답했다.

"아, 그래서 여기가 토이펠스베르크라는 걸 몰랐던 거군." 교수가 남학생의 얼굴을 물끄러미 건너다봤다. "진입로는 사유도로인데다가 도시 지도라고 해서 토이펠스베르크란 지명을 전부 표기하고 있지는 않아."

"쳇, 아주 멋지군요."

파트리크는 손뼉을 치며 옆 의자에 놓아두었던 배낭을 움켜잡았다.

"처음에는 이 기록만 읽으면 된다고 했죠. 정신병자가 쓴 게 분명한 이 기록 말이에요. 그런데 읽다보니 알겠네요. 지금 우리가 사람들이 그 미치광이 도살자를 속수무책으로 기다려야 했던 바로 그 의자에 앉아 있다는 걸."

"그래서 뭘 어쩌려고?" 긴장한 리디아가 물었다. 그녀의 청아한 목소리는 실험을 시작할 때에 비해 훨씬 날카롭게 변해 있다.

"갈 거야."

"뭐?"

"담배 피우러 간다고." 그는 오해하지 말라고 손사래를 치며 말했다.

파트리크는 배낭을 무릎 사이에 끼우고 두 손으로 그 안에서 오리털 파카를 꺼내 한쪽 팔을 꿰며 말했다.

"다시 돌아왔을 때는 이 실험의 진짜 목적이 무엇인지 알아야겠어요."

"그렇게는 안 될 거 같아 살짝 걱정스럽군." 교수가 친근하지만 단호한 목소리로 대답했다.

그는 안경을 벗지도 않고 피곤한지 눈을 비볐다.

"예, 뭐라고 하셨죠? 저 밖의 정원도 금연구역이라는 말씀이신가요?" 파트리크가 물었다.

교수는 자비로운 미소를 띠었다. "아니, 그렇지는 않아. 다만 실험을 진행하는 동안 이 방을 나갈 수는 없네."

"왜 안 되죠?" 파트리크와 리디아는 누가 먼저랄 것도 없이 동시에 물었다.

"끝까지 읽기 전에는 안 돼!"

"그럼 교수님은 우리 자유의사와 상관없이 여기 계속 잡아두시겠다는 말씀이세요?"

"어허, 벌써 잊었나? 실험의 조건을 충분히 설명해주고 동의한다는 자네들 서명도 받아두었는데. 만약 자네들이 지금 집에 가겠다면 실험은 수포로 돌아가는 거지. 그렇게 일방적으로 파기할 수는 없네."

"왜죠? 참 알 수가 없네요." 파트리크는 배낭을 다시 내려놓았다.

교수는 미소지었다.

"그게 실험의 일부니까. 실험이 성공하기 위해서는 휴식시간도 길게 갖지 말고 꾸준하게 끝까지 읽어야 해. 이건 내가 아주 절박한 심정으로 자네들에게 추천하는 거라고 생각해도 좋아. 지금부터는 더욱 집중해야 해. 부탁하네."

"지금까지 제가 얼마나 집중했는지는 어떻게 판단하시죠? 교수님은 내내 창밖만 내다보고 계셨잖아요." 파트리크는 조금 전처럼 공격적이거나 불손하지는 않았다. 불안해하는 리디아의 마음이 그에게 그대로 전해진 모양이다.

"자네 반응을 보고 알 수 있지. 처음부터 좀더 철저하게 읽었더라면,

자네는 지금 휴식을 취할 수 없을 거야. 진실이란……"

교수는 환자 진료기록 원본을 손에 쥐었다. "……진실은 모든 문장 하나하나에 숨겨져 있으니까. 단 한 쪽도 허투루 읽어서는 곤란하지. 하지만 자네는 쪽수를 넘기기에만 급급하더군."

"말도 안 돼!"

"자네가 직접 알아내게." 교수는 누구나 마실 수 있게 탁자 한가운데 둔 물병을 집어 컵에 물을 따랐다. 그리고 계속 읽을 테냐고 묻는 표정으로 컵을 파트리크에게 건네주었다.

"알았어요." 리디아가 말하며 남자친구의 소매를 잡아당겼다. "그냥 계속 읽자. 너도 이 이야기 결말이 어떤지 궁금하잖아, 안 그래?"

파트리크는 망설이는 표정으로 검게 염색한 머리를 쓸어넘겼다. 그러고는 리디아의 손을 어루만지려 했다. 하지만 그녀는 그의 손을 꼭 잡고 눈을 깊숙이 들여다보았다. 말이 없는 몇 초의 시간이 흘렀다.

"에이, 까짓 뭐." 마침내 침묵을 깬 파트리크는 끈을 풀어헤친 구두를 질질 끌고 문 쪽으로 갔다. 2미터 앞에 멈춰 서더니 말없이 물병을 집었다. 그러고는 다시 자기 자리로 돌아와 앉았다. "이왕 시작한 거 한두 시간 더 한다고 무슨 문제 있겠어."

리디아는 입가에 떠오르는 맥빠진 미소를 지그시 눌렀다.

안됐지만, 당시 이 도서관에 있었던 사람들 생각은 전혀 다를걸. 교수는 그렇게 생각하며 눈앞에 솟아오르는 뿌연 안개를 닦아냈다.

이 모든 상황이 자신을 얼마나 지치게 만드는지 학생들이 눈치채지 못하도록 교수는 눈길을 떨어뜨렸다. 마음 한편에서는 파트리크가 이제 배낭과 옷을 챙겨들고 일어나, 여자친구의 손을 잡고 건물을 나가주기를 간절히 바랐다. 아무래도 그게 최선일 것 같았다. 하지만 이제 다시 시작이다. 숨을 깊이 들이마신 교수는 잠긴 목소리로 말했다.

“좋았어. 계획에 없던 휴식을 끝낸 지금, 실험을 계속해주기를 부탁하네. 앞으로는 중간에 끊는 일이 없도록.”

교수는 헛기침을 했다. 그러나 목을 사로잡은 답답함은 사라지지 않았다. 오히려 리디아가 먼저, 그리고 다음으로 남자친구가 다시 파일을 여는 것을 바라본 순간, 가슴을 짓누르는 답답함은 더욱 커졌다. 쪽수를 넘긴다. 환자 진료기록 124쪽이다.

1시 41분
117분 앞으로 다가온 공포

환자 진료기록 No. 131071/VL

124쪽 이하.

"내 잘못이야, 다 내 책임이라고." 바흐만의 목소리는 그다지 흐리지 않았다.

카스파가 바닥에서 일어나 파자마 바지에 묻은 얼룩을 털어내자 바흐만은 이내 눈물을 거뒀다.

"빌어먹을, 여기서 대체 무슨 일이 벌어진 거야?" 손에 뭔가 들고 탁자 옆에 서 있던 샤데크가 물었다. 손에 든 것은 얼핏 보기에 쇼핑백처럼 생겼다.

관리인은 돋보기를 벗고 마른기침을 했다. "그러니까 에…… 그게, 얼른 식품 창고에 다녀오겠다고 해서 말이야."

카스파와 톰은 어처구니가 없어 서로의 얼굴만 바라보았다. 그게 누군지 바흐만이 굳이 이름을 말할 필요도 없었다. 앞서 비명을 듣지 않았던가. 게다가 지빌레 파츠발크가 앉았던 의자는 텅 비어 있다.

"대체 거기서 뭘 가져오려고 한 거죠?" 카스파가 물었다.

"여기 이거." 샤데크는 쇼핑백에 든 것을 탁자 위에 쏟았다. "이것 때문에 그 뚱보가 목숨을 건 거야."

움푹 찌그러진 라비올리 통조림이 다른 통조림들 사이에서 비죽 삐져 나왔다. 카스파는 믿기 어렵다는 눈빛으로 그것을 바라보았다.

"당신은 이걸 어떻게 손에 넣었죠?" 카스파는 알 수 없다는 표정으로 톰을 쳐다봤다.

샤데크는 끙하는 신음과 함께 손바닥으로 탁자를 쳤다.

"제기랄, 지금 그게 무슨 상관이야. 영혼파괴자는 전구를 깨뜨리고 지빌레를 창고에서 질질 끌고 다녔어. 여자는 죽을힘을 다해 싸우면서도 봉투는 꼭 쥐고 있었던 모양이야. 어쨌거나 자세한 건 나도 몰라. 난 그저 그 미친놈의 발을 잡으려고 했지. 하지만……" 톰은 피투성이가 된 손바닥을 다른 사람들이 볼 수 있게 펼쳤다. "너무 미끄러워서 도저히 잡을 수가 없었어. 대신 이 봉투가 내 머리 위로 떨어지더라고. 난 여기 그놈의 무기나 뭐 그 비슷한 게 든 줄 알고 움켜쥐고 있었던 거야. 그러나 지금 이게 다 무슨 소용이야? 훨씬 더 중요한 문제는 어떻게 여자를 이런 상황에서 혼자 저 밖에 나돌아다니게 할 수 있느냐 하는 거 아냐?"

톰은 바흐만에게 한 걸음 다가가 어깨를 돌려세웠다. 그러고는 마치 헤딩의 순간을 노리는 축구선수 같은 자세를 취했다.

"형씨, 당신이랑 얘기하고 있잖아."

샤데크의 하얀 바지는 발목까지 흠뻑 젖어 있었다. 순간, 카스파는 톰이 겁에 질린 나머지 바지에 실례를 한 줄로만 생각했다. 하지만 이내 생리식염수 팩이 떠올랐다. 톰은 약품 창고에서 빠져나올 때 그것을 허리춤에 묶어두었더랬다. 그중 하나가 저 다용도실 앞에서 기어가던 사이 터진 게 틀림없다.

"그녀가 다시 말을 했거든." 바흐만이 쭈뼛거리며 입을 열었다. 그는 휠체어의 소피아를 건너다보며 계속 중얼거렸다. "'토포르'나 그 비슷한 말처럼 들렸소. 내 말 무슨 뜻인지 알겠죠. 지빌레는 그걸 배고프다는 소리로 알아들은 거요."

카스파는 고개를 끄덕였다. 소피아의 뇌에서 언어능력을 관장하는 부분이 손상되었을 가능성은 얼마든지 있다. 하지만 거꾸로 카스파는 자신이 뭔가 중요한 것을 놓치고 있는 것은 아닌가 하는 생각을 지울 수 없었다. 바흐만이 이야기하는 동안 카스파는 애써 그 꺼림칙한 생각을 떨쳐내려 했다.

"물론 처음에는 말렸소. 그런데 식품 창고가 바로 코앞에 있다는데 어쩝니까. 지빌레는 다 된 요리를 냉장해놓은 게 있으니 가져오기만 하면 된다고 고집을 피웠소. 그래서 하는 수 없이 문을 열어줬지."

"말도 안 돼!"

샤데크는 팔을 높이 쳐들며 호들갑을 떨었다.

"그깟 음식 때문에 무방비상태인 여자를 영혼파괴자의 품으로 내몰았다고?!"

"샤데크, 좀 침착할 수 없어요?" 카스파가 입을 열었지만 이내 바흐만이 말을 잘랐다.

"아냐, 무방비가 아니었어! 지빌레에게 총을 줬소. 비상시를 대비해!"

"뭐?"

이번에는 카스파가 흥분했다. 그는 축축하게 젖은 손으로 관자놀이 언저리를 어루만졌다. 탄환이 스쳐가면서 머리카락을 태운 바로 그 부분을!

"오, 하느님 맙소사! 이거 여기 있는 환자들보다 더 꼴통 아냐?" 톰은 소리를 지르며 당장이라도 탁자 위로 뛰어오를 기세였다. 목의 핏줄이 불끈 솟았다.

"이제 저 밖의 미친놈이 무장까지 했다는 말이잖아!"

"그래봐야 고작 가스총인데 뭘."

"조용히 좀 해봐요!" 카스파는 소리를 지르며 두 사람의 말싸움을 끊었다. 그런 다음 다시 목소리를 낮췄다.

"여기 상황이 하나같이 나쁘다고 해도, 톰, 되돌릴 수는 없어요." 카스파는 구급대원의 얼굴을 똑바로 들여다보았다. "게다가 우리는 약품 창고 문을 열어놓았죠. 거기 있는 물건들로 영혼파괴자는 얼마든지 무기를 만들 수 있지."

"그렇군. 거긴 마취총까지 있소." 바흐만이 중얼거렸다.

"빌어먹을, 그 얘길 왜 이제야 해?" 샤데크는 신문 진열대를 발로 걷어찼다. 몇 장의 대중지가 어지러이 바닥에 날렸다.

"그래서 이제부터 어떻게 하자는 거야?"

"지금은 우리가 원래 목표했던 일을 해야죠. 박사를 보살펴야 해요." 카스파는 샤데크에게 허리춤에 묶어둔, 아직 멀쩡한 생리식염수 팩을 달라고 했다. 샤데크는 못마땅한 얼굴이었지만 시키는 대로 따랐다.

"여기 이것들도 필요할 거야." 톰이 주삿바늘이 든 주머니를 탁자 위에 던졌다.

기구들을 챙긴 카스파는 벽난로 앞에 주저앉아 소피아의 손을 쓰다듬고 있는 야스민에게로 갔다.

먼저 그는 벽난로 위 돌림띠 장식을 둘러싸고 꼬마전구들을 붙여놓은 테이프를 살펴 그중 두 개를 떼어냈다. 야스민에게는 휠체어를 불 반대편으로 좀 돌려놔달라고 부탁했다. 그리고 조심스레 소피아의 소매를 걷었다. 여의사는 이 모든 것을 조금도 모르는 모양이다.

"지빌레를 구해야 해요." 야스민은 묻는 것인지 요구하는 것인지 분간이 안 되는 말투로 중얼거렸다. 그러면서 정맥을 찾기 위해 소피아의 팔을 두드려본다.

"구할 수 있겠죠?"

"너무 늦은 게 아닐까 두렵군." 뒤에서 톰이 말했다. 그의 목소리는 전과는 비교할 수 없을 정도로 친근했다.

카스파는 입 밖에 내지는 않았지만 '야치' 하고 톰이 다정하게 부르는 것을 느꼈다. 그 생각은 더 깊이 하지 않고 소피아의 팔에 분명하게 드러난 정맥에 주삿바늘을 꽂았다.

정말이지 난 이런 일을 자주 해본 게 틀림없어.

"불이 꺼지기 전에 식품 창고를 잠깐 들여다볼 수 있었지." 샤데크가 계속 떠들었다. "상황이 별로 좋아 보이지 않더군. 아무래도 놈이 그녀의 목을 꺾은 것 같아."

"그럼 죽었어요?" 야스민은 부들부들 떨며 한 걸음 물러섰다.

"아니, 그렇지 않을걸요." 카스파는 뒤도 돌아보지 않고 말했다. 그러고는 링거액이 잘 떨어지는지 살폈다. 소피아는 내내 아무 반응이 없다.

"그가 요리사를 죽여야 할 이유가 뭘까요? 더구나 죽인 여자를 끌고 다닐 까닭이 없잖아요? 리누스와 라스펠트 그리고 지빌레를 그냥 내버려두지 않을 이유가 뭐죠?"

카스파는 야스민에게서 깨끗한 화장지 한 장을 건네받아 여러 번 접고, 그것으로 링거줄을 소피아 팔에 고정시킨 다음 테이프를 붙였다.

"하, 이거 정말 엿같군. 아무것도 아는 게 없으니 답답해 죽겠어." 구급대원의 말투가 다시 예전처럼 공격적이 되었다. "그 자식 혹시 송장 수집에 취미가 있는 놈 아냐?"

"아니, 내가 보기에 그는 지금 게임을 즐기고 있어요. 그래서 저 알쏭달쏭한 말을 적은 쪽지며 녹음기 등으로 우리를 유인하는 거라고요." 카스파가 고개를 들었다. "우리와 함께 도박을 하는 거예요. 도른 박사는 그가 건 판돈인 셈이죠."

"그래? 그럼 판돈을 돌려주지 뭐." 샤데크는 두 손을 번쩍 들었다. "어이, 어이, 그냥 농담이야." 톰의 미소는 기이하게도 솔직하다는 인상을 남겼다. 더욱이 약간 씁쓸한 기분까지 느껴졌다. 게다가 그는 돌연 생리식염수 팩을 들고 있겠다고 자청하고 나서며 카스파를 한번 더 놀라게 했다. 팩에서 흘러나온 용액은 이미 방울방울 떨어지며 소피아의 혈관으로 흘러들고 있었다.

"고마워요." 카스파는 팩을 건네주고 탁자 머리맡에 앉았다.

"좋아요, 상황을 정리해보죠. 우리는 영혼파괴자가 무슨 이유로 이러는지 그 동기를 몰라요. 또 어떻게 피해자를 혼수상태에 빠뜨렸는지, 왜 하필 도른 박사를 노린 것인지도요. 라스펠트, 리누스, 지빌레, 심지어 미스터 에드까지 의문점은 한둘이 아니에요. 영혼파괴자는 그들을 어디로 데려간 걸까? 그들은 죽었을까, 살았을까?"

바흐만은 소리가 들리도록 숨을 들이마셨다. 하지만 카스파는 멈추지 않았다.

"이런 의문들의 답을 우리는 하나도 몰라요. 그러나 답을 찾자고 목숨을 걸 수는 없어요. 이제부터는 절대 흩어지지 말고 박사를 살려내는 일에만 집중해야 해요."

이야기하는 동안 카스파는 느닷없이 가슴에 화살을 맞은 듯한 통증을 느꼈다.

찌르는 통증과 함께 그런 느낌을 불러일으키는 게 무엇인지 카스파는 돌연 알아차렸다. 영혼파괴자는 소피아가 아닌 자신을 노린 게 아닐까? 소피아가 카스파와 그의 딸에 대해 알아낸 사실을 그에게 전해주는 걸 막으려던 것은 아닐까?

카스파는 사람들이 이상한 낌새를 채지 못하도록 애쓰면서 이야기를 계속했다.

"우리 모두와 마찬가지로 도른 박사도 구조의 손길이 올 때까지 살아

남아야 해요. 도른 박사는 우리를 자유의 몸으로 만들어줄 열쇠도 가지고 있어요. 코드를 아니까."

내 정체를 알아낼 코드도 함께!

"그녀는 아까부터 우리에게 뭔가 알려주려 하고 있어요."

아직 확인할 게 있어요.

"그게 뭔지 알아낼 수만 있다면, 여기서 빠져나갈 수 있을 거예요. 더 무슨 일이……"

카스파는 말을 맺지 못하고 자신의 헐벗은 발을 내려다보았다. 어, 땀이 나네? 희한한 일이 아닐 수 없다. 지금 얇은 파자마 바지와 반팔 티셔츠만 걸치고 있는데 땀이 난다?

혹이 열이 나나 싶어 손으로 이마를 짚어보았다. 아니다, 감기가 아니었다. 갑작스레 땀이 나게 만든 것은 단 한 마디였다. 방금 전 들은 단어가 무슨 의미인지 깨달은 것이다.

"왜 그래요? 무슨 일이오?" 바흐만이 물었다.

"아니, 저……그러니까 뭐라고 했다고요?" 카스파는 먼저 샤데크를 봤다가 바흐만으로 건너간 다음, 마지막으로 소피아의 휠체어 뒤에 있는 서가를 비스듬히 바라보았다.

"무슨 일이냐고 물었소."

"아니, 아니, 그거 말고요. 아까 우리가 약을 가지러 갔을 때 도른 박사가 했다는 말."

"그야 늘 똑같지. 당신도 앞서 들었던 바로 그 알쏭달쏭한 단어였소."

아냐, 똑같은 게 아냐.

"그래도 다시 한번 말해줄래요? 부탁입니다."

"'토포르'라고 했소만……?"

"오, 주여!" 카스파는 순간 누구를 더 두려워해야 좋을지 몰랐다. 영혼파괴자인가, 아니면 자기 자신인가? 한 방 얻어맞은 것처럼 깨달았다. 그동안 내내 소피아가 알려주려 했던 게 무엇인지.

1시 49분

서가 사다리의 디딤판은 처음 겪는 카스파의 몸무게 때문인지 삐거덕거렸다. 아무래도 최근 몇 년 동안 거의 사용하지 않은 게 분명하다. 위쪽 칸의 책들은 단순히 장식용이었던 것일까. 라스펠트가 낡아서 안 보는 책들만 이곳에 둔다고 바흐만이 말해주지 않았더라면, 여기서 의학 사전류를 찾아볼 생각은 못했으리라.

"지금 뭐하자는 건지 모르겠네?" 샤데크가 물었다.

그는 야스민 옆에 서서 휠체어 머리 받침대에 끝이 갈고리 모양으로 구부러진 쇠막대기를 끼우려 안간힘을 쓰고 있었다. 생리식염수 팩을 거기 걸어놓으려는 것이다. 막대기는 원래 벽난로의 부지깽이로 쓰는 것이었다.

"확실치는 않지만……" 카스파는 고개도 돌리지 않고 대답했다. 그리고 맨 위 칸 끝에서 두번째에 있는 낡은 의학사전을 빼들었다. 'ㅅ' 항목을 찾아 책장을 뒤적인다. 잠시 뒤 그는 원하는 것을 찾아냈다. "내 이럴 줄 알았어."

"뭐요?"

"도른 박사는 정신과 전문의예요. 그녀는 자기 병이 뭔지 알았던 거야!"

"그게 뭐요?"

바흐만은 눈을 크게 뜨고 카스파를 올려다보았다. 샤데크도 임시 링거걸이를 만들던 손을 멈추었다.

카스파는 사다리에 선 채 사전을 서가 칸에 기대놓고 찾아낸 항목을 읽었다.

"수면마비증, 뇌는 깨어 있으나 신체의 여러 지각능력이 미각성상태로 남는 아주 고통스러운 증상이다. 환자는 수면과 각성의 중간상태이며, 매우 강력한 자극, 대개 부정적인 자극을 받아야만 깨어날 수 있다. 예를 들어 격심한 통증이나 경련 혹은 비명 등이 이에 해당한다."

고개를 든 카스파는 사전을 보지 않고 마지막 단락을 암송했다. "이런 증상은 '토포르'라는 이름으로도 알려져 있다. 라틴어인 이 말은……" 그는 잠깐 망설였다. "죽음의 잠, 즉 혼수상태를 뜻한다."

"죽음의 잠?" 놀란 바흐만의 눈이 더욱 커졌다. "그럼 깨우기만 하면 되는 거 아뇨?"

"하하하." 샤데크는 노골적인 비웃음을 터뜨렸다. 그러나 카스파는 말없이 고개만 끄덕였다. 동의한다는 뜻이다. 그런 다음 위태로워 보일 정도로 팔을 길게 뻗었다. 한 칸 아래 오른쪽에 있는 책을 뽑기 위해서다. 학생들이 보는 지도책처럼 크고 두툼한 책이다. 오렌지색 표지에 검은 글씨로 '신경심리학, 제2판'이라고 커다랗게 쓰여 있다. 사다리 위에서 펼쳐 보기에는 너무 커서 들고 내려와 탁자 위에 쌓인 통조림들 앞에 내려놓았다. 잠시 목차를 살펴본 그는 502쪽을 펴서 마지막 단락을 읽었다.

"수면마비란 잠에서 각성상태로 넘어가는 과정에서 감각의 마비가 일어나 생기는 현상이다. 보통 아주 짧게 찾아오며, 경우에 따라서는 20분까지 지속된다. 인간은 거의 두 명 중 한 명꼴로 수면마비를 앓는다."

"아, 그거 뭔지 알아요." 야스민이 들뜬 목소리로 외쳤다. "그거 진짜 어이없어요. 한번은 꿈에 어떤 남자가 제 방에 들어왔더라고요. 너무 끔찍해서 깨려고 했어요. 그러면 남자가 사라질 줄 알았거든요. 그런데 눈을 뜰 수가 없는 거예요. 몸도 꼼짝할 수 없었고요. 결국 악 소리를 지르고 나서야 깰 수 있었어요."

"스스로 비명을 지른 덕에 수면마비를 이길 수 있었던 거죠." 카스파는 야스민에게 고개를 끄덕여 보였다.

"지금 모두 짜고 나를 바보로 만들 속셈이야?" 샤데크는 소피아에게서 눈길을 떼지 않으며 말했다. 아직도 링거를 매달지 못한 그는 휠체어를 탁자 쪽으로 밀고 와서는 야스민에게 생리식염수 팩을 다시 쥐여줬다.

"20분? 농담해? 여기 이 의사선생이 벌써 몇 시간째 이러고 있는지 알기는 해?"

"맞는 말이에요. 바로 그래서 우리는 영혼파괴자가 그녀에게 무슨 짓을 저질렀는지 궁금한 거죠."

"엥?"

"그는 도른 박사를 죽음의 잠에 빠뜨렸어요. 도대체 어떤 방법을 쓴 것인지 짐작도 할 수 없는 게 안타깝군요. 아무래도 브루크는 무슨 특별한 방법을 찾아낸 게 틀림없어요. 악몽과 각성을 계속 오가는 마비단계로부터 박사가 빠져나올 수 없게 만든 거죠. 말하자면 도른 박사는 공포의 뫼비우스 띠를 맴돌고 있는 거예요. 이게 바로 그동안 내내 그녀가 하고 싶어했던 말이에요."

톰은 믿을 수 없다는 듯 눈썹을 잔뜩 찡그린 채 헤어왁스를 바른 머리카락을 쥐어뜯었다. 그러고는 예의 거만한 표정으로 혀를 끌끌 찼다.

"좋았어, 미스터 셜록 홈스, 그렇다면 한 가지만 더 가르쳐주실까."

카스파는 이제 마주해야 할 질문이 무엇인지 잘 알고 있는 탓에 긴장부터 했다. 자신도 그 답을 모르기 때문이다. 아직은 모른다.

"그걸 다 어떻게 알았는데? 어떻게 당신은 응급처치에 대해 그토록 잘 알지? 여의사에게 적절한 처방도 내려주고 말이야. 그것도 모자라 이제는 정신의학 전문서적까지 눈감고 외우신다?"

"그걸 알면 내가 여기 이러고 있겠어요?" 이제 두 손을 든 쪽은 카스파였다. "내가 혹시 의사였던 걸까? 약사? 아니면 심리학자? 우리가 동종업계 종사자일 수도 있다는 건 당신 입으로 한 얘기잖아요? 아니면 운전면허 시험을 준비하느라 응급처치요령*을 아주 훌륭하게 익혔을 수도 있지 않을까? 정말이지 나도 어서 기억이 돌아왔으면 좋겠어요."

"아, 그러시겠지. 자꾸 기억상실이라는 벽 뒤로만 숨으려고 하는데 말이야, 나도 그걸 가지고 뭐라 하고 싶지는 않아." 톰은 바흐만을 쳐다보았다. "대체 이 친구는 언제 입원한 거야?"

바흐만은 또다시 구레나룻을 쓰다듬으며 생각에 잠겼다. "열흘쯤 됐지, 아마."

"그럼 영혼파괴자의 연쇄범행이 중단된 게 정확히 언제지?"

"지금 무슨 소리를 하고 싶은 거야?"

카스파는 벌컥 화를 내며 책을 탁 덮고는 자리에서 벌떡 일어났다.

"모든 문제의 출발은 당신이야! 그 미친놈을 여기로 끌어들인 건 당신이잖아. 구급차로 공중전화부스를 들이받아 전화선을 망가뜨려놓는 바람에 외부에 도움을 청할 수 없게 만든 것도 바로 당신이라고!"

카스파는 '당신'이라는 말을 할 때마다 쓰러진 권투선수에게 카운트를 하는 심판처럼 팔을 휘둘러댔다. 하지만 카스파의 연이은 펀치에 샤데크는 눈 한번 깜빡이지 않았다. 오히려 실눈을 뜨고 노려볼 뿐이다. 그래도 바흐만은 두 쌈닭을 떼어놔야 한다고 생각했는지 큼큼거리며 끼어들었다.

"어이, 어이, 어이, 왜들 그래? 이런다고 무슨 소용이 있나? 서로 힘을 합쳐도 모자랄 판국에…… 이럴 때일수록 서로 믿어야지."

믿는다? 문득 카스파는 리누스를 따라가 제설차량에서 기름이 흘러나

---

* 독일에서는 운전면허를 취득할 때 구급처치 코스를 반드시 수강해야 한다.

오는 것을 본 기억이 났다. 그때 차량 뒤에서 나타난 사람은 분명 바흐만이었다. 그는 거기서 뭘 했던 것일까?

여기서 믿을 수 있는 사람은 아무도 없다. 카스파는 지그시 입술을 깨물었다. 여기 내가 아는 사람은 없다. 나도 나 자신이 누구인지 모른다.

다시금 탁자 앞에 앉은 카스파는 두 손으로 덜덜 떨리는 무릎을 잡고서 바흐만이 펼쳐놓은 신문을 들여다보았다.

뒤에서 샤데크와 관리인이 계속 입씨름을 벌이는 동안, 글자들은 카스파의 눈에 가물거리기만 했다. 듣기도 말하기도 읽기도 싫었다. 갑자기 끝이 없을 듯한 피로가 몰려왔다. 휴식이 필요하다고 뇌가 볼멘소리를 한다. 가장 좋은 것은 공회전을 시키며 잠깐 쉬는 것이리라. 좀 쉬자. 그런 다음 이 광기의 세계로 다시 새 출발을 하자.

아무 생각도 하지 말자고 다짐했다. 처음에는 원하는 대로 되는 것 같았다. 하지만 눈을 감는 실수를 저질렀다. 두번째 피해자 여성의 사진을 너무 오래 노려본 탓일까? 망막에 여선생의 얼굴이 또렷이 맺혔다가 이내 사라진다. 이번에는 선로의 끽 하는 마찰음이 들린다. 다시 기관차가 뿜어내는 매캐한 연기가 코를 찌른다. 눈을 떴다. 기억의 열차가 그를 향해 달려오기 시작한다.

기억의 울림

“언제나 조용한 아이였어요. 너무 조용했죠. 아무 걱정을 할 필요가 없어서 오히려 걱정이 되더라니까요. 제가 무슨 말을 하는지 이해하시겠죠.”

“예, 물론이죠.”

그는 빈 찻잔 안의 차 찌꺼기를 물끄러미 바라본다. 차를 더 따르려는 것을 정중히 거절한다.

“여기 이것 좀 보세요.” 여선생은 사진들 위로 압착필름을 씌운 앨범을 펼친다. 학부형 면담을 위해 특별히 골라서 의자 옆에 놔둔 게 틀림없다. 심지어 지금 펼치는 쪽에는 포스트잇으로 표시까지 해놓았다.

“제 말이 무슨 뜻인지 아시겠어요? 다른 아이들은 다 웃고 있죠. 하지만 얘는 카메라를 쳐다보지도 않아요.”

선생은 그가 보기 좋게 앨범을 돌려놓는다. 그럴 필요는 전혀 없는데.

그는 치아교정기를 한 곱슬곱슬한 금발의 소녀를 잘 알고 있다. 지갑 안에 언제나 사진을 넣어다닌다. 여권사진이다. 그 사진에서도 아이는 웃지 않는다.

그는 눈을 감았다. 딸의 얼굴을 보자 가슴이 타들어가는 것 같다. 몹시 아프다.

"괜찮으세요?" 선생이 묻는다. 그녀의 입술이 불안하게 떨린다. 대답을 하지 않고 앨범의 단체사진을 다시 본다. 여선생도 찍혀 있다. 그녀는 맨 가장자리에 서 있다. 꽉 끼는 청바지를 입고, 무릎 높이까지 오는 검은 부츠를 신었다. 그녀의 머리 옆에 작은 별표가 붙어 있다. 아래를 보니 또 별표가 있고 다음과 같은 설명이 각주에 나와 있다.

카챠 아데시, 5B 반 담임, 베를린 발트 초등학교.

"뭐가 이상한가요?"

"아뇨. 다만, 그게……"

바지 호주머니에서 휴지를 꺼내려던 그의 손에 구겨진 기차표가 잡힌다. 오늘 함부르크에서 개찰한 것이다. 여선생에게 쏟아놓고 싶은 질문들이 한꺼번에 떠오른다. 생각만 해도 괴로웠던 물음들이. 언제 처음 눈치채셨나요? 수업시간 중에 이상한 그림을 얼마나 많이 그렸나요? 다른 징후는 없었나요?

"이제 가시는 게 좋을 것 같아요." 카챠 아데시가 자리에서 일어선다. "너무 많은 이야기를 드렸군요. 저는 고자질 같은 건 하지 않습니다, 아시죠? 제가 그냥 허깨비를 봤을지도 모르잖아요?" 여선생은 남자를 안타까운 동정의 눈길로 바라보며 어깨를 으쓱한다. "죄송해요."

단 하나의 질문이라도 똑똑히 알아들을 수 있게 하고 싶다. 그러나 혀를 움직일 힘조차 없는 무력감을 느낀다.

"제 말 들리세요?" 여선생의 얼굴에서 미소가 사라진다. "여보세요? 아무도 없어요? 여기 좀 도와줘요!" 여선생의 말쑥했던 얼굴이 일그러진다. 그녀의 목소리 톤이 변하자 카스파는 구역질이라도 일으키는 것처럼 흠칫 놀라 떤다.

1시 58분

“여보세요, 이봐! 지금 너랑 얘기하고 있잖아, 이 사이코야……”

카스파는 눈을 떴다. 마치 대포알이라도 탄 것처럼 순식간에 현실로 돌아온다. 톰 샤데크가 당장이라도 주먹을 날릴 기세로 으르렁거리고 있다.

“그래, 이번에는 또 뭐야?” 구급대원이 조롱하는 투로 말했다. “네가 무슨 카이사르라도 된 거야? 아니면 스타 배우였던 화려했던 시절이 떠올랐어?”

“톰, 그를 좀 내버려둬요.” 카스파가 뭐라고 대꾸하기 전에 야스민이 끼어들었다. “지금 저 사람이 무슨 쇼라도 하는 줄 알아요? 그는 기억을 잃었다고요, 환자란 말이에요!”

야스민은 뾰로통한 얼굴로 엄지손가락에 낀 반지를 만지작거리며 샤데크에게서 한 걸음 떨어졌다. 간호사로서 환자를 돌봐야 한다는 의무감을 떠올린 모양이다. 소피아를 태운 휠체어를 다시 벽난로 앞으로 밀고 간다.

카스파는 샤데크의 성난 눈길이 등뒤를 파고드는 것을 느끼며 소피아에게로 갔다.

"박사는 좀 어때요?" 그가 나직한 목소리로 물었다.

"좋지 않아요, 이 소리 좀 들어보세요."

사실이다. 카스파는 자신이 넋을 잃고 있는 동안 소피아가 더욱 망가진 것 같아 가슴이 쓰라렸다.

한때 규칙적이었던 숨소리가 지금은 천식에 걸린 개가 헐떡이는 것처럼 들린다. 이따금 격렬하게 기침하는 통에 링거액 팩과 그것을 매달아놓은 막대기가 위태로울 만큼 흔들렸다. 그녀의 손은 얼음장처럼 차다. 맥박도 너무 약했다.

"불이 꺼져가고 있어요." 카스파가 말했다. 그러자 샤데크가 일어나 요리사의 식품 봉투를 들고 다가왔다. 봉투에서 작은 술병을 꺼낸 그는 뚜껑을 열고 도수가 높은 내용물을 벽난로에 부었다. 곧이어 되살아난 불꽃 위로 자작나무 장작을 던져넣었다.

"어이, 당신도 몸 좀 덥혀야 하지 않겠어?" 톰은 카스파의 벗은 발을 보며 술병을 건넸다. 얼마 남지 않은 술이 찰랑거리는 소리를 낸다.

"고맙지만 싫어요. 난 술을 마시지 않아." 카스파는 초기 우울증처럼 가슴을 파고드는 씁쓸한 기분에 내심 놀란다. 다시 소피아의 상태를 살핀다.

"마셔두는 편이 좋을 텐데." 샤데크는 봉투 안을 뒤적이며 말했다. "아침 근무조가 오려면 아직 다섯 시간이나 기다려야 해. 그때까지 이것으로나마……" 그는 봉투에서 미니어처 코냑을 한 병 더 꺼냈다. "……그래야 기다리는 동안 견딜 수 있을 거야."

다섯 시간?

환장할 노릇이다. 기다리기에는 너무 긴 시간이다. 시간이 뜨거운 불에 녹은 유리 용액처럼 끈끈하게 한 방울씩 떨어져내리는 동안, 소피아가 빠져 있는 죽음의 잠은 그 소용돌이의 속도를 더하며 깊이, 더욱 깊이 파고들리라. 바네사 슈트라스만은 일주일 뒤에 죽었다. 하지만 소피아의 상태가 얼마나 나쁜지, 언제 그녀가 경계를 넘어 육신이라는 감옥에 영원히 갇히게 될지 현재로서는 짐작조차 할 수 없다. 소피아가 정신을 되찾지 못한다면, 딸아이의 소식도 묻혀버리고 마는 게 아닐까.

"앗, 이게 뭐야?"

샤데크가 마로 된 쇼핑백을 바닥에 떨어뜨렸다. 카스파는 고개를 돌려 무슨 일인지 올려다보았다. 처음으로 톰의 눈에서 공포의 빛이 번쩍했다. 카스파는 마지못해 소피아의 손을 놓고 자리에서 일어섰다.

"뭔지 좀 봐도 될까요?"

샤데크는 카스파에게 작은 쪽지를 건넸다.

"영혼파괴자가 또 인사를 보낸 거 같아."

구급대원이 나지막하게 중얼거렸다. 다른 사람들에게 들으라는 것이기보다는 자기 자신에게 하는 소리 같다.

"어디서 발견한 거요?" 바흐만이 놀란 눈을 크게 뜨고 물었다.

"여기 이 쇼핑백에서. 식품들 사이에 있었어." 톰이 설명했다. "브루크가 요리사를 공격할 때 집어넣은 게 틀림없어."

카스파는 고개를 끄덕였다.

그거 말 되는군. 브루크는 자신의 수법에 충실한 거야. 희생자가 한 명에 쪽지 한 장씩이라!

쪽지를 펼치는 카스파의 손가락이 떨렸다. 쪽지는 다른 것과 마찬가지 모양으로 접혀 있다. 종이를 고른 것만 봐도 영혼파괴자의 비웃음이 느껴진다. 소피아의 사무실에서 그녀의 처방전 종이에 저 기이한 말을 적어놓은 게 분명하기 때문이다. 대문자로 아무렇게나 갈겨쓴 탓에 알아보기 힘든 필적은 영혼파괴자의 정신상태가 치유할 수 없는 지경이라는 것을 말해준다.

"뭐라고 쓰여 있소?" 관리인이 궁금함을 참지 못하고 물었다.

"난 알고 싶지 않아." 야스민은 두 손으로 귀를 가리고 등을 돌렸다. 그래도 카스파는 종이를 다시 한번 흔들고서 그 알쏭달쏭한 문장을 읽었다.

FINISHED FILES ARE THE RESULT
OF YEARS OF SCIENTIFIC STUDY COMBINED
WITH THE EXPERIENCE OF YEARS

"엉?"

샤데크가 어처구니없다는 표정으로 외마디를 내뱉은 반면, 바흐만의 목소리는 흥분과 긴장으로 떨렸다.

"이게 도대체 무슨 소리요?"

카스파는 고개를 들고 손등으로 한쪽 눈을 비비며 깊은 한숨을 쉬었다.

"글쎄요, 전혀 모르겠어요." 카스파는 있는 그대로 말하며 쪽지를 쥔 손을 떨어뜨렸다.

"하지만 물어볼 사람은 있죠."

2시 7분

건물을 짓고 나서 나중에 설치한 승강기는 환자 침대 하나를 넣어도 충분할 만큼 넉넉한 크기였다. 결국 한 사람도 빠짐없이 탈 수 있었다. 카스파는 단 한 사람도 떨어져 있어서는 안 된다고 강조했다. 야생동물도 이동할 때면 언제나 무리를 이룬다는 논리였다. 그래야 사냥꾼에게 확실한 표적이 되지 않는다는 것이다. 적어도 무리에서 너무 튀는 행동으로 돌출

하지 않는 한 말이다.

카스파는 휠체어의 크롬 바퀴살을 바라보며, 소피아를 한가운데 두고 보호해주지 않으면 저 야수가 가장 먼저 그녀부터 공격할 거라고 생각했다.

"이건 어디로 가는 거요?" 카스파는 숫자 '2' 앞에 마이너스(−)가 붙어 있는 승강기 버튼을 보고 물었다.

"그야 지하 2층이지." 바흐만이 대답했다. "라스펠트의 실험실이 있는 곳이오. 브루크가 거기 숨었을 가능성도 충분하지."

"왜죠?" '5'를 누르며 카스파가 물었다.

"거기로 내려가려면 특수 열쇠가 필요하오. 그건 라스펠트 원장만 가지고 있거든. 보겠소?"

승강기 문이 닫히는 동안, 바흐만은 맨 아래 있는 단추를 눌렀다. 하지만 불빛만 깜박할 뿐 이내 꺼져버리고 만다.

"나는 위든 아래든 가고 싶지 않아요." 승강기가 예의 느린 속도로 올라가기 시작하자 야스민이 투덜거렸다. "아까는 도서관 안에 숨어 있는 게 가장 좋다고 하셨잖아요."

카스파는 끄응 한숨을 쉬었다.

"아니, 내 말은 그저 서로 떨어지는 일이 없어야 한다는 거였어요." 다행인지 아무도 더는 반론을 제기하지 않는다. 관리인은 지빌레 소동이 벌어지고 난 다음부터 자기가 결정을 내리지 않아도 된다는 점이 내심 시원섭섭한 모양이다. 톰이야 수동적으로 숨어서 적을 불러들이느니 공격적으로 나서는 게 훨씬 그다운 일인 터에 불평할 이유가 없다.

"아마 당신이 옳을 수도 있죠, 야스민. 그런데 혹시 「잘못된 결정」이라는 시 알아요?" 카스파는 간호사에게 물었다. 그녀는 눈을 가리고 있는 빨간 머리를 훅 불어날리며 무슨 소리냐는 표정으로 카스파를 보았다.

"제가 알아야 하는 건가요?"

“그 시는 이래요.”

맞을까?
틀릴까?
맞을까?
틀릴까?
맞을까?
틀릴까?
맞을까?

여기서 잠깐 뜸을 들이고 카스파는 마지막 구절을 외웠다.

너무 늦었어

야스민은 카스파가 자기 얼굴에 침이라도 뱉은 것처럼 그를 쳐다보았다.

“내가 하고 싶은 얘기는요, 우리가 그저 팔짱만 끼고 도서관에서 기다리기만 한다면, 그리고 도른 박사가 죽음의 잠 속으로 더욱더 깊이 빠져들기만 한다면, 영혼파괴자는 병원 안을 거침없이 돌아다니며 무장할 거라는 거죠. 칼이나 마취제 혹은 외과용 메스 같은 것들만 말하는 게 아닙니다. 쉽게 불이 붙는 염소 세제나 포름알데히드 혹은 메틸알코올 등을 가지고 화염병을 만드는 건 일도 아니에요. 그걸로 불을 질러 우리가 질식이라도 하게 되면 어쩌죠? 그땐 할 수 있는 게 없어요! 20밀리미터 두께의 원목 문이 우리와 영혼파괴자를 가로막고 있은들 아무 소용이 없단 말이죠. 그럼 우리는 외부와 차단된 병원 안에서 연기 속을 박박 기어야 할 거예요!”

승강기는 이제 막 4층을 지나친다.

"브루크의 목적은 전혀 다른 것일 수도 있죠. 어쨌거나 겁나는 것은 우리와 달리 영혼파괴자는 모종의 계획이 있다는 점이에요. 이렇게 볼 때 우리에게 남은 가능성은 두 가지뿐이죠. 그놈의 뒤를 쫓든가, 한시라도 빨리 도서관보다 더욱 안전한 장소를 찾는 것이죠."

예를 들어 신경방사선과 촬영실. 바흐만이 도서관을 빠져나오기 직전 추천한 곳이다. 그곳은 방화벽이 있을 뿐만 아니라 개별 통풍시설도 갖추고 있다고 했다.

"예, 예, 알았어요." 야스민이 포기한 표정으로 한숨을 쉬며 말했다. "충분히 알아들었어요, 그래도 켕기는걸……"

승강기가 덜컹 멈춰 선다. 간호사는 승강기 문이 열리자 더 말하지 않고 입을 다물었다.

5층이다.

1층과 달리 여기는 자동감응센서가 아무 탈 없이 작동하고 있다. 승강기에서 첫번째로 내린 사람이 발을 내디디자마자 복도의 불이 들어온다.

"좋았어, 예상한 대로군." 카스파가 말했다. "이제 얼른 그녀를 데리고 나와 아래로 내려가죠."

"이런 빌어먹을!" 두 걸음 앞서가던 샤데크가 돌연 내뱉었다.

"왜 그래?" 바흐만이 물었으나, 곧 카스파와 동시에 문제의 광경을 보았다.

저 문!

"……오, 안 돼!"

그레타 카민스키의 병실 문이 활짝 열려 있다.

2시 10분

"죽었어?"

"몰라."

꼭대기층 방의 하얗게 칠한 비스듬한 천장은 복도의 불빛을 희미하게 반사한다. 그런 탓일까? 꼼짝도 않고 누워 있는 형체는 마치 밀랍인형의 얼굴빛을 보는 것 같다. 노파는 관에서 영면중인 성인처럼 침대 한가운데 누워 있다. 카스파가 서 있는 곳에서는 그녀의 몸을 덮은 이불이 위아래로 오르내리는지 알아볼 수 없다.

카스파는 방안으로 한 걸음 더 들어갔다. 그리고 자신이 무엇 때문에 이리도 조심스러워하는지 자문했다. 만약 영혼파괴자가 그녀에게 무슨 짓을 저질렀다면, 개인 공간인 병실로 들어가는 데 이토록 신경쓸 필요야 없지 않은가.

앗, 저건 뭐지? 얇아서 투명해 보이기까지 하는 그녀의 코 양쪽 끝부분이 살짝 떨렸다.

"저기요, 저분……" 야스민이 너무 작게 이야기하는 바람에 카스파는 마지막 말을 이해할 수 없었다. 하지만 그도 직접 보았다. 의심의 여지가 없다. 그레타 카민스키가 눈을 떴다.

"무슨 일이야?" 노파는 그렇게 물으며 침대 옆 나이트램프를 켰다. 그녀의 목소리는 침착했다. 피곤한 기색은 조금도 없다. 한밤중에 직원들이, 심지어 같은 환자까지 몰려와 침대를 들여다보는 통에 놀랐을지라도 그 정도는 의연하게 대처할 수 있는 노파였다.

"일이 좀 생겼습니다." 카스파는 이 미친 노릇을 어떻게 설명해야 좋을지 난감해하며 대답했다. 소동이 일어나는 내내 푹 잠들어 있던 게 틀림없는 노파에게 뭐라고 할 것인가. "뭘 좀 껴입고 당장 따라오세요."

"지금 그거 누구한테 하는 소리야?"

"나중에 설명해드릴게요. 우선……"

"예끼, 이 젊은이가 날 놀리나." 노파가 카스파의 말을 잘랐다. "내가 자네를 좋아하기는 해, 카스파. 물론 텔레비전 고쳐준 건 고마워. 그렇다고 새벽 두시에 남의 방에 나타나다니 이게 무슨 짓인가? 게다가 떼로 몰려와서 말이야. 어라, 처음 보는 친구도 있네?" 노파는 차가운 눈초리로 톰을 훑어보았다.

"당신은 누구신가, 신사 양반?"

"톰 샤데크. 구급대원입니다. 어제 저녁 사고 피해자를 이리로 데리고 왔습죠. 영혼파괴자라고."

"뭣이라? 누구?"

샤데크는 한 걸음 옆으로 비켜섰다. 야스민이 휠체어를 그레타의 침대 앞으로 밀었다. 휠체어에 폭삭 무너지듯 앉은 형상을 보는 순간, 노파의 눈이 휘둥그레졌다.

"오, 주여! 하느님 맙소사!" 그레타는 두 손으로 입을 가렸다. "지금 장난하는 거 아니지? 무슨 새로 나온 치료법이야? 날 놀라게 해서 공포증을 치료하려는?"

"유감이지만 아닙니다." 카스파는 요나탄 브루크가 도망가는 순간을 목격한 것, 차단벽이 내려진 과정, 그리고 욕실에서 소피아를 발견한 일까지 대충이나마 설명했다.

라스펠트와 리누스, 지빌레, 미스터 에드 등이 사라진 것도 알리고, 마지막에는 '죽음의 잠' 이론까지 간략하게나마 정리해주었다.

"그럼 자네들은 지금껏 날 이 위층에 홀로 버려두었단 건가?" 그레타는 나이가 의심될 만큼 벌떡 자리에서 일어나 뼈만 남은 앙상한 발에 실내화를 신었다. 신발 앞부분을 장식한 동그란 분홍빛 털장식이 묘하게 눈길을 끈다.

“저기, 혹시 몰라 여기 방문을 잠가두었는데요.” 카스파는 그렇게 말하며 자문했다. 문은 왜 열려 있었던 것일까. 영혼파괴자가 문을 열려고 애썼다면 어째서 그녀는 멀쩡한 것일까. 그런 의문이 자연스레 떠올랐기 때문이다. 해답은 기대했던 것보다 훨씬 빨리 찾아왔다.

“아니에요, 방문을 잠그지 않았어요. 죄송해요. 부인의 방에는 올라오지도 않았거든요.” 야스민이 기어들어가는 목소리로 털어놓았다.

“너무 무서워서요. 이봐요, 그렇게 노려보지 마세요. 아저씨도 실수한 적 있잖아요!” 야스민은 못마땅한 얼굴로 바흐만에게 툴툴거리더니 어린 여자애처럼 볼멘소리를 했다. “리누스 방에 있을 때, 갑자기 누군가 쿵하고 창에 부딪히더라고요.” 그렇게 말하며 야스민은 어두컴컴한 창문을 가리켰다. “밖의 발코니에 누가 있었어요!”

“그 얘길 왜 이제 와서 해요?” 카스파가 물었다.

“죽을 것처럼 놀랐거든요. 그걸 보고는 그레타 부인에게 올라갈 엄두가 나질 않았어요. 그래서 곧장 아래로 내려갔죠.”

그녀가 한사코 도서관에 남아 있으려던 이유가 있었구나!

“언제까지 이런 말싸움으로 시간 낭비 할 거야?” 다른 누구도 아닌 샤데크가 언성을 높이고 나섰다. 아마도 그의 ‘야치’를 보호하려는 모양이다.

그레타는 실크 가운을 걸치고 두 손으로 펑퍼짐한 엉덩이를 턱 받쳤다.

“알았어, 그러니까 나를 안전하게 지켜주려고 여기 가둬놓았단 말이지? 그럼 지금은 왜 나를 데리러 온 거야?”

카스파는 그레타에게 두 장의 쪽지를 건넸다. 한 장은 소피아에게서, 다른 한 장은 지빌레의 쇼핑백 안에서 발견한 것이다.

“도와주세요.”

그레타는 침대 위에 앉아 쪽지들을 나이트테이블 위에 펼쳤다. 그리고 낡은 돋보기를 꺼내 귀에 걸쳤다.

"이름이 속일지라도 이것은 깨어 있음이라. 이게 무슨 말이야?"

"소피아에게서 발견한 겁니다. 그게 무슨 뜻인지 풀어야 소피아를 죽음의 잠으로부터 깨울 수 있을 것 같아요."

"불쌍한 것." 그레타는 소피아를 바라보며 한숨을 쉬었다. 그러면서 안타깝다는 표정으로 고개만 저었다.

"내가 이런 퀴즈를 좋아하는 여편네인 것은 맞아. 하지만 이건 패스할 수밖에 없겠네."

샤데크가 손뼉을 쳤다. "내 이럴 줄 알았지. 이런 소리를 듣자고 20분이나 허비했단 말이지? 자, 어서 지하로 내려가자고. 그놈이 더 이상한 일을 꾸미기 전에……"

"잠깐만! 이건 아주 오래된 퀴즈로군." 그레타가 톰의 말을 끊었다. 그녀는 기차역에서 헤어지는 사람처럼 두번째 쪽지를 흔들었다.

"예? 뭐요?"

"손녀딸이 들으면 나더러 또 허풍쟁이라고 놀리겠지. 하지만 이건 내가 즐겨 읽던 오래된 퀴즈 책에 나오는 문제야."

"그래요? 그게 무슨 뜻이죠?"

FINISHED FILES ARE THE RESULT
OF YEARS OF SCIENTIFIC STUDY COMBINED
WITH THE EXPERIENCE OF YEARS

그동안 몇 차례나 곱씹었기에 카스파는 그 구절을 송두리째 외울 정도였다.

"뭐 내 영어 실력이 뛰어난 건 아니지만 이 문제를 푸는 데는 부족할 게 없지."

"그래요? 그게 무슨 뜻입니까?" 바흐만이 물었다.

"여기서는 'F'를 세어야 해."

"예? 'F'요?"

"그래, 알파벳 'F' 말이야. 이 문장에 몇 번이나 나오지?"

"그거야 세 번이죠." 그레타에게서 쪽지를 받아든 샤데크가 심드렁한 표정으로 말했다. 그러면서 다시 한번 'F'를 헤아렸다.

FINISHED FILES ARE THE RESULT
OF YEARS OF SCIENTIFIC STUDY COMBINED
WITH THE EXPERIENCE OF YEARS

톰이 쪽지를 바흐만에게 건넸고, 바흐만은 다시 카스파에게 넘겼다.

"제가 보기에는 네 번이군요." 카스파는 그렇게 말하며 쪽지를 다시 그레타에게 건네줬다.

"하! 당신은 상위 10퍼센트에 속하는구려. 이건 말하자면 일종의 지능 테스트야. 사람들은 대개……" 잠깐 안경 너머 톰을 무시하듯 노려본 그레타는 계속 말했다. "……평범한 사람은 셋까지밖에 세지 못하지. 당신처럼 넷까지 헤아리는 사람은 거의 없어. 그렇지만 정답은 여섯이지."

"여섯? 말도 안 돼, 그럼 나머지는 어디 있다는 거야?" 톰이 비웃으며 말했다.

그레타는 톰에게 쪽지를 다시 줬다. 이번에는 의기양양한 표정이다.

"사람들은 'OF'의 'F'를 넘겨버리기 일쑤거든."

카스파는 어깨 너머로 샤데크를 바라보며 'F'가 실제로 여섯 개인 것을 확인했다. 'F'가 깜빡이처럼 눈에 아로새겨진 것이다.

FINISHED FILES ARE THE RESULT
OF YEARS OF SCIENTIFIC STUDY COMBINED
WITH THE EXPERIENCE OF YEARS

"췟, 말도 안 돼." 톰이 투덜거렸다.

"천만의 말씀! 우리 인간의 뇌는 늘 그림을 그려 생각하지. 'of'에 해당하는 그림을 그릴 수 없는 탓에 글자가 버젓이 눈앞에 있는데도 건너뛰거나 빠뜨리는 거야."

카스파는 그레타의 말에 적잖이 당황했다. 수수께끼가 아니라 자신의 기억을 에둘러 빗대어 말한 것 같았기 때문이다.

"여섯 개의 F?" 톰은 아직도 납득이 안 되는지 다시 한번 글자를 헤아렸다. "나 참, 까짓 그렇다고 인정하지 뭐. 그래서 이게 우리한테 말해주는 게 뭔데?"

"허허, 나 역시 세 개밖에 헤아리지 못했지만, 이제 보니 나만 그 답을 아는 것 같군."

바흐만은 상의 호주머니에서 숱한 열쇠들이 달린 열쇠고리를 꺼내들었다. 그러고는 열쇠마다 달린 플라스틱 꼬리표를 일일이 살폈다.

"여기 있네." 마침내 바흐만은 녹색 꼬리표가 달린 열쇠를 흔들어 보였다.

"이게 바로 '6F' 구역의 열쇠요."

"6F?" 야스민이 눈을 동그랗게 뜨고 물었다. "그런 건 한 번도 들어본 적 없는데요. 우리 건물은 5층까지밖에 없잖아요? 6F라니 그게 무슨 소리예요?"

"음, 솔직히 밝힐 수밖에. 이건 라스펠트 원장과 나만 아는 비밀인데,

6F는 6피트를 말해. 믿기 어렵겠지만 라스펠트식 유머라고나 할까. 그러니까 땅 밑 6피트 깊이에 있는 지하공간이지." 그래도 다른 사람들이 애매하다는 표정을 짓자 바흐만은 이렇게 덧붙였다. "이것은 지하의 병리학 실험실 열쇠요."

2시 16분

공간은 마치 더는 조업을 하지 않는 도살장 같은 분위기를 자아낸다. 썰렁하면서도 묘하게 편안하달까. 라스펠트는 이곳에서 오직 제자들을 위한 실습 목적으로 해부를 했다고 한다. 그럼에도 카스파의 눈에는 뼈에 구멍을 내는 도구, 뇌를 헤집는 주걱, 외과용 메스 등이 병리학 실험실의 벽마저 갉아먹은 듯 보인다. '상처받은 영혼의 공간!' 어떤 대중 과학 잡지에서 읽었던 표현이 떠오른다. 이런 기억은 어떻게 남아 있는 것일까? 자신이 누구인지 쓸모 있는 정보는 전혀 모르면서 풍수 같은 쓸데없는 것은 소상히 기억하는 스스로가 우습게만 느껴진다.

카스파는 속이 몇 갈래로 찢긴 것처럼 착잡하다. 엄마 아빠가 어디 사는지 주소도 모르는 유치원생이 음양의 기운이 어쩌고저쩌고 떠드는 꼴이 된 기분이다. 극심한 트라우마는 살아 있는 사람의 마음뿐 아니라 주변의 죽은 물질에도 그 흔적을 남긴다고 주장하는 이론을 꿰고는 있으나 자신이 누구인지 이름도 모르는 어린아이. 범행 현장이나 병원 응급실에 들어서자마자 어딘가 분명 악한의 지문이 찍혀 있으리라는 것을 감지하면서도 그것을 찾아볼 수 없는 답답함이 이런 기분일까. 정체 모를 무언가가 남겨놓은 흔적. 신비주의자는 그것을 두고 기괴한 기운이라 할 것이고, 현실주의자는 그저 분위기라고 하겠지. 어쨌거나 그런 것을 보는 감수성에 따라, 어떤 이는 중압감 내지 압박을, 또 어떤 이는 소름 돋는 놀라움이나 공포를 느끼리라. 지하 공간에 들어선 사람들은 이 모든 것을 동시에 느꼈다. 심지어 소피아마저 호흡이 빨라졌다. 무심하고 텅 빈 눈길은 변함없지만, 거칠게 숨을 몰아쉰다.

"난 죽더라도 이런 곳에는 절대 눕지 않을 거야." 야스민은 그렇게 중얼거리며 휠체어를 해부용 테이블의 머리맡 쪽에 있는 세면대 옆으로 곧장 밀었다. 비상등의 어스름한 불빛에 드러난, 수건처럼 기다란 사각형 공간은 마치 엽기적인 행각만 일삼는 전위예술가의 작업실을 보는 듯한 인상을 불러일으킨다. 잿빛 돌바닥, 하얀 타일을 붙인 벽, 중간에 자리잡은, 알루미늄 자재와 도구들이 있는 작업 공간 등의 썰렁한 분위기에 마음이 착 가라앉는다. 커다란 사각형 깔때기를 뒤집은 모양이라 공기배출구로 보이는 것은 사실은 시체를 해부할 때 조명으로 쓰는 할로겐 등이다. 겉면을 크롬으로 도금한 냉동시설은 식료품을 넣어두기 위해서가 아니라 자르고 도려낸 시체 부분들을 보관하기 위해 만든 것이다.

바흐만은 아치형 천장에 달린 조명을 켰다. 스산한 분위기가 더욱 강해진다.

"여기서 뭘 찾자는 거야?" 샤데크가 물었다.

"영혼파괴자가 남긴 단서."

카스파는 핏자국이 있는지 바닥을 살펴보았다. 하지만 옆방인 방사선과와 달리 이곳에는 영혼파괴자가 아무 흔적도 남기지 않았다.

"아니, 사립 정신병원에 시체실이 왜 필요한 거야?"

"법이 그러니까. 모든 병원은 환자가 사망할 경우를 대비해놓아야 하거든." 바흐만은 그 번들번들한 대머리를 긁적였다.

"하지만 지금까지 그런 일은 단 한 번도 일어나지 않았소."

오늘까지는 그렇겠지. 카스파는 속으로 중얼거렸다.

"그런데 시체를 넣어두는 냉동고가 어째서 아홉 개나 되는 거야? 여기 병실을 다 합쳐도 그 정도는 아니잖아?" 톰은 경멸하는 낯빛으로 이마를 긁적였다.

"라스펠트 원장의 전문분야는 가상 부검*이었소." 바흐만은 그렇게 말하고 전문용어에 어리둥절해하는 샤데크를 보며 고소해하는 표정을 지었다.

"시체를 칼로 자르고 째기 위해서는 법원의 명령이나 유족의 동의가 있어야만 하오." 바흐만이 설명했다. "그렇지만 고인의 몸이 상하는 걸 원치 않는 사람이 많지. 그래서 죽은 사람을 자기공명촬영기의 원통에 집어넣는 거요. 하지만 한 구의 시신을 완전히 스캔하기 위해서는 무척 많은 시간이 걸려요. 밤을 꼬박 새워도 부족할 때가 많지. 보통 MRI 기계는 그렇게 오래 촬영할 수 있게 프로그래밍이 되어 있지 않소. 소음도 심한 탓에 꺼리기 일쑤고. 원장은 가상 부검으로 짭짤한 부수입을 올릴 수 있다는 걸 일찌감치 알아차렸지. 냉동고는 항상 거의 가득차 있었소."

덜커덩.

깜짝 놀란 카스파가 얼른 뒤돌아보았다. 그레타 카민스키가 냉동고 문 하나를 여는 소리였다.

"이런 젠장, 간 떨어지는 줄 알았네. 지금 뭐하는 거요, 할멈?" 톰이 소리부터 질렀다. 그도 무척 놀랐던 모양이다.

"뭘 하는 것 같아? 어린것이 말하는 싸가지하고는."

그레타는 텅 빈 냉동고 서랍을 주르륵 끄집어냈다.

"언제까지 그렇게 멍청하게 서서 속닥거리고만 있을 거야? 죽은 사람들을 존중해서 그러는 건 아닐 테고. 사내자식들이 좀스럽기는, 쯧쯧. 영

* 직접 칼을 대는 부검과 달리 자기공명영상을 이용해 시체의 사인을 밝히는 방법.

혼파괴자가 또다른 단서를 남겨놨다면, 바로 이런 데 아니겠어?"

덜컹. 서랍을 다시 닫은 노파가 옆의 것도 열었다.

구급대원은 쓴웃음을 지었다.

"아까는 공포증 환자라고 하지 않으셨던가?" 샤데크는 입술을 비죽 내밀고 다른 사람들을 둘러보았다.

"아이고, 진정제는 나도 필요해." 바흐만도 맞장구를 쳤다.

야스민과 카스파는 마지못해 미소를 띠었다. 썰렁한 농담으로라도 분위기를 바꿔보려는 바흐만을 마냥 무시할 수만은 없었기 때문이다. 장례식을 끝내고 슬픔의 계곡에서 빠져나오려고 익살을 떠는 사람의 심리가 이런 게 아닐까.

덜커덩.

"여기도 비었네." 그레타는 세번째 서랍을 다시 닫았다. 다시금 사람들이 움찔했다. 그러나 이번에는 다른 소리 때문이다. 그 소리는 반대편 벽에서 났다.

"저게 뭐죠?" 카스파는 그렇게 물으며 병리학 실험실의 가장 안쪽에 있는 플라스틱 상자를 가리켰다. 얼핏 보기에 아이스크림 냉동고처럼 생겼다.

"저건 냉동박스요." 바흐만이 대답했다.

"그건 나도 알아요. 이 소리가 뭐냐고요?"

카스파는 천천히 해부용 테이블을 지나쳐 박스 쪽으로 다가갔다.

"냉매에서 나는 소리일 거요." 바흐만은 안심이라도 시키려는 듯 억지 미소를 지었다.

"기름 잡아먹는 낡은 잔디깎이처럼 쿨럭거리지. 아주 오래된 거라 늘 저 모양이오. 벌써 고물상에 팔아넘겼어야 했는데. 원장도 전혀 사용하지 않았소."

"아하."

샤데크는 호기심 어린 눈으로 박스를 바라보았다.

"그런데 왜 플러그가 콘센트에 꽂혀 있죠?"

카스파는 두 손으로 뚜껑을 잡았다. 진공에 공기가 빨려들어가는 뻥 소리와 함께 뚜껑이 열린다. 모서리에서 냉기가 김처럼 모락모락 솟아오른다. 카스파는 반사적으로 손으로 입을 막았다. 하지만 이미 늦었다. 찌르는 냄새가 최단거리를 통해 뇌로 올라온다. 코를 통해!

카스파는 쿨럭쿨럭 기침하며 눈물을 흘렸다. 들큼하게 찌르는 가스 때문이 아니다. 차마 눈뜨고 볼 수 없는 참상 때문이다.

"뭐요?" 구급대원이 뒤에서 코를 막고 물었다. 한 걸음 더 가까이 다가선 톰은 아예 양손으로 코를 감싸쥐었다.

"이게 도대체 뭐야?" 이렇게 묻는 톰의 목소리에는 카스파 못지않은 놀라움이 묻어났다.

박스에 내부조명이 없는 탓에 희미하게나마 알아볼 수 있는 것은 사지가 멀쩡히 달렸으나 피가 몽땅 빠져서 허연 몸뚱이였다. 야스민과 바흐만이 다가오기 전에 카스파는 한 가지만은 확실히 알아보았다. 누군가 눈알을 빼버린 개의 머리통에서 가죽을 반쯤 벗겨놓았다.

2시 18분

"미스터 에드!" 야스민이 비명을 질렀다.

카스파도 똑같은 생각을 했다. 동시에 가죽이 벗겨지는 참혹한 일을 당한 동물의 모습을 보고도 별로 충격받지 않는 자신이 부끄러웠다.

아마 녀석은 임자 없이 떠도는 개가 아니었을까? 난 녀석을 전혀 모를 수도 있어. 이런 식으로 카스파는 쓰라린 양심을 달래려 들었다. 어쩌면 훨씬 더 끔찍한 일을 예상했기에 별다른 반응을 보이지 않는 것일 수도 있다.

아냐, 뭔가 이상해.

"꺼내는 게 좋겠소?" 바흐만이 어찌하면 좋을지 모르겠다는 표정으로 물었다.

아무래도 앞뒤가 맞지 않는 데가 있어.

"영혼파괴자가 앞발을 잘랐어요, 그렇죠?" 야스민은 개의 흉측한 몰골로부터 눈길도 돌리지 않고 말했다. 속을 메슥거리게 만드는 냄새도 아무렇지 않은 모양이다. 그녀는 허리를 더욱 깊숙이 숙여 박스 안을 들여다보았다. 그 바람에 카스파는 뒤로 물러서지 않을 수 없었다. 내심 야스민이 고마웠다.

"이런, 가죽을 오른쪽 귀를 넘어서까지 벗겨냈네요. 미스터 에드의 앞발이 없어요. 맙소사, 어떤 미친 변태가 이런 짓을 했을까?"

"라스펠트 원장이오." 바흐만은 입을 가리며 놀라는 야스민 앞에서 커다란 국자 모양의 뼈를 박스에서 꺼내들었다.

"여기 이걸 봐요."

야스민과 톰은 반쯤 얼이 나간 표정으로 관리인을 바라보았다.

"이건 개의 엉덩이 뼈요. 원장이 손수 잘라낸 거지. 이 정도로 변태라고 부를 것은 없어. 그저……"

카스파는 고개를 끄덕였다. 앞뒤 사정이 이해된 것이다. 어째서 자신이 심드렁하게 반응했는지, 미스터 에드의 죽음을 안타까워하지 않았는지 알 수 있었기 때문이다. 그 이유는……

"……이놈은 미스터 에드가 아니야. 앞서도 말했지만 라스펠트 원장은 때때로 학생들과 여기서 실습을 했소. 여기 이것은 말하자면 실습 대상인 거요." 바흐만은 뼈를 다시 박스 안에 던져넣고는 뚜껑을 닫았다.

"차에 치여 죽은 놈인데, 수의사가 실험용으로 쓰라고 준 개요."

"어떻게 그토록 정확하게 알고 있죠?"

"그 빨간 머리 좀 훅 불어버리고 자세히 살펴봐, 야스민. 미스터 에드는 잡종이지만 저 안에 있는 놈은 래브라도야. 지금 코를 찌르는 냄새는 포르말린이고. 개를 포르말린 용액에 담가두었던 탓에 피가 완전히 빠졌지. 모든 체액을 포르말린이 대신한 거야. 영혼파괴자가 박제 전문가일지라도 짧은 시간 안에 저렇게 만들 수는 없어."

"하지만, 그렇지만……" 야스민은 말을 더듬었다. "영혼파괴자는 왜 저걸 우리 눈에 띄게 둔 거죠? 저걸로 무슨 말을 하려는 거냐고요?"

"아무것도! 아직 모르겠어, 그는 우리를……"

"……죽이려는 거야." 그레타가 공간의 반대편 끝에서 말했다. 그런데 목소리가 어째 평소와 달랐다. 카랑카랑함은 온데간데없이 사라지고 나직하게 떨고 있었다.

모두 등을 돌려 그녀를 바라봤다. 누구도 묻지 않았다. 그럴 필요도 없었다. 열린 아홉번째 냉동고 서랍이 노파가 그동안 밝혀낸 것을 대신 말해주고 있었다. 나머지 사람들이 죽은 개와 씨름하느라 시간을 허비하는 동안 말이다.

"그가…… 내 말은, 그가 맞지?" 그레타가 물었다. 아래를 내려다보는 그녀의 얼굴에 이제 당당함은 흔적도 찾아볼 수 없다. 이마에는 굵은 주름이 잡혔고, 무자비한 조명에 피부는 푸르죽죽해 보였다. 카스파는 그레타가 그대로 무너져내릴까 두려웠다. 그녀에게 한 걸음 다가가면서 카스파는 조금 안심이 되었다. 아마도 견뎌낼 수 있을 것 같다. 하지만 카스파는 자신이 더 불안하게 느껴졌다. 별로 든 게 없는 속에서조차 몽땅 올라오는 것을 막느라 침을 꿀꺽 삼켰다. 그러나 이미 식도를 타고 쓴 물이 넘어오는 통에 이를 악물고 오만상을 썼다. 카스파는 눈을 의심하며 더 자세히 바라보았다. 제일 아래 칸에서 비죽 나와 있는 머리를.

그래, 그가 맞다.

살아 있을 때도 물론 라스펠트는 미남은 아니었다. 하지만 죽음은 그를 괴물로 만들어버렸다.

2시 20분

그는 여전히 죽음의 문턱을 넘어가고 있는 것처럼 보였다. 마치 사람들이 찾아와 냉동고를 열고 그의 마지막 순간을 목격해주기를 기다린 것 같았다. 고개가 꺾인 것이, 하늘을 날아가는 비행기의 궤적을 몸도 돌리지 않고 눈으로만 좇는 어린아이의 자세였다.

라스펠트는 고함을 질렀다. 입이 아니라, 보라색으로 변해 당장이라도 빠져나올 것처럼 보이는 혀끝으로! 훅뜬 바람에 튀어나올 것처럼 위태로운 죽은 눈을 한 채 비명을 외쳐댔다. 침묵의 외침이 어찌나 큰지 카스파는 주변에서 흥분해 떠드는 소리를 전혀 듣지 못했다. 자신이 지금 무슨 생각을 하고 있는지조차 애를 써야 가늠될 정도다.

부풀어오른 뺨 주변, 푸르게 변해버린 인중, 목에 생긴 시퍼런 멍 등은 영혼파괴자가 그를 단번에 죽였다는 것을 확인해주었다. 시반은 보통 죽은 다음 피가 가장 빠르게 몰리는 부분에서 맨 먼저 나타나기 마련이다. 그러니까 얼굴이 아니라 등이나 엉덩이 같은 부위. 브루크의 방에서 소동이 벌어지는 소리를 듣고 서둘러 가운을 입고 나서다가 변을 당한 게 틀림없다. 가운에 가려진 등과 엉덩이뿐 아니라 얼굴에 시반이 보인다는 것은 죽은 지 제법 시간이 흘렀다는 반증이다.

카스파는 손가락으로 조심스럽게 원장의 눈꺼풀을 덮어줬다. 망자를 향한 경외심에서가 아니다. 본능적으로 사후경직의 첫 징후를 확인하고 싶었기 때문이다.

난 이런 걸 어떻게 알고 있을까? 시반은 30분 뒤면 나타나지만, 사후경직은 한 시간에서 두 시간 사이에 나타난다는 것을, 그것도 눈 주위에서 처음 확인할 수 있다는 걸 어떻게 알고 있을까?

스스로 답할 수 없는 물음이다. 고통스럽기는 하지만 한 가지만은 분명했다. 뒤에서 야스민이 분노의 발길로 각종 도구를 넣어둔 진열장을 걷어찼을 때, 넋을 잃은 바흐만이 두 팔로 대머리를 감싸쥐었을 때, 카스파는 깨달았다. 자신 안의 그 무언가가 기뻐하고 있다는 것을! 심지어 주변에서 벌어지고 있는 참상을 고마워하고 있다는 것을! 현재의 상황이 주의를 자꾸 외부로 돌리게 해주기 때문이다. 물론 사건은 끔찍했지만, 덕분에 카스파는 훨씬 더 무서운 괴물과 싸우지 않아도 되었다. 그 괴물은 바로 카스파 자신이었다.

그래. 금방 올게. 모든 게 다 잘될 거야, 내 예쁜 딸아! 모든 게 다 예전처럼 될 거야. 걱정 마, 알았지? 내가 실수를 저질렀구나. 하지만 너를 다시 여기서 꺼내줄게. 그럼……

뱃속에서 *꾸르륵꾸르륵* 한바탕 난리법석이 일어난다. 정말 속이 안 좋은 것일까? 아니면 분노한 자아가 거세게 항의하는 것일까?

"잠깐만 좀?" 바흐만이 바로 옆에서 묻는다. 벌써 여러 번 같은 질문을 되풀이한 듯한 목소리다.

카스파는 옆으로 비켜섰다. 다시 주변의 말소리에 집중하려고 애쓴다. 그러나 간단한 일이 아니다. 눈은 라스펠트의 시신에 고정되어 있는데, 생각의 갈래는 자꾸만 혼란스러워진다.

혹시 나는 일종의 전령에 지나지 않는 게 아닐까? 트로이 목마처럼 내 몸안에 죽음을 부르는 복병이 숨어 있어서, 박차고 나올 기회만 호시탐탐 노리고 있는 게 아닐까?

기억상실증은 어쩌다가 걸린 것일까? 또 왜 하필이면 이 눈 덮인 정신병원의 정문으로 오게 된 것일까? 꿈에서 영혼파괴자의 얼굴을 몇 번이나 보았던 것은 뭘 의미할까? 기억상실증과 영혼파괴자! 아무래도 이 두 매개변수를 풀어내야 자신의 문제를 해결할 수 있을 것 같다. 그러나 좀체 트라우마에서 빠져나오지 못하는 그의 두뇌는 생각을 외곬으로만 치닫게 할 뿐이다. 언제나 딸에게로 이끄는 외곬으로!

나는 무슨 짓을 한 걸까?

"그는 질식해서 죽었어." 샤데크가 진단을 내렸다. 그의 목소리가 두꺼운 벽을 통해 들리는 것 같다.

카스파는 고개를 끄덕였다. 구급대원의 진단은 정확하다. 원장의 얼굴이 부풀어오른 것은 부패 가스 때문이 아니다. 그러기에 냉동고 안은 너무 차다. 모든 정황으로 미루어볼 때, 라스펠트는 영혼파괴자가 그를 냉동고로 밀어넣었을 때 이미 의식을 잃었던 게 분명하다.

카스파는 다시 한번 사후경직을 확인하고 싶었다. 그때 그르렁거리며 가래 끓는 소리가 났다. 등뒤에서 나는 소리다. 그는 천천히 돌아보았다. 드디어 덫에 걸려들고 말았다는 생각을 떨칠 수 없었다. 그 소리는 바로 지금 사람들을 궁지로 몰아넣고 있는 사냥꾼의 쿨럭이는 숨소리였다. 목을 다친 사람에게서만 들을 수 있는 소리. 그러나 다행스럽게도 등뒤로 요나탄 브루크가 숨어든 것은 아니었다. 소리의 주인공은 지금 휠체어에서 몸부림치는 소피아였다.

"어머나, 이를 어째!" 야스민이 부들부들 떨며 한 걸음 뒤로 물러섰다.

"갑자기 왜 저러는 거지?" 사람들 가운데 가장 의연한 그레타가 소피아에게 다가가 입가에 흘러나온 침을 휴지로 닦아줬다.

"아마도 침을 잘못 삼켜 사레가 든 모양이네요." 카스파는 거짓말을 했다. 이상하게도 선명하게 떠오르는 의학사전의 정의를 숨긴 것이다.

임종 시 가래 끓는 소리Death rattle: 환자가 사망에 돌입하면서 삼키는 작용을 조절할 수 없어 호흡상의 곤란으로 생겨나는 소리. 주로 병원 직원들이 환자 상태를 자기들끼리 편하게 말할 때 쓰는 표현이다. 환자는 평균적으로 이 소리를 내기 시작한 지 57시간 안에 사망한다. 동료 환자들에게 워낙 불편하고 불쾌한 상황을 연출하는 터라, 해당 환자는 대개 독실로 격리 수용한다.

난 의사인 게 틀림없어. 처음 드는 생각이 아닌데도 소름이 돋을 정도로 섬뜩하다. 이유가 뭘까?

의사라는 게 뭐가 그리도 불편한 거지?

아무래도 의사로서 좋지 않은 기억이 있는 모양인데, 그게 뭔지 알 수가 없다. 책상에 앉아 환자 진료기록을 구술한 녹음기를 찾아낼 수 있다면 모든 게 분명해지련만. 지금 머릿속을 맴도는 단어들, 이를테면 '긴장병 경직'이나 '자각성 혼수' 또는 '감금 증후군'* 등을 떠올리며 소피아로부터 아픈 마음으로 등을 돌릴 수밖에 없는 것 역시 의사라는 직업을 가졌다는 확실한 증거가 아닌가.

그래도 의사라는 게 그렇게 불편할 이유는 없지 않을까?

"우리에게 무슨 말을 하고 싶은가봐요." 카스파는 그렇게 둘러대면서도 자신이 이런 태도를 취하는 까닭이 의심스러워진다. 그저 지금 자신을 붙들어매고 있는 생각의 흐름으로부터 빠져나오고 싶은 것일까? 그사이

* 의식은 있지만 전신마비로 외부 자극에 반응하지 못하는 상태를 이르는 말. 혼수상태와 달리 '감금 증후군'에서는 각성이 유지되고 운동기능만 차단된다.

카스파도 휠체어 옆에 서 있다. 바흐만과 샤데크는 냉동고 앞에서 라스펠트의 시신과 씨름하고 있다. 그런 그들을 힐끗 건너다본다.

관리인은 땀범벅이 된 얼굴로 원장의 시체를 들어올리고, 톰은 그 등 아래서 뭔가 열심히 찾고 있다.

또 쪽지가 있나 찾는 거군.

카스파는 그 광경 역시 적잖이 충격적인 탓에 눈길을 돌리고 만다. 소피아는 올챙이처럼 입을 뻐금거리면서 입가에 거품을 물고 있다. 그러다가 혀를 앞쪽으로 격하게 떠는 통에 하얀 고치 같은 거품이 터지고 만다.

"토포르르르르." 눈동자가 돌아가 허연 눈자위만 드러내고 '르' 발음을 그레타처럼 굴려댄다.

"어휴, 불쌍한 것." 노파는 나직하게 속삭이며 철철 흐르는 눈물을 주체하지 못한다. "이 불쌍한 것, 그 고운 얼굴이 어쩌다 이렇게 됐어."

"뭐 좀 찾았어요?" 카스파는 등도 돌리지 않고 질식한 사람처럼 간신히 말을 내뱉었다.

"쪽지 말이오?"

"그래요."

"아니, 이번에는 없네." 톰이 대답했다. "손에 아무것도 없어. 파자마나 가운 호주머니에도 없고. 이번에는 쪽지가 없나봐."

"알았어요." 카스파는 두 걸음 물러나면서도 소피아의 열린 입술에서 눈을 떼지 못한다. 그녀의 혀는 제멋대로 꼬이고 있다. 메슥거림을 참을 수 없을지라도 물음을 던지고야 만다.

"혹시 입속도 살펴봤어요?"

2시 22분

죽은 사람의 입안까지 들여다보는 게 섬뜩했던 그들은 망설이며 쭈뼛거리기만 했다. 결국 카스파가 수술용 라텍스 장갑을 끼고 직접 나서야 했다. 먼저 손가락으로 아래턱을 눌러가며 굳게 닫힌 입을 여느라 안간힘을 썼다. 턱을 벌리는 게 힘들었지 나머지는 아주 손쉽게 해결할 수 있었다. 두 번 접은 쪽지는 성찬식 때 먹는 하얗고 동그란 빵처럼 혀 위에서 모습을 드러냈다. 카스파가 쪽지를 집어올리자 보기만 해도 기분이 칙칙해지는 침이 끈적이는 줄을 늘어뜨리며 따라왔다.

카스파는 해부용 도구들이 가지런한 철제 카트 위에 쪽지를 내려놓고 할로겐등의 눈부신 빛을 비추었다. 라텍스로 감싼 손가락 끝에 묻은 침을 바라보며 카스파는 자신이 여전히 신발을 신지 않고 있다는 것을 새삼 깨달았다. 묘하게도 추위가 거의 느껴지지 않는다. 아마도 그동안 그의 온몸이 헐벗은 발이 딛고 있는 타일의 온도를 고스란히 받아들인 모양이다.

"뭐라고 쓰여 있소?" 그레타가 물으며 기운 내라는 의미로 고개를 끄덕인다. 처음 발견한 사람이 먼저 볼 권리가 있다고 말해주는 것 같기도 하다.

카스파는 영혼파괴자가 처방전 묶음에서 뜯어낸 쪽지를 조심스럽게 펼쳤다.

"하나의 구멍으로 들어가 세 구멍으로 나오느니라."

"뭐라고?"

카스파가 다시 한번 읽었다.

"이게 무슨 소리야?"

"아휴, 차라리 여기로 내려오는 게 아니었는데……" 야스민이 투덜거렸다.

"좋아, 여기서 빨리 나가자. 빨리 서둘러……" 샤데크는 두 손을 딱 소리가 나도록 마주치며 출구 쪽을 가리켰다.

"하지만 나는 알겠는데……" 그레타가 말문을 떼자 톰이 냉큼 말을 끊었다.

"답을 안다고요?"

"아니, 항상 그렇게 버릇없이 말을 끊으면 알아도 가르쳐주지 않을 거야. 사람이 좀 진득하지 못하고 어째 매번 그 모양이야?" 그레타는 도전적인 눈빛으로 턱을 내밀었다. "끝까지 얘기해도 되겠나?"

"그러시죠 뭐. 시간이야 충분하니까."

그레타는 냉소적인 구급대원을 딱하다는 듯 바라보며 곧장 카스파에게로 고개를 돌렸다.

"여보게, 난 언제나 자네같이 점잖은 사람이 좋아. 나는 이런 종류의 퀴즈를 많이 알고 있지. 일단 핵심 고리만 찾아내면 나머지는 그리 어렵지 않아. 지금 이건 일종의 비유 퀴즈라고 하는 거거든."

"그게 무슨 말씀이신지……"

"……퀴즈에 등장하는 단어가 여러 뜻을 동시에 가지고 있단 말이지." 그레타는 차분한 어조로 설명했다. "그러니까 단어들을 묶어주는 연결 고리에 주목해야 해."

"무슨 말씀이신지 알아들을 수가 없군요, 카민스키 부인." 바흐만이 헛기침을 하고 한 발 앞으로 나서며 말했다.

"그럼 예를 하나 들어볼까. 내가 아는 비유 퀴즈의 좋은 예는 다음과 같은 거야. '사람들은 금방 던져버릴 것만 사들이는 법이다.' 여기서 던져버린다는 게 무슨 뜻일까?"

카스파는 뒤에서 톰이 "어떻게 저럴 수가 있지?" 하고 중얼거리는 소리를 들었다. 그레타는 아랑곳하지 않고 현대 퀴즈 이론 강의에 열중한다.

"던져버린다는 단어는 많은 뜻이 있지. 우선 생각할 수 있는 것은 물론 쓰레기야. 특히 '사들인다'라는 말과 함께 생각해보면 말이야. 하지만 이런 식으로는 절대 문제를 못 풀어."

"왜죠? 쓰레기봉투도 사잖아요." 야스민이 물었다.

"아니, 그건 아니지. 쓰레기봉투는 뭔가 집어넣기 위해 사는 것이니까. '금방 던져버릴 것'은 아니잖아."

"알겠습니다. 콘돔이나 휴지도 해당이 안 되겠군요. 그럼 답이 뭐죠?" 카스파가 물었다.

그레타는 싱긋 웃었다.

"이 단어 놀이에서는 '버리다'가 아니라 '던지다'를 생각해야 해. 던져지는 게 그 유일한 목적인 물건에는 어떤 게 있을까?"

"프리스비는 던지기 위한 것이죠."

"맞았어. 아니면 야구공 같은 것도 있겠지. 보다시피 답은 여러 가지가 될 수 있어. 이런 모든 건 곧바로 던져버리기 위해 사는 거지."

"도대체 그 퀴즈는 누구한테 들으셨나?" 톰이 카스파를 밀치고 그레타 앞에 우뚝 섰다. 그래야 자신을 무시하지 않을 거라고 생각한 모양이다.

"당신이 무슨 상관이야?"

"저는 당신이 누구인지 모릅니다, 부인. 당신은 저기 저 작자가 원했기 때문에 우리와 함께 있는 거죠."

카스파는 샤데크의 손가락이 곧장 자신을 가리키자 무의식중에 눈꺼풀을 파르르 떨었다. 짧은 순간이지만 카스파는 다시금 톰의 손바닥에 아로새겨진 하켄크로이츠 모양의 흉터를 보았다.

"자신의 과거를 기억하지 못한다는 저 건망증 환자는 우연하게도 영혼파괴자가 범행을 멈추었을 때에 딱 맞춰 이 병원에 나타났죠. 그리고 당신을 불러들였어요. 아무래도 보아하니 두 사람은 정신적인 동반자처럼 보이네요. 그러고는 퀴즈를 척척 풀어대시고. 대체 좀 전의 그 말은 어디서 들으셨죠?"

"이 친구 이거 정말 버릇없고 뻔뻔하군." 그레타는 고개를 절레절레 저었다.

"지금 목숨이 왔다갔다하는 판인데 우리 모두 설명을 들을 권리가 있죠. 자, 말씀해보시죠. 그 말은 누구에게 들으셨나요?"

"라스펠트 원장에게서 들었다, 왜?"

"헤, 나라도 원장을 골랐겠지. 당신 말이 맞는지 확인해줄 수 없는 죽은 사람을 둘러대면 무사히 빠져나갈 것 아닌가?"

평소와 달리 얼굴이 벌겋게 달아오른 바흐만이 앞으로 나섰다.

"여보게 톰, 자네 정말 너무하는 거 아닌가? 카민스키 부인은 벌써 몇 년째 우리 병원에 계셔. 이분 말을 의심할 이유는 조금도 없네. 내가 확실히 믿는 분이야."

"아, 그러셔?" 샤데크의 목에 핏줄이 불끈 섰다.

"그래, 라스펠트 원장은 베스트엔트 시립병원에서 영혼파괴자에게 당한 피해자들을 진단했지. 그때 분명 저 퀴즈 쪽지들의 내용을 알았을 거야. 그래서 퀴즈를 풀려고 카민스키 부인에게 도움을 청했을 수도 있잖아?"

"예, 예, 그거 말 되는군. 그럼 저 미친놈도 그저 취미 삼아 사람을 죽이고 다닌다고 하면 할말 없겠군. 차라리 나더러 그놈을 믿으라고 하쇼."

톰은 야스민의 팔을 잡아끌었다. 다른 사람들이 한통속이 되어 자신을 내치기라도 할까봐 최소한 한 명은 우군을 확보하고 싶었던 모양이다. 하지만 야스민은 톰의 팔을 뿌리치고 그레타에게 다가갔다.

"그럼 다른 퀴즈도 푸실 수 있어요? 그러니까 원장님에게서 나온 거 말이에요." 야스민은 카스파가 이미 다시 닫아놓은 시체 냉동고를 흘깃했다.

"물론이지. 난 이미 답을 알고 있어."

"정말요?" 야스민의 눈이 휘둥그레졌다.

"그렇다니까." 그레타는 의기양양한 목소리로 말했다. "앞서도 얘기했지만 비유 퀴즈는 하나만 풀어놓으면 다른 것은 그리 어렵지 않아."

카스파는 해부용 테이블로 가서 라스펠트의 입에서 발견한 쪽지를 다시 한번 보았다.

"하나의 구멍으로 들어가 세 구멍으로 나오느니라." 카스파가 쪽지 내용을 큰 소리로 읽었다.

"미로를 말하는 건가? 무슨 여우 굴 같은 거?" 바흐만이 머리를 긁적였다.

"오, 안 돼!" 샤데크는 엄지와 검지로 권총 모양을 만들어 자기 머리를 쏘는 시늉을 했다.

"그건 아니지." 그레타가 답했다. "미로나 여우 굴에서 어떻게 동시에 세 구멍으로 빠져나오겠어?"

"그럼 대체 뭐죠?" 이제는 카스파도 조바심을 냈다. 새벽 두시 반이다. 밖에서는 폭설과 강풍이 병원 벽을 때리고 있고, 안에서는 훨씬 더 참혹한 광란의 폭풍이 몰아닥친다. 사이코패스가 몰고 온 광풍! 사람들을 혼수상태에 빠뜨리거나 자취를 감추게 하는 것만으로도 모자라 죽이기까지 하는 피바람이! 어느 쪽에서 보더라도 병리학 실험실에서 한가로이 퀴즈나 풀고 있을 때는 아니지 않은가.

"아주 간단해." 그레타는 여유로운 미소와 함께 사람들의 표정을 살폈다. 다만 톰과는 눈길조차 마주치려 하지 않는다.

"답은 티셔츠야!"

"티셔츠?"

"어때? 아주 간단하지. 당신도 조금만 더 생각했으면 풀 수 있었을 거야." 그레타는 카스파를 보며 말했다.

그 말을 듣는 순간, 카스파는 돌연 한기를 느꼈다. 지금까지는 혈관에서 들끓는 뜨거운 아드레날린으로 잊고만 있었던 추위가 엄습했다.

그렇지! 아래 구멍으로 들어가서 머리와 양팔 세 구멍으로 동시에 나오는 것은 티셔츠지.

"왜요? 무슨 생각을 하는 거예요?" 카스파는 갑자기 주위가 조용해지면서 톰이 야릇한 눈길로 자신을 쏘아보자 얼결에 물었다.

카스파는 눈길을 돌려 사람들이 입고 있는 옷을 차례로 살펴보았다. 그레타와 야스민은 블라우스를, 샤데크는 터틀넥 스웨터를, 바흐만은 작업복 상의를 각각 입고 있다. 순간, 티셔츠를 입고 있는 사람은 자신뿐이라는 사실이 아주 불편하게 여겨졌다.

2시 26분

"벗어."

"무슨 정신 나간 소리예요?"

"농담 아냐, 그 빌어먹을 티셔츠 벗어. 당장!"

"어허, 제정신 아닌 사람처럼 왜 이래?" 보다 못한 바흐만이 샤데크를 가로막고 나섰다. 하지만 톰은 좀체 진정할 기색을 보이지 않는다.

"이 모든 일이 정말 우연히 일어났다고 믿어? 이 사이코는 분명 뭔가 알고 있다고! 어쩌면 저 영혼파괴자와 한통속일지도 모르는 거 아냐?"

야스민은 오싹한지 두 팔로 자신의 어깨를 감싸안았다. 하지만 그녀를 주목하는 사람은 아무도 없다.

"브루크가 저 퀴즈로 하필 자신의 파트너를 의심받게 한다고? 도대체 그럴 이유가 없잖아?" 그레타는 기가 막힌다는 표정으로 말하며 철제 카트 위에 놓인 쪽지를 가리켰다.

"그리고 당신도 해당될 수 있다는 건 왜 모르지? 당신이 지금 입고……" 관리인은 날아오는 주먹을 피하려고 반사적으로 한 걸음 물러섰다. 그러나 주먹은 그를 노린 게 아니었다.

카스파도 주먹을 보았다. 심지어 막을 수도 있었다. 하지만 그대로 서 있었다. 그의 안에서 무언가가 피하지 말라고 소리를 질렀다. 무의식의 외침만 아니었던들, 카스파는 재빨리 몸을 피했으리라. 톰은 카스파의 멱살을 잡고 티셔츠를 죽 찢어버렸다. 싸구려 면이 찢어지는 소리가 뿌드득 이를 가는 소리와 묘하게 조화를 이루었다. 기억의 열차가 돌아왔다. 그리고 힘찬 기세로 카스파를 향해 다시 달려든다. 매캐한 연기에 그는 코를 움켜쥔다.

"젠장, 이건 또 뭐야?" 카스파는 기관차의 기세에 뒤로 넘어지는 것 같다고 느끼기 직전, 샤데크의 놀란 목소리를 들었다. 하지만 혀가 마비된 것일까? 구급대원이 자신의 가슴팍에서 발견한 화상 흉터가 어떻게 생겨난 것인지 설명할 수가 없다. 카스파는 지금 자신을 향해 달려드는 기억의 파노라마 외의 다른 것에 집중할 힘이 없음을 느낀다.

기억의 울림

"시작하시죠. 따님도 준비됐습니다."

그는 다시 책상에 앉아 있다. 인터폰을 통해 여자 목소리가 흘러나온다.

"모든 준비가 끝났습니다, 하버란트 박사님!"

그는 녹음기를 내려놓는다.

하버란트? 그게 내 이름일까?

3차원의 기억 장면에 사로잡힌 채 그는 천천히 자리에서 일어난다. 각종 의사 면허증이 즐비하게 걸린 사무실을 지나 하얗게 도색된 문을 연다.

기억이라는 이름의 영화를 만든 감독은 빨리 감기 버튼이라도 누른 모양이다. 숱한 장면들이 빠르게 스쳐지나간다. 조그만 여자애가 피곤한 얼굴로 마지못해 미소짓느라 치아교정기가 그대로 드러난다. 곱슬곱슬한 금발은 잠든 것처럼 진료 침대 위에 펼쳐져 있다.

갑자기 격하게 몸을 떤다. 심한 경련을 일으킨 섬약한 소녀는 마치 퇴마사의 손길 아래 악귀 추방 의식이라도 치르는 것 같다. 하버란트가 두 손으로 꽉 잡아보지만 소용이 없다.

카스파는 돌연 찰싹하는 소리를 들었다. 얼굴에서 뭔가 불타는 것 같다. 하지만 이미 어두워진 탓에 아무것도 볼 수 없다. 기억이라는 이름의 기관차는 터널을 달리고 있다. 아니면 한밤중에 한 번도 와본 적 없는 곳의 한가운데 서 있는 것일까? 혹시 숲속은 아닐까? 한동안 아무것도 보이지 않는다. 갑자기 기관차가 탈선이라도 하는 것처럼 격한 진동을 일으킨다.

온몸이 사정없이 휘둘린 것처럼 아프다. 다시금 찰싹 소리가 들린다. 이번에는 좀더 크다. 순식간에 전혀 다른 곳에 있는 자신을 본다. 완전히 달라진 그곳은 불과 몇 시간 전 리누스 때문에 강제로 중단된 꿈에서 본 곳이다.

그는 이제 기관차가 아니라 자동차 안에 앉아 있다. 굵은 장대비가 자동차 유리창을 사정없이 때린다. 무서울 정도로 빠르게 쏟아지는 폭우다. 창가를 스쳐지나가는 나무들보다 훨씬 더 빠른 속도로 빗줄기가 그야말로 퍼붓고 있다.

왜 나는 이렇게 험악한 날씨에 무서운 속도로 달리고 있는 것일까?

와이퍼의 속도를 최대로 높여보지만 안개처럼 허연 물기는 가실 줄 모른다.

울고 있다! 나는 왜 울고 있을까? 어쩌자고 도로에 집중하지 못하고…… 조수석을 뒤적이고 있을까?

그는 서류철을 높이 들고 파일 중간까지 들척인다. 사진들이 나올 때까지.

사진은 두 장이다. 그중 큰 것은 요나탄 브루크의 사진이다. 사진은 조수석에 떨어져내린다. 반쯤 비운 위스키 병이 거기 뒹굴고 있다.

중요한 건 그런 게 아니다. 지금 그의 눈을 사로잡는 것은 작은 여권사진이다.

어째서 나는 딸아이의 사진을 환자 진료기록 속에서 꺼내 뚫어져라 바라보는 것일까? 어쩌자고 운전대를 잡고서 도로에는 신경도 쓰지 않을까? 하기는 걷잡을 수 없이 흐르는 눈물 탓에 앞이 제대로 보이지도 않는다.

에어백 두 개가 터진다. 안전띠가 그를 사정없이 뒤로 잡아챈다. 순식간에 계기판에서 불길이 치솟는다. 각종 안전장치로 무장한 자동차는 불길에 속절없이 타오를 뿐이다. 문을 열려고 다리를 옆으로 움직이지만 떨어져나가는 듯한 통증에 손에 들고 있던 딸의 사진을 움켜쥐며 구기고 만다. 이런, 몸이…… 마비된 것일까.

빌어먹을, 갇히고 말았다. 여기서 나갈 수가 없다. 안 돼, 깨어나야…… 일어나야 해……

2시 31분

“일어나!” 그는 다시금 찰싹 소리를 들었다. 이번에는 굉장히 크다. 그의 왼쪽 뺨이 불붙은 것처럼 얼얼하다.

“그걸로 충분해. 너무 거칠게 다루지 마.” 위에서 어떤 목소리가 중얼거린다.

“이 자식 이거 괜히 연기하는 거야.” 톰 샤데크가 이죽거렸다.

카스파는 눈을 떴다. 동시에 상향등을 켠 자동차가 그의 머리를 향해 돌진했다. 두 개의 건장한 손이 곧장 그의 손을 붙들고 잡아끄는 통에 팔이 떨어져나갈 것처럼 아프다. 다시 한번 눈을 껌뻑이자 자동차 전조등은 할로겐등으로 변한다. 그는 지금 해부용 테이블 위에 누워 있다. 쿨럭 기침을 하니 피맛이 혀끝을 맴돈다.

“괜찮소?” 바흐만이 근심 어린 목소리로 묻는다. 그의 각진 머리 옆에 샤데크의 얼굴이 떠오른다.

“이번에는 뭘 기억해내셨나?” 그가 캐묻듯 날카롭게 이죽거렸다.

“사고가 났었어요.” 카스파가 대답했다.

“예, 뒤로 넘어가는 바람에 머리를 세게 부딪혔소.” 관리인이 말했다.

“아뇨, 그 얘기가 아니에요.” 카스파는 가볍게 고개를 저었다. 속으로는 그래서 머리가 쑤시는구나 하고 되뇌면서도. 두통은 갈수록 커진다. 간신히 팔꿈치로 몸을 의지하고 일어선 카스파는 또다시 기침을 했다.

“사고는 이미 오래전에 일어난 겁니다.”

“정확히 무슨 사고?”

카스파는 잠깐 어느 정도까지 솔직히 이야기하는 게 좋을까 고민했다. 이제껏 영혼파괴자를 둘러싼 기억의 조각들을 숨겨왔듯 지금도 입을 다무는 편이 낫지 않을까.

"폭우가 쏟아지는 도로에서 가로수를 들이받고 말았어요." 마침내 카스파는 입을 열었다. "차는 곧장 화염에 휩싸였고 난 하마터면 타 죽을 뻔했죠. 가슴의 흉터는 그때 생긴 거요."

"응? 그렇게 간단하게 넘어가시겠다!"

아니, 그렇게 간단한 건 아무것도 없어. 카스파는 속으로 중얼거렸다. 하지만 톰이 자신의 말을 믿지 못하는 것은 이해할 수 있었다.

"그런 핑계야 원숭이 새끼라도 댈 수 있지."

"없는 이야기를 꾸며댈 이유는 뭐지?" 피곤한지 소피아의 휠체어를 잡고 기대서 있던 그레타가 끼어들었다.

"영혼파괴자라는 사이코패스와의 관련을 부정하고 싶어서겠죠. 저 괴상한 쪽지들도 자신과는 상관없다고 주장하려는 거 아뇨?" 샤데크는 가운뎃손가락으로 카스파에게 삿대질을 해댔다.

"거참 희한하지 않아요? 마지막 퀴즈의 해답은 카스파의 티셔츠인데, 그 아래는 마치 가슴살을 전자레인지에 넣고 돌리기라도 한 것 같은 흉터가 있잖아!"

그레타는 맥빠진다는 듯 백발의 머리를 저었다.

"아무래도 내가 실수한 것 같아. 스웨터도 해당되지 않나? 당신이 입고 있는 그 스웨터 말이야."

"그럴 수 있겠죠. 하지만 나는 흉터 같은 게 없거든." 톰이 항변했다. "저자의 가슴은 마치 광신도들이 무슨 제의를 치르느라 만든 것 같잖아요, 안 그런가? 그런데 저 작자는 자신에게 아무 잘못이 없는 교통사고 탓이라고 둘러대고 있단 말이야!"

"내 책임이 없다고 하지는 않았는데. 만취상태였거든요."

카스파는 한쪽 다리를 수술대 모서리에 걸치고 일어나 앉으려고 온 힘을 그러모았다.

"아, 그러셔! 아까 분명 술은 한 모금도 못한다고 하지 않으셨나? 갈수록 묘한 이야기만 하네." 샤데크는 비웃음을 줄줄 흘렸다.

"사고 당시에는 그럴 만한 이유가 있었어요."

"그게 뭔데?"

카스파는 한숨을 쉬었다.

"아직도 분명하지는 않지만, 여러 정황으로 미루어 난 의사였던 것 같아요. 그리고 어린 소녀 한 명을 치료했죠. 내 짐작이 맞다면 그 아이는 내 딸이에요. 어쨌든 난 걔를 담당한 의사였고, 뭔가 실수를 저질렀어요."

"무슨 실수? 의료사고라도 있었다는 거야? 딸을 잘못 수술하셨다?"

"아마도. 내 짐작에는 아무래도 그런 것 같아요."

카스파는 딸이 고통스러워 경련을 일으키는 장면을 떨치려 애썼다. 그렇지만 기억은 수면 아래 찍어누른 메디신 볼처럼 곧바로 다시 튀어오른다. 이번에는 카챠 아데시가 기억의 수면 위로 떠오른다. 딸의 담임선생, 영혼파괴자의 두번째 희생자.

"어쨌든 수술이 잘못되고 나서 난 위스키를 반병이나 들이붓고는 운전대를 잡았어요. 그러고는 나무를 정면으로 들이받고 말았죠."

카스파는 너덜너덜 찢긴 티셔츠 아래 엄지손가락을 넣어 흉터에서 가장 큰 곳을 어루만졌다. 흉터는 가슴에서 배꼽 바로 위까지 길게 퍼져 있다.

카스파는 자신의 가슴을 내려다보았다. 털 없이 짓무른 피부는 화산이 폭발하고 나서 분출하는 붉은 용암을 닮아 있다.

돌연 두려움이 사라지고 더욱 응축된 감정이 가슴을 파고든다. 슬픔이라는 감정이! 카스파는 흉터가 갖는 현실의 의미를 분명히 깨달았다. 흉터는 그가 참혹한 실수를 저질렀다는 것, 그리고 약속을 절대 지킬 수 없다는 것을 뜻하는 상징이다.

그래. 금방 올게. 모든 게 다 잘될 거야, 내 예쁜 딸아! 모든 게 다 예전처럼 될 거야.

"아마도, 잘 모르겠지만, 그런 것 같다…… 짐작에는……" 톰은 카스파의 말투를 흉내냈다. "그러니까 당신 말의 요점이 뭐야? 어쨌든 영혼파괴자와는 관계가 없다? 이 말이 하고 싶은 거지? 그럼 그놈은 당신의 흉터를 어떻게 알았지?"

"개수작하지 마. 내가 왜 너 따위에게 추궁당해야 하는 거지?" 카스파는 벌떡 일어서며 주먹을 불끈 쥐었다. "왜 하필이면 너 같은 놈이 사사건건 시비를 거는 거야, 응? 라스펠트가 사라졌을 때, 넌 어디 있었지? 그때 승강기를 타고 오르내리며 무슨 짓을 한 거야? 또 봉투에서 마술이라도 부리듯 느닷없이 쪽지를 끄집어낸 건 누구였지?" 카스파는 톰을 매섭게 몰아붙였다. "잘 봐, 창끝은 언제라도 너를 향할 수 있어!"

"싸우지들 마." 그레타가 꾸짖었다. 샤데크는 꿀 먹은 벙어리처럼 아무 말도 하지 못했다.

"좋아, 네가 사건과 관련이 없다면 저 퀴즈는 뭘 뜻하는 거야?"

"내가 그걸 어떻게 알아?"

"하지만 전 알 것 같아요."

"뭐? 당신이?"

모두 등을 돌려 놀란 눈으로 야스민을 바라보았다. 갑자기 끼어든 야스민의 얼굴이 발그레했다.

"그럼 그게 무슨 뜻이야?"

"저기, 제가 보기에는……"

야스민은 큼큼 마른기침을 하며 반지를 다시 돌리기 시작했다.

"……도른 박사님과 벽난로 앞에 앉아 있으면서 이런 생각을 했어요."

"무슨 생각?" 그녀에게서 가장 가까이 있던 톰이 간호사의 붉은 앞머리를 다정하게 쓰다듬었다.

"혹시 불이 나면 어쩌나 하고 말이죠." 야스민이 대답했다. "아까 당신이 그랬잖아요. 차단벽은 소방법 위반 운운해가면서 말이에요."

"그래서?"

"영혼파괴자는 저 퀴즈로 우리에게 무슨 암시를 주려는 게 아닐까요? 이를테면 보물찾기 놀이에서 쪽지를 숨겨두듯 말이죠. 화상 흉터도 그런 암시 중 하나인 것 같아요."

"그게 뭘 암시해준다는 거죠? 무슨 비상구 같은 거?" 카스파는 야스민의 얼굴을 물끄러미 바라보았다.

"예, 그러니까 제 말은……" 야스민이 다시 말을 더듬었다. 생각을 정리하고 다시 입을 열기까지 약간 시간이 걸렸다.

"불을 질러보면 어떨까요? 화재경보기가 울리면 차단벽이 자동으로 올라가지 않을까요?"

"그거 나쁘지 않은 생각인데요!" 카스파가 말을 맺기도 전에 바흐만이 소리질렀다.

"뭐라고? 불을 내? 그래도 안 되면 어쩔 건데? 아냐, 안 돼, 아니라고. 그건 너무 위험해. 차단벽은 지금껏 단 한 번도 쓴 적이 없어서 나도 잘 모르는 장치야."

샤데크도 손사래를 쳤다.

"그 말이 맞아. 만약 일이 어긋나면 우리는 이 안에서 산 채 숯덩이가 되고 마는 거라고!"

"꼭 그렇지는 않아요." 카스파는 그렇게 말하고 잠시 기다렸다. 모두 눈이 동그래져서 자신만 바라보자 그제야 입을 열었다.

2시 36분

물론 그것은 말도 안 되는 잘못이었다. 원래 생각했던 대로 그들은 흩어지지 말았어야 했다. 카스파 역시 제안할 때부터 치명적인 결과를 불러오리라는 것을 잘 알고 있었다.

그러나 달리 방법이 없었다. 일단 무슨 일이든 시도해봐야 했다.

어쨌거나 그레타가 문제였다. 그녀는 MRI 촬영실로 가는 데 따라가겠다고 나섰다. 물론 말도 안 되는 소리였다. 소피아를 제외하면 그레타는 무리에서 가장 약한 사람이었다. 위험이 닥쳤을 때 자신을 보호할 능력이 없지 않은가. 도망을 가면서 관절에 문제가 있는 일흔아홉의 노파를 부축할 수는 없는 노릇이다. 결국 바흐만이 카스파를 따라나서기로 했다. 처음에는 완강하게 거부했지만, 달리 방법이 없자 입을 다물었다. 나머지 사람들은 짧지만 뜨거운 설전 끝에 다시 위로 올라가기로 했다. 도서관으로의 복귀를 선택한 것이다.

"이건 결혼한 것보다 더 큰 실수야." 관리인이 중얼거렸다. 불평하면서도 바흐만은 플라스틱통을 들고 카스파를 따라왔다. 통은 병리학 실험실의 붙박이장 안에서 발견한 것으로, 염화암모늄 농축액을 섞은 알코올 세제가 들어 있었다. '클리닉스 클린'이라고 커다랗게 써붙인 상표 아래 이글거리는 불꽃을 그려넣은 검고 노란 색의 경고판이 선명했다.

"잘못될 게 뭐 있겠어요? 여기는 방화벽에 개별 통풍시설도 되어 있다면서요?" 카스파는 음반 스튜디오처럼 유리벽이 중간을 가로막고 있는 촬영실에 들어서며 말했다. "촬영실 이야기를 먼저 꺼낸 사람은 당신이잖아요."

"그야 여기 숨자고 한 이야기지, 누가 불을 지르자고 했소?"

카스파는 들고 있던 플라스틱통을 바닥에 내려놓았다. 그는 애써 평안함을 꾸민 제 목소리에 깔려 있는 불안을 바흐만이 눈치채지 않길 바랐다.

"운이 좋으면 화재경보가 울리는 동시에 차단벽이 올라가겠죠. 그럼 위에 있는 사람들은 정원으로 빠져나갈 수 있을 거예요."

카스파는 급조한 계획이 끝까지 철저하지 못하다는 것을 곱씹었다.

예를 들어 밖에 나갔다 하더라도 소피아를 어떻게 옮길 것인가? 휠체어 바퀴가 눈밭에 박혀 꼼짝도 하지 않을 텐데. 하지만 다른 사람들과 마찬가지로 카스파 역시 바로 다음 행보만 떠올릴 수 있을 따름이다. 그저 일단 이 감옥을 빠져나가면 다음 문제는 그때 해결할 수 있기를 기대하기로 했다.

"최악의 경우라고 해봐야 차단벽이 꼼짝 않는 거죠." 카스파가 말을 이었다. "그러니 여기 불을 질러도 방화벽 때문에 병원 전체로 불이 번지지는 않을 거예요." 카스파는 문 옆에 놓인 소화기를 가리켰다.

"불 있어요?"

"성냥."

바흐만은 작업복 상의의 가슴 주머니를 더듬었다.

"좋아요, 그럼 시작해볼까……" 순간 카스파는 숨을 멈추고 천장을 비스듬히 올려다보았다.

"왜 그래요? 무슨 일이오?" 바흐만이 물었다.

"저 소리 안 들려요?"

"예? 무슨?"

"저 소리요."

바흐만은 무슨 일인가 싶어 고개를 저으려다가 이내 플라스틱통을 손에 든 채 그대로 얼어붙고 말았다. 묵직하게 울리는 소리는 클리닉의 지하 1층 벽을 타고 내려왔다. 처음에는 희미했으나 이제 또렷하게 들린다. 마치 영화관의 서브우퍼에서 나는, 바닥에 깔리는 베이스음 같은 느낌을 주는 소리다. 순간 묘하게도 카스파는 자동차 사고가 나던 장면을 연상시키는 훌륭한 배경음악이라는 생각이 들었다.

"꼭 헬리콥터가 착륙할 때 나는 소리 같소." 바흐만이 카스파의 생각을 그대로 말했다. 맥박이 빨라지는 게 느껴진다. 참으로 오랜만에 보는 희망의 빛줄기가 카스파의 가슴을 환하게 만든다.

혹시 리누스가 구조대를 데리고 온 걸까? 충분히 가능한 일이다. 물론이지. 야스민이 말하지 않았던가. 누군가 발코니에 있는 걸 보았다고!

바흐만은 눈썹을 한껏 치켜세우고 소화기 쪽으로 다가가 오른쪽 귀를 벽에 바짝 댔다.

맞아. 리누스는 브루크를 쫓아갔어. 차단벽이 내려오는 바람에 다시 들어올 수 없었을 거야. 그래서 숲속을 기어 빠져나가 경찰에 알렸을 거야.

묵직한 소리가 더욱 커질수록 카스파의 희망도 우쭐우쭐 자라났다. 하지만 관리인이 고개를 절레절레 젓는 통에 희망의 불길은 사그라지고 말았다.

"저건 그저 바람 소리일 뿐이오." 바흐만은 아쉬운 표정을 지었다. "강풍이 밖에서 차단벽을 때리는 소리지. 저기 위 4층에 쇠파이프로 완전히 닫히지 못한 데가 있잖소. 아마 바람이 그곳을 통과하면서 밀폐되다시피 차단된 건물 안에 저기압을 만들어냈나보오."

저기압? 밀폐되다시피 차단된?

카스파는 자신이 갈수록 과대망상에 사로잡히는 것은 아닌가 하는 생각을 지울 수 없었다. 그러나 건물 관리인이 쓰기에는 너무나 고급스러운 단어들이 아닐까?

물론 바흐만을 평범한 병원 수위와 비교할 수는 없다. 그는 라스펠트의 최측근이었으며, 교양을 쌓기 위해 수사학 책까지 읽지 않았던가. 그래도 이상하다.

게다가 몇 시간 전에 보았던 수상한 장면도 떠올랐다.

"제설차량은 어떻게 된 겁니까?" 카스파는 그렇게 물으며 유리벽 앞 컴퓨터 책상에 놓인 두툼한 책들을 집었다.

"예?"

"아까 뒤집힌 구급차에서 샤데크와 브루크를 구출해서 데리고 올라왔던 그 제설차량 말이에요. 리누스가 저에게 보여줬거든요. 누군가 휘발유관을 끊어놓았던데."

"정말요?"

바흐만은 입을 떡 벌리며 놀랐다. 카스파는 제설차량 이야기를 꺼낸 자신이 한심하게 여겨졌다. 어리석기도 하지. 이런 식으로 물어봐야 무슨 대답을 기대한단 말인가? "내가 그랬소. 아무도 병원을 벗어나지 못하게 말이오!" 하고 자백이라도 할까?

"샤데크가 틀림없소. 어쩐지 그 친구 처음부터 이상하더라니까."

"그렇군요." 카스파는 이렇게만 말하며 의학 서적 세 권을 옆구리에 꼈다.

"지금은 그 문제를 생각할 때가 아니에요."

두 남자는 함께 유리벽 건너편 공간으로 갔다.

촬영실은 최신 MRI 기계 때문에 미래를 앞당긴 듯한 첨단 분위기를 자아낸다. 공상과학영화에 등장하는, 순식간에 다른 공간으로 이동하는 빔 장치를 보는 것 같다.

카스파는 기계 옆에 서서 위를 올려다보았다.

"저기 저 깜빡이는 물건이 그건가요?"

"예, 맞소."

"그럼 바로 여기서 해야겠군요."

카스파는 MRI 기계 안에 깔린 수건 가운데 두 장을 뽑았다. 수건을 함께 뭉쳐서 화재경보기 바로 아래 바닥에 던졌다. 그런 다음 책에서 종이 몇 장을 북 찢어냈다. 나머지 책들은 장작처럼 그 주위에 서로 엇갈리게 기대놓았다.

"자, 여기 부어요." 카스파가 말하자 바흐만은 세제통 뚜껑을 열었다. 여전히 내가 지금 무슨 짓을 하는 건가 싶은 표정이다.

"이 기계가 수십억 짜리라는 건 아시지?"

카스파는 희미한 미소를 지었다.

"그거 유감이네요. 하지만 원장의 노여움은 확실히 피할 수 있잖아요, 안 그래요?" 카스파는 바흐만을 향해 고개를 끄덕였다. "자, 어서 시작합시다. 우리도 원장과 같은 운명이 되기 전에."

고농도 알코올 세제는 쿨럭쿨럭 상당히 음탕한 소리를 내며 급조된 캠프파이어 위로 부어졌다. 그런 다음 호주머니에서 성냥을 꺼낸 바흐만이 한 개비를 마찰면에 대고 쉭 그었다. 이때 카스파와 바흐만 뒤에 있는 유리벽 문이 찰칵하며 부드럽게 닫혔다.

"앗, 무슨……?"

화들짝 놀라 등을 돌린 카스파의 눈에 휙 스치는 형상이 보였다. 공간을 두 곳으로 나누고 있는 유리벽에 비친 것이었다. 이때 MRI 기계의 경고등이 점멸하기 시작했다. 동시에 원통 한가운데서 탕탕거리는 소리가 들려왔다. 마치 도끼로 철제 드럼통을 때리는 듯한 소리였다. 이 모든 게 눈 깜짝할 사이에 일어났다. 혼비백산한 바흐만이 손에 들고 있던 성냥을 떨어뜨렸다.

2시 39분

두 개의 불기둥이 동시에 천장을 향해 나란히 치솟았다. 그중 하나는 실제로 일어난 불기둥이고, 다른 하나는 유리벽에 비친 것이다. 불기둥 사이에 낀 줄 알고 기겁했던 두 남자의 눈빛이 순식간에 얽혔다 풀린다. 처음에 카스파는 유리벽 건너편의 얼굴이 착시 현상인 줄로만 알았다. 그러나 주먹으로 유리벽을 때리는 반 벌거숭이 남자를 보고 일그러진 그 얼굴의 주인이 누구인지 깨달았다. 의심의 여지가 없다. 요나탄 브루크는 여전히 녹색 환자복 바지를 입고 있고 바지 앞쪽은 온통 검붉은 핏자국이다. 흘러내린 목 붕대도 피로 흠뻑 물들어 있다.

카스파는 땀을 흘리기 시작했다. 돌아서서 불길을 바라보자 열기가 엄습한다.

"여기서 나가야 해요!" 카스파는 바흐만에게 누가 봐도 분명한 사실을 새삼스레 외친다. 마찬가지로 영혼파괴자를 본 바흐만은 갈수록 짙은 연기를 뿜어내는 불길 앞에서 등을 벽에 붙이고 출구 쪽으로 주춤거리며 물러서고 있다.

"소용없어요." 카스파는 기계의 소음이 잠깐 멈추었을 때 필요 이상으로 크게 외쳤다. 그리고 보란듯이 유리벽 문손잡이를 잡고 흔들었다. 문은 꼼짝도 하지 않는다. 자동 잠금 장치는 방사선 누출을 막기 위해 기계의 작동이 멈춘 다음에야 풀릴 것이다. 브루크가 이제 막 기계를 작동시켰으니 문은 꼼짝달싹하지 않는다. 게다가 기계의 프로그램이 가상 부검에 맞춰진 터라 멈추기까지 몇 시간이 걸릴지 가늠조차 할 수 없다.

"내보내줘!" 카스파는 고함을 지르며 주먹으로 유리벽을 쳤다. 맨손으로는 미동조차 하지 않는 두꺼운 유리다. 브루크는 물론 꿈쩍도 하지 않는다. 새파랗게 질린 포로들을 더욱 놀라게 하려는지 잠시 허리를 굽히고 뭔가 찾다가 긴 가위를 손에 들고 다시 허리를 폈다. 브루크는 입술을 달싹이며 뭔지 알아들을 수 없는 말을 중얼댔다. 그러고는……

오, 하느님 맙소사!

브루크가 가위 날로 자신의 왼손을 찍었다.

무슨 짓을 하는 걸까? 궁금했던 카스파는 곧 그 답을 얻었다. 브루크는 유리벽에 대고 침을 뱉고서 가위로 찍은 손바닥을 그 매끈한 표면에 문질렀다. 찢어진 살이 유리와 마찰하며 내는 찍찍 소리가 들린 것만 같았다. 영혼파괴자의 손은 천천히 아래로 미끄러져내리며 피의 흔적을 남긴다.

뭔가 말해주려는 거야! 저것은 일종의 표시다. 그의 목에 꽂은 칼이 모종의 암시였듯!

카스파는 공포로 심장이 미친듯이 뛰면서도 묘한 흥분을 느꼈다. 계속 짙어져가는 연기가 점막을 자극하는 통에 코에서는 콧물이 줄줄 흘러내린다. 쓰라림으로 눈물이 그렁그렁한 카스파의 눈이 영혼파괴자가 유리에 남긴 거울 문자를 읽을 수 있기까지는 약간 시간이 걸렸다. 처음에 카스파는 뱀처럼 꼬불꼬불한 그 글씨가 'SOS'일 거라고 생각했다. 하지만 피가 더는 나오지 않아 완성하지 못한 글씨의 다음 철자를 보니 그것은 '소피……'였다.

그렇구나. 저 미친놈의 목표는 오로지 여의사구나. 아직 끝내지 못한 작품을 마무리하기 위해 한사코 소피아만 노리는 거구나. 사실 여기서 영혼파괴자의 공격을 받게 되리라는 것을 염두에 두지 않은 이유도 마찬가지였다. 영혼파괴자가 노리는 먹잇감이 위층 도서관에 있는 한, 이곳 신경방사선과 촬영실에 브루크가 나타나지 않으리라고 계산한 것은 실수였다. 이제 브루크는 카스파와 바흐만까지 손아귀에 넣었다. 자신이 직접 만든 지옥에 갇힌 카스파는 기가 막힐 뿐이었다. 차단벽이 올라간다 해도 여기 지하에서는 어쩔 도리가 없다. 곧바로 불을 끌 방법이 없다면, 두 남자는 얼마 못 가 질식해서 죽으리라.

하지만 무슨 수로 불을 끈다? 저 빌어먹을 소화기는 밖에 있지 않은가!

카스파는 불길과 영혼파괴자를 번갈아 살폈다.

소화기는 불길이 다른 방으로 번질까봐 일부러 저기 두었는데.

불을 놓은 다음 여기 갇히게 되리라는 생각은 조금도 못했다. 마찬가지로 두번째 알코올 세제 통도 까맣게 잊고 있었다. 순간, 통이 폭발한다.

2시 43분

훅하는 열기가 돌풍처럼 카스파를 덮친다. 날름거리는 불꽃이 드러난 맨살을 녹여버리는 것 같다.

"살려줘!" 오른쪽 바짓가랑이에 불이 옮겨붙은 바흐만이 비명을 질렀다. 카스파는 얼마 남지 않은 티셔츠나마 얼른 벗어 꼬나쥐고 짧게 끊어 때리며 불길을 잡으려 했다.

이제 어쩌지?

티셔츠는 불길을 잡기에 턱없이 부족하다. 관리인의 바지에 가닿지도 않는다. 그동안 불길은 천장의 나무 패널까지 집어삼키려 한다. 이런 화마를 상대로 뭘 어쩔 수 있을까?

카스파는 혹시라도 벽 쪽에서 또다른 소화기를 찾을 수 있을까 싶어 빙 둘러보았다. 그의 눈길이 다시 브루크와 마주쳤다. 여전히 광분한 눈빛으로 입가에 거품을 문 브루크는 안됐다는 표정으로 고개만 저어댔다. 마치 이렇게 이야기하는 것 같았다. "미안하지만, 너희는 어쩔 수 없이 죽어줘야 해. 싸움에는 부수적인 피해가 따르는 법이니까." 카스파는 자신이 동물원 우리에 갇힌 짐승 같다고 생각했다. 미친 관람객이 우리 안에 불을 지르고 퇴로를 차단한 다음 죽어가는 모습을 즐기는 꼴이다. 카스파는 바닥에 무릎을 꿇고 주저앉았다. 낮은 곳에서라면 연기를 좀더 견딜 수 있을 것 같았기 때문이다. 널름거리는 불길이 회전의자 가죽에 옮겨붙는 것을 보며 눈을 질끈 감았다.

조금의 망설임도 없이 카스파는 의자의 뜨거운 쇠다리를 움켜잡았다. 찌르는 아픔을 무시하고 불타는 의자를 유리벽을 향해 힘껏 내던졌다. 유리벽은 아까보다 훨씬 격렬하게 떨었다. 의자가 부딪힌 곳에 실금까지 갔다. 하지만 유리벽은 여전히 끄떡없었다.

카스파는 다시금 의자를 잡으려 했다. 그러나 이제 아무것도 보이지 않았다. 연기는 악몽 속 사고 현장보다 더 짙다. 카스파는 두 손으로 눈을 감싸야 했다. 콜록이며 터져나오는 기침으로 뒷골이 흔들릴 만큼 온몸이 떨린다. 거칠어진 숨결을 느끼며 허파는 이미 망가져버렸을 거라고 생각한다. 이내 쾅 소리가 난다. 의자를 찾아낸 바흐만이 다시금 유리벽을 향해 힘껏 던진 모양이다.

실눈을 뜬 카스파는 관리인이 금간 유리벽을 구둣발로 힘껏 차는 것을 보았다. 몇 번의 발길질 끝에 와장창 유리 깨지는 소리가 난다. 바흐만은 취객처럼 비틀거리며 구멍을 빠져나갔다.

"소화기를 가져와요!" 카스파는 고함을 질렀다. 등뒤에서는 뚫린 구멍을 통해 새로운 산소를 공급받은 불길이 더욱 위세를 자랑한다. 이제 멀쩡한 것은 MRI 기계뿐이다. 원통은 계속 돌아가며 자기력을 방출하는 거친 소리를 뿜어낸다.

"이봐요!" 바흐만으로부터 아무 대답이 없자 카스파는 스스로 빠져나가기로 결심했다. 깨진 유리벽을 넘어가는 게 엄청난 아픔이기는 하지만 불구덩이에 머물러 있을 수는 없다. 카스파는 바흐만과 달리 아무것도 신지 않은 자신의 맨발을 내려다보았다.

브루크도 맨발이다.

카스파는 양손으로 유리벽에 난 구멍의 날카로운 모서리를 잡고 온 체중을 실어 펄쩍 뛰었다. 입에서 저절로 비명이 터져나왔다. 1미터 아래로 떨어지며 카스파는 몸을 굴러야 했다. 첫번째 고통의 파장이 사라지기도 전에 새로운 파장이 그를 덮친다. 뾰족한 유리조각 하나가 어깨를 찌른 것이다. 이를 악물고 일어나 걸음을 떼자마자 유리조각들이 발바닥을 찌른다.

카스파는 비틀거리며 벽을 짚고 소화기 쪽으로 다가갔다. 소화기를 잡아 번쩍 들려는 순간, 하마터면 넘어질 뻔했다. 지친 탓에 힘이 얼마 남지 않았다는 것을 모르고 그 쇳덩이를 들었던 것이다. 마침내 카스파는 소화기 호스로 불길을 겨누고 하얀 포말을 쏘는 데 성공했다. 정신없이 촬영실 곳곳의 불길을 잡기 위해 여기저기 가리지 않고 쏘았다. 마침내 불길이 잡혔다.

카스파는 지친 몸을 검댕으로 얼룩진 책상 위에 뉘었다. 컴퓨터의 대형 모니터도 검은 얼룩을 뒤집어썼다. 누운 채로 곧 자신을 덮칠 공격에 대비해야 한다고 생각했다. 어딘가 지척에 그들이 있을 게 아닌가. 바흐만, 그리고 브루크.

카스파는 이제 겨우 아주 작은 위험을 극복했을 뿐임을 깨달았다. 그래서일까. 복도에서 문을 열고 들어서는 낯익은 얼굴을 보자 안도의 한숨이 절로 나왔다.

"톰?" 카스파는 반갑게 물으며 소화기를 치웠다. "어떻게, 통했어? 차단벽이 올라갔어?"

샤데크는 고개만 저었다. 아마도 불이 난 시간이 너무 짧았던 것일까? 아니면 화재경보기가 병원의 안전체계와 연동되지 않은 것일까?

"그런데 당신은 왜 여기 있는 거야? 바흐만이 데리고 왔나?"

“아니.” 샤데크는 짧게 대답하며 한 걸음 다가왔다. 돌연 권총을 꺼낸 그가 카스파의 가슴에 대고 다짜고짜 쏘았다.

오늘, 13시 32분
공포가 휩쓸고 간 지
아주 오랜 시간, 몇 년이 흐른 후

강풍이 어찌나 심한지 건물이 흔들거릴 정도다. 마치 지하철이 지나갈 때 그 위 건물이 떨리는 것과 같다. 교수는 고개를 들었지만, 학생들은 기록을 읽는 데만 정신이 팔려 바람 소리에는 신경도 쓰지 않는다. 벌써 어둑해졌다. 두 학생 사이에 가져다놓은 작은 독서용 스탠드를 켰다.

탁자 반대편 끝에서 보면 영락없이 시험을 치르느라 여념없는 모습이다.

파트리크는 두 손으로 턱을 받치고 있는 반면, 리디아는 연필로 기록을 한 줄 한 줄 열심히 따라가며 읽는다. 낭독이라도 하는 것처럼 입술을 오물거린다. 오른쪽에는 이따금 무언가 적어넣는 노트가 놓여 있다.

교수는 자리에서 일어나 기지개를 켜며 허리를 돌렸다. 찌르는 듯한 통증이 일지만 정형외과 의사의 지시에 따라 두 시간마다 관절들을 번갈아 몇 번씩 돌리면서 몸을 푼다. 그가 보기에 의사의 충고란 그때 바에 가자고 설득하던 친구의 그것만큼이나 허튼 것일 뿐이다.

리디아는 계속 뭔가 열심히 적고 있다. 교수는 무얼 그리 적어놓았는지 한번 보기로 했다. 텅 빈 서가를 지나 리디아에게 다가간다. 서가의 책들은 모두 치워버렸다. 아마도 벼룩시장이나 인터넷을 통해 팔아치운 모양이다. 딱 한 권만 주인을 만나지 못하고 먼지를 뒤집어쓴 채 진열장 유리 뒤에 꽂혀 있다. 책은 모서리마다 쏜 흔적이 역력하고, 여기저기서 쥐똥이 눈에 띈다. 그럼에도 책은 마치 오늘 아침 깜짝 손님을 맞기 위해 일부러 그곳에 가져다놓은 것처럼 보인다.

교수는 멈춰 서지 않는다. 한편으로는 진열장 유리에 비친 자신의 홀쭉하고 죄책감이 깃든 얼굴을 보지 않으려는 것 같다. 또 한편으로는 그 책이 정확히 의학사전의 몇 권인지 알고 싶지 않아 한사코 외면하려는 것일까. 지금까지 벽난로도 애써 바라보지 않았다. 그런데 지금 그의 시선은 벽난로 앞 바닥에 비죽 튀어나온 플라스틱 주사기에 고정되어 있다. 그것은 마치 미카도* 막대기처럼 양탄자의 찢긴 틈을 통해 삐져나와 있다. 양탄자 아래 감춰진 각종 케이블도 보인다.

하지 마!

속에서 커다란 소리가 교수에게 명령한다. 주사기를 지금 있는 바로 그곳에 놔두도록.

그렇게 소리지를 것까지야 없잖아. 교수는 어차피 그것에 손댈 생각이 없다. 어쩌자고 카드로 얼기설기 쌓아놓은 자신의 속내를 속절없이 무너뜨린단 말인가.

교수는 큼큼 나직하게 헛기침을 하며 학생들의 등뒤로 다가갔다. 그들을 놀라게 하지 않으려고 애쓴다. 하지만 그들은 멀리 떨어진 전혀 다른 세계에 속한 사람들 같다. 스티븐 킹은 '텔레파시가 실재한다는 증명'이라는 표현을 쓴 적이 있다. 작가는 자신의 생각을 독자의 머릿

* 유럽 사람들이 즐기는 놀이의 일종으로, 가늘고 긴 막대기 마흔한 개를 가지고 노는 게임.

속에 심어놓는다는 말이다. 수천 킬로미터 떨어져 있으면서도 독자로 하여금 작가가 생각하는 것, 느끼는 것, 보는 것 등을 함께 나누게 한다는 뜻이다. 심지어 전에 한 번도 가본 일이 없는 곳을 발견하게도 만든다. 기록을 읽느라 열중한 학생들을 보며 교수는 킹의 말이 맞다고 고개를 끄덕였다.

하지만 작가의 생각이 나쁜 것이면 어떻게 하지?

뒤에 와 있는 것을 전혀 눈치채지 못한 학생들을 놀라게 하지 않으려고 교수는 리디아의 노트에 그림자가 생기지 않도록 조심한다. 여학생의 필체는 또래 여자들이 그렇듯 깔끔하고 가지런하고 날아갈 것 같다.

'카스파?' 옆은 회색의 재생지 공책 맨 위 칸에 리디아는 이렇게 적어놓았다. 그 아래 괄호 안에는 지금껏 기록을 읽으며 확인한 정보들을 정리해두었다.(의사/ 딸을 가진 아빠?/ 함부르크?/ 의료 과실?)

맞은편 쪽은 영혼파괴자를 다룬 정보들이다. 교수는 리디아가 세 개의 물음표를 달아놓고 밑줄까지 그어놓은 곳에 무슨 생각을 담았는지 읽으며 씁쓸한 미소를 지었다.

영혼파괴자=요나탄 브루크(의사, 동료, 자해, 동기???)

마지막 물음은 따로 단락을 할애할 만큼 리디아에게 중요했던 모양이다. 동기.

소피아를 괴롭히려고? 소피아가 알고 있는 사실을 폭로하는 것을 막으려고? 카스파에 관해? 카스파의 딸에 관해?

그 아래 적어놓은 것은 확실하게 알아볼 수 없다. 리디아가 팔꿈치로 몇 단어를 가리고 있기 때문이다.

환자 이송=우연일까?(톰 샤데크는 사건과 무슨 관련이 있을까? 다른 피해자들과의 연관성은?) 아마도 이렇게 써놓은 것 같다. 마지막 문장은 특별히 크게 써놓아서 확연히 알아볼 수 있다.

영혼파괴자의 복수?

다시금 바람이 미끌미끌한 유리창을 강타한다. 파트리크가 처음으로 고개를 들었다. 물론 앞에 있는 물병을 집으려고 잠깐 그랬을 뿐이다. 심리학 실험을 주도하는 교수가 제자리가 아닌 바로 자기 등뒤에 서 있다는 것을 그는 조금도 알아차리지 못한다.

놀라운 일이야. 교수는 리디아의 노트에서 시선을 돌리며 생각했다. 정말 놀라운 일이야. 잘못된 추론에도 결국에는 올바른, 그야말로 모든 걸 결정짓는 물음에 도달했군.

교수의 시선은 보이지 않는 자석에 이끌리기라도 하듯 다시 벽난로를 향한다. 여기서 보니 벽난로는 다시는 불이 그 비밀을 폭로하지 못하도록 쓰레기와 건물 잔해로 그 입을 막아놓은 것 같다.

리디아가 기록 196쪽을 긴 손톱으로 넘기자 종이가 사각이는 소리를 낸다.

훨씬 느린 속도로 읽고 있는 파트리크는 몇 분 뒤에야 비로소 카스파의 기억이 빚어내는 꿈의 세계로 빨려들어간다.

기억의 울림

환자 진료기록 No. 131071/VL

196쪽 이하.

꿈속에서 카스파는 슬픔이란 일종의 살아 있는 존재 같다는 느낌에 사로잡힌다. 진드기와 비슷한 작은 몸을 가진 슬픔이라는 놈들은 떼를 이루어 사람의 영혼을 점령하고 있다가 기쁨이 나타났다 하면 달려들어서 피를 빨아 말려 죽이는 것이랄까.

무방비로 내버려둔 열한 살짜리 딸에게 용서를 빌기 위해 입을 열 때마다 새로운 진드기 무리가 그 입으로 몰려든다. 굶주린 무리는 날카로운 주둥이로 식도와 기도의 점막을 갉으면서 카스파가 가지고 있는 생명의 정기를 배불리 빨아먹는다. 카스파는 자신이 다시는 행복해질 수 없을 거라는 생각을 떨치지 못한다. 그 실수 이후 행복은 진드기들에 의해 말라비틀어지고 말았다.

다시 병뚜껑을 딴다. 거의 아무것도 볼 수 없음에도 한 모금 더 마신다. 비는 그야말로 퍼붓듯이 내린다. 최대한 속도를 내며 텅 빈 국도를 달린다. 자기 자신에게서 도망가는 심정으로.

아무 일도 일어나지 않을 수 있었다. 지금껏 자신의 치료 방법은 단 한 번도 잘못된 적이 없다. 그런데 하필이면 그의 인생에서 가장 소중한 환자에게서 틀어지고 말았다.

서류가방을 뒤져 사진을 꺼낸다. 사진에 입을 맞춘다. 그리고 다시 병째 들이켠다.

오, 주여! 제가 당신께 무슨 잘못을 저질렀습니까?

손으로 사진을 움켜쥐며 와이퍼 속도를 한 단계 더 높인다. 물기가 닦이는 순간, 나무가 보인다. 브레이크를 밟는다. 팔로 얼굴을 가리고 소리지른다. "내가 뭘 잘못했어?!"

빛 속으로 빨려들어가기라도 한 것처럼 환해진다. 물론 그는 여전히 자고 있다. 자신의 거친 숨소리를 듣는다. 병든 환자가 자면서 내는 소리다. 그런데도 눈을 뜰 수가 없다. 주변이 확 바뀌었음에도 그는 악몽에 사로잡힌 포로일 뿐이다. 이제 그곳은 차안이 아니다. 그가 지금 앉은 곳은 딱딱한 침대 모서리다. 벌거벗은 다리가 꺾인 채 매달린 나뭇가지처럼 흔들린다. 손목에 번호가 적힌 띠를 두르고 있다.

"당신이 잘못한 건 없소." 악몽을 꾸며 단 한 번도 들어본 적 없는 목소리가 말한다. 그렇지만 그 주인이 누구인지 익히 아는 목소리다.

묘한 저음이 깔리기는 했지만 친근하게 들리는 목소리다.

목소리의 주인은 남자다. 아주 지독한 골초 혹은 후두염 환자인 모양이다. 아니면 둘 다거나.

"아닙니다. 나는 딸에게 해서는 안 될 실수를 저질렀습니다."

"그렇지 않아요." 목소리가 말한다. "당신은 실수를 저지르지 않았소."

지금껏 보지 못했던 문이 열리고 한 남자가 안으로 들어선다. 키가 크고 육중한 몸매의 남자다. 체구를 보니 목소리가 딱 어울린다. 얼굴에는 어두운 그림자가 드리워져 있다.

"내가 아니라면 누가 그랬죠?"

"그건 틀린 질문이오." 남자가 말했다. 그림자는 조금 밝아졌다.

"당시 내 개인병원에서 무슨 일이 일어난 거요?"

"흠, 한결 낫군. 내가 당신에게 쓴 편지에 자세히 설명했소."

편지?

"무슨 편지요? 무슨 말을 하는 건지 모르겠군요. 편지 같은 건 전혀 모릅니다. 난 딸의 이름도 기억하지 못하는걸요."

"무슨 소리, 넌 기억하고 있어." 목소리가 말했다. 목소리는 눈 깜짝할 사이 카스파가 잘 아는, 구체적인 얼굴로 변했다.

요나탄 브루크의 얼굴을 알아본 카스파는 비명을 질렀다. 그의 얼굴이 다시 영혼파괴자로 변하자 비명은 더욱 커졌다.

2시 58분
40분 앞으로 다가온 공포

"도대체 네놈 정체가 뭐야?"

톰 샤데크 목의 부풀어오른 핏줄이 그가 고함을 지르고 있다는 걸 알려준다. 하지만 카스파의 귀에는 뭔지 모를 어지러운 압력만 느껴질 뿐이다. 다시 정신을 차린 후부터 윙윙거리는 소리만 난다. 땀을 흘리고 있는데도 오싹 한기가 등을 훑는다.

"난 아무것도 몰라."

혀가 말린 자두처럼 쭈글쭈글 오그라들어 움직일 수조차 없다. 하지만 그런 것은 지금 카스파가 가진 가장 작은 문제일 뿐이다.

무슨 일이 일어난 거지? 지금 여기가 어디야?

팔과 다리를 들려고 해봐도 움직일 수 있는 건 고작 몇 밀리미터뿐이다.

나를 묶어놨구나.

카스파는 자신을 해부용 테이블에 묶어놓은 줄을 세차게 흔들었다. 곧장 왼쪽 팔꿈치에서 찌르는 듯한 통증이 어깨를 타고 올라와 관자놀이를 뒤흔든다. 핑 도는 것이 속에 있는 걸 모조리 게워낼 것 같다. 머리가 테이블의 차가운 알루미늄 판에 부딪히면서 참기 힘들 정도로 아프다.

맙소사! 톰이 약품 창고에서 마취총을 꺼내다가 나를 쏜 다음 병리학 실험실로 끌고 왔구나!

카스파는 할로겐등의 빛이 부셔 눈을 감았다. 두려움 때문에 언제 토할지 몰라 조마조마하다. 몸에 독소가 적잖이 퍼진 모양이다.

"나한테 대체 무슨 짓을 한 거야?" 카스파는 그렇게 물으면서도 자신의 목쉰 소리를 톰이 알아들을지 자신이 없다. 윙윙거리는 귓속 소리는 더욱 크게 들린다.

"엄살떨지 마. 마취제의 약효는 10분 정도뿐이야. 그 정도 시간은 벌써 지나갔어. 자, 이제 털어놓지. 넌 대체 누구야? 이 병원에서 노리는 게 뭐냐고?"

땀에 젖은 카스파의 머리가 바람에 날린다. 샤데크가 손에 부채를 들고 흔드는 통에 생겨난 바람이다. 종이 한 장이 떨어져내린다. 카스파는 그게 환자 진료기록카드임을 알아차렸다. 바로 자신의 것이다.

"이게 어디서 났냐고?" 톰이 물었다. "도서관에 있더군. 탁자 위에 떡하니 펼쳐진 채 말이야. 네 친구 요나탄 브루크가 우리 읽으라고 가져다 놓은 거야."

"그는 내 친구가 아니야." 카스파는 그렇게 말하며 자신의 팔에 꽂힌 주사기를 의아한 눈빛으로 바라보았다. 동시에 옆방에서 여전히 MRI 기계가 돌아가는 둔중한 소리를 듣는다. 가상 부검 프로그램이 아직도 돌아가는구나! 불길은 그 값비싼 기계를 조금도 어쩌지 못한 모양이다.

샤데크가 냉소를 지었다. "계속 아니라고 뻗댄다고 해결될 일이 아닐 텐데."

카스파는 낮게 깔린 안개처럼 시야를 가리고 있는 침침함을 떨어버리려고 몇 번 눈을 깜빡였다.

"자, 이제는 기억나지?"

샤데크는 검댕을 뒤집어쓴 편지봉투로 카스파의 이마를 때리고는, 그 안에서 듬성듬성 숯덩이로 구멍난 편지지를 꺼내들었다. 다시금 종이 탄 내가 허공을 채운다.

"이 필적 보이지?"

'N. H.에게' 하고 읽으며 카스파는 고개를 끄덕였다. 멋들어지게 흘려 쓴 필적을 알아보아서가 아니다. 불과 몇 분 전 여기 병리학 실험실에서 기억난 자신의 성 머리글자에 주목한 것이다. 하버란트.

이는 분명 자신의 과거를 이루는 또하나의 퍼즐 조각이리라. 라스펠트와 소피아는 어느 정도 시간이 흐르면 이런 것을 내놓으려 했겠지. 물론 지금 톰이 벌인 것과 같은 상황은 염두에도 두지 못했을 것이다. 구급대원은 봉투를 뒤집었다. 발송인의 머리글자가 고소인처럼 당당하다. J. B.

요나탄 브루크.

카스파는 어째서 내용물이 봉투보다 더 심하게 망가졌을까 의문을 품는다.

"내가 보기에는 네 친구가 단어를 고르느라 꽤나 애쓴 것 같더군. 최소한 무슨 뜻인지 알아볼 수 있게는 썼어." 샤데크는 불타 읽을 수 없게 된 단락과 문장에서는 연기라도 하듯 뜸을 들여가며 편지를 읽었다.

친애하는 동료에게,

……참으로 안타까운 사고가 일어났소. 하지만 내가 알기로 당신이 잘못한 건 없소이다. 왜냐하면……

이 대목에서는 이후 단락이 뭉텅 떨어져나갔다.

……그래서 이야기한 그대로 우리 계획을 지켜주시오. 될 수 있으면 크리스마스 이전에 토이펠스베르크 클리닉으로 가시오. ……그런 다음……

샤데크는 편지를 다시 환자 진료기록에 끼우고, 파일로 카스파의 뺨을 때렸다. 머리가 오른쪽으로 휙 돌아갈 만큼 강한 타격이다.

"친애하는 동료? 우리 계획? 이게 무슨 뜻이야, 엉? 이런 게 왜 네 기록에 나오는 거야?"

"나도 몰라."

"이제 장난 좀 그만 치지, 카스파. 아니, 미스터 'N. H.'라고 해야 하나. 이름이야 어쨌든 넌 저 미친놈하고 한패잖아."

샤데크가 카스파를 다시 한번 때렸다. 이번에는 파일의 날카로운 모서리로 이마를 찍는다.

"네가 아무리 발뺌해도 사실은 이래. 넌 영혼파괴자가 누구인지 알고 있어. 왜? 한참 전부터 알던 사이니까. 그리고 그놈이 널 여기로 불렀어. 동료로 말이야."

"아니야."

"좋아, 이거 말로는 안 되겠군……"

톰은 벌컥 화를 내며 수술도구들이 가지런히 놓인 철제 카트를 발로 찼다. 위에 있던 물건들이 와장창 소리를 내며 떨어진다. 허리를 숙인 톰이 날이 촘촘한 톱을 집어든다. 뼈를 자르는 데 쓰는 톱이다.

"그럼 다른 방법으로 네놈 자백을 들어야겠군."

3시 1분

이 모든 상황에서 카스파가 가장 견딜 수 없는 것은 톰에게 맞설 수가 없다는 점이다.

최소한 한 가지 점은 샤데크의 말이 전적으로 옳았다. 심지어 움직일 수 없는 증거를 내놓기도 했다. 카스파와 브루크는 서로 아는 사이가 틀림없다! 적어도 두번째 피해자, 즉 딸의 초등학교 선생인 카챠 아데시를 아는 만큼은. 지금은 몇 갈래 찢긴 조각으로만 남아 있는 자신의 진짜 인생에서 두 사람을 한 번 이상 보았던 게 분명하다. 하지만 그 계획이라는 건 도대체 뭘까? 크리스마스이브에 정신병원에서 실행해야 할 계획이라면, 분명 정신병자가 생각해낸 것이리라. 그게 바로 나 자신일 수도 있다!

나는 무슨 짓을 한 걸까?

카스파는 몇 개의 모자이크 조각이 모여 이룬 테두리와 윤곽을 어슴푸레 떠올려보지만, 끝내 전체 그림은 그려지지 않는다.

이 모든 게 어떻게 서로 연결될까?

의료 과실, 음주운전과 사고. 이런 것들은 그를 평생 따라다니리라.

카스파가 몰래 병원으로 숨어들려고 했다면, 어째서 바흐만은 의식을 잃고 쓰러진 그를 발견한 것일까? 게다가 개까지 데리고 왔다?

"다른 사람들은 어디 있어?" 카스파는 시간을 벌기 위해 물었다.

샤데크는 카스파의 머리맡에 서 있는 탓에 뭘 하는지 보이지 않는다. 그래서 더욱 끔찍하다. 완전히 꼭지가 돌아버린 구급대원이 무슨 짓을 저지를지 모른다. 뭔가 뿌리는 소리가 나는 것으로 미루어 약품으로 톱날을 소독하는 모양이다.

"여자들은 걱정하지 마. 도서관에 잘 가두어뒀으니까."

다시금 칙칙 뿌리는 소리가 난다.

"바흐만은?"

"지금 날 가지고 노는 거야? 그 작자와 같이 있었던 건 너잖아!"

카스파의 머리가 돌연 뒤로 젖혀진다. 워낙 세게 머리카락을 잡아당기는 통에 이러다가 가죽이 통째로 벗겨지는 것은 아닌지 덜컥 겁이 난다. 잔뜩 찡그린 톰의 얼굴이 불과 몇 센티미터 위에서 카스파를 노려본다. 입에 고인 침이 카스파의 눈에 떨어져내릴 것 같다.

"자, 뜸은 충분히 들였으니 본격적으로 쇼를 시작해볼까."

촉촉하게 젖어 번쩍거리는 톱날이 카스파의 시야에서 건들거린다. 자기도 모르게 침을 꿀꺽 삼키는 순간, 목젖이 눌리는 통증을 느낀다.

"잠깐, 안 돼, 제발……" 카스파는 목숨을 구걸하는 심정으로 벌거벗은 상체를 쭉 뻗으며 할 수 있는 한 가장 크게 소리를 질렀다.

"그래봐야 소용없어." 얼굴 위에 있는 머리가 말한다. "지금 너를 구해줄 수 있는 유일한 건 진실이야. 있는 그대로 어서 털어놔."

"뭘 알아야 털어놓지."

"어째서 내가 지금 그 말을 믿을 거라고 생각하는 거지?"

카스파는 격렬하게 고개를 흔들며 식도를 타고 올라온 위산을 간신히 다시 삼켰다.

"너도 지금 보고 있잖아. 네가 아무리 그래도 난 아무것도 기억 못해. 이래도 모르겠어?"

샤데크는 흉터가 있는 손바닥을 펼쳐 카스파에게 보여줬다.

"내가 아버지 이야기를 한 적 있지." 톰이 말했다. "어머니가 감자 수프 간을 못 맞췄다고 주정뱅이가 날뛰던 그날, 아무래도 죽사발 만든 걸로는 성이 안 찼나봐. 아예 내 손을 와플 기계로 구워버리더군."

톰의 손이 다시 사라졌다.

"어머니의 턱을 부숴버리고 나서 그는 술집으로 갔지. 다시 집으로 돌아왔을 때 어머니는 집에 없었어. 병원에 실려갔거든. 내 남동생과 여동생도 데리고 갔지. 나만 집에 남아 아버지를 기다렸어. 마침내 그와 끝장을 보려고 말이야. 하지만 난 그를 과소평가했어. 술집에 있는 술의 거의 절반을 마셨는데도 사냥개처럼 강했거든."

샤데크는 다시 테이블 옆으로 비켜섰다.

"내 손을 와플 기계에 집어넣고 묻더군. 동생들은 어디 있느냐고. 나는 살려달라고 악을 썼지. 제발 그만두라고 통사정을 해도 그는 웃기만 하더군. 내가 그날 뭘 배웠는지 알아?" 톰은 나직한 목소리로 위협하듯 묻고 나서 스스로 대답했다. "폭력만으로는 얻어낼 게 많지 않다는 거야."

톰은 톱을 던져버렸다. 카스파는 안도의 한숨을 쉬었다.

"참을 수 없게 아팠지만, 난 입을 꾹 다물고 한마디도 안 했어. 그 주정뱅이는 살 타는 냄새가 진동하자 그제야 나를 놓아주더군. 내가 정말 모르는 줄 알았나봐. 술밖에 모르는 꼴통. 살면서 단 한 번만이라도 의학사전을 들춰보았더라면 나한테서 원하는 걸 끌어낼 수 있었는데."

"그게 무슨 뜻이지?" 카스파가 물었다. 막연한 두려움이 안도감을 찍어눌렀다. 샤데크는 다시 껄껄 웃었다.

"조바심 내지 마. 보여줄게. 넌 그래도 의사잖아. 티오펜탈*이라고 들어봤지?"

"바르비투르산!" 카스파가 거의 자동적으로 외쳤다. **약효가 매우 강해 투약 후 불과 몇 초면 완전한 의식불명상태에 빠진다. 마취의학에서 전신마취를 할 때 쓴다.**

"제대로 알고 있군." 샤데크가 비죽 웃었다. "투여량을 높이면 완전히 최면에 걸려 넌 완전히 딴 세상으로 가지. 양을 적게 쓰면 전신경련을 일

* 정맥주사용 마취제로, 정확한 명칭은 티오펜탈나트륨.

으키고 말이야. 강요하거나 통제하지 않아도 알아서 술술 불게 돼. 바로 그래서 비밀정보기관이 취조를 할 때 아주 즐겨 쓰지. 자, 어때? 이 병원 약품 창고는 재고가 풍부하더군."

샤데크는 카스파의 팔꿈치 부분을 가리켰다.

"섣불리 움직이지 마. 허튼수작했다가는 정맥이 아니라 네 눈에 티오펜탈을 뿌려버릴 테니까."

3시 3분

현대 전설의 세계에서 얼치기 전문가들이 금과옥조처럼 여기는 신화 가운데 이른바 '자백제'라는 게 있다. 고문 기술자가 상대의 의지를 꺾고 원하는 대답을 얻어낼 수 있게 해주는 화학물질이 실제로 존재한다고 믿는 것이다. 일단 혈관 속으로 들어가기만 하면 아무리 철저하게 숨긴 비밀일지라도 털어놓게 만드는 그런 물질 말이다.

그러나 현실은 다르다. 지금 이 순간 카스파가 사로잡혀 있는 상황은 훨씬 더 끔찍하다. 그런 물질의 심각성은 우리 인간에게 일말의 희망도 남겨놓지 않는다는 데 있다.

지금 톰이 카스파에게 주사한 마취제는 인간의 가장 내밀한 비밀들을 쓸어다가 감추어놓은 생화학 양탄자를 들춰낸다. 마취 전문의라면 이는 누구나 아는 현상이다. 환자들이 수술 직전 자신도 모르는 사이 그동안 저지른 죄악을 털어놓는 바람에 마취 전문의는 졸지에 고해신부가 되어버리고 만다. 특히 여자들은 그동안 숨겨온 성적 욕구를 줄줄 쏟아내곤 한다. 티오펜탈이 뇌라는 통제센터를 무력하게 만들기 때문이다. 그러나 이로써 드러나는 것은 의도적으로 억눌러온 생각들일 뿐, 무의식이라는 영혼의 폐허에 흩뿌려진 것들은 전혀 모습을 드러내지 않는다.

"잠깐, 멈춰, 안 돼, 기다려……" 카스파는 조금이라도 시간을 끌어보려고 다급하게 외쳤다. 뭔가 차가운 것이 안에서부터 그의 왼팔을 마비시킨다. 카스파는 톰이 혈관 속으로 얼마나 많은 양을 주사하고 있는지 볼 수 없다. 그렇지만 족히 반 리터는 될 냉매를 집어넣은 것처럼 느껴진다.

"걱정 마, 주사 놓는 법은 알고 있으니까. 아버지에게 처음으로 놔봤어. 취한 상태 그대로 영영 잠들어버렸지. 그때는 치사량이었지만, 지금은 아냐. 무슨 말인지 알지?" 톰은 개가 짖듯 웃어젖혔다. "자, 이제 네 차례야. 어서 고해를 해봐."

구급대원의 말은 텅 빈 성당에서처럼 묘한 울림을 낸다. 주기적으로 쿵쿵거리며 돌아가는 MRI 기계 소리와 섞인다. 하지만 지금 그 쿵쿵 소리는 잦아들었다. 누군가 지금껏 열려 있던 방음문을 닫아버린 것 같다.

"저기…… 지금 막 생각났는데 말이야." 카스파는 거짓말을 했다. 마침 떠올랐던 생각은 다시 저 의식이라는 바닥에 깔린 안개 속으로 사라진다. 마취제가 모든 것을 뒤죽박죽 뒤섞는 약효를 나타내기 시작했다.

"듣고 있어." 톰이 말했다. 냉기가 온몸으로 퍼져나간다.

이제 냉기의 그물은 어깨를 돌아 심장까지 낚아챈다.

"너 좀 전에 뭐라고 했지?" 카스파는 그럴 생각이 조금도 없는데 입에서 실실 웃음이 나온다. 이런 미칠 노릇이 있나. 톰은 전문가가 아니다. 구급대원이 카스파의 체중을 조금이라도 잘못 계산해 티오펜탈을 몇 밀리리터 더 투여했다가는 불과 몇 초 안에 카스파는 안락사의 운명을 맞을 것이다. 하지만 그전에 마취제는 두려움을 잊게 해주면서 온갖 잡생각이 동시에 저마다 귀기울여달라고 아우성치게 만든다. 카스파는 멋대로 아무 말이나 주워섬기려는 입을 막기가 몹시 힘들다고 느낀다.

"너 아까 그걸 뭐라고 했지?" 카스파는 팔뚝의 주사기를 바라보며 누군가 얼굴에 찬물을 끼얹어주길 간절히 바랐다. 그래야 의식을 잃지 않을 텐데.

"티오펜탈?" 바로 옆에 서 있는데도 샤데크의 말소리는 아주 멀리서 들려오는 것 같다.

"아니, 아니, 그거 말고……"

카스파는 다시 감기는 눈을 몇 번이고 깜빡이며 안간힘을 쓴다.

물론 티오펜탈이라고도 했지.

카스파는 되는 데까지 고개를 들어 메슥거리는 속을 달래려 하지만, 그럴수록 약효는 빨리 퍼져나간다. 목을 뻗을수록 맥이 풀리면서 몽롱해진다. 기억이라는 이름의 열차는 이제 중요한 첫번째 중간 역에 도착한다.

"최면!" 카스파가 그렇게 말하는 순간 목뼈가 우두둑한다. 너무 심하게 고개를 움직였던 것이다.

"네가 그랬잖아, 최면이라고! 날 풀어줘. 그게 해답이야."

3시 6분

압박감은 줄어들었지만 냉기는 남았다. 동시에 카스파는 아주 불편하게 취한 기분이다. 심장은 망가진 CD처럼 뛴다. 멀쩡했다가 찍찍거리고 훌쩍 앞으로 건너뛰었다가는 다시 벌떡인다. 이러다 그대로 멎는 것은 아닐까 식은땀이 난다.

아프다, 몹시 아프다. 찌르는 아픔에 숨이 막힌다. 비록 술 취한 사람 같지만 그래도 말은 간신히 할 수 있다.

"그게 해답이라니까." 다시 한번 강조한다.

"뭐? 그게 무슨 뜻이야?" 톰이 두 번이나 같은 말을 반복하고 나서야 카스파는 이해한다.

"소, 소피아 손에 있던 퀴즈 쪽지 말이야." 말을 더듬는다.

"이름이 속일지라도 이것은 깨어 있음이라?"

"그래."

"그래서?"

"그 답은……" 카스파는 침을 삼킨다. 목이 바짝 타면서 혀가 두 배는 커진 것 같다.

"그 답은 '최면'이라고."

"뭐야? 무슨 소린지 통 모르겠네."

"최면이라는 말은 그리스의 '히프노스'에서 왔지. 히프노스는 잠의 신이야."*

카스파는 자기 목소리가 남의 것처럼 들리는 아주 비현실적인 기분에 사로잡힌다. 바다 건너 먼 나라에 전화할 때 시차 때문에 고스란히 반복해 울리는 목소리를 듣는 기분. 그래도 카스파는 어떻게든 완성된 문장을 말하려 애쓴다.

"염병할, 그게 무슨 말이야?" 샤데크가 어리둥절한 표정으로 물었다.

카스파는 호흡에 집중한다. 숨을 깊이 들이마신 다음 셋까지 세고 나서 대답한다. "예전 과학은 최면이 잠과 비슷한 상태라고 보았지. 그건 잘못된 생각이야. 오히려 거꾸로 보는 게 정답이지."

카스파는 눈을 감은 채 큰 소리로 말했다. 잠에 빠져드는 것을 막아보려는 안간힘이다.

"최면에 걸린 사람은 깨어 있어. 다만 스스로 통제할 수 있는 의식의 영역이 좁아진 거야. 영혼파괴자에게 당했던 피해자들처럼. 소피아도 마찬

---

* 최면의 독일어는 'Hypnose'이다.

가지고. 이해하겠어? 영혼파괴자는 그들에게 최면을 건 거라고! 이름이 속일지라도 이것은 깨어 있음이라."

"헛-소-리!" 샤데크는 한 글자씩 끊어가며 병리학 실험실이 떠나가라 소리를 질렀다. 그의 고함이 알루미늄 냉동고에 부딪혀 쩌렁쩌렁한 울림을 만든다.

카스파는 눈을 떴다. 강렬한 빛줄기와 같은 두통이 망막을 통해 그의 머리를 꿰뚫는다.

"어째서 헛소리야?" 카스파는 맞고함을 쳤다. 적어도 그 자신은 목청을 높였다고 생각했다. 하지만 그게 고함이었는지는 장담할 수 없다. "지금은 네게 다 설명할 힘이 없어. 아냐, 안 돼. 잘 들어!"

허리를 일으켜 세우려 하지만 주사기가 꽂힌 팔을 1밀리미터도 꼼짝할 수 없다. 샤데크가 양손으로 찍어누르고 있기 때문이다.

"네게는 맑은 정신의 내가 필요해."

"어째서?"

"노포르." 카스파는 쿨럭이며 기침을 했다. 이 한마디가 그렇지 않아도 매연으로 손상된 목구멍을 더욱 찢어놓는다. 타들어가는 듯한 갈증을 느낀다. 내면에서 무언가 자신의 일부가 샤데크더러 남은 마취제를 남김없이 주사하라고 보챈다. 머리가 깨질 듯한 통증이 끝내 사라질 수 있도록. 하지만 여기서 살아 나가려면 이대로 무너질 수는 없다.

"소피아는 우리에게 문제를 풀 열쇠를 준 거야." 그렇게 말하며 카스파는 톰과 눈길을 맞추려 했다.

"영혼파괴자는 피해자에게 최면을 걸어 죽음의 잠에 빠지게 만들었어. 깬 상태와 잠든 상태를 쳇바퀴 돌듯 맴도는 고통을 맛보게 한 거야. 혼자 힘으로는 절대 빠져나올 수 없는 지옥의 고통을!"

"최면?" 샤데크는 믿기 어렵다는 표정을 지었다.

"그래, 최면!"

충격, 경악, 혼란, 불안, 분열, 교란.

카스파는 개별적으로든 복합적으로든 실험 대상자의 행동이나 생각을 제3자가 마음대로 조작하고 유도할 수 있는 요소에 어떤 것이 있는지 알고 있었다.

"헛소리 좀 그만해!" 샤데크가 소리지른다. "사람에게 강제로 최면을 걸 수 없다는 건 누구나 알아."

"천만에! 그건 상황에 따라 다르지." 카스파는 약하지만 또렷하게 오금을 박았다. 힘주어 강조해서 말하느라 턱을 앞으로 내민 것은 큰 실수였다. 스스로 동작을 통제할 수 없는 탓에 머리가 반동을 일으키며 0.5초라는 빠른 속도로 테이블에 쾅하고 나가떨어지고 말았다. 다시 한번 눈부신 빛이 감은 눈꺼풀 사이로 흘러들어오며 과거의 참혹했던 장면을 떠올리게 만든다. 할 수만 있다면 갈가리 찢어버리고 싶은 악몽의 순간을! 곱슬곱슬한 금발의 예쁜 소녀가 한사코 도리질을 치며 치료를 받지 않겠다고 한다.

오, 안 돼! 내가 무슨 짓을 저지른 거야. 싫다는 딸에게 그만……

"그런 동화 같은 이야길랑 할리우드나 가서 해보지." 샤데크는 화가 잔뜩 난 목소리로 투덜거렸다. "평범한 시민에게 최면을 걸어 폭탄 테러범으로 만든다? 길 가는 사람을 붙들고 '푸른 편자' 하고 주문을 외우면 자살을 한다? 살고 싶어서 못하는 소리가 없군! 그래, 또 지껄여봐. 왜? 더 생각나는 게 없어?"

"이러지 마." 카스파가 톰의 말을 잘랐다. "증명할 수 있어. 어서 나를 깨워줘."

"꿈이나 계속 꾸시지." 톰은 다시 주사기를 잡았다.

"잠깐, 멈춰, 안 돼!" 카스파의 머리를 채운 봇물 터진 생각들은 이미 위험수위를 넘고 있었다. 정상적인 의사소통이 이뤄질 수 있도록 생각들의 범람을 막아주는 댐이 이제 막 무너지려 한다. 정통의학은 실제로 누구에게도 강제로 최면을 걸 수 없다고 가르친다. 하지만 피해자가 자신이 최면에 걸리고 있다는 것을 전혀 모른다면? 충격이나 트라우마 또는 마약 등으로 거부 의지를 무력화한다면?

카스파는 샤데크에게 냉전 시대의 'CIA 프로젝트'에 대해 이야기해주고 싶었다. 세뇌라는 것이 군사적으로 매우 유용하다는 데 착안해 최면술을 집중적으로 연구했던 프로젝트는 충격적인 결과를 보여준 바 있다. 이때의 연구 성과를 담은 기록인 '아티초크 비망록'을 카스파는 철두철미 외울 수 있다. 그 이유를 알 수 없지만.*

혈압을 측정한다는 구실로 타깃 인물로 하여금 긴장을 풀도록 유도할 수 있다. 혈액검사를 빙자해 마약을 투여하는 것은 아주 간단한 일이다. 시력검사를 핑계로 아주 작은 빛을 이용해 실험 대상자에게 최면을 걸 수도 있다. 또는 깜빡이는 빛을 주시하게 만들어 원하는 상태를 이끌어낼 수도 있다. 불빛을 지켜보는 동안 구두로 암시를 주는 것이다.

카스파는 톰에게 비타민 주사 이야기도 들려주고 싶었다. 실험 대상자에게 비타민 주사라고 해놓고 실제로는 바르비탈산염을 투여하는 것이다. 읽기만 해도 잠재의식이 변한다는 '알츠너 조서'라는 미스터리한 문서도 있다. 어디 그뿐인가? 카스파는 윤리위원회의 감사 보고서도 인용하고 싶었다.

아주 강한 심적 고통을 주거나 심리 테러에 속하는 고문을 하고 나면 실험 대상자는 쉽게 과중한 쇼크상태에 빠지고 만다. 이때 약물을 복용케 함으로써 본인의

---

* 프로젝트의 공식 명칭은 '프로젝트 아티초크'로 1951년에서 1953년에 걸쳐 집중적으로 인간의 의식 컨트롤 방법을 연구했다.

의지와 상관없이 최면에 의한 혼수상태에 빠뜨리면 그 사람의 의식을 지배하고 조종할 수 있다.

이 모든 게 카스파의 혀끝에서 맴돌았다. 그렇지만 이야기를 끌고 갈 힘이 없다. 고열을 동반한 피로는 그동안 카스파의 성대를 마비시킴으로써 뭐가 뭔지 모를 외마디만 중얼거리게 만든다.

"그러니까 너도, 너는 할 수……"

"뭐라고?"

"……너도 역시."

"무슨 말을 하는 거야?"

"나한테 최면을 걸 수 있어."

카스파는 때마침 옆에 있던 유리조각을 손에 그러쥐고 자신의 허벅지를 힘껏 찔렀다. 등줄기를 타고 올라오는 아픔에 정신이 혼미해진다.

"어떤 상황이냐에 따라 달라지지. 지금만 해도 난 네 손에 속수무책으로 당할 수밖에 없잖아. 네가 그 독극물을 더 많이 주사할수록 그만큼 더 쉽게 나를 조종할 수 있어." 카스파는 다시 기침을 했다. 이번에는 침을 삼키다가 사레가 걸린 것이다.

"그렇더라도 몇 주나 그런 상태가 지속된다는 게 말이 돼?" 샤데크는 주먹으로 테이블을 쾅 쳤다. "죽을 때까지 최면을 건다는 것도 말이 안 되는 소리야. 그럼 첫번째 피해자는 최면에 걸린 채 죽었다는 거야? 이제 보니 넌 의사도 아닌 것 같아. 네가 의사라면 조금이라도 잘못된 최면은 이내 자연스러운 수면상태로 넘어간다는 것쯤 알아야 하는 거 아냐? 그럼 누구나 저절로 잠에서 깨어나지, 어떤 경우에도 죽음에 이르지는 않는다고!"

천만에. 난 의사야. 이제 카스파는 확신을 가졌다. 기억이 갈수록 빠른 속도로 꼬리를 물고 떠올랐다. 지금 여기가 라스펠트의 집무실이라면 자신이 의사라는 것을 증명할 수도 있다. 거기에는 모든 정신과 전문의의 인적 사항을 망라한 명부가 갖춰져 있을 것이기 때문이다. 카스파는 자신에 관한 기록을 선명하게 떠올렸다. 의학박사 니클라스 하버란트, 신경정신병학 그리고 심층 최면의학 전문가.

"자네 말이 맞아." 카스파는 톰이 티오펜탈을 추가로 투여하기 전에 그를 달래려 시도했다.

"원래 최면요법은 위험한 게 아냐. 최악의 경우는 라포르*를 잃어버리는 거지……" 카스파는 전문용어를 막힘없이 구사하는 자신에게 새삼 놀랐다. "그러니까 최면 시술자가 환자의 이야기에 귀를 닫거나 환자가 시술자의 명령에 전혀 반응을 보이지 않는 거야. 그 점에서 자네 말은 옳아. 그럴 때는 기다리는 수밖에 없지. 언젠가는 깨어나게 되어 있으니까. 그러나 우리가 지금 문제삼고 있는 것은 전혀 예상하지 못한 사고가 일어나는 경우야. 이를테면 최면 쇼를 벌이는 무대에서 최면술사가 객석에 앉아 있던 여자에게 최면을 걸었더니 돌연 무대 위로 올라가려다가 오케스트라 석에 굴러떨어져 다리가 부러지는 것이랄까. 이런 경우는 의도된 게 아니라 부주의에 의한 과실 상해라고 하겠지. 하지만 상대를 의도적으로 해치기 위해 최면을 거는 게 가능한가 하는 문제는 지금껏 누구도 연구하지 못했어. 무슨 말인지 알겠어?" 카스파는 이제 거의 속삭이는 투로만 말할 수 있다. 이야기를 하면서도 톰이 알아듣게끔 또렷이 발음했는지 자신할 수가 없다. 지금 그의 지각능력은 제로에 가깝다. 자기 자신을 통제하지 못하면서 최면술 강의를 하다니 기묘한 역설이 아닐 수 없다. 하긴 정신병원에 갇힌 환자가 알고 보니 정신과 의사라는 상황도 기가 막히기는 마찬가지 아닌가.

---

* 최면요법이나 정신분석 치료에서 시술자와 환자 사이에 이루어지는 교감 내지 소통. 프랑스어에서 온 개념이다.

"만약 실제로 누군가 의도적으로 어떤 사람을 각성 혼수에 빠뜨리거나 심지어 죽음이라는 상황까지 몰아갈 수 있는 최면기법을 개발했다면, 그게 뭔지 전공서적을 통해서는 결코 알 수 없어. 법으로 철저하게 금지된 생체실험을 통해 알아낸 것을 공개적으로 발표하지는 않았을 테니까. 지금 내가 가장 두려워하는 것은 바로 그런 실험이 여기서 벌어지고 있는 게 아닐까 하는 짐작이야. 여기, 이 병원에서 말이야. 우리는 다름아닌 실험 대상자들이고!"

카스파는 자신의 마지막 말이 전혀 효과가 없지는 않다는 것을 직감했다. 톰은 두 손으로 자신의 머리를 감싸안고 뭔가 골똘히 생각에 잠겨 멍하니 허공만 바라보았다. 카스파는 때를 놓칠세라 설득의 고삐를 바짝 죄었다. "제발 나를 풀어줘. 어떻게 하면 소피아를 죽음의 잠에서 구해낼지, 우리 모두 여기서 무사히 빠져나갈 수 있을지 알 것 같아."

샤데크는 의혹을 떨치지 못하는 표정으로 입술을 굳게 다물고 손으로 머리를 쥐어뜯었다. 그의 한숨 소리를 들으며 카스파는 자신을 짓누르던 압박감이 줄어드는 것을 느꼈다. 주사기는 이제 팔에 꽂혀 있지 않고 수술도구가 담긴 철제 카트에 놓여 있다.

"조금이라도 수상한 짓을 했다가는 완전히 끝장을 내버릴 거야!"

구급대원이 카스파의 왼손을 묶고 있던 끈을 풀어줬다. 바로 그때 도저히 믿을 수 없는 일이 벌어졌다. 병원 어딘가에서 전화벨이 요란하게 울리기 시작한 것이다.

3시 9분

"아냐, 멈춰……"

뒤도 한 번 돌아보지 않고 복도로 달려나가는 샤데크의 등에 대고 카스파가 외쳤다.

함정이야! 카스파는 경고하고 싶었지만 목소리가 나오지 않았다.

자유로워진 왼손을 짚고 일어난 카스파는 옆으로 몸을 돌려 떨리는 손가락으로 오른손에 묶인 끈을 풀었다. 실내조명은 같은 빛인데도 아까와 색감이 다르다. 귀에 들려오는 소리도 다르다. 옆방에서는 저 MRI 기계가 여전히 테크노 음악 같은 몽환적인 박자로 돌아가며 쿵쿵거린다. 말뚝을 박는 듯한 망치 소리가 점점 빨라지며 밖에서 들리는 전화벨 소리를 뒤덮는다. 도무지 있을 수 없는 저 전화벨 소리의 정체는 뭘까? 전화선이 끊어졌는데도 벨이 울린다? 게다가 저렇게 날카롭고 큰 전화벨 소리는 처음 듣는다. 지하실까지 저런 소리가 들려온다는 것도 이상하다.

혹시……

카스파는 일어서려고 손을 뻗었다. 그러나 허공만 움켜쥐는 바람에 돌바닥에 그대로 쓰러져버리고 만다.

왼쪽 어깨에서 뚝 소리를 들었다고 여긴 순간, 카스파는 울부짖었다. 의식만 마비되어갈 뿐 뇌의 고통감지센터는 끄떡없이 작동하는 모양이다. 기왕 마비되려면 모두 다 쉬면 안 되는 것일까.

그는 철제 카트를 자기 쪽으로 넘어뜨린다. 무릎 바로 앞에 떨어진 외과용 메스를 향해 손을 뻗었다가 마음을 바꿔 톰이 두고 간 주사기를 움켜쥔다. 자기방어를 위해서는, 비록 남은 약의 양이 얼마 되지 않을지라도 이쪽이 효과가 더 빠를 터였다.

발을 잘못 내디뎌 유리조각이 발바닥에 박히자 카스파는 외마디 비명을 질러야 했다. 벽에 몸을 기대고 잠시 쉬었다가 다시금 출구로 향한다. 출구까지 불과 몇 걸음인데도 카스파의 눈에는 모든 게 흐느적거리기만 한다. 다가갈수록 멀어지는 것 같다.

아차 하는 순간, 균형을 잃고 쓰러졌다. 또다시 다친 발을 자기도 모르게 디딘 것이다. 아무려나 통증 덕분에 완전히 무너지지는 않는다.

카스파의 안에서 도저히 풀 방법이 없어 보이는 갈등이 한바탕 법석을 피운다. 한편으로는 다시 영혼파괴자가 아래로 내려오기 전에 도망가고 싶은 마음이 굴뚝같다. 다른 한편에서는 이대로 누워 그냥 끝없이 자고 싶기만 하다.

잠! 그 단어를 떠올리는 순간 갑자기 다시 연기 냄새가 난다. 물론 아까 불을 질렀던 방사선과 촬영실이 같은 복도에 자리잡고 있기 때문이리라.

어째서 소피아는 깊은 잠에 빠져들지 않은 것일까?

어찌어찌 승강기까지 다다른 카스파는 호출 버튼을 눌렀다. 지금 상태로 계단을 올라간다는 것은 생각조차 할 수 없다. 계단 턱 하나하나가 도저히 넘어설 수 없는 장애물이다.

카스파는 닫힌 승강기 문에 이마를 기대고 MRI 기계의 소음과 1층을 어지러이 뛰어다니는 톰의 구둣발 소리를 듣는다. 이제 전화벨 소리는 멈추었다.

톰이 옳았어. 어째서 피해자들이 그냥 깨어나지 못한 걸까? 왜 모두 손에 퀴즈 쪽지를 쥐고 있었을까?

승강기를 잡아매고 있는 쇠줄이 관절염에 걸린 다리처럼 삐걱거린다. 순간, 카스파의 머릿속에 팟 하고 불이 들어온다.

잠깐만……

해답은 아주 가까이 있다는 생각이 스친 것이다. 카스파는 멍하니 믿기 어렵다는 표정을 지었다.

토포르. 죽음의 잠. 그랬구나.

우린 눈뜬 장님이나 다름없었어.

바로 눈앞에서 벌어지는 일을 이토록 까맣게 몰랐다니! 소피아가 보여주는 모든 증상은 최면에 의한 게 틀림없다. 그것도 아주 뻔뻔하고 간악한 최면술사에게 조종당하고 있는 것이다.

브루크는 소피아의 과거에서 가장 예민한 부분, 민감하기 짝이 없는 깊은 상처를 건드렸으리라. 워낙 강한 쇼크를 안긴 탓에 생각만 해도 부들부들 떨게 되는 아픔을! 아마도 그건 그녀의 전남편이 딸을 빼앗아가는 순간이었으리라. 그런 다음 영혼파괴자는 의도적으로 소피아와 연결되는 끈을 끊어버린 것이다. 다른 피해자들도 마찬가지였겠지.

그러니까 영혼파괴자는 라포르의 단절을 일부러 유도함으로써 소피아가 외부의 자극에 반응하지 않게 만든 것이다. 자기 외에 그 누구도 소피아에게 다가갈 수 없도록! 소피아가 세상으로부터 완전히 고립되도록!

하지만 최면의 결정적인 마지막 단계를 실행하려는 순간, 리누스가 나타났다. 리누스가 지켜보는 바람에 최면을 완성할 수 없었다. 바로 그래서 불완전한 최면상태에서나 볼 수 있는 일들이 벌어지는 것이다. 꿈과 현실을 오가며 소피아가 계속해서 문득문득 깨어난다!

카스파는 의식이 돌아온 짧은 순간 동안 아쉬운 듯 탄식을 흘리며 반짝이던 소피아의 눈빛을 떠올렸다. 다시 몽환상태로 빠지기 전에 뭔가 간절히 전하고 싶어하던 그 눈빛을.

그때 우리는 그녀를 구해줄 수 있었어!

단 한 마디면 각성과 몽환을 오가는 악순환의 고리를 끊어버릴 수 있었는데! 영혼파괴자가 설정해놓은 명령을 지워버릴 수 있었을 텐데! 눈을 뜨고 동공에 빛이 닿기만 하면 다시 최면상태로 빠뜨리던 그 저주를 풀어버렸어야 했다.

오, 주여!

카스파는 주먹으로 승강기 문을 쳤다. 어서 빨리 아래로 내려오라고 채근이라도 하듯. 그러나 머리 위에서 굽어보고 있는 승강기 계기판은 좀처럼 움직일 줄 모른다.

차라리 계단으로 갈까.

카스파는 다친 다리를 끌며 옆걸음으로 걸었다. 다시 넘어질까봐 전전긍긍하면서. 한 계단씩 다리를 끌며 간신히 올라간다. 하나 올라가고 남은 다리를 끌어올리는 식이다.

이토록 간단했거늘. 퀴즈의 해답이 곧 문제의 해결이었던 것을!

3시 11분

카스파는 다친 손으로 자신의 가슴을 눌렀다. 그 압력으로 걸음을 뗄 때마다 빨라지는 심장박동을 막기 위해서다.

"톰?" 카스파는 큰 소리로 구급대원을 불렀다. 지금껏 추정해낸 것을 그에게 알려주고 싶었다. 그 추정이 맞다면 앞으로 일어날 일을 예측할 수 있다.

다시 말해 최면에 의해 몽환과 각성이 번갈아가며 되풀이되는 게 분명하다면, 다음번 각성이 일어나기까지 기다려야 한다. 소피아가 다시 눈을 떴을 때 그 최면을 풀 수 있는 결정적인 단어를 말해주는 것이다. 그게 정확히 뭔지는 아직 모르지만…… 지금까지 받은 심적인 상처가 너무 크지 않다면 소피아는 자기 의식을 스스로 통제할 힘을 회복할 것이다. 아니면 차라리 깊고 은혜로운 영원한 잠에 빠지거나.

"톰?"

마지막 힘까지 쥐어짜가며 다시 한번 큰 소리로 불렀지만 아무 대꾸가 없다.

카스파는 마침내 마지막 계단을 지나 1층으로 올라섰다. 피를 흘리는 발이 병원 라운지의 크림색 양탄자 위에 첫 흔적을 남긴다. 이제 보니 승강기는 나무쐐기를 꽂아둔 탓에 움직이지 못하고 문만 열렸다 닫혔다를 되풀이하고 있다. 나무쐐기를 치우는 게 좋을지 카스파는 잠깐 생각했다. 하지만 승강기 내부 공간에서 빛이 전혀 새어나오지 않는 탓에 카스파는 불안한 마음을 가눌 수가 없다. 쐐기에 손대는 순간, 영혼파괴자가 튀어나와 덮치는 것은 아닐까?

카스파는 먼저 도와줄 사람부터 찾기로 했다. 톰은 어디 있는 걸까?

주사기 하나로만 무장하고 정체불명의 위험에 맞서고 싶지는 않다. 카스파는 도서관 쪽으로 향하는 어두운 복도를 바라보았다.

저기 저 문은 왜 열려 있지?

불과 몇 미터 앞 식당에서 새어나오는 벽난로 불빛에 반짝이는 물체를 발견하고 카스파는 눈이 튀어나올 것처럼 놀랐다.

카스파는 자기도 모르게 한 걸음 물러서며, 복도에 쓰러진 채 버려진 물건을 뚫어져라 노려보았다. 그것은 크롬 바퀴살이 맥없이 돌아가고 있는 소피아의 휠체어였다.

3시 12분

나는 니클라스 하버란트다.

카스파는 가운뎃손가락으로 휠체어 바퀴를 멈추며 눈을 질끈 감았다.

"소피아?" 카스파는 그녀의 이름을 부르며 벗은 발로 육중한 문을 밀었다.

나는 니클라스 하버란트다. 신경정신병학 의사다.

그의 입술은 소리내지 않고 교과서를 읽는 어린아이처럼 오물거린다.

카스파는 거듭 저 사악하기 짝이 없는 최면을 풀 마법의 주문을 어떻게 찾을까 하는 생각에 골몰했다. 어쩐지 도서관에서라면 찾아낼 수 있을 것 같았다.

나는 니클라스 하버란트다. 신경정신병학 의사이며 특히 최면의학 분야의 전문가다.

손에 들고 있던 주사기를 꼭 움켜쥔다. 천천히 도서관 안으로 들어간다. 벽난로 앞에 어떤 형체가 보인다. 눈을 감는다.

나는 니클라스 하버란트다. 신경정신병학 의사이며 특히 최면의학 분야의 전문가다. 그리고 실수를 저질렀다.

눈을 다시 떴다. 형체는 그대로 있다. 불이 타고 있는 벽난로 앞에 놓인 의자에 앉아 꼼짝도 하지 않는다. 피부는 차갑게 식어버린 잿더미처럼 창백한 회색이다.

그레타 카민스키는 가슴에 턱을 묻고 있다. 오른손은 힘없이 바닥에 늘어뜨렸고, 왼손은 무릎에 포개고 있다.

뻣뻣하게 굳어 인형처럼 보인다. 그저 입김만 살짝 불어도 옆으로 쓰러질 것 같다.

일순 카스파는 노파가 의자에서 미끄러지며 머리를 바닥에 부딪히는 모습을 보는 듯한 착각에 빠졌다. 그녀의 몸이 그가 지켜보는 앞에서 잿더미로 변해버리는 것은 아닐까.

카스파는 그녀의 이름을 소리 죽여 부르며 조심스럽게 다가간다. 그녀의 가슴이 오르락내리락하는 것은 현실일까, 벽난로의 불꽃이 만들어내는 환상일까? 카스파는 뭐라 말할 자신이 없다.

톰? 야스민? 그들은 어디 있지? 주변을 두리번거리며 카스파가 묻는다. 맥이 뛰는 목도, 새파랗게 질려 떠는 입술도 보이지 않는다. 주위에 뭔가 살아 있는 기척은 아무것도 없다.

카스파는 겨우 팔 하나 길이 정도 그레타에게서 떨어져 있다. 무릎을 꿇고 그녀의 얼굴을 살핀다. 행여 다치게 할까봐, 주사기는 발 옆 양탄자에 내려놓는다. 그녀에게 말을 걸어본다. 그러자 돌연 모든 일이 순식간에 일어났다. 처음에 죽음의 비명을 듣고 그 뒤에 금속성 충격음을 들은 것인지, 아니면 그 반대인지 카스파는 분간할 수가 없다. 어떻게 해서 그토록 빨리 복도로 뛰어나온 것인지도 카스파는 몰랐다. 무자비하게 싸우는 소리가 나는 승강기 쪽을 향해 정신없이 뛰었다. 문이 활짝 열려 있고 그 안에서 빛이 흘러나온다. 조그만 손전등 불빛이 가느다란 손가락처럼 떨며 바흐만의 관리실 쪽을 비추고 있다. 카스파가 서 있는 곳에서 승강기 안을 들여다보기에는 통로가 너무 좁고 아직 거리가 멀다. 확실하게 알 수 있는 유일한 것은 저 승강기의 광센서를 가로막고 있던 쐐기가 치워졌다는 점이다. 종아리와 발만 보이는 헐벗은 다리가 승강기에서 비죽 나와 있다. 소피아의 나머지 몸은 이미 영혼파괴자의 손에 의해 어두운 승강기 안으로 끌려들어가버렸다.

3시 13분
병원 바깥

정신없이 휘몰아치기만 하던 강풍도 이제는 숨이 찬 모양이다. 기왓장, 창문, 각종 전선 등 어리석게도 바람의 길을 가로막은 것들을 여전히 거친 힘으로 몰아붙이지만, 이따금 숨을 고르기 위해 잦아드는 것으로 미루어 아무래도 지친 게 틀림없다. 약한 모습을 들키는 게 싫은 것일까. 새롭게 숨을 들이마시며 얻은 힘으로 텔레비전 안테나를 꺾거나 나무를 뿌리째 뽑아버리려고 발악을 한다. 눈은 강풍의 아주 충실한 동반자다. 강풍이 저질러놓은 폭행의 현장을 하얗게 덮어주고, 그 현장을 목격한 증인의 얼굴을 때리며 알은체하지 말라고 위협한다.

비록 바람이 보퍼트풍력계급*에서 한풀 꺾인 위세를 보일지라도 지금 이 시간에 집을 나설 사람은 아무도 없다. 물론 마이크 하프너처럼 어쩔 수 없이 일을 나가야 하는 사람도 있지만.

---

* 영국 해군 제독 보퍼트가 고안한 바람 속도 측정 도표로 전부 13등급으로 나누어 바람의 속도를 잰다. 풍속계가 만들어지기 전에 쓰던 방법.

"이 세상에서 가장 좋은 직업이라고? 빌어먹을, 염병하고 자빠졌네!" 마이크는 허공에 대고 욕설을 퍼부었다. 그 말고 이런 혹한에 제설차량을 몰고 나선 사람은 아무도 없다. "제설작업이 어디 좋은 직업이냐, 개자식!" 마이크는 주먹으로 운전대를 때렸다.

절대 슈바케의 말을 듣는 게 아니었는데, 하프너는 이를 갈았다. 대마초에 중독되어 조인트*와 호루라기도 구별 못하는 인간이 부업 운운할 때부터 알아봤어야 했다. "2천 유로나 준대, 친구!" 슈바케가 들뜬 목소리로 하프너에게 해준 이야기다. "눈이 안 와도 2천은 보장해준다더라. 신문이나 읽으며 노닥이느니 그게 어디야!" 슈바케는 눈을 찡긋거리며 떠오르는 대로 주워섬겼다. "이상기후, 이산화탄소, 온실효과, 이런 얘기는 자네도 신물나게 들어봤지? 그래도 겨울에 눈이 온다면, 난 수도원에 들어가버릴 거야. 장담하지만 올겨울은 눈 안 와!"

망할 얼간이 초등학교 동창생에게 고환암이나 걸리라고 욕지거리를 하려고 하프너는 휴대폰을 잡았다. '아냐, 좀더 화끈한 전염병이 낫겠지, 이를테면 에볼라 바이러스 같은 거 말이야!' 그 친구 때문에 비디오 가게 점원이라는 안정된 일자리를 포기하고 시 당국으로부터 제설작업을 위탁받은 사기업의 비상대기조 근무를 선택한 것을 생각하면 하프너는 자다가도 열불이 터졌다. '회사 이름이 굼벵이가 뭐야?'

'굼벵이는 눈보라와 폭설도 뚫고 옵니다!' 제설차량 뒤에 붙어 있는 선전 문구다. 20분 전 긴급출동을 알리는 전화를 받았을 때, 하프너는 슈퍼마켓 전단지의 선전 문구도 허투루 읽을 일이 아님을 절감했다. "제설차가 뒤집혀 눈구덩이에 처박히지 않는 한, 우리는 일을 하는 거야, 알겠습니까?" 팀장이 지르던 소리가 아직도 귓전을 울린다. 게다가 이런 부자

---

* 해시시나 마리화나를 섞은 담배.

동네는 출근에 지장이 없도록 차고 앞마다 깨끗이 눈을 치워주지 않으면 항의의 눈사태가 난다.

여기서는 휴대폰이 안 터지네?

마이크는 휴대폰을 조수석에 던져버리고 라디오를 켰다. 라디오 역시 직직거리는 소음으로 자꾸만 끊어진다. 방송 진행자는 썰렁한 개그를 일삼으면서 〈선샤인 레게〉*를 틀었다. 아무래도 저 방송 진행자도 슈바케 못지않은 얼간이가 틀림없다. 그래도 하프너는 라디오를 끄지 않고 그냥 내버려둔다. 꼭 기관지염이라도 걸린 것처럼 쿨럭대는 디젤엔진 소리며 저 밖의 휘몰아치는 바람 소리 때문에 어차피 노래를 알아들을 수 없다. 하프너는 별생각 없이 가속페달만 밟는다. 제설차량은 잡석 포장도로를 달리며 장님처럼 비틀댄다. 안개까지 끼어서 실은 속도를 더 줄여야 했다. 다른 한편으로 부자들의 단잠을 깨우지 않으려면 더 조용히 운전해야 했다. 저들과 달리 어째서 나는 혼자 이 눈밭을 헤매고 다니며 일을 해야 하는 거지?

에라, 모르겠다! 그런 심정으로 액셀만 밟는다.

슈바케, 이 개자식! 네놈을 가만두나 봐라. 속으로 이렇게 중얼대는 찰나, 뭔가 덜컹한다.

빌어먹을!

뒷바퀴에서 다시 한번 덜컹하자 이제는 의심의 여지가 없다.

젠장, 또 동물 사체 치우게 생겼군. 하프너는 투덜거리며 차를 세웠다.

아냐, 돌덩이일지도 몰라.

밖을 살피려고 차문을 여는 순간, 차가운 바람이 사정없이 얼굴을 때린다.

---

* 덴마크 그룹 '레이드 백'의 히트곡.

설마 이런 시간에 산책하는 미친놈이야 없겠지. 속으로 중얼대며 차에서 내려선 하프너는 기겁하며 놀라고 말았다.

"악, 너, 넌 누구냐?" 하프너는 눈앞에 버티고 선 반 벌거숭이를 보고 소리부터 질렀다. 랜턴으로 얼굴을 비추자 정체를 알 수 없는 남자는 겁에 질린 표정으로 허겁지겁 손을 흔들어댔다. 시퍼렇게 얼어버린 손을 덜덜 떨어댄다. 아파서 저러는 것일까, 아니면 추위 때문일까? 뭐라고 계속 외쳐대는데 무슨 소리인지 통 알아들을 수가 없다.

"소피도…… 소피도환자죽여."

추위의 한복판에서 하프너는 입만 떡 벌리고 말았다.

3시 15분

병원 안

카스파는 영혼파괴자가 무슨 일을 꾸미려 하는지는 여전히 몰랐지만, 그가 노리는 목적만은 알 수 있었다. 그 끔찍하고도 참혹한!

영혼파괴자는 카스파와 톰이 병리학 실험실을 떠나도록 유도했다. 두 사람은 그의 의도대로 서로 떨어졌다. 그리고 아무도 못 보는 사이, 영혼파괴자는 승강기를 점령했다. 그가 원하던 반송장을 자기 소굴로 끌고 가기 위해! 지하 2층 실험실로! 그곳은 라스펠트의 특수 열쇠가 있어야만 접근할 수 있다. 아마도 브루크는 원장을 죽이고 그 열쇠를 손에 넣었으리라. 지금 열쇠는 틀림없이 승강기 조종판에 꽂혀 있을 것이다. '-2'라고 쓰인 버튼 옆에.

카스파는 제 눈으로 확인하기 위해 천천히 승강기로 다가갔다. 다친 다리를 이끌고 마치 물웅덩이를 피해 걷는 아이처럼 갈지자로 비틀거렸다.

파자마 바지가 움직일 때마다 바스락거린다. 숨을 참고 벽에 바짝 붙어보지만, 여전히 승강기 안은 들여다보이지 않는다. 문을 왼쪽에서 비스듬하게 바라보는 탓이다. 남은 거리는 이제 대략 승용차 두 대 길이 정도다. 문은 5초마다 소피아의 종아리에 부딪혔다. 다시 열리기를 반복한다. 카스파는 파이프에서 바람이 새는 듯한 쉭쉭 소리를 듣는다. 돌연 여의사의 발이 움찔한다. 위를 향한 발가락들이 일제히 떨며 그녀의 몸은 안으로 몇 센티미터 정도 더 빨려들어간다.

카스파는 달리기 시작했다. 소피아를 구하려면 더 지체할 수 없다. 전력을 다해 행동해야 한다.

뭘 어떻게 해야 할지 생각하고 자시고 할 것도 없이 승강기 앞으로 뛰어든 카스파는 문이 닫히지 못하도록 버튼을 누르며 죽을힘을 다해 톰을 불렀다. 사실은 자신의 공포를 누르고 있는 것이나 다름없었다.

문이 완전히 열리고 나서도 카스파는 소리지르기를 멈추지 않았다. 눈앞의 장면을 도저히 받아들일 수 없다고 뇌가 비명을 질렀다.

브루크는 무릎을 꿇고 바닥에 앉아 두 팔로 소피아의 목을 잡아당기고 있다. 마치 척추측만증 환자에게 지압교정요법을 해주는 듯한 자세다.

저러다 목이 부러지겠어!

영혼파괴자가 왼쪽 겨드랑이에 끼고 있던 손전등은 소피아를 잡아끄는 바람에 바닥에 떨어졌다. 이로써 손전등 빛은 상처로 얼룩진 브루크의 얼굴을 아래서 비추었다. 마치 아이들이 손전등으로 귀신 놀이를 하는 것처럼. 남자는 그야말로 상처가 살아 움직이는 것 같다. 목에 감은 붕대는 갈가리 찢어진데다가 피가 굳은 탓에 두껍게 앉은 딱지처럼 보인다. 그 위로 비죽 드러난 수술 봉합 자국이 터진 통에 이보다 으스스한 꼴은 상상할 수 없을 지경이다.

저놈도 지칠 대로 지쳤구나. 맨발을 무작정 승강기 문턱 너머로 집어넣으며 든 첫번째 생각이다.

저렇게 녹초가 되어 사람을 끌고 갈 수나 있을까? 더더구나 저 몰골로 사람을 죽일 수 있을 것 같진 않다. 브루크에게서 가장 생기 넘치는 것은 손전등 불빛을 받아 반짝이는 그의 눈이다. 유령의 눈이 바로 저럴 테지 싶다.

카스파는 앞뒤 가릴 것 없이 내면의 충동을 따라 승강기 안으로 몸을 던졌다. 있는 힘을 다해 브루크에게 달려들자 거울이 붙은 승강기 벽이 격하게 흔들렸다. 이로써 막 영혼파괴자가 외치려던 고함은 중간에 잘리며 묻히고 말았다. 그는 네번째 희생자의 이름을 부르고 싶었던 모양이다. "소피……"

우선 카스파는 상대의 허약한 반응에 놀랐다. 막 달려들 때는 동등한 체급의 선수들끼리 맞붙는 기분이었다. 둘 다 부상이 심했던지라 마지막 남은 힘을 쥐어짜면서 오로지 상대의 공격을 막고자 무턱대고 팔다리를 휘둘러대기만 했다. 순간, 카스파는 코피가 터졌다. 어두운 탓에 얼굴을 향해 날아드는 팔꿈치를 보지 못했던 것이다. 바닥에 떨어진 손전등이 발길에 채어 이리저리 굴러다녔다.

피를 본 카스파는 걷잡을 수 없이 화가 났다. 손으로 사이코패스의 얼굴을 잡고 입을 짓눌러댔다. 반면 브루크는 무릎으로 카스파의 배를 마구 찼다. 카스파는 엄지손가락을 아래로 움직여 브루크 목의 상처에 찔러넣었다. 그대로 힘껏 누르자 뭐라고 알아들을 수 없게 중얼거리던 브루크의 입에서 날카로운 비명이 터져나왔다. 카스파는 이어서 엄지손톱으로 구멍을 후벼팠다.

브루크의 저항이 약해지는 것 같았다. 하지만 돌연 카스파는 자신의 아랫도리를 잡아당기는 힘을 느꼈다. 브루크가 다리 사이를 공격하는 것을 막으려 했으나, 이미 때는 늦었다. 카스파의 몸이 주머니칼처럼 접히는가 싶더니 이마로 소피아의 머리를 그대로 받아버리고 말았다. 그러고는 소피아 옆에 축 늘어졌다. 곧 주먹이 날아들 것 같아 팔로 얼굴을 가렸으나, 브루크 역시 무릎을 꿇고 앉아 아픔을 참느라 허덕이고 있었다.

얼른 뒤로 물러선 카스파는 소피아의 다리를 찾으려고 더듬거리다가 예상치 않게 손전등을 손에 넣었다. 카스파는 그것으로 브루크의 눈을 부시게 할 요량으로 높이 들었다. 불빛이 공간을 훑는 찰나, 카스파는 앙증맞은 여자 운동화를 보았다.

신발?

그제야 카스파는 승강기 안에 누군가 또 있다는 것을 깨달았다. 그와 브루크 그리고 소피아 말고도, 승강기의 널찍한 공간 뒤쪽에 또하나의 몸뚱이가 널브러져 있다.

야스민!

그녀는 피를 흘리고 있었다. 밝은색 블라우스가 검게 물든 것을 달리 설명할 수 없지 않은가. 피는 검은색 고무 손잡이가 달린 길쭉한 물건이 비죽 솟아 있는 그녀의 상체에서 나는 게 틀림없다.

시간이 없다, 시간이!

카스파는 입속에 고여 있던 피를 뱉었다. 그리고 소피아의 무릎을 감싸 안았다. 간신히 허리를 일으킨 다음 구부린 자세로 소피아의 몸을 잡아당겨 승강기에서 빠져나가려고 안간힘을 썼다. 브루크가 그녀의 머리를 잡고 놓아주지 않는 탓에 숱 많은 머리카락이 한 움큼 빠져버렸다. 브루크도 입가가 피투성이였다.

소피아의 몸은 거의 밖으로 빠져나왔다. 하지만 미끌거리는 손으로 잡아당기는 통에 카스파는 몇 번이고 다리를 놓쳤다. 방사선과 촬영실에서 다친 손이 끊어져나갈 듯 아팠지만 카스파는 무시했다. 흉터가 난 가슴에 피를 쓱 닦고 다시 소피아의 허리를 잡고서 레슬링이라도 하듯 몸을 굴렸다.

브루크도 자리에서 일어섰지만, 마치 마지막 라운드에서 다운당했다가 간신히 몸을 추스른 권투선수처럼 비틀거렸다. 공격할 힘이 남아 있는 것 같지 않았다. 그냥 그렇게 서서 입만 벌리고 있다. 피와 침으로 범벅된 입술을 쩍 벌리고 팔을 뻗었지만, 소피아의 몸은 이미 그의 사정권을 벗어났다.

해냈다. 머리가 승강기의 단단한 바닥에 부딪히기는 했지만 소피아를 완전히 빼내는 데 성공했다. 덜컹 문이 닫히는 순간 영혼파괴자는 다시 한번 소피아의 이름을 소리 높여 불렀지만, 이미 닫힌 문이 그 소리를 삼켜버렸다.

카스파가 마지막으로 본 것은 간호사의 꺾인 다리였다. 그녀를 위해 할 수 있는 일은 없었다.

카스파는 숨을 길게 몰아쉬고 옆으로 그대로 쓰러졌다. 그렇지만 손은 여의사의 차가운 발을 놓지 않았다. 엄지손가락으로 소피아의 발바닥을 훑어보던 카스파는 손끝에서 여자의 발가락이 꼼지락거리는 것을 느꼈다. 살아 있다는 걸 확인하자 눈물이 날 것 같았다. 이대로 잠들어버렸으면 좋겠다고 생각했다. 여기 토이펠스베르크 클리닉의 계단 아래서. 라운지 양탄자 위에서. 물론 그게 잘못된 생각이라는 것은 알고 있다. 깨어 있어야 한다는 것도 분명한 사실이다. 그렇지만 쿨럭쿨럭 기침하면서 뒷골이 울리자 모든 것이 희미해 보였다. 입속에 고인 침과 피에 질식당하지 않으려면 지금 일어서야 한다.

카스파는 침을 뱉었다. 그 구역질나는 액체 덩어리가 누군가의 검은 구두코에 가서 떨어진다.

카스파는 고개를 들어 올려다본다.

“어디 있었어?” 카스파는 마지막 힘을 쥐어짜 톰에게 물었다.

“전화를 찾았지. 그 빌어먹을 놈이 전화가 저절로 울리게 만들어놓았더군. 그러고서 지하실에 있는 우리더러 들으라고 방송실 마이크 앞에 가져다뒀어."

카스파는 고개를 끄덕였다. 짐작했던 일이다.

"그게 그렇게 오래 걸렸어?"

"아니." 샤데크는 비죽 웃으며 한 발 더 가까이 다가왔다.

"그동안 너희를 지켜봤지." 톰은 그렇게 말하며 다시 마취총을 꺼내들었다. 대단히 빠른 솜씨였다. 그러고는 총 손잡이로 온 힘을 다해 카스파의 머리를 후려쳤다.

기억의 울림

"잠깐, 그렇게 당기지 마, 타잔. 미끄럽잖아."

그는 그저 마지못해 목줄을 힘껏 잡아당기고 있는 개를 불렀다. 저 녀석이 왜 저러지? 놀랐나? 아니면 여기, 이 추위 속에 너무 오래 묶어둬서 화가 난 것일까? 어쩌면 다시 버려졌다고 생각했을 수도 있다. 한쪽 눈을 찌르고 다른 강아지들과 함께 폐차 트렁크 안에 죽어가게 내버려둔 전 주인을 아프게 떠올렸으리라.

"알았어, 알았다고. 여기서 난 너처럼 빨리 뛸 수……" 그는 어린 짐승을 뒤쫓으며 말을 잇지 못한다.

틀림없이 이 잡종 개는 무슨 냄새를 맡은 모양이다. 여우, 아니면 멧돼지? 지금 냄새는 조미료와 흡사하다. 멧돼지에게서는 언제나 조미료 냄새가 난다. 썩은 비계 냄새 같기도 하다. 그동안 숲 산책을 즐기며 알게 된 것들이다. 냄새는 대개 동물이 지나간 지 몇 시간이 되도록 대기중에 남아 있다. 하지만 여기 이 외딴 도로에 동물이 다닌 흔적은 보이지 않는다. 지금 나는 것은 종이 탄내, 혹은 석탄 때는 매캐함이다. 뒤쪽 건물의 수많은 굴뚝을 보면 조금도 놀라운 일이 아니다.

"아 좀 기다려……" 줄을 놔버리는 게 나을까 잠깐 망설인다. 경사가 급한 곳을 내디디려니 갈수록 힘이 든다. 내린 지 얼마 안 되는 눈이 아스팔트 위에 빙판을 만들어놓았다. 수위는 아직 아무것도 뿌려놓지 않았다. 그가 다녀갈 때까지 일부러 오래 기다렸지만, 아무 도움이 되지 않았다.

겨울 코트의 안쪽을 더듬어본다. 하지만 아무것도 없다. 전부 타버렸다. 방금 전, 그가 보는 앞에서.

깊은 슬픔의 우울한 아픔이 도저히 넘어설 수 없는 벽처럼 앞을 가로막는다. 모두 헛수고였다. 전부 소용없는 짓이었다. 마지막 시도를 했지만, 예상대로 실패하고 말았다. 이제 여기 사유도로에 그저 서 있을 뿐이다. 움직일 힘조차 없다. 일상의 삶으로 되돌아가는 것을 가로막고 있는 우울증의 벽을 허물 힘이 없다.

타잔이 다시 잡아당기는 바람에 팔을 쭉 뻗었지만 몸은 그대로다. 굳은 채. 길가 전나무 가지처럼 추위에 얼어붙은 채로. 위에 쌓인 하얀 눈이 여차하면 가지를 부러뜨릴 것 같다. 잡아당기는 힘에 저항하느라 비틀거린다. 그때…… 뭔가 끓는 소리가 들린다. 우유가 끓어넘치는 냄비에서 나는 듯한 소란스러움이 주위를 채우기 시작한다. 속삭임도 섞여 있다. 세상이 빙글빙글 돈다. 나뭇가지가 뚝 꺾이는 소리가 난다. 갑자기 나무가 다른 각도에서 보인다. 손목을 잡아당기는 팽팽한 줄을 느낀다. 다시 나무 꺾이는 소리가 난다. 그런데 이상하게도 주변 소나무는 하나같이 가지가 멀쩡하다. 동시에 끓는 소리도 속삭임도 커진다. 이제는 속삭임이 아니다. 가볍게 꼬인 밝은 목소리가 먼 곳에서 들리는 듯하면서도 점점 커진다.

다시 뭔가 우지끈 부러지는 소리가 들린다. 나뭇가지일까, 아니면 뼈? 그는 뭔가에 머리를 부딪히면서 방금 들은 것이 바로 이 소리임을 깨닫는다. 불꽃이 피어오르기 직전이다. 바로 그의 머리 앞에서. 모든 게 시작되었던 그날처럼 자동차 계기판에서 널름거리는 불꽃이 아니다. 굴뚝이다. 나무토막을 두 동강 내면서 넘실거리는 불꽃이 얼음처럼 차가운 바람을 굴뚝을 통해 위로부터 빨아들이고 있다. 그때 그는 목소리를 들었다. 쇳소리처럼 낯설지만 크고 맑은 소리다.

"가질 수 있어." 그녀가 말한다. "데리고 가."

3시 20분

카스파는 꿈에서 벗어나기 위해 눈을 뜨려 했다. 하지만 그럴 수가 없다. 이미 깨어 있기 때문이다. 오래전부터 노려본 불꽃은 지금 스피커를 통해 들리는 말만큼이나 현실적이다.

"와서 데리고 가!" 샤데크의 목소리가 머리 위에서 울린다.

톰? 망할 놈, 무슨 짓을 벌이고 있는 거야?

카스파는 도서관 의자에서 일어서려고 했지만 잘되지 않는다. 여러 가지 이유가 있다. 무엇보다도 몸과 마음이 좀 전에 겪은 고문과 싸움으로 지친 탓에 아주 간단한 동작조차 할 수가 없다. 연기에 거의 질식할 뻔했고, 의지와 상관없이 마취제를 주입당했고, 영혼파괴자에게 코뼈가 부러졌다. 어디 그뿐인가? 지금 느끼는 격심한 두통과 오싹한 메슥거림은 뇌가 받은 충격에서 비롯되었으리라. 저 톰 덕분에 말이다. 한마디로 일어설 힘이 없다. 샤데크가 그의 손을 의자 뒤로 묶어놓은 목욕가운 허리끈은 사실 별 쓸모가 없다.

"넌 가질 수 있어, 브루크. 소피아를 라운지에 뒀으니 데리고 가."

구내방송의 마이크는 샤데크가 작동 버튼에서 손을 뗄 때마다 묘한 울림을 남긴다.

오, 이런! 저놈이 소피아를 제물로 바치려는구나.

샤데크의 말은 카스파 안에 마지막으로 살아 있는 희망의 불씨를 짓밟으려 한다. 도서관 벽난로에 피워진 불이 돌연 가늘고 짙은 연기를 토해낸다.

카스파는 눈물이 글썽한 눈을 감고 저 밖에서 굴뚝을 짓누르는 눈보라가 이제는 잦아들기만 바랄 뿐이다.

"넌 여자를 원하잖아? 데려가라고. 그녀는 너한테 주는 크리스마스 선물이야, 브루크. 뭐든 마음대로 해. 그렇지만 이제 제발 사라져, 알았지? 이게 우리 거래야, 알겠어?"

카스파는 다시 한번 자리에서 일어나려 시도한다. 그가 이룩한 모든 게 불길 속에 던져지려 하고 있다. 땀이 나기 시작한다.

"원하면 다른 사람도 데려가. 네가 야스민을 해치운 도서관에 할멈도 아직 살아 있어."

카스파는 고개를 돌려 뒤를 바라보았다. 그레타의 머리 자세가 정말 바뀌어 있다. 입은 굳게 다문 채다.

"사이코는 묶어놨어. 그러니까 네게는 아주 쉬운 게임이지. 소피아뿐만 아니라 네놈이 원하는 대로 데려가…… 무슨 짓을 하든 내 알 바 아니야, 다만 중요한 건……"

샤데크는 한참 떠들던 도중에 억 소리를 냈다. 마이크 작동 버튼을 계속 누른 채 말이다.

"안 돼, 야 이 씨팔, 날 내버려……"

잠시 후 마치 누군가 식탁보를 찢어버리는 듯한 소리가 들렸다.

정확히 2초 뒤 툭 끊기는 외마디 비명이 텅 빈 건물을 뒤흔들었다.

울림은 카스파의 머리 역시 강하게 흔들어놓았다.

넌 바보야, 샤데크. 너는 정말이지 멍청해……

바흐만이 뭐라고 했던가? 병원에서 구내방송 시설을 이용할 수 있는 곳은 단 두 곳뿐이라고 하지 않았던가! 그러니까 저 구급대원은 바로 과녁 앞에 앉아 나 여기 있네 하고 광고를 해댄 것이다. 이제 궁금한 것은 브루크가 소피아를 먼저 해치웠는지, 아니면 그전에 톰의 입부터 막았는지 하는 것뿐이다.

분명한 건 단 하나야……

카스파는 필사적으로 몸을 흔들며 자신을 묶은 끈을 풀어보려 했다. 그러면서 샤데크가 열쇠를 뽑아버린 복도 쪽 쌍닫이문을 바라보았다.

……이제 브루크는 우리에게 오고 있을 거야!

밖에서 뭔가 끌리는 소리가 카스파의 예측을 입증해주기까지는 오랜 시간이 걸리지 않았다.

3시 23분

불.

연기.

책들.

그레타.

피할 수 없는 것을 모면할 기회를 찾기 위해 카스파의 머리는 절전모드로 들어갔다. 눈으로 도서관 안을 훑는 동안, 그의 머리는 오로지 외마디만 떠올린다.

퀴즈 쪽지.

브루크.

그레타.

책들.

의식에 사실들을 저장하는 동안, 뭔가 끌리는 소리는 복도에서 점점 더 가까워온다. 이제 카스파의 자기보호 본능은 마지막으로 남은 아드레날린을 총동원할 준비를 한다. 불을 바라보며 하마터면 그 안에서 타 죽을 뻔했던 자동차를 떠올린다. 그게 차라리 은혜로운 죽음이 아니었을까 하는 물음을 떨칠 수 없다. 눈을 감았지만 불타는 자동차의 계기판이 보여주는 상상의 시계는 사라질 줄 모른다. 살아서 누릴 마지막 시간이 째깍

거린다. 바늘은 어느새 빨간 부분을 가리키고 있다.

불처럼 빨갛다.

이것으로 끝인가. 마지막 가능성은?

벽난로.

연기.

불, 그래 불이다!

이제 카스파는 어깻죽지를 버둥대며 끈을 풀려는 무의미한 시도를 멈추고, 대신 온몸의 체중을 이용해 의자를 앞으로 나아가게 하는 데 집중한다. 연기를 향해서!

불, 불 쪽으로 가서……

의자를 옆으로 흔든다. 한 번, 두 번. 마침내 카스파는 한계점을 돌파한다. 중력이 그 위세를 자랑한다. 카스파는 천천히 모로 쓰러진다. 바닥에 쿵 부딪히는 순간, 격심한 통증과 함께 아까 해부용 테이블에서 떨어질 때 이미 어깨가 빠졌었다는 것을 기억해낸다. 그의 머리는 차가운 잿더미 위로 그나마 가볍게 떨어진다. 부옇게 피어오른 재를 들이마신다.

불 쪽으로 가야 해!

카스파는 거듭 같은 말을 인도 승려의 주문처럼 읊조린다. 계속, 끊이지 않게.

여전히 의자에 묶여 있고, 불까지는 대각선으로 아직 거리가 꽤 된다. 하지만 이런 자세를 유지해야만 문을 감시할 수 있다. 문은 아직 1밀리미터도 움직이지 않았다. 아직까지는 패배한 게 아니다. 카스파는 발을 오므렸다가 걷어차면서 벽난로 도구들이 든 상자를 넘어뜨렸다. 등이 후끈 달아오르는 것으로 미루어 목표에 거의 근접한 게 틀림없다.

다음으로 카스파는 등을 구부렸다가 온 힘을 다해 등받이를 들이받았다. 한번 더, 다시 한번! 아무런 사전 경고 없이 고통이 엄습한다. 카스파는 평생 그래본 적이 없을 만큼 크게 비명을 질렀다. 차에서 타 죽을 뻔했을 때도 이렇게 소리지르지는 않았다. 이제 불꽃은 두번째로 찾아온 기회를 놓치지 않으려는 듯 카스파를 덮친다. 오래전부터 노려온 기회를 마침내 완성할 수 있다는 뜨거운 기대감으로! 날름거리는 불꽃의 혀가 이번에는 가슴이 아니라 상박을 날카롭게 물어뜯는다. 카스파는 제대로 자세를 잡았던 것이다.

거의 정확하게. 다만 몇 센티미터 어긋난 탓에 시뻘겋게 이글거리는 장작이 동맥 위 살갗까지 태운다. 동시에 순면으로 만들어진 끈도 탄다.

카스파는 다시 한번 비명을 지르고 이를 악물었다. 고기가 타는 들큼한 냄새와 함께 면섬유가 두둑 끊어지는 것을 느낀다.

실제로 끈은 많이 느슨해졌다.

아니, 그저 내가 그렇게 느끼는 공상일까? 고통이 마침내 나를 완전히 미치게 한 걸까?

카스파는 할 수 있는 한 양팔을 넓게 벌려 불이 공격하기 좋게 만들어 준다.

풀렸나? 아무래도……

맞을까?

틀릴까?

맞을까?

틀릴까?

너무 늦었어

카스파는 팔을 불에서 빼며 문을 바라보았다. 활짝 열려 있다. 벌써 몇 초는 족히 지난 것 같다. 바닥을 휩쓴 차가운 바람이 두려움으로 한껏 치켜뜬 눈을 헤집는다. 카스파는 이제 막 안으로 들어서는 영혼파괴자에게서 눈길을 뗄 수 없다.

3시 25분

카스파는 참을 수 없는 불의 열기로부터 좀더 떨어져나오며 고개를 숙였다. 끈으로 묶인 손목은 아까보다는 훨씬 놀릴 만하다. 그러나 그게 무슨 소용인가?

또다시 몸싸움을 벌일 수 있는 상태가 아닌데.

다시 손을 펼친 카스파는 이글이글 불타는 작은 장작을 잡았다가 너무 뜨겁고 아파 곧바로 다시 놔버리고 만다. 소용없는 짓이다.

지금 있는 위치에서, 더구나 여전히 등뒤로 양손이 묶인 채 브루크에게 뭘 던질 수도 없다. 참으로 답답한 순간이다.

굴뚝이라도 기어올라갔어야 하는 건가. 모든 퇴로가 막혀버린 지금, 카스파는 지푸라기라도 잡고 싶은 심정이다. 엉뚱한 생각까지 하는 자신이 측은할 정도다. 굴뚝을 기어올라간들 어쩌랴. 철망으로 겹겹이 막혀 있을 텐데. 무슨 방법이 없을까? 이런 생각조차 한가하게만 여겨진다. 영혼파괴자는 그 절뚝거리는 걸음으로 팔이 묶인 먹잇감을 향해 다가온다. 이제 다섯 걸음이나 남았을까.

브루크가 그르렁거리며 숨을 헐떡인다. 그의 목에 난 구멍으로 숨이 빠져나오면서 기묘한 휘파람 소리를 낸다. 오른쪽 다리가 뒤로 처진 순간, 오른손에 뭔가 반짝이는 것이 들려 있는 게 보인다.

이제 네 걸음.

칼? 가위?

불빛이 일정치 않은데다가 콘택트렌즈를 끼지 않은 카스파의 눈에는 조금만 떨어져 있는 것도 모두 흐릿하게 어른거릴 뿐이다. 아마도 그동안 약품 창고에서 외과용 메스를 탈취한 게 틀림없다. 샤데크도 저것으로 처치하지 않았을까.

아직 세 걸음 남았다.

카스파는 어쩔 줄 모르고 버둥거렸다. 도망가려고 안간힘을 쓰지만 다리 하나가 잘려나가 제자리를 맴도는 거미 신세였다. 카스파는 기적이 일어나기만을 간절히 기도했다. 그레타가 다시 정신을 차리고 영혼파괴자의 뒤에서 벽난로용 삽으로 그의 등을 후려쳐준다면 얼마나 좋을까. 하지만 지금 각도에서 바라보니 그녀의 다리는 계속 의자 모서리에 걸려 건들거리고 있을 뿐이다. 거리는 또 어찌나 멀어 보이는지 골인 지점을 3미터 남겨놓은 마라톤 선수가 이런 심정이리라.

카스파는 살려달라고 외치고 싶었다. 그의 허파에 깃들어 있던 연기는 지금 이런 상황에서조차 익살을 부리려는 것인지, 살려달라고 하는 대신 '불이야!' 하고 외칠 것을 권했다. 사람들은 대개 살려달라는 소리에 움찔하며 애써 시선을 돌리기 마련이지만, 불이 났다고 하면 오히려 모여들지 않던가. 이런 절박한 상황에서 여유로운 생각을 하고 있는 자신을 보며 카스파는 하마터면 웃음을 터뜨릴 뻔했다. 죽음이 이처럼 가까이 와 있는데도 말이다.

이제 두 걸음.

순간 카스파는 브루크가 들고 있는 게 정말 외과용 메스임을 알아보았다. 브루크는 손안에서 마치 연필인 양 칼을 놀렸다. 이제 완전히 공포에 사로잡혀 차라리 눈길을 돌리려는 찰나, 정확히 바로 그 순간, 영혼파괴자는 춤을 추기 시작했다.

3시 26분

참으로 소름끼치는 발레였다. 스스로의 몸도 가누지 못할 만큼 망가진 미치광이가 추는 춤! 카스파는 죽음의 춤을 슬로비디오로 보는 느낌에 사로잡혔다. 하지만 현실에서 이 모든 것은 불과 몇 초 동안 이루어졌다.

춤은 시작부터 기괴했다. 브루크는 돌연 입을 쩍 벌리고 천천히 얼굴을 일그러뜨렸다. 그 표정은 흉측한 두꺼비를 보는 것 같았다. 경련을 일으키듯 왼다리를 떨던 브루크가 그 발을 들고 양손으로 노를 젓는 자세를 취했다. 아마도 균형을 잃지 않기 위해서인 모양이나 별로 도움이 되는 것 같지는 않다.

그러더니 누군가에게 걷어채기라도 한 것처럼 배를 싸안고 몸을 구부렸다. 한 팔은 휘젓던 자세 그대로 굳어졌고, 다른 팔로는 다리를 만지려 했다.

브루크는 털이 수북한 그 다리를 카스파가 봐주면 좋겠다는 듯 몸을 돌렸다. 이때 카스파는 뭐가 문제인지 분명히 보았다.

세상에, 어떻게 이런 일이!

주사기.

그랬구나! 그레타의 상태를 살피려 할 때 주사기를 바닥에 내려놓았었지.

카스파는 눈앞에서 벌어진 자신의 행운을 믿을 수가 없었다. 불과 몇 분 전만 해도 샤데크가 저 주사기로 카스파를 괴롭히지 않았던가. 그런데 지금은 영혼파괴자가 겨우 몇 걸음 앞에서 맨발로 밟는 바람에 발에 주삿바늘이 꽂히고 만 것이다. 그렇게 허청거리지만 않았더라도, 한쪽 발을 질질 끌지만 않았더라도, 주사기는 그의 발가락 사이에 끼었거나 밟혀 부러졌으리라. 하지만 발을 끄는 그 순간 바늘은 연한 조직을 파고들어갔으며, 브루크는 자신의 체중으로 주사기 실린더를 눌러버리고 만 것이다.

그래서 춤을 추었구나. 그래서 그렇게 떨었구나.

브루크가 발바닥에서 바늘을 뽑으려 했을 때는 이미 너무 늦었다. 티오펜탈은 아주 빠른 속도로 약효가 퍼지는 바르비투르산이다. 안 그래도 몸이 약해진 상태에서 마취제는 불과 몇 초 만에 브루크를 혼수상태로 몰아넣었다.

영혼파괴자의 놀란 눈이 크게 뜨이고 눈알이 위로 돌아갔다. 사이코패스가 앞으로 고꾸라지기 전 카스파가 본 것은 흰자위뿐이었다.

브루크의 몸은 그대로 카스파를 덮쳤다. 마치 자신의 몸으로 카스파를 묻어버리기라도 하려는 듯!

먼저 의자 등받이에 부딪히며 그의 갈비뼈가 우두둑 부러지는 소리가 났다. 등받이 역시 우지끈 부서졌다. 카스파는 숨을 쉴 수 없었다. 죽음이 두려워 떨던 공포에 이제 육중한 몸뚱이 아래 갇힌 밀실공포증까지 더해졌다.

이제 어쩐다? 뭘 해야 하지?

주사기는 반만 차 있었다. 그 내용물은 아마도 상당히 희석한 것이리라. 그렇다면 브루크는 몇 분 뒤 다시 깨어날 것이다. 그런데 지금 카스파는 이중으로 묶인 신세였다. 위에서 짓누르는 영혼파괴자의 육중한 몸은 그의 고통 어린 호흡과 더불어 갈수록 무거워져만 간다.

브루크의 손에서 떨어진 외과용 메스는 불과 너무 가까운지라 잡을 수가 없다.

나는 포박을 풀고 탈출 묘기를 자랑하는 마술사가 아니다. 나는 니클라스 하버란트다. 신경정신병학 의사이며 특히 최면의학 분야의 전문가다. 게다가 결정적인 실수를 저질렀다.

카스파는 숨을 멈추고 자신을 누르고 있는 무게가 허락하는 한 두 다리를 모았다. 다리를 지렛대 삼아 의식을 잃고 있는 몸뚱이를 떨쳐내려 한 것이다.

우두둑.

다시금 부러지는 소리가 났다. 이번에는 불타는 장작 소리도, 갈빗대에서 나는 소리도 아니었다. 그것은 두 배로 하중을 받은 의자가 부러지는 파열음이다.

두 손은 여전히 묶여 있었지만, 의자 등받이는 다행히 약한 나무를 썼는지 앉는 자리와 완전히 분리되고 말았다.

카스파는 다시금 다리를 모았다. 천천히, 브루크의 배꼽 아래까지. 그런 다음 이를 악물었다. 배 위로 무릎을 모으는 체조를 할 때처럼 자세를 취하고서, 있는 힘을 다해 위로 차올리며 옆으로 굴렀다. 첫 시도만으로 성공했다. 또다시 시도하기에는 힘에 부쳤을 걸 생각하면 정말 다행이다. 실패했더라면 분명 죽음을 부르는 브루크의 포옹 안에서 잠들어버리고 말았으리라.

축 늘어져버린 중압감으로부터 해방된 카스파는 여전히 의자 등받이에 묶인 팔을 풀어내기 위해 바닥을 굴렀다. 그래도 빠지지 않자 이를 악물고 다시 반대 방향으로 구른다. 다친 어깨가 눌리며 비명이 터진다. 마침내 등받이가 완전히 빠진다. 그래도 손은 여전히 끈에 묶여 있다. 그나마 몸을 놀릴 수 있어 다행이다. 일어서며 몸을 흔들자 나뭇조각들이 우수수 떨어진다. 지금 카스파는 눈을 감고 싶은 생각뿐이다. 이대로 잠들어 끔찍하기 그지없는 현실을 꿈과 맞바꾸고 싶다. 거친 숨을 몰아쉬면서도 자궁 속 태아처럼 웅크리고 있는 브루크가 못내 부러울 지경이다.

마취 효과가 얼마나 갈까? 10분? 5분?

카스파는 눈을 감고 자신의 가래 끓는 숨소리를 듣는다. 피와 침 그리고 연기 검댕들이 범벅된 것을 뱉어버리고 싶은 마음이 간절하다. 헐떡이며 간헐적으로 끓어오르는 가래는 마치 저 MRI 기계와 비슷한 리듬으로 소리를 내는 것 같다. 저 아래 지하에서. 아마도 그녀가 지금 누워 있을 그곳에서. 홀로. 죽은 시체나 다름없이.

소피아의 모습이 카스파의 머릿속을 채운다. 자기 자신이 누구인지 알아내기 위해 도움이 필요했을 때 사랑스러운 배려로 그를 돌보아준 여의사. 자기 상황도 지극히 어려웠을 텐데, 딸을 버려두었다는 자책에 시달리던 카스파를 다독여주던 소피아. 기억의 조각들을 일부나마 다시 짜 맞출 수 있게 된 지금, 카스파는 더욱 간절하게 딸과 소피아를 생각했다. 자신의 몸이라는 감옥에 갇혀버린 소피아가 너무도 안타까웠다. 혹시 알아, 분명 보답할 때가 오겠지! 자신의 고통을 달래주려던 소피아에게 카스파는 호기롭게 외쳤었다. 지금 그녀가 당하고 있는 고통에 비하면 얼마나 웃기는 소리인가.

야스민, 지빌레, 바흐만, 미스터 에드, 리누스, 라스펠트…… 소피아.

카스파는 소피아의 모습을 잃지 않으려고 눈을 질끈 감는다. 젊고 섬약한 여인. 희망이 있다면, 오로지 만신창이가 된 카스파뿐인 여자.

이미 잃어버린 싸움을 만회라도 하려는 듯 카스파는 눈을 번쩍 떴다. 무릎을 꿇고 몇 차례나 용을 쓰다가 2분 뒤 마침내 묶인 손을 풀어내는 데 성공했다. 자리에서 벌떡 일어났다. 소피아를, 그로써 자기 자신을 구하기 위해!

3시 29분

인간은 극한상황에 이르러서야 자신의 참된 자아를 알아본다는 이야기가 있다. 오랜 세월 동안 부모, 학교, 친구 등 주변 인물이 바깥에서 심어준 가치관에 따라 자동반사적으로 행동하기 어려운 상황에 처하는 순간이 있다는 것이다. 위기란 날카로운 과일칼 같은 것이라, 껍질을 깎아 그 안에 숨겨진 핵심을 드러내 보인다. 아무런 꾸밈 없이 자기보존 본능이 그 어떤 도덕보다도 앞서는 원형을.

이런 주장이 맞다면, 카스파는 자신이 속속들이 허약한 인간이라는 놀라운 발견을 한 셈이다. 옳은 일인데도, 심지어 살아남으려면 꼭 필요한 일인데도 감행할 수 없는 탓이다. 브루크를 죽일 수 있는 이보다 더 좋은 기회가 또 올까?

카스파는 의식을 잃고 발아래 쓰러져 있는 남자와, 자신의 손에 들린 외과용 메스를 번갈아 바라보았다. 이 미친놈의 목을 잘라버리자고, 동맥이라도 끊어놓자고 몇 번이고 칼을 고쳐잡으며 스스로 다짐했다. 그런데 그럴 수가 없다. 간절히 원하면서도 꼼짝할 수 없는 자신이 밉살스러울 정도다.

카스파는 등을 돌려 비틀거리며 그레타에게 다가가 말을 걸듯 중얼거렸다. 영혼파괴자의 목숨을 빼앗기에는 힘이 부족하다고 투덜거렸다. 이토록 만신창이가 되지 않았더라면, 힘만 충분했더라면 벌써 죽였을 거라고 시키지도 않은 변명을 했다. 하지만 그는 정작 뭐가 문제인지, 그 진실을 알고 있었다. 지금껏 단 한 사람도 죽인 적이 없다. 의도적으로 누군가에게 해를 입혀본 일도 없다. 물론 결과적으로 상해를 입히는 결정을 내리긴 했다.

나는 니클라스 하버란트다. 그리고 실수를 저질렀다.

그레타는 반쯤 벌린 입으로 가느다랗게 숨을 쉰다. 눈썹이 떨리고, 손가락을 구부려 무릎 위에 얹고, 인위적으로 빠져든 꿈의 멜로디 박자에 따라 다리를 흔들고 있다. 가슴에는 어린아이의 턱받이처럼 하얀 수건이 놓여 있다. 카스파는 수건을 무엇에 적셨는지 알아내려고 일부러 냄새를 맡을 필요가 없다.

하지만 왜지? 어째서 브루크는 자기 수법에 충실하지 않은 거지? 무엇 때문에 라스펠트를 죽이고, 그레타는 클로로포름으로 마취시켰을까? 왜 하필이면 소피아를 삶과 죽음 사이를 오가는 상황으로 몰아넣었을까?

그레타를 이대로 도서관에 두는 게 위험하다고 판단한 카스파는 그녀를 의자에 앉은 채 끌어내기로 했다. 의자를 뒤로 기울이자 그레타는 짜증난 사람처럼 얼굴을 찡그린다. 다행히 의자에서 굴러떨어지지는 않았다. 깃털처럼 가벼운 노파의 몸무게에도 각진 의자 다리는 바닥에 작은 홈을 남긴다.

이제 어쩐다?

복도로 나서자 마찰이 너무 심해 의자를 끌기가 힘들어진다. 어쩔 수 없이 의자를 놔두고 잠깐 쉰다. 땀에 흠뻑 젖은 채 카스파는 벽에 기댔다. 뒤에 식품 창고가 있는 바로 그 벽이다. 지빌레가 불행하게도 브루크와 마주쳤던 그 창고. 여기 복도에서는 강한 바람 때문에 벽난로의 불이 쉭쉭 타오르는 소리가 한결 작게 들린다. 대신 한 층 아래의 MRI 기계가 돌아가는 소리가 다시 귓전을 울린다.

탕, 탕, 탕.

자기력의 파장이 규칙적인 간격을 두고 총을 쏘는 소리처럼 계단을 타고 올라온다. 마치 카스파에게 운명의 순간이 다가오고 있다고 경고하는 시계 소리 같다.

희석한 티오펜탈, 그것도 반밖에 남지 않았었지. 놈의 마취상태는 얼마나 더 갈까?

카스파는 그레타의 어깻죽지 밑에 손을 넣어 일으켜 세웠다. 실크 가운이 바닥에 끌리며 그레타의 몸은 창고로 들어간다.

휴, 다행이다.

도서관과 달리 이곳 문에는 열쇠가 꽂혀 있다. 카스파는 열쇠를 뽑은 다음 밖에서 문을 잠갔다. 그제야 카스파는 어떻게 해볼 수도 없을 지경으로 온몸이 떨리는 것을 깨달았다. 그의 상태와 소피아의 상태에 유일한 차이가 있다면, 카스파는 아직 멀쩡한 정신으로 선택과 결정을 내릴 수 있다는 점이다. 그것 말고는 살려달라고 소리조차 지를 수 없을 정도다. 그렇게 볼 때 마지막 힘을 다해 그레타를 안전하게 옮겨놓은 것은 잘한 선택이다. 만약 육중한 브루크를 옮겼더라면 반도 못 와서 쓰러지고 말았으리라.

가자. 계속 가야 한다.

카스파는 열쇠를 꺼내들고 혹시 도서관 문에도 맞는지 시험해보았다. 물론 맞지 않는다. 아마도 카스파의 행운은 영혼파괴자가 실수로 주사기를 밟은 그 순간 힘을 다한 모양이다.

탕, 탕.

그런데 어디로 간다?

카스파는 골인 지점을 눈앞에 두고 탈진한 마라톤 선수가 된 기분이었다. 사투를 벌이며 달려온 끝에 드디어 골인 지점이 보이지만, 어째 구원의 테이프는 갈수록 멀게만 보이는 환장할 노릇이 바로 이런 게 아닐까. 어쨌거나 쉬지 않고 복도를 걸어 어두운 것도 아니고 그렇다고 밝지도 않은 라운지에 도착했다. 주위를 두리번거렸으나 아무것도 알아볼 수 없다. 휠체어는 물론 양탄자의 바퀴 자국도 보이지 않는다. 소피아는 두말할 것도 없다. 만약 샤데크가 그녀를 여기 버려두었더라면, 브루크가 벌써 제물을 차지했으리라.

그런데 그녀는 지금 어디 있는 걸까?

탕, 탕, 탕.

카스파는 앞을 바라보며 양손의 가운뎃손가락으로 눈썹을 치키며 동공의 초점을 잡아보려고 했으나, 콘택트렌즈를 껴야 하는 그의 시력은 복도 끝에 뭐가 있는지 알아볼 수 없다. 흐릿한 연기와 눈물이 빚어낸 짙은 안개가 그의 피곤한 눈을 가릴 뿐이다. 카스파는 냉온급수기 바로 뒤에서 희미한 불빛을 보았다고 생각했다. 약간 열린 문의 틈새로 새어나오는 빛이다. 라스펠트의 집무실이다. 거기까지 걸어갈 힘이 남아 있을지 자신이 없다.

그런데 뭘 어쩌자고 저기를 간다? 샤데크의 피투성이 시체를 찾으려고? 브루크가 소피아를 끌고서 그들이 있는 도서관으로 오기 전, 약품 창고에서 고문용으로 어떤 의료도구를 훔쳐 무장했는지 알아내고 싶어서? 물론 하나는 안다. 지금 카스파가 꼭 쥐고 있는 외과용 메스.

탕, 탕.

카스파는 돌아서서 승강기 안을 노려보았다. 어떤 형체가 그 안에서 자신을 노려본다는 생각에 도망가고 싶은 마음을 간신히 억눌렀다. 어둠 속 형체는 묘하게도 친숙한 느낌을 자아낸다.

비록 가물거리기는 해도 살아 있는 의식 덕분에 카스파는 뭔가 이상하다고 여기며 한 손을 들었다. 형체도 따라 한다. 그제야 카스파는 알아차린다. 그 형체가 거울에 비친 자신의 모습임을.

탕.

카스파는 한 걸음 앞으로 나서며 거울 속 자신에게 다가갔다. 헝클어진 발걸음과 함께 머리까지 흔들며 어두운 승강기 내부로 들어선다. 뭔가 따끔하다. 엄지발가락이 찌르는 것처럼 아픈 것으로 미루어 깨진 전구 조각을 밟은 게 분명하다.

탕.

승강기 계기판을 바라본다. 은빛으로 반짝이는 라스펠트의 열쇠고리가 계기판 열쇠구멍에 매달려 있다. 그 고리에 영혼파괴자가 덧붙여놓은 장신구를 바라보는 순간, 카스파의 눈에서 눈물이 왈칵 솟는다. 다름아닌 소피아의 목걸이에 달려 있던 장식이다. 그것이 카스파의 눈앞에서 최면을 걸듯 흔들리고 있다.

무슨 부적 같다. 브루크는 소피아의 보석을 승리의 트로피로 자랑하고 싶었던 걸까? 아냐……

카스파는 곧 생각을 고쳐먹었다.

트로피가 아니다. 저것은 일종의 이정표다. 퀴즈 쪽지 대신 남겨놓은!

카스파는 진주 장신구를 움켜쥐었다. 촉촉하다고 느낀다. 실은 자신의 손이 땀에 젖어 있기 때문이라는 것을 모르고.

좋아. 어차피 이제 후퇴란 없는 거야.

카스파는 손을 뻗어 '-2' 단추를 눌렀다. 승강기 문이 닫히자 일찌감치 겪은 적이 없는 어둠에 숨이 턱 막힌다.

3시 31분

공포의 근원지로 가는 동안 카스파는 자신이 신을 믿는지, 아니면 무신론자인지 하는 의문을 지워버리려 애쓴다. 예전에는 기꺼운 마음으로 교회에 다녔던 것 같은데, 기도문이 하나도 기억나지 않는 것으로 미루어 아주 오래전 일이었던 모양이다. 지금 기도문이라도 떠올릴 수 있다면 한결 안정되련만.

카스파는 손으로 자신의 눈을 힘껏 눌렀다. 시신경이 반응하는지 알고 싶어서다. 보통 이렇게 하면 망막에 무지개 빛깔 반짝임이 만화경처럼 생겨났었다. 하지만 지금은 그런 환각조차 나타나지 않는다. 대신 승강기가 빙빙 도는 착각에 빠진다. 어찌나 어지러운지 돌아버릴 것 같다. 몸의 균형을 잡아주는 평형기관이 어둠 때문에 완전히 혼동을 일으킨 모양이다.

실제로는 꼼짝도 하지 않는데 카스파는 자기 자신을 중심으로 빙빙 돌고 있다.

아주 묽게 희석한 티오펜탈. 그것도 반밖에 없었어.

현기증을 느끼면서도 카스파는 브루크가 혹시 깨어났을지 모른다고 생각한다. 지금 영혼파괴자가 일어서려고 탁자 다리를 손으로 붙잡고 기어오르고 있을지 모른다는 상상을 아무렇지도 않게 하고 있는 자신이 놀랍기만 하다.

여기 승강기 안에 머무르는 한, 나는 안전해.

한순간 카스파는 무슨 일이 있어도 승강기를 떠나지 않으리라 다짐까지 한다. 절대 멈추지 않고 이대로 영원히 내려갔으면 좋겠다는 어처구니없는 생각에 픽 실소가 터진다. 더욱 어두워지고 더 뜨거워지더라도 좋다. 이대로 끝없이 내려갈 수는 없을까.

번쩍 환한 빛에 아무것도 보이지 않자 카스파는 심장이 멎는 듯 놀랐다. 승강기 문이 열린 것이다.

지하 2층이다.

절대 오고 싶지 않았던 곳에 결국 오고 말았다.

쿵. 탕. 쿵. 쿵.

조명이 밝은 실험실 층은 환풍구를 통해 위층과 연결된 모양이다. 여기서는 MRI 기계 소음이 1층에서 들을 때보다 훨씬 더 크다. 그렇지만 카스파는 방사선과 촬영실에서 들리는 소음을 일종의 음향 필터로 걸러낸 것처럼 몽환적으로 감지할 따름이다.

카스파는 손을 이마에 대고 가린 채 천장의 할로겐등을 바라본다. 등은 마치 영화관의 영사기처럼 카키색으로 칠한 시멘트벽을 비추고 있다. 마치 헐벗은 몸에 조명을 들이대듯.

쿵. 탕. 쿵. 쿵.

카스파의 귀는 이제 저 짜증스러운 MRI 기계의 소음을 어쩔 수 없이 감수하는 모양이다. 창문 하나 없는 공간에서 악취가 풍겨도 인간의 코는 이내 적응하는 것처럼 말이다. 이제 막 공간에 들어선 사람이라면 얼굴이 노래져서 뒤로 넘어갈 정도의 강한 악취도 어느 정도 시간이 지나면 견딜 만하지 않던가. 카스파의 허약한 의식 역시 최면을 거는 듯한 저 소음을 무시하기로 작정한 것일까. 하지만 실험실 앞에 마련된 대기실로 들어서는 순간, 거의 동물적인 비명이 터져나오는 통에 카스파는 화들짝 깨어났다.

3시 32분

카스파의 내면에서 일어난 치열한 싸움은 그를 완전히 둘로 찢어놓았다. 서로 충돌하는 강력한 두 힘이 한 치의 양보도 없이 악다구니를 써댄다. 한쪽에서는 어서 도망가라고 팔을 잡아끄는데, 다른 한쪽에서는 빨리 소피아를 구하라고 등을 떠민다. 정작 본인은 치열하게 부딪치는 본능들의 노리개가 되어 어찌해야 좋을지 망설일 뿐이다. 제3자처럼 물러서서 싸움을 구경하는 느낌이라고나 할까. 카스파의 깨어 있는 머리는 이런 상황을 납득할 수 없어 도리질만 칠 따름이다.

소피아는 카스파에게서 몇 걸음밖에 떨어지지 않은 곳에서 휠체어에 무감각하게 앉아 있다. 그녀 뒤에는 지금 두 사람이 있는 대기실 같은 곳과 뒤쪽 실험실을 갈라놓은 두꺼운 유리벽이 있다.

미끼다! 카스파의 뇌리에 경고의 불빛이 번쩍한다. 처음에는 열쇠였고, 이제는 소피아? 브루크는 나를 꾀기 위해 미끼를 놓은 거야.

물결무늬를 넣은 우윳빛 반투명유리는 방탄 처리를 한 게 틀림없다. 주먹으로 때리고 발로 차도 그저 공손히 노크하는 정도의 소리밖에 나지 않기 때문이다.

카스파는 발을 끌며 소피아에게 다가갔다. 방어본능이 아우성치는 것은 깨끗이 무시했다.

소피아. 그녀를 구하고 싶다. 스스로도 전혀 기억하지 못하는 어떤 실수를 만회라도 하고 싶은 것일까.

여의사는 눈을 감은 채 휠체어의 머리 받침대에 머리를 옆으로 기대고 있다. 링거액 팩을 걸기 위해 임시로 꽂아둔 쇠막대기는 여전하다. 다만 팩은 브루크가 공격하면서 떼어낸 모양이다. 그저 텅 빈 줄만 소피아의 팔을 휘감고 있을 따름이다. 의심의 여지 없이 여의사는 지금 완전히 다른 세상에서 노닐고 있다. 카스파는 그게 행복한 세상이기만을 바랐다. 어쨌거나 그녀는 지금 자신의 등뒤에서 벌어지는 드라마를 전혀 알지 못하는 게 분명하다.

실험실 안에서는 손 하나가 유리벽을 누르고 있다. 피와 살이 범벅되어 거친 유리의 무늬 골을 뒤덮고 있다.

저게 누구야? 내가 꺼내주기를 바라는 걸까? 맙소사, 브루크는 저 안의 사람에게 대체 무슨 짓을 한 거지?

분명하지는 않았지만 손은 두툼하고 거칠었다. 혹시……

바흐만?

다음으로 카스파는 관리인의 무릎 높이께에서 검은 자국을 보았다. 그것은 마치…… 카스파는 땀에 젖어 이마에 달라붙은 머리카락을 쓸어넘겼다.

……혓바닥 같은데?

아니다. 그것은 코다.

미스터 에드, 바흐만. 하느님 맙소사, 아직 살아 있었구나.

카스파를 비웃듯 유리벽 뒤의 형체가 사라진다. 이제 탕탕거리던 소리도 멈춘다.

영혼파괴자는 저들을 어쩌려고 했을까? 왜 실험실에 가두었지? 대체 무슨 꿍꿍이야?

이렇게 자문하고 있는데 또다른 생각이 카스파의 뒤통수를 잡아챘다.

잠깐만. 이거 또 실수한 거 아냐? 그때처럼 오늘도 뭔가 잘못하고 있는 거 같은데? 바로 지금 말이야. 뭘 잊은 것만……

카스파는 한 발 앞으로 나아감과 동시에 소스라치게 놀라며 그대로 얼어붙고 말았다.

반투명유리가 진동한 것이다. 쿵. 또 한 번 쿵.

뭔가 육중한 게 온 힘을 다해 유리벽에 달려들어 부딪힌다. 아마도 바흐만인 모양이다. 하지만 유리는 약간 떨릴 뿐 꿈쩍도 하지 않는다. 바닥에 유리를 고정해놓은 금속 지지대가 더 심하게 떨 지경이다.

아무래도 뭔가 놓쳤어.

카스파는 유리벽 문 앞에 서서 그 잿빛 손잡이를 눌러본다. 소용없다. 문은 굳게 닫혀 있다.

예상대로 브루크는 문을 잠가놓았다. 틈새 하나 찾아볼 수 없을 정도로 잘 짜인 문이다.

쉽게 열 수 있는 문이 아니군.

라스펠트는 출입 권한이 없는 사람이 들어오는 것을 막으려고 첨단장치를 해놓았다. 실험실은 마그네틱 선이 들어간 카드가 있어야만 열 수 있다. 영혼파괴자는 원장에게서 카드를 빼앗은 게 틀림없다. 또 문틀 옆에는 검은 금속판이 달려 있는데, 여기도 은행의 현금자동인출기처럼 숫자를 입력하는 장치가 되어 있다. 그러니까 카드 외에도 코드를 입력해야 실험실에 들어갈 수 있게 이중으로 안전장치를 해놓은 것이다.

코드가 필요하다. 당연히 그렇겠지.

차단벽 코드를 알고 있다면 소피아는 이 문의 코드도 알고 있지 않을까. 아마도 두 개가 같을지도 모른다. 어쨌거나 영혼파괴자가 다시 돌아오기 전에 코드를 알아내 바흐만과 미스터 에드를 구해야 한다.

그러자면 그녀를……

소피아를 자기 쪽으로 돌려세운 카스파는 그녀에게서 코피가 흐르는 것을 보고 깜짝 놀랐다.

한 손으로 그녀의 왼쪽 눈꺼풀을 뒤집어본다. 속눈썹이 파르르 떨린다. 지금 정황을 종합해볼 때 분명 좋은 징조라 할 수 있다. 이는 곧 소피아가 죽음의 잠이라는 구렁텅이에서 빠져나온다는 것을 의미하기 때문이다. 혹 저 미친놈이 소피아의 의식에 심어놓은 최면 명령을 지워버림으로써 그녀를 온전히 깨어나게 할 수 있지 않을까.

아마도, 경우에 따라서는, 그럴 수 있다. 카스파의 머릿속에서 톰의 말투가 그대로 울린다.

"소피아, 내 말 들려요?" 카스파는 그녀의 차가운 손을 잡고 어루만졌다.

"깨어나야 해요, 알죠? 내게 집중해요. 당신이 바로 열쇠야."

열쇠! 오, 안 돼!

힘이라고는 없는 소피아의 손이 스르륵 흘러내린다.

카스파는 격류를 자랑하는 강 한복판에 서서 그 흐름에 맞서기라도 하듯 고통스럽게 몸을 돌린다. 승강기로 돌아가야 한다. 치명적인 실수를 저지른 그곳으로!

승강기 안에 머무르는 한, 나는 안전해.

그래, 바로 그거다. 그놈의 빌어먹을 열쇠를 거기 그대로 꽂아두었다. 열쇠로 승강기가 작동하지 않게 멈추어놓았어야 했거늘……

바로 그걸 놓친 거야.

마침내 다시 승강기 앞에 선 카스파는 자신의 눈을 노려보았다. 하지만 이번에는 승강기 안의 거울이 아니라, 이미 오래전에 다시 닫힌 알루미늄 문에 비친 모습이다. 영혼파괴자가 위에서 승강기 버튼을 누른 것이다.

3시 34분

강철 로프가 팽팽히 당겨지는 순간, 떨림은 시작되었다. 소피아의 몸은 간질 발작이라도 일으킨 것처럼 격렬하게 떨었다. 어찌나 심한지 그녀가 앉아 있는 휠체어가 철거덕거릴 정도다. 카스파에게는 시간감각이라는 게 더는 남아 있지 않았다. 승강기가 몇 안 되는 층을 내려오는 데 얼마나 오래 걸릴지 가늠할 수 없다. 하지만 지금의 불안하기만 한 호흡을 스무 번 정도 하는 시간이면 충분하리라. 그럼 브루크가 여기 나타나겠지. 카스파는 훅 숨을 멈췄다. 마치 그렇게 해서라도 시간을 늘려, 피할 수 없는 것과 마주치는 순간을 미루기라도 하려는 것처럼.

쿵. 쿵. 쿵.

반투명유리 뒤의 인질들이 다시금 주먹으로 문을 치고 있다. 목청껏 소리지르는 모양이지만 두꺼운 방탄유리 때문에 카스파는 아무것도 듣지 못한다. 소피아의 경련은 갈수록 심해진다. 목을 한껏 뺀 그녀는 상체를 격하게 떨며 마치 익사하는 사람처럼 휠체어의 손잡이를 꽉 잡고 있다. 피와 땀, 생리식염수, 먼지 등으로 범벅된 가운이 어깨를 드러내고 흘러내려와 있다. 거듭 머리를 쇠로 된 링거걸이에 부딪힌다. 꼭 두 개의 당구공이 부딪치는 소리가 난다. 서둘러 그녀에게 다가간 카스파는 두 손으로 그녀의 머리를 잡고 손등으로 관자놀이와 쇠막대기가 부딪치는 것을 막아본다. 또다시 다치지 않도록 부지깽이를 뽑아버렸다. 그 순간, 카스파는 자신의 마지막 희망을 손에 넣었음을 직감했다.

승강기! 문!

카스파는 부지깽이로 저 두꺼운 방탄유리를 깨느라 시간을 허비할 생각은 전혀 없었다. 대신 빠른 걸음으로 승강기로 가 운행을 알리는 계기판을 올려다보았다.

지하 1층. 이제 몇 미터면 영혼파괴자와 마주하리라.

통할 거야. 오, 주여! 제발 저를 도와주소서!

끝이 L자 형으로 구부러진 부지깽이는 테니스 라켓 정도의 길이였다. 갈고리 끝을 보니 그동안 사용한 흔적이 역력하다. 다행히 끝은 드라이버처럼 납작하게 갈려 있다. 카스파는 부지깽이를 지렛대 삼아 승강기 문 틈새로 집어넣은 다음 문을 열기 위해 안간힘을 썼다.

승강기에 안전장치가 되어 있다면, 그렇다면……

카스파는 입술을 깨물었다. 문이 몇 센티미터 정도 열린다.

……문이 열린 것을 감지하고 자동으로 멈춰 설 거야. 아, 안 돼, 젠장.

손으로 잡고 있던 부분이 미끄러지면서 문은 찍 끄는 소리를 내며 도로 닫혀버린다. 조금 전 죽음이 얼마나 가까이 와 있나 알아볼 정도로 문이 열렸던 것에 만족해야 할까. 승강기 칸의 밑면이 카스파의 머리 위에서 흔들리던 게 선명하다.

좋았어. 다시 한번 시도하자. 이게 마지막……

카스파는 다시 부지깽이를 문틈 사이에 넣고 있는 힘껏 밀었다. 다시 문이 어느 정도 열린다. 카스파는 안에서 불어오는 곰팡내 나는 바람을 그대로 맞는다. 승강기 통로에서 새어나오는 바람에는 먼지와 함께 기름내도 섞여 있다. 다시금 MRI 기계 돌아가는 소리가 시끄럽게 들린다. 지금 카스파의 모든 감각이 초긴장상태라 더 잘 들리는 것일까? 그렇다기보다는 위층에서 나는 세탁기 돌아가는 듯한 소리가 이제 열린 문을 통해 더 잘 전달되기 때문이리라.

아, 안 돼.

다시 한번 손이 미끄러지려는 찰나, 헐벗은 발을 문틈에 밀어넣으며 쇠막대를 고쳐잡는 데 성공한다. 발가락들이 부러져나가는 것처럼 아프다. 죽을힘을 다해 부지깽이를 끼워넣자 원했던 효과가 나타나기 시작했다. 승강기가 덜컹 멈춰 선 것이다. 디지털 안전장치가 비정상적인 문 열림을 감지하고 작동을 중지시킨 결과다.

해냈다.

단 몇 초만 늦었더라도 이미 승강기가 도착했으리라. 브루크가 타고 있는 승강기는 이제 눈높이에 멈춰 서 있다. 카스파가 목을 빼고 틈새를 통해 안을 들여다보니 영혼파괴자의 피 묻은 발이 그대로 보인다.

욱 치미는 욕지기에 카스파는 문이 닫히지 못하게 부지깽이를 사이에 가로질러놓고 얼른 등을 돌린다. L자 형 갈고리 끝이 문턱 사이에 고정되며 단단히 힘을 받는다. 이마에 흐르는 땀을 훔친 카스파는 긴장 때문에 귓속에서 윙윙 소리가 나는 것을 없애려 침을 두 번 삼켰다. 그런 다음 소피아에게로 돌아섰다.

주여, 감사합니다.

소피아도 한결 진정된 모습이다. 끔찍하던 경련도 눈을 제외하고는 잦아들었다. 좋은 조짐이다. 지금 떨고 있는 눈은 보아하니 깨어나기 직전의 상태이리라.

아닌가? 좀더 기다려야 할까?

카스파는 허청거리며 그녀에게 다가간다.

"소피아? 내 말 들려요?" 그녀의 발치에 꿇어앉으며 묻는다.

파르르 떨리는 그녀의 눈꺼풀을 손끝으로 진정시켜줘야 할까 생각한다. 먼저 그녀의 긴 속눈썹을 쓰다듬는 데 만족한다. 쉽게 다시 눈을 뜰 수 있도록 그동안의 경직을 풀어주기라도 하려는 것처럼.

카스파는 소피아의 손을 주물러주면서 뻣뻣했던 손가락이 가벼운 반응을 보이는 것을 감격과 함께 새긴다. 그녀가 쥐고 있던 퀴즈 쪽지가 자연스레 떠오른다.

이름이 속일지라도 이것은 깨어 있음이라.

"최면." 입을 그녀의 귀에 바짝 갖다댄 카스파가 해답을 속삭인다. 카스파는 소피아의 잠재의식이 틈을 보이는 순간을 노린다. 그래야 최면상태를 풀 수 있기 때문이다. 하지만 그 틈이 드러나는 시간의 창이 얼마나 큰지 카스파는 자신할 수가 없다.

뒤에서는 뭔가 소름끼치는 소리가 들려온다. 아마도 승강기 안에서 영혼파괴자가 울부짖는 고함이 MRI 기계의 소음과 뒤섞인 모양이다. 거기에 반투명유리벽 뒤에서 아우성치는 소리까지 섞였는지도.

하지만 카스파는 그 모든 것을 조금도 듣지 못한다. 그는 온 신경을 소피아에게 집중할 뿐이다. 두 사람이 역할이 완전히 뒤바뀌었다는 생각에 카스파는 씁쓸한 미소를 짓는다. 이제는 그가 의사, 소피아가 환자이지 않은가. 영혼의 감옥, 죽음의 잠으로부터 해방되어야 하는 환자.

카스파는 그녀가 늘 그랬듯 귀밑머리를 쓸어 뒤로 넘겨준다. 이제는 긍정적인 반응을 이끌어낼 수 있지 않을까 하는 희망으로 그녀의 목덜미를 쓰다듬는다. 다시 한번 해답의 단어를 속삭인다.

"최면."

주변의 소음이 커질수록 귀에 대고 말하는 소리도 커진다.

"최면. 최면. 최면."

카스파를 둘러싼 지하실의 세계는 완전히 사라져버렸다. 달각거리고 한숨을 쉬며 고통의 비명을 지르고 쿵쿵 유리벽을 두드리는 소리 등을 카스파는 전혀 듣지 못한다. 금속성이든 인간의 것이든, 둔중하든 날카롭든, 카스파의 귀에 와 닿는 것은 전혀 없다. 심지어 자신의 말소리조차 듣지 못한다.

최면. 최면. 최면.

카스파의 입술이 그녀의 귓불에 가닿는다. 은밀한 키스를 나누는 연인처럼. 마지막 발음이 끝나기 전에 마침내 그녀가 반응한다.

소피아가 눈을 떴다.

그녀의 맑고 또렷한 눈망울을 보는 순간, 엔도르핀의 쓰나미가 카스파의 혈관을 엄습한다.

드디어 목적을 이루었다. 마침내 그녀의 영혼을 깨웠다. 드디어 소피아가 깨어났다.

카스파는 감격의 눈물을 흘렸다. 그녀를 와락 끌어안고 입을 맞추며 다시 놓아주고 싶지 않았다. 하지만 곧 카스파는 터지는 비명을 참아야 했다.

그러나 걷잡을 수 없이 비명이 터져나온다. 입을 열었으나 아무 말도 할 수 없다.

소피아는 일그러진 얼굴로 잔인한 미소를 짓고 있다.

"문제를 풀었군, 니클라스." 소피아는 그렇게 말하며 가뿐하게 휠체어에서 일어나 카스파의 팔에 주삿바늘을 꽂았다.

3시 37분
1분 앞으로 다가온 공포

"당신을 마지막으로 진료할 때 그 멍청한 개가 짖기 전 우리가 뭘 했더라?" 소피아는 산뜻한 목소리로 물으며 가운 호주머니에서 조그만 플라스틱병을 꺼냈다.

"아, 맞아, 자기야. 당신에게 안약을 넣었지."

카스파는 고개를 모로 돌리며 피하려 했다. 하지만 그녀가 주사한 약물은 이미 신경을 마비시켰다.

소피아는 마치 말이라도 타듯 카스파 위에 올라타고 무릎으로 그의 양팔을 찍어눌렀다. 다른 때 같았으면 그 두 배가 넘는 무게일지라도 한 손으로 밀어낼 수 있겠지만, 지금 카스파는 너무나 무력했다. 손가락 하나 까딱할 수 없다. 아니, 소피아가 그동안 내내 보여줬던 것보다 더 심한 경련이 일어나는 것을 막을 수가 없다.

왜? 무엇 때문에?

카스파는 소피아의 눈을 들여다보며 무슨 설명을 찾을 수 있을까 기대한다. 하다못해 망설이고 주저하는 빛이라도. 하지만 그런 기대를 품은 것 자체가 실수였다. 소피아는 침착하고도 냉정하게 고농도 스코폴라민* 한 방울을 카스파의 각막에 떨어뜨렸다.

화끈거리는 작열감과 함께 카스파는 곧장 약물에 반응한다. 이 알칼로이드는 안과 의사들이 시력검사를 하기 전 동공 확대를 위해 쓰는 것이다. 소피아가 카스파의 다른 쪽 눈에도 약물을 투여하자 카스파는 벌써 이 가짓과 식물 추출물의 잘 알려진 부작용을 느끼기 시작했다.

"왜 그래?" 카스파는 신음했다. 그런데 묘하게도 마음은 편하다. 스코폴라민은 부교감신경계를 마비시켜 안 그래도 허약한 카스파의 상태를 더욱 약화시킨다. 속이 메스꺼운데도 토하고 싶은 생각은 없다. 경직된 근육이 저절로 풀린다. 구체적인 위협이 바로 얼굴 위에서 굽어보고 있는데도 아주 편안한 기분이다. 이토록 편안함을 느껴본 게 얼마 만인가.

소피아가 카스파에게 미소지으며 귀밑머리를 쓸어넘긴다.

"마리." 그녀는 그렇게만 대답한다. 평범한 이름이지만, 카스파의 머리가 환해진다. 이름 하나로 놀라운 현실을 온전히 파악할 수 있게 된 것이다.

그랬구나! 맞아. 드디어 기억이 되살아난다. 이름이 마리였지.

곱슬곱슬한 금발의 천사. 치료중 뭔가 잘못되어버렸지. 첫번째 의료사고. 하지만 마리는 그의 딸인 동시에 그녀의……

"우리 딸이지." 소피아가 나직하게 되뇐다.

맞아. 그래서 내내 그녀에게 끌렸던 거구나. 그녀가 친숙하게만 느껴졌던 이유가 달리 있는 게 아니었어. 한때 살을 맞대고 살았던 사이였기에! 하지만 오래전 일이다. 그게 벌써 몇 년 전인가.

---

* 중추신경을 억제해 동공 확대, 신경 마비, 분비 억제 같은 작용을 하는 강한 독성 알칼로이드. 극소량으로도 사망에 이를 수 있다.

"당신이 마리를 빼앗았지."

아니, 난 빼앗지 않았어. 카스파는 소리치고 싶었다. 당신이 나를 버린 거지. 마리가 세 살 때. 당신이 남자가 생겼다며 베를린으로 갔잖아.

"아니, 마리를 빼앗은 건 당신이야. 이제 복수할 거야."

싸워야죠. 곧 중요한 재판이 열려요. 응원해주실 거죠?

이것을 염두에 두고 한 말이었구나. 이 무슨 역설인가.

독이 자율신경계를 마비시키는 것에 맞서 카스파가 안간힘을 쓸수록 그만큼 더 또렷하게 그녀와 함께했던 참혹한 과거가 떠올랐다.

8년 동안 카스파는 마리를 보지 못했다. 어느 날 전화가 걸려왔다. 마리의 초등학교 담임선생인 카챠 아데시는 마리의 상태가 심상치 않다고 걱정스러워했다.

그래서 카스파는 베를린으로 와서 마리를 데려갔다. 자신의 개인병원이 있는 함부르크로.

"시작하시죠. 따님도 준비됐습니다. 모든 준비가 끝났습니다, 하버란트 박사님!"

카스파는 딸에게 최면을 걸었다. 소피아에게는 연락하지 않았다. 무엇보다 딸이 제대로 된 보살핌을 받지 못하고 홀로 방치되어 있는 시간이 얼마나 많았는지 알아내고 싶었기 때문이다.

이제 소피아가 심판하려 한다. 최면치료를 받는 동안 마리가 뇌졸중 발작을 일으켰기 때문이다. 이후 마리는 전신마비가 되어 다시는 깨어날 수 없는 각성 혼수와 비슷한 상태에 빠져 있다.

자기 자신 속에 갇혀버리고 만 거지. 죽음의 잠과 같은 거야. 영혼파괴자의 피해자들이 당했던 것처럼.

하지만 그것은 불가능한 일이다. 최면치료상의 과실로 빚어질 수 있는 최악의 상태라고 해봐야 라포르 상실일 따름이다. 그러니까 마리가 상해를 입은 것은 최면의학의 부작용으로 볼 수 없다.

경련. 통제할 수 없는 사지의 떨림. 회복할 수 없는 상태에 빠진 반사작용.

그래서 창문에는 쇠창살이 없다. 딸을 강제로 가두어버린 사람은 아무도 없다.

무서워. 빨리 와야 해, 아빠!

카스파가 마리를 구해내려는 감옥은 바로 그 아이의 몸이다. 마리는 산 채로 자기 자신 안에 갇혀버린 것이다.

"당신이 착각하고 있는 거야……" 카스파는 될 수 있는 한 분명히 이야기하려 애쓴다. 하지만 몸의 다른 근육과 마찬가지로 혀를 움직일 수 없다. 그런데도 소피아는 대답을 하고 있는 것 같다. 단호하고 단조로운 목소리로 뭔가 설명하고 있다. 카스파는 배경의 소음에서 그녀의 목소리를 가려들을 수가 없다. 그러나 소피아가 무슨 말을 하려는 것인지는 안다. 그녀는 지금 카스파를 심판하고 있다. 지금 바로 이 순간에야 기억을 떠올린 그를 두고 재판을 벌이는 것이다. 그녀는 법정으로 병원을 선택했다. 결심공판은 불과 몇 시간 전 시작되었다. 카스파가 피고석이 자기 자리인 줄도 모르는 상태에서. 이제 선고를 하는 중이다. 여기 이 실험실 대기실에서.

"잠깐, 그러지 마. 당신 큰 실수를 하는 거야." 카스파는 이렇게 말하고 싶은 마음이 간절하다. 동시에 모두가 얼마나 어리석었는가 하는 생각이 든다. 장님이 따로 없었다.

그랬구나. 이게 수수께끼의 정체였구나.

모든 게 그저 연극이었을 따름이다. 잔혹한 퀴즈 풀이. 소피아는 내내 사람들의 눈앞에 공포라는 일그러진 거울을 들이댄 것이다. 그들에게 무자비한 진실을 보여주기 위해. 누구도 놓칠 수 없게. 물론 완전히 뒤집어서 말이다. 영혼파괴자는 여자였고, 피해자가 범인, 그녀의 보호자가 바로 사냥감이었다. 사람들은 완전히 눈을 가린 채 사건의 진상을 알고 그들을 구하러 온 유일한 남자와 피를 흘려가며 싸웠다. 바로 브루크와! 라스펠트를 죽이고 병리학 실험실로 끌고 온 것은 브루크가 아니라 소피아였다. 사람들을 흩어지게 하고 마지막 제물을 홀로 떼어놓으려 한 사람은 바로 소피아다. 그녀가 노리는 진짜 목표, 그것은 카스파였다.

이를 위해 소피아는 곳곳에 퀴즈 쪽지를 숨겨놓았다. 그녀의 손에, 라스펠트의 입속에, 지빌레의 봉투 속에.

그랬구나. 우리는 그녀를 주의깊게 관찰하지 않았어. 너무 고통스러워 보였으니까. 또 관찰해야 할 이유도 없었고.

첫번째 쪽지는 아마도 미리 준비해두었으리라. 나중 것들은 즉흥적인 게 틀림없다. 야스민이 소피아에게 덮어준 의사 가운에 펜과 처방전 쪽지들이 들어 있었던 모양이다. 눈을 감고 쓴 탓에 필적이 알아보기 힘들었다. 거기에 담요까지 뒤집어쓰고 있었으니.

지난 몇 시간 동안 벌어진 사건들의 기억이 피로 물든 수많은 파편으로 어지러이 널려 있다가 곧장 다시 한 편의 새로운 모자이크, 소름끼치는 현실을 완성해낸다.

바로 그래서 그렇게 다양한 방법을 사용한 것이구나. 승강기 안에서 브루크의 저항이 그리 심하지 않았던 이유도 이제야 설명이 된다. 그는 소피아를 죽이려던 게 아니었다. 다만 그녀를 격리시키고 싶었을 뿐이다. 외과용 메스를 들고 돌아온 것도 카스파를 풀어주기 위해서였을 뿐이다. 찌르려던 게 아니라 손을 묶은 줄을 끊기 위해서. 덕분에 브루크는 귀중한 시간을 잃고 말았다. 소피아는 그 틈을 이용해 톰을 처치한 다음 다시 지하로 내려왔다. 여기 이 실험실 앞에서 휠체어에 앉아 마지막 연기를 준비한 것이다. 그러고 보니 버려져 있었던 휠체어를 그녀가 다시 타고 있을 때 이상한 낌새를 알아차렸어야 했다.

"제발 그만둬. 부탁이야……" 카스파는 다시 한번 말을 걸었다. "알아,

무슨 생각 하는지. 마리가 뇌졸중을 앓게 된 책임이 내게 있다는 거지? 그건 사실이 아니야. 마리의 담임선생은 아이가 정상적인 보살핌을 못 받고 있다고 의심하더군. 자꾸 이상한 그림을 그리더라는 거야. 그래서 나한테 전화를 했어. 그건 당신도 알잖아. 나는 마리의 상태가 정확히 어떤지 알아내려고 최면을 걸었을 뿐이야. 젠장, 그때 뭔가 어긋나고 말았고……"

나는 니클라스 하버란트다. 신경정신병학 의사이며 특히 최면의학 분야의 전문가다. 그리고 실수를 저질렀다.

"……분명히 말해두지만 최면이 뇌졸중의 원인은 아니야. 난 당신에게 그걸 설명하려고 여기 온 거지."

그랬다. 바로 그래서 열흘 전 카스파는 병원으로 소피아를 찾아왔다. 마침내 그녀와 이야기를 나누기 위해. 그리고 그녀에게 마리가 입은 상해가 최면으로 인한 게 아니라는 전문가의 소견서를 내놓을 작정이었다.

요나탄 브루크가 소견을 밝힌 편지. 그는 라스펠트의 동료 의사다. 뇌졸중 분야의 전문가다.

이 모든 것을 카스파는 소피아에게 이야기하고 싶었다. 그동안 전처는 한 손으로 카스파의 이마를 누르며, 다른 한 손으로는 자신의 코에서 흘러나온 피를 닦고 있다. 브루크와 몸싸움을 하다 코피가 난 게 틀림없다. 야스민과도 싸웠을 것이다. 그녀의 몸에 낭자하던 칼자국은 소피아의 솜씨가 분명하다.

무섭도록 어처구니없는 일이다. 카스파는 제 발로 거미줄로 걸어들어온 셈이다. 심지어 유일한 구원자를 승강기 안에 가두어버렸다. 그것도 소피아가 자꾸 머리를 부딪혀가며 그의 눈길을 끌게 했던 부지깽이로! 참으로 소름끼치는 치밀함이 아닐 수 없다.

이제 기억상실증이 달아난 지금, 카스파는 오히려 기억을 계속 잃는 은총을 입기만을 간절히 바랐다. 여전히 풀리지 않는 의문도 적지 않다. 브루크는 도대체 왜 칼로 자기 목을 찔렀을까? 어떻게 해서 하필 이 병원으로 오게 된 것일까? 또 소피아는 왜 다른 여자들까지 괴롭힌 것일까?

브루크가 결코 해를 끼치러 온 게 아니라는 사실을 뼈아픈 착오 끝에 깨달았는데 어째서 나머지 의문들은 풀리지 않는 것일까? 아니다, 조금만 생각해보면 분명하다. 브루크는 기도를 다치는 바람에 의사 표현을 하지 못했다. 이게 우연일까? 여러 차례 소피아의 이름을 외치며 심지어 그녀의 이름을 자기 피로 유리에 쓰기까지 했다. 결국 이 모든 것을 카스파는 잘못 해석했던 것이다. 브루크가 위험을 벗어나게 해주려고 안간힘을 쓰는 걸 모르고 오히려 그에게 맞서 싸우는 어리석음을 저질렀다. 브루크는 오로지 사람들을 소피아에게서 떼어놓으려 했을 뿐이다. 그래서 바흐만과 미스터 에드를 저 뒤 실험실에 가두어놓은 것이다. 거기가 가장 안전한 장소니까. 저 안에 갇혀 유리벽을 두드리고 있는 바흐만은 인질이 아니라 안전한 장소로 대피시킨 피난민인 셈이다. 브루크는 카스파에게 소피아의 위험을 경고하기 위해 피를 흘려가며 싸운 것이다. 너무 늦기 전에 진실을 알려주려고!

내가 어리석었다. 장님이 따로 없구나. 이토록 몰랐다니!

카스파는 바짝 말라버린 입을 벌렸다. 눈에서 눈물이 흐른다. 인위적으로 확장된 동공이 천장의 번쩍이는 조명에 무방비로 노출된 탓이다. 눈이 너무 아프다. 눈동자를 정화시켜주는 분비물을 속눈썹으로 고루 나눠줄 수 없기 때문이다. 불빛은 말라붙은 속눈썹 끝에서 프리즘을 통해 분산된 것처럼 무지갯빛을 만들어낸다. 소피아의 예쁘장한 얼굴이 온통 흐릿한 무지개 색으로 번진다.

아주 짧은 순간, 음향의 보호벽이 무너져내린다. 귀에서 삐 소리를 들었다고 느낀 순간 그 소리는 사라지고 소피아의 은근한 목소리가 들린다. 다 알고 있으니 시키는 대로만 하라는 듯한 목소리.

"당신이 격렬하게 저항하면 할수록 그만큼 더 깊이 빠질 거야."

무슨 말을 하는 거야? 또 퀴즈인가? 그래? 나한테 마지막 기회를 주는 거야?

"당신이 격렬하게 저항하면 할수록 그만큼 더 깊이 빠질 거야." 소피아는 같은 말을 되풀이했다. 그런 다음 카스파는 누군가 자신을 소피아로부터 떼어놓는 것을 느꼈다.

문득 카스파는 브루크를 떠올렸다. 그가 부지깽이를 치우고 빠져나오는 데 성공한 것일까? 아니면 리누스가 밖에서 도움의 손길과 함께 온 것일까? 혹시나 하는 기대감에 가슴이 두근거렸다. 그러나 도저히 몸을 움직일 수가 없다. 끝없이 아래로 떨어져내린다. 등을 대고 누웠던 바닥이 푹 꺼지면서 시멘트가 모래알처럼 주저앉는다. 거기서 얼음처럼 차가운 손이 쑥 뻗어나와 카스파를 잡아당긴다. 이제야 카스파는 자신이 처한 상황을 온전히 파악한다.

카스파는 사력을 다해 싸운다. 최면을 거는 눈길을 상대로. 소피아의 나직한 목소리에 맞서. 저항하려는 의지를 꺾으려 드는 티오펜탈과 스코폴라민의 혼합물이 퍼붓는 공격에 휩쓸리지 않으려고.

할리우드 동화. 샤데크의 비아냥이 머릿속을 울린다. 사람에게 강제로 최면을 걸 수 없다는 건 누구나 알아.

그건 상황에 따라 다르지. 카스파는 병리학 실험실에서 샤데크에게 그렇게 대답했었다.

고문과 같은 방법으로 아주 강한 심적 충격을 준다면, 특히 해당 개인의 트라우마를 상기시켜 쇼크를 불러일으킨다면, 의식의 변화를 유도하는 약물 투여를 통해 그의 의지와 상관없이 최면에 의한 트랜스상태로 몰아넣고 그 사람의 의식을 마음대로 지배할 수 있다.

카스파는 갈라지고 찢어진 곳곳의 상처를 새삼 떠올렸다. 다친 어깨, 샤데크의 고문, 화상을 입은 손목 그리고 지금까지 자신을 괴롭힌 공포

등을 차례로 생각했다. 갈수록 자신을 무감각상태로 빠뜨리는 바르비투르산을 느끼며 저 MRI 기계가 내는 둔중하고 몽환적인 소리를 환풍구를 통해 듣는다. 최면을 걸기에 이상적인 조건이 갖추어진 셈이다. 카스파는 지금 최면에 걸리면 도저히 빠져나올 수 없음을 직감한다. 소피아가 이미 그의 의식 속에 음험한 명령을 심어놓았기 때문이다. 자기 힘으로는 도저히 깰 수 없는 그런 명령을!

당신이 격렬하게 저항하면 할수록 그만큼 더 깊이 빠질 거야.

그래서 카스파는 크게 떴던 눈을 감고 저 공허함의 심연으로 추락하는 데 더는 저항하지 않기로 한다.

그냥 아래로 추락한다. 춥고 어두운 저 구멍으로. 지금껏 단 한 번도 빛을 밝힌 적이 없는 그곳으로. 자신의 영혼이라는 감옥으로!

5시 13분
공포가 정체를 드러낸 지
45분이 흐른 시각

연기는 살아 있는 생명체다. 고성능 현미경으로만 볼 수 있는 아주 작은 세포들의 무리가 피부를 파고든다. 안에서부터 그를 망가뜨리기 위해.

기도를 통해 기관지까지 밀고 들어온 입자들이 특히 노리는 것은 허파다. 하지만 먼지 입자의 위험성은 불길과는 비교도 되지 않는다. 시뻘겋게 달아오른 칼날처럼 미친듯이 춤을 추며 그가 입은 상의를 갈기갈기 찢어놓고 가슴살을 헤집는다. 심장을 덮고 있는 피부가 제멋대로 부풀어오른다. 불 한가운데서 지글거리며 녹는 플라스틱을 보는 것 같다.

눈길을 깔고 바닥을 내려다본 그는 참을 수 없는 통증이 휘몰아주는 힘을 이용해 가속페달을 끝까지 밟는다. 속도를 내려는 게 아니다. 이렇게 해서라도 몸을 될 수 있는 한 뒤로 젖히기 위해서다. 자신과 불꽃 사이에 가능한 한 널찍한 간격을 확보하기 위해서.

피와 숯처럼 검은 가래로 범벅이 된 덩어리를 불길을 향해 내뱉는다. 이런 절망적인 상황으로 자신을 몰아온 그동안의 사건들이 주마등처럼 스쳐지나간다. 엄마의 동의 없이 마리에게 최면요법을 시술했다. 최면은 부작용이 없다는 바위 같은 확신을 가졌기 때문이다.

그러나 딸아이는 뇌졸중 발작을 일으켰다. 그것도 하필 최면에 걸린 동안 참사가 일어났다. 마리는 결코 다시 건강을 회복할 수 없다. 다시는 웃지 않을 것이다. 워낙 대뇌의 손상이 심한 나머지 침을 삼키는 반사작용이 다시 일어난 것을 보고 행운이라고 말했을 정도다.

도대체 어쩌다 그런 일이 일어났을까?

발 아래서 병이 깨지는 소리가 들린다. 스스로 자신을 마비시킨 바로 그 병. 운명의 치료를 하고 난 후. 마지막 드라이브를 하기 전.

지금 그는 여기 앉아 있다. 자동차 안에 갇힌 채 딸의 사진을 손에 들고 멍하니 허공만 바라본다. 다시는 평범한 삶을 살아갈 수 없게 되고 만 딸의 얼굴에 왈칵 눈물이 솟는다. 그는 안팎으로 고스란히 심각한 화상을 입고 말았다.

불길을 향해 손을 뻗는다. 이글거리는 팔로 그를 끌어안으려는 죽음을 막아세우기라도 하려는 것처럼! 불에 익은 살냄새를 참을 수 없다는 생각을 하는 순간, 마침 자신의 손으로 가려운 가슴을 긁어 찢어놓으려는 찰나, 모든 게 분명해졌다. 빗물에 젖은 도로에서 나무를 들이받고 나서 정신없이 서류를 들추며 마리의 사진을 찾는 동안, 사고 차량이 사라져버렸다. 연기도 불꽃도 심지어 통증까지도 스멀스멀 사라진다. 남은 것은 텅 빈 시커먼 심연일 뿐이다.

오, 하느님 감사합니다. 모든 게 꿈이었구나. 그는 눈을 뜬다. 뭐가 뭔지 몰라 어리둥절하기만 하다.

그가 방금 사로잡혀 있었던 악몽은 사라진 게 아니다. 다만 변했다.

여기가 어디지?

얼핏 보기에는 어느 지하실 복도인 게 분명하다. 마스크를 쓴 남자 둘이 그의 앞에 서 있다. 둘 다 권총을 뽑아들었다. '경찰'이라고 쓴 커다란 야광 글씨가 검은 전투복 위에서 반짝인다.

"제 말 들리세요?" 그중 한 명이 묻는다. 권총의 가늠자에서 눈을 떼지 않는다. 왼쪽 눈썹 바로 위에는 톱니 모양의 흉터가 있다.

"예." 하버란트가 대답한다.

왜 이렇게 헐벗고 있지? 어째서 이런 더러운 파자마 바지 하나만 달랑 입고 휠체어에 앉아 녹색 벽을 노려보고 있는 거지?

"이것 좀 봐, 모르페우스!* 이 남자 동공 말이야."

별명으로 불린 경찰이 가까이 다가서며 권총의 가늠자에서 눈을 떼지 않고 말한다.

"약물중독이군."

"그래서 말을 못하는 걸까?" 흉터가 있는 남자가 묻는다.

"무슨 소리야?" 하버란트는 버럭 소리를 지르며 타는 것만 같은 목을 움켜쥐려 한다. 하지만 원하는 대로 되지 않는다.

"여기 아래 약물중독자가 하나 있다." 하버란트는 모르페우스가 무전기에 대고 말하는 것을 들었다. "살아 있지만 아무 반응을 보이지 않는다. 급히 의사를 부르도록."

"여보세요, 이름이 뭐요?" 다른 경찰이 하버란트 앞에 무릎을 꿇고 물어본다. 어느새 스키 마스크를 걷어올려 입을 드러내고 있다. 제멋대로 눌린 턱수염이 지저분해 보인다.

"카스……" 반쯤 내뱉었다 황급히 거둬들이고 고쳐말한다.

"니클라스 하버란트요."

나는 니클라스 하버란트다. 신경정신병학 의사이며 특히 최면의학 분야의 전문가다. 그리고 실수를 저질렀다.

---

* 그리스 신화에 등장하는 꿈의 신. 잠의 신인 히프노스의 아들.

거듭 이름을 밝혔지만 특수기동대 경찰은 알 수 없다는 표정으로 고개를 젓는다.

"저 아래 사람이 더 있나?" 무전기에서 기계 소음과 함께 묻는 소리가 들린다.

"예, 그래 보입니다. 실험실로 가는 통로 같은 게 있고 유리벽으로 차단되어 있습니다. 유리는 방탄 처리를 한 것이군요. 유리벽 뒤에서 뭔가 움직임이 있습니다."

"알았다, 지원 병력을 보내겠다."

"알겠습니다."

모르페우스가 무전을 마치고 나서 몇 초 뒤 그의 오른편에 있는 승강기 문이 열렸다. 최소한 두 명 이상의 남자가 기관총을 들고 묵직한 군홧발 소리를 내며 통로를 지켜 섰다.

"여긴 정말 난장판이군. 대체 무슨 일이 벌어진 거야, 잭?" 새로운 목소리가 묻는다. 흉터가 있는 남자의 이름이 잭인 모양이다. 그는 지금 하버란트의 휠체어 뒤에 서서 대답한다. "몰라. 여기 이 사람은 완전히 얼이 나갔나봐. 말을 걸어도 통 못 알아듣네."

뭐라고? 내가 이렇게 똑똑히 이야기하는데, 왜 안 듣는 거야?

하버란트는 자신의 몸이 뒤로 젖혀지는 것을 느낀다. 상체가 비스듬히 기울어 환한 천장 조명과 그대로 마주본다. 눈이 너무 부시다.

"자네들이 승강기에서 구출해낸 남자는 무슨 이야기 좀 했어?" 잭이 신참에게 물었다.

"아니. 쇼크가 아주 심한가봐. 게다가 기도에 구멍이 났어. 내내 찻주전자처럼 빽빽 바람 빠지는 소리만 내."

하버란트는 자신이 탄 휠체어를 누군가 앞으로 미는 것을 느낀다.

"위의 상황은 좀 어때 보여?"

"난장판이야. 온통 핏자국에 곳곳에 몸싸움 흔적이 역력해. 방사선과 촬영실에서는 불까지 났던 모양이야. 지금까지 확인된 사망자만 두 명이야. 한 명은 목이 잘렸고, 다른 한 명은 병리학 실험실 냉동고 안에 있어."

"신원은?"

"확인했어. 토마스 샤데크와 자무엘 라스펠트. 샤데크는 진입로에 뒤집혀 있던 구급차 기사고, 라스펠트는 이 병원 원장이야."

샤데크? 라스펠트? 그랬지, 맞아.

하버란트는 거울에 비친 자기 모습을 본다. 승강기 바닥에 핏자국이 어지러이 나 있다. 경찰 손에 밀려 승강기 안으로 들어서며 하버란트는 소리를 질렀다.

"내 말 들어. 무슨 일이 일어났는지 내가 설명할 수 있어."

"무슨 소리 들었어?" 모르페우스가 묻는다. 잭은 1층 단추를 누르고 돌아섰다. 문이 닫히자 두 경찰은 손전등을 켜들었다.

"무슨 소리?"

"이 사람이 뭐라고 한 것 같은데?"

잭은 어깨만 으쓱한다.

"승강기에서 나는 소리였겠지." 잭은 빙그레 웃으면서도 확인을 위해 손전등으로 하버란트의 얼굴을 비춘다.

"이것 좀 봐."

"뭐?"

"그의 손. 뭔가 가지고 있잖아."

하버란트는 검은색 가죽장갑을 낀 손이 자신의 손을 조심스레 펼치는 것을 느낀다.

"정말이군."

"그게 뭐야?"

손전등 불빛이 하버란트에게서 멀어진다.

"쪽지인데." 모르페우스가 말한다.

"뭐라고 쓰여 있어?"

오, 하느님 맙소사.

하버란트는 어떻게든 경찰의 주의를 끌기 위해 안간힘을 쓴다.

"그거 희한하군."

"뭐가?"

"이건 무슨 퀴즈 같은 것인 모양인데."

"아, 이런. 그러니까 자네 말은……"

"맞아, 그래, 바로 그거야." 하버란트는 이렇게 소리지르며 거울을 보다가 깜짝 놀랐다. 거울에 비친 자신의 입술은 미동도 하지 않았기 때문이다.

"범인은 바로 영혼파괴자야. 지금껏 사람들의 영혼을 짓밟은 범인은 소피아 도른이야."

"내가 필요하면 나를 버려요. 내가 더는 필요 없으면 나를 도로 찾아요." 모르페우스가 쪽지를 읽었다.

"응? 이게 무슨 소리야?"

"무슨 썰렁한 개그일까? 아니면 모방 범죄?"

"어째서 그렇게 생각하지?"

"그야 지금까지 영혼파괴자는 여자들만 노렸잖아."

아니야! 하버란트는 고함을 지르며 절망감에 눈을 감으려 했으나 그마저 마음대로 되지 않았다.

제발 부탁이야. 그건 개그가 아니라고. 그러나 하버란트의 고함은 소리가 되어 나오지 않는다. 그 퀴즈를 풀어야 해. 그래야 나를 여기서 꺼내줄 수 있어. 이 병원을 말하는 게 아니야. 내 몸에서 나를 좀 꺼내줘. 알아들어?

아니, 당연히 그럴 수 없다.

하버란트는 지금 자신이 말을 할 수도, 글을 읽거나 쓸 수도 없다는 것을 깨달았다. 소피아는 그에게서 일체의 의사소통능력을 앗아가버린 것이다. 승강기 계기판의 표시가 지하 1층을 가리킨다. 이제 곧 지상으로 올라가겠구나.

이 모든 건 소피아의 짓이야. 그녀가 나에게 최면을 걸어 내 인생에서 가장 끔찍한 트라우마로 나를 이끌고 갔어. 불타는 자동차로. 이따금 나는 악몽에서 깨어나 현실로 돌아왔지. 바로 이럴 때 내 눈을 뜨게 하고 상실된 라포르를 다시 세워야 해. 퀴즈의 답을 이야기해주는 거야. 알아들어? 그 순간을 놓치게 되면 난 다시 악몽으로 돌아가. 죽음의 잠이라는 악순환이 처음부터 다시 시작되는 거지. 제발, 나 좀 도와줘.

"이게 무슨 뜻일지 짐작 가는 거 없어?" 잭이 묻는다. "내가 필요하면 나를 버려요. 내가 더는 필요 없으면 나를 도로 찾아요?"

"몰라. 뭐가 뭔지 하나도 모르겠어." 하버란트는 다른 경찰이 대답하는 소리를 듣는다. 어째 목소리가 아주 멀리서 들려오는 것처럼 희미하다. 하버란트는 1층에서 승강기 문이 열리고 응급의가 어떻게 자신을 맞았는지 전혀 기억할 수 없다.

어떤 보이지 않는 힘이 그 차가운 손을 뻗어 그의 뒤통수를 잡아당긴다. 다시는 절대 인생에서 보고 싶지 않았던 곳, 불과 몇 분 전 떠나온 바로 그곳으로. 불타는 사고 차량이라는 지옥으로!

하버란트는 소피아를 찾아야 한다는 신호를 경찰에게 주기 위해 무던히 애썼다. 보름 전 오해를 풀 대화를 나누려고 먼길을 달려와 만났던 옛 애인. 하버란트는 그녀에게 용서를 구하고 뇌졸중 전문의의 소견서를 보여주려고 했다. 의료사고가 일어난 다음 찾아갔던 요나탄 브루크의 전문가적 소견은, 마리의 뇌졸중이 최면과는 아무 상관 없다는 것이었다.

하지만 소피아는 그의 말을 들으려 하지 않았다. 소견서와 함께 편지를 벽난로에 던져버리고 그를 쫓아냈다. 병원 앞에 묶어둔 개에게 돌아가라고 소리를 질렀다. 뭔가 이상한 낌새를 눈치챈 타잔, 혹은 일명 미스터 에드가 묶인 줄이 팽팽히 당겨지는 순간, 빙판에서 사정없이 넘어지며 머리를 부딪힌 것도 기억났다. 관자놀이가 길바닥의 돌에 부딪히는 큰 충격이었다.

이 모든 것을 하버란트는 자신을 둘러싼 경찰과 의사에게 전혀 전해줄 수 없다. 오히려 다시 최면의 악몽 속으로 빠져드는지 그들의 윤곽이 천천히 눈앞에서 흐려진다.

다시 불타는 자동차로 돌아온다. 소피아가 영원한 형벌로 준비해놓은 불의 바다로!

오늘, 14시 56분
공포가 휩쓸고 간 지
아주 오랜 시간, 몇 년이 흐른 후

리디아가 먼저 끝냈다. 그녀의 남자친구는 한참 더 걸려 20분이 지나서야 마지막 쪽을 넘겼다.

“이게 다예요?” 그는 믿을 수 없다는 표정으로 파일 뒤표지를 훑었다. “아니, 무슨 이야기가 이렇게 끝나요? 계속돼야 하는 거 아닌가?”

교수는 돋보기를 벗고 고개를 부드럽게 끄덕였다. 마지막 몇 분 동안 학생들의 표정을 하나도 놓치지 않고 살핀 교수였다. 자기도 모르는 사이 귀 뒤를 긁적거린다든지, 다음 단락으로 건너뛰는 눈동자의 움직임, 단어 하나하나를 소리내지 않고 따라 읽는 것까지, 조그만 동작 하나도 빠뜨리지 않고 주의깊게 살폈다.

리디아는 마지막 장을 읽으며 아랫입술을 지그시 깨물었고, 두 손으로 턱을 괸 파트리크는 뺨이 한껏 상기되어 있다.

“내가 그랬잖은가, 처음에 별로 집중해서 읽지 않았다고. 안 그래, 파트리크?”

“에, 그거야 뭐. 하지만 그렇다고 이런 허망한 결말이 말이 되나요?”

남학생은 허리를 쭉 펴며 피곤한 표정을 지었다.

"아주 간단해." 교수는 손가락으로 기록을 톡톡 두들겼다.

"답은 이미 기록 21쪽*에 나와 있었어. 그레타가 카스파에게 던졌던 첫번째 퀴즈의 해답을 기억해보게."

"의사는 여자였죠." 리디아는 이마를 감싸쥐었다. "어쩜 그럴 수가."

"좋아요, 인정해요. 그건 미처 눈치채지 못했네요. 그건 그렇다고 치고, 이야기는 이제 어떻게 되는 거죠?" 파트리크는 보채는 아이처럼 물으며 추운지 팔로 상체를 감쌌다. 리디아 역시 겨울 파카를 고쳐입는다.

기록을 읽는 동안에는 추위를 전혀 느끼지 못했던 모양이다. 그러나 이제 벌써 어스름해지기 시작한 오후의 그늘 아래 추위는 새삼스러울 정도로 옷깃을 파고든다.

교수는 자신의 노트를 펴고 뭔가 적어넣었다.

"자, 차근차근 순서대로 짚어보지. 먼저 기록을 읽고 자연스레 든 생각부터 말해볼까. 마지막 문장을 읽고 무슨 생각을 했나?"

교수는 의문이 가득한 표정으로 자신을 바라보고 있는 리디아에게로 고개를 돌렸다.

"에, 저는……" 여학생은 헛기침을 하며 물병을 집었다. "글을 읽는 내내 이런 일이 정말 일어났을까 의문이 들었어요."

리디아는 물을 한 모금 마신다. 교수는 펜을 내려놓고 기록 원본을 잡았다.

"좋은 질문이군. 이 기록은 오로지 한 사람의 주관적인 관점에서 쓰인 거야. 곳곳에 결함이 적지 않고 해석의 여지도 많아. 그러나 니클라스 하버란트가 최면의학 분야의 권위자라는 건 분명한 사실이지. 특히

---

* 본문 35쪽.

아동 치료를 전문으로 한다는 점도! 몇 년 전 그는 동료 여의사와 불같은 사랑에 빠졌어. 그 사랑으로 아이가 한 명 태어났지. 그 아이 이름이 마리야. 그렇지만 두 사람의 관계는 아주 빨리 파국을 맞았어. 아이의 양육권을 차지한 소피아 도른은 베를린으로 옮겨갔지."

교수는 탁자 아래서 다리를 꼬았다.

"어느 날인가 하버란트는 베를린으로부터 근심에 찬 전화를 한 통 받았어. 미술 시간마다 마리가 이상한 그림을 그린다는 거였지. 마리의 담임선생인 카챠 아데시는 확신이 없어서 관청에 신고하기보다는 아이의 친아버지에게 먼저 연락한 거야. 하버란트는 급히 베를린으로 달려왔어. 정확히 무슨 일인지 철저하게 알아보기 위해서 말이야."

"그래서 마리에게 최면을 걸었나요?" 리디아가 물었다.

"베를린에서 함부르크는 한 시간 반 거리야. 하버란트는 마리를 함부르크에 있는 자신의 병원에 데려갔다가 저녁때 엄마에게 돌려보낼 생각이었지. 물론 계획은 완전히 틀어지고 말았지만. 마리의 치료는 파국으로 끝을 맺었지. 치료 도중 뇌졸중으로 대뇌가 마비되고 만 거야."

"빌어먹을." 파트리크는 꼭 치통을 앓는 사람 같은 표정을 지었다. "플러그를 완전히 뽑아버린 거지."

"그게 무슨 말이야?" 리디아는 고개를 돌려 남자친구를 바라보았다. 두 사람의 간격은 실험을 시작할 때와는 비교도 할 수 없을 만큼 떨어져 있다. 마치 기록이 두 사람 사이에 보이지 않는 벽을 만들어놓은 것처럼. 교수는 또다시 노트에 뭔가 적어넣는다.

"음, 자네 친구는 방금 이른바 '감금 증후군'이라는 것을 비유적으로 표현한 거야." 교수는 그렇게 말하며 다시 고개를 들었다. "뇌가 여전히 작동하지만, 외부와의 연결이 끊어진 상태를 말해. 한번 상상해봐. 보지도 듣지도 냄새를 맡거나 맛을 볼 수도 없고 아무것도 느낄 수 없는데 오로지 생각만 한다는 게 어떤 것일까?"

"미치는 거죠, 뭐."

"지금껏 잘못된 최면으로 그런 심각한 부작용이 일어난 사례는 전혀 보고된 바가 없어."

리디아는 또다시 헛기침을 했다. "여자애는 죽었나요?"

"아니, 더 끔찍해. 마리는 남은 평생 몸과 정신이 완전히 망가진 채 살아가야 해. 엄마의 내면도 황폐해지고 말았지. 겉으로는 멀쩡해 보였어도 말이야. 남자는 운명의 그날 이후 좀체 모습을 나타내지 않았어. 지금까지도 그는 자신이 마리에게 해를 입힌 게 아니라고 주장하고 있지."

커다란 창문에 자잘한 모래알이 부딪히는 소리가 들린다. 을씨년스러운 바람에는 바스러진 마른잎과 모래가 잔뜩 섞여 있다. 어디 그뿐인가? 교수가 계속 이야기할수록 슬픔의 회오리는 더욱 심해진다.

"우선 소피아는 법적인 보상을 받으려 했지. 그래서 도레엔 브란트라는 여자 변호사를 찾아갔어. 하지만 변호사는 사건을 맡지 않으려고 했지. 니클라스 하버란트를 상대로 소송을 벌이는 게 너무 어렵다고 본 거야. 의료 과실을 입증한다는 게 불가능에 가까웠으니까. 그녀는 소송보다는 합의를 제안했어."

교수는 자리에서 일어나 긴장을 풀기 위해 어깨를 젖혔다. 틈이 날 때마다 체조와 스트레칭으로 몸을 풀어주지만, 관절은 늦어도 내일 아침이면 다시 그가 오늘 너무 오래 앉아 있었다는 것을 상기시켜주리라.

"소피아는 갈수록 절망에 빠졌지." 교수는 그렇게 말하며 벽난로 근처에서 나직한 소리를 내며 불을 지피고 있는 석유난로로 다가갔다.

"어디다 물어봐도 돌아오는 답은 한결같았어. 최면이 그렇게 심각한 상해를 불러일으킬 수는 없다는 거였지. 슬픔은 분노로 변했고, 분노는 그녀가 복수라는 삐뚤어진 계획을 세우게끔 몰아갔지. 그녀는 만천하에 증명해 보이고 싶었어. 최면으로 사람의 영혼을 파괴하는 게 가능하다고 말이야. 아니, 더 끔찍했지. 지금 마리가 처한 상황을 빚어내는 데 관계된 모든 사람을 제 손으로 벌하기로 한 거야."

"감금시킨단 말이죠. 죽음의 잠 안에 가둬놓는다."

"맞아." 교수는 파트리크의 말에 고개를 끄덕였다.

"의학 공부를 하는 동안 소피아는 최면요법에 많은 관심을 가졌지. 그러나 그녀가 최면시술을 하는 것은 언제나 거부당했어. 소피아는 미친 사람처럼 최면을 무기로 쓸 방법을 지독하게 연구하고 연습했지. 그렇게 생각해낸 방법은 아주 간단했어. 우선 희생자에게 최면을 걸어 가장 끔찍한 악몽을 꾸게 만들어. 그런 다음 인위적으로 라포르 상실을 이끌어내는 거지."

"그렇게 해서 사람을 지옥에 던져버리고 문을 닫았다는 거죠." 파트리크는 어이없다는 표정으로 고개를 저었다.

"그림을 그리듯 말한다면 그렇지, 맞아. 소피아는 일부러 인질을 조종하지 않아. 그냥 통제될 수 없는 상황에 그대로 내버려두는 거야. 잘못 걸린 최면은 필연적으로 언젠가는 평범한 수면상태로 넘어가기 마련이야. 다만 잠을 자다가 깨어나면 다시금 최면에 걸리도록 명령을 걸어둬. 깨어나자마자 바로 다시 잠들도록 말이야."

"어떻게 그럴 수가 있죠?"

"최면 쇼를 본 적 있나, 리디아?"

"텔레비전에서요. 청중이 지켜보는 가운데 한 남자에게 최면을 걸었어요. 최면술사는 남자를 보고 그가 개라는 암시를 주더군요. 깨어나서는 아무것도 기억 못할 거라고 말이죠. 이제 관중이 '하소'*라고 외치면

* 독일에서 가장 흔한 개 이름.

개처럼 멍, 멍, 멍, 세 번을 짖으라고 했죠."

"물론 남자는 시키는 대로 했겠지?"

"예."

"아주 통속적이기는 하지만, 그게 바로 소피아가 써먹은 수법의 완벽한 예야. 다만 소피아의 경우, 누구도 '하소'라고 불러줄 필요가 없지. 피해자가 눈을 뜨고 빛 입자가 망막에 가닿는 순간, 그걸로 충분한 거야. 빛이 바로 최면을 일으키거든. 빛이 강할수록 그만큼 빨리 피해자는 다시 최면에 빠지고 마는 거지."

"무섭네요." 리디아는 부들부들 떨면서 파카 지퍼를 높이 올렸다.

"그러나 통했어. 이런 식으로 소피아는 피해자를 회전문처럼 맴도는 죽음의 잠에 빠뜨릴 수 있었던 거야. 죽음의 잠은 피해자가 깨어났을 때 정확한 코드를 불러주면 끝나게 돼. 코드는 그때그때 쪽지에 적힌 퀴즈를 풀어야 얻을 수 있고."

교수는 난로에 손을 쬐었다. 강한 열기가 그의 손톱을 붉게 물들일 정도인데도, 따뜻함은 고작 손목 관절 정도밖에 미치지 못한다.

파트리크가 다음 질문을 했을 때, 교수의 온몸에는 거의 고통스러울 만큼 소름이 돋았다.

"하버란트는 어떻게 됐나요?"

오늘, 15시 7분

“하버란트?” 교수는 나직하게 되뇌며 유리 쌍닫이문 쪽으로 다가갔다.

“내가 보기에는 자네들에게 하버란트의 미래를 이야기해주기 전에 그의 과거부터 철저히 파고드는 게 좋겠는걸.” 교수는 학생들에게 등을 보이고 서서 말했다.

“마리의 뇌졸중은 두말할 필요 없이 그의 인생 최악의 트라우마지. 다른 누구도 아닌 자신의 딸에게 그런 일이 일어난 것을 견딜 수 없었던 탓에 사고 당일 그토록 술에 취했던 거야. 그 결과 하버란트는 하마터면 목숨을 잃을 뻔한 끔찍한 사고를 내고 말았어. 자신의 외상을 치료한 다음 그는 요나탄 브루크 박사를 찾아갔지. 뇌졸중 전문가인 박사에게 마리의 경우를 상담하기 위해서였어. 브루크는 마리가 중환자실에서 치료받고 있던 병원에서 그 아이 기록을 빼내왔지.”

“그러니까 환자의 비밀을 지켜야 하는 의사로서의 의무를 깬 거네요.” 파트리크가 중얼거렸다.

“마리의 혈액검사 결과를 본 의사들은 그 아이의 뇌졸중이 최면 도중에 일어나기는 했지만, 최면 때문에 일어난 건 아니라는 결론을 내렸지. 이런 소견에 소피아는 분노해 딸을 베를린으로 이송시키고 말았어."

교수는 다시 자신의 제자들에게로 돌아섰다.

"하지만 함부르크 의사들이 옳았어. 앞서도 말했지만 현대의학의 관점에서 보아도 실수로 그런 상해를 입게 되는 것은 사실상 불가능하거든."

"기록 216쪽*에 나와 있는 내용이네요." 리디아는 그렇게 말하며 기록을 뒤로 넘겼다.

"정확해. 브루크는 하버란트에게 아이 엄마와 오해를 풀도록 대화를 나눌 것을 권유했지. 어쨌거나 마리는 하버란트의 딸이기도 하니까. 처음에는 망설였지만 결국 하버란트는 성탄절을 며칠 앞두고 소피아를 만나러 왔어. 개를 데리고……"

"타잔, 일명 미스터 에드와 말이죠."

교수는 리디아가 끼어드는 것을 기분좋은 웃음으로 받아들였다.

"……베를린행 열차에 가지고 탄 짐에는 브루크의 소견서가 들어 있었지. 정작 토이펠스베르크 클리닉의 모습이 보이자 하버란트는 용기를 잃고 말았어. 지금껏 한사코 만남을 거부해온 소피아가 어떤 반응을 보일지 자신할 수 없었거든. 비극적 사건 이후 그녀는 하버란트를 살인자라고 욕하기만 했으니까. 그런데 미리 연락도 하지 않고 불쑥 그녀 앞에 나타난다? 절대 찾아오지 말라고 했는데? 한참 망설인 끝에 하버란트는 결국 용기를 내 진입로를 걸어올라왔지."

"실제로 벌어진 일은 그가 두려워했던 것 훨씬 이상이군요."

파트리크의 말에 교수는 메마른 웃음을 웃었다.

"실제로 그랬지. 당시 소피아는 이미 세 명의 여인을 상대로 그 영혼

---

* 본문 220쪽.

파괴자 수법을 연습했으니까. 자네들도 알고 있겠지만, 최면은 누구에게나 걸 수 있는 게 아니야. 더구나 걸리지 않겠다는 의지가 확고한 사람의 경우는 더욱 힘들지. 하지만 바네사 슈트라스만처럼 순진한 처녀의 경우에는 이야기가 달라. 하필이면 베를린 문화센터에서 열리는 아마추어 연기 수업에 참여한 게 그녀의 실수이자 불운이야. 여자들, 특히 처녀는 신비한 이야기에 혹하는 경향이 있으니 소피아에게 바네사처럼 좋은 연습 대상은 없었지. 하버란트가 바네사의 얼굴을 신문에서 보고도 기억 못한 것은 전혀 놀라운 일이 아니야. 바네사는 하버란트나 마리와 단 한 번도 만난 적이 없거든."

파트리크는 그랬구나 하는 표정으로 열심히 기록 앞쪽을 뒤적인다. 그런 파트리크를 보며 교수는 빙그레 웃었다.

"연쇄범행은 바네사 슈트라스만으로 그 막을 올렸어. 소피아는 몇 가지 그럴듯한 구실로 바네사를 꾀어 허름한 호텔방으로 데려갔지. 바네사는 강간을 당한 적이 있는 게 분명해. 그래서 소피아는 바네사에게 최면을 걸어 계속 강간범에게 시달리는 악몽을 꾸게 만든 거야."

"그 대목에서부터 더 읽고 싶은 마음이 싹 사라졌었죠." 파트리크가 투덜댔다.

"성공에 한껏 고무된 소피아 도른은 이제 그 방법을 그녀가 보기에 책임을 져야 할 사람들에게 사용하기 시작했어. 먼저 아이의 학대 내지 방치 등을 운운하며 문제의 물꼬를 튼 담임선생 카챠 아데시의 영혼을 짓밟아버렸어. 결국 선생도 바네사와 마찬가지로 목숨을 잃고 말았지."

"그럼 세번째 피해자는요?" 리디아가 물었다. "도레엔 브란트는 어째서 당한 거죠?"

"그녀는 변호사였지. 하버란트를 상대로 소송을 벌이길 거부한 게 그녀의 죄라면 죄였던 거야." 교수가 설명했다. "브란트가 소피아의 사건

위임을 받아들이지 않았던 탓에 사람들은 브란트와 소피아 사이에서 아무런 연관을 찾지 못했던 거야. 게다가 경찰은 범인이 여자일 거라는 생각은 꿈에도 못하고 남자만 찾았으니까."

"거기까지는 좋아요. 그런데 카스파에게는 정확히 어떤 일이 일어난 거죠? 에, 그러니까 제 말은 하버란트 말이에요." 파트리크는 궁금함을 참을 수 없다는 표정을 지었다.

"아, 하버란트! 그야 분명하지. 그는 내내 소피아의 원래 목표였어. 소피아는 그를 상대로 최고의 걸작을 남기려 했지. 기록 214쪽*을 보면 그녀가 어떤 방법으로 강제 최면을 가능하게 만들었는지 자세히 알 수 있어. 그녀가 써먹은 모든 수법은 한 가지 공통점이 있지. 전혀 예상치 못한 와중을 노려 불시에 급습하는 거야."

"하지만 하버란트의 경우에는 제 발로 찾아오는 바람에 그런 급습을 할 수 없었잖아요?"

"아주 정확하게 봤어. 한번 상상해봐, 돌연 자신 앞에 나타난 하버란트를 보고 소피아가 얼마나 놀랐을지. 오히려 그녀가 기습을 당한 꼴이었지. 게다가 그는 자기가 보기에 말도 안 되는 헛소리만 계속 해대고, 그걸로 모자라 해당 분야의 최고 권위자 요나탄 브루크의 소견서까지 떡하니 내놓은 거야. 하버란트에게는 책임을 물을 수 없다는 주장을 말이야. 소피아는 온 세상이 적으로 보여 미쳐버릴 지경이었지!" 이 대목에서 교수는 손바닥으로 탁자를 내리쳤다.

"그동안 소피아는 최면으로 생명을 위험하게 할 수 있다고 이미 세 번이나 증명해 보였는데."

"그래서 소피아는 소견서를 벽난로에 던져버리고 하버란트에게 마취

* 본문 218쪽.

제를 주사한 거예요?" 파트리크는 이제 아예 자리에서 일어서서 주먹을 쥐고 부들부들 떨었다. 그나마 리디아 쪽이 침착함을 유지하고 있었다. 하지만 자세히 보면 그녀도 신경질적으로 머리카락을 만지작거리며 불안한 기색을 비쳤다.

"맞는 말이기도 하고 동시에 틀린 말이기도 해." 교수가 대답했다. "소피아는 편지를 벽난로에 던져버리고 하버란트를 내쫓았지. 정확히 말하면 저 추위 속에 홀로 묶여 있던 타잔에게 하버란트를 돌려보낸 거야. 그러다 나중에 생각을 고쳐먹고 벽난로에서 타다 만 편지를 꺼냈어."

"그럼 하버란트의 기억상실은 어떻게 일어난 거죠?" 리디아는 아예 머리카락을 입에 물고 질근질근 씹었다.

"그건 그냥 넘어지는 바람에 그렇게 된 거야."

파트리크가 이마를 찡그리는 것을 본 교수는 좀더 구체적으로 설명할 필요를 느꼈다.

"알다시피 하버란트는 심리적으로 큰 충격을 받았어. 너무나 끔찍한 경험을 했고, 그 일을 무조건 잊어버리고 싶었지. 딸에게 무슨 짓을 저질렀나 싶은 자책감에 브루크를 찾아가고 소피아 도른과 대화를 나누며 아픔을 삭여보려고도 했지만, 모든 노력이 헛수고가 되고 말았지. 한마디로 하버란트는 너무 큰 상처를 받았고, 미칠 듯 혼란스러웠고, 격심한 우울증에 시달려야 했어. 그의 두뇌는 마리에 관한 참혹한 기억을 모두 잊자고 소리질렀지. 그래서 책임으로부터 도망칠 최초의 기회를 활용한 거야."

"그게 무슨 말씀이시죠? 그러니까 하버란트가 일부러 넘어졌다는 건가요?" 리디아가 물었다.

"일부러 넘어졌다기보다는 넘어지고 싶었던 마음에 그리 된 거 아닐까. 왜 울고 싶을 때 뺨을 때려준다는 말도 있잖아. 타잔을 잡아맨 끈을 따라가던 하버란트는 살얼음판 비탈길에서 균형을 잃고 쓰러지면서 관자놀이를 그대로 땅바닥에 부딪히고 말았지. 곧장 의식을 잃었어. 몇 시간이 지나서야 비로소 바흐만에게 발견되어 반쯤 얼어붙은 몸으로 병원에 실려왔고."

"미치광이가 있는 곳으로 되돌아온 셈이네요."

교수는 고개를 끄덕였다.

"소피아는 예상치 못했던 기회를 활용하기로 했어. 돌연 하버란트가 기억을 잃어버리는 바람에 다시금 급습 효과를 기대할 수 있게 되었지. 그래서 그녀는 자신의……" 교수는 허공에 대고 손가락으로 따옴표를 그렸다. "……'환자'를 진찰한답시고 그에게서 모든 걸 빼앗았지. 하버란트가 자신이 누구인지 기억해낼 수 있는 걸 모조리 빼돌린 거야. 그러면서 강도를 만나 그렇게 됐다고 둘러댔지. 물론 경찰에는 일절 알리지 않았어. 외부의 영향을 꺼리는 라스펠트의 격리 우선주의 역시 소피아의 복수 계획에 도움이 되었지."

"하지만 왜 바로 카스파에게 최면을 걸지 않았나요?" 리디아가 물었다. "어째서 그에게 딸의 사진을 보여줬죠? 그가 기억을 되살려낸다면 그녀의 계획은 다시 물거품이 되어버리고 말잖아요."

"좋은 질문이야. 소피아는 실제로 갈팡질팡했어. 한편으로는 하버란트를 벌해 지옥으로 보내고 싶은 마음이 굴뚝같았어. 하지만 카스파가 마리를 기억하지 못한다면, 또 그 죄책감을 전혀 모른다면 복수의 의미가 반감되고 말지. 모르는 일을 벌주는 게 무슨 복수겠어? 그래서 소피아는 먼저 그 은혜로운 기억상실증으로부터 깨어나게 만든 다음, 하버란트의 영혼을 파괴하고 싶었던 거야. 마침 그날 밤 이 두 가지를 다 성공할 수 있는 기회가 찾아온 거고."

"브루크는 어떻게 된 거죠? 어쩌다가 갑자기 끼어든 거예요?" 파트리크가 물었다.

"그거야 간단히 설명할 수 있지." 교수 대신 리디아가 대답했다. "소피아가 최면이 위험하지 않다고 가르치려 들던 모든 사람에게 복수하기로 했다면, 하버란트는 그 소견서를 통해 소피아에게 새로운 복수 대상자를 배달한 셈이지. 그것도 아예 직배로 말이야."

"아주 훌륭한 추론이야." 교수가 칭찬했다.

"정말요?" 리디아는 씁쓸한 미소만 지었다.

"바로 그랬어. 하버란트가 찾아오기 전 소피아는 브루크를 전혀 몰랐지. 하지만 소견서까지 써서 하버란트의 편을 든 이상, 그도 복수 리스트에 올라야 했지. 그래서 소피아는 브루크를 네번째 피해자로 점찍은 거야."

"어떻게요?" 파트리크가 물었다.

"소피아는 아주 뻔뻔한 방법을 택했어." 교수가 설명했다. "그녀는 브루크에게 전화를 걸었어. 스스럼없이 말이야. 기억상실증 환자가 있어 자문을 구한다고 둘러댔지. 브루크는 기꺼이 돕겠다며 함부르크에서 일부러 베를린으로 왔고. 아마 그는 며칠 동안 연락이 끊긴 하버란트가 문제의 기억상실증 환자가 아닐까 추측했던 모양이야. 소피아는 브루크를 위해 병원에서 멀지 않은 토이펠스제 모텔방을 예약했지. 거기서 두 사람이 만난 거야."

"그리고 소피아가 브루크에게 강제로 최면을 걸었다는 건가요?"

"거의 그렇다고 봐야겠지?"

"그게 무슨 말씀이시죠, '거의'라뇨?" 파트리크의 뺨이 붉게 달아올랐다. 온도가 계속 떨어지고 있는데도 그는 갈수록 뜨거워지는 것 같았다. 교수는 머릿속으로 또다른 메모를 했다. 물론 이런 반응이 실험과 관련해 중요한가 하는 것은 확실치 않다. 교수는 질문에 대답했다.

"소피아의 최면이 완전히 성공했다고 볼 수는 없기 때문이야. 소피아는 브루크의 눈에 스코폴라민을 뿌려 혼수상태에 빠뜨렸지. 그런 다음 그의 입에 모텔 미니바에 있던 술을 들이부었어. 그래야 주정뱅이처럼 보일 테니까. 하지만 일이 그녀의 뜻대로만 되지는 않았어. 뭔가 실수를 저지른 거지. 앞서도 이야기했지만, 최면은 누구에게나 쉽게 걸 수 있는 게 아니야. 특히 브루크 같은 경우는 아주 까다롭지. 소피아는 그의 뇌를 일시적으로 마비시키는 데 성공했어. 그 예로 브루크는 카스파에게 자신이 생각하는 것을 제대로 써서 보여줄 수 없었잖아. 물론 시간이 가면서 소통능력을 회복하기는 했지만. 브루크가 유리에 대고 피로 소피아의 이름을 쓰려고 버둥거렸던 것을 생각해봐."

파트리크와 리디아는 누가 먼저랄 것 없이 고개를 끄덕였다.

"어쨌거나 소피아는 브루크에게 심각한 타격을 입히기는 했어. 하지만 거듭 최면에 빠지도록 명령어를 주입하는 데는 실패했지. 샤데크에 의해 모텔에서 실려나온 브루크는 자기 힘으로 죽음의 잠에서 깨어날 수 있었지."

"어떻게요?"

"칼로 자기 목을 찌른 거야."

"예, 뭐라고요?" 놀란 리디아의 얼굴이 하얗게 질렸다. 파트리크는 아무 표정 없이 멍하기만 했다.

"그가 왜 그런 짓을 했는지 그 배경은 분명치 않아. 조사 결과, 브루크는 어린 시절 말벌 한 마리를 삼켰어. 그래서 기도가 거의 막혀 질식할 지경에 이르렀다고 해. 짐작건대 소피아는 이 트라우마를 건드림으로써 죽음의 잠에 빠지게 만든 것 같아."

"그러니까 자기 손으로 트라우마에서 빠져나오려고 칼로 목을 찔렀다는 건가요?" 리디아는 자기도 모르게 침을 꿀꺽 삼켰다.

"바로 그거야. 브루크는 구급차에 누워 있는 동안 악몽에서 깨어나는 순간을 맞았지. 질식할 것만 같은 고통에 떨며, 브루크는 다시 잠에 빠져들지 않기 위해서는 극단적인 자극, 곧 결정적인 아픔이 필요하다는 것을 깨달았어. 그래야 최면을 끝낼 수 있다는 것을. 아까도 지적했지만, 브루크에게 걸린 최면은 다른 피해자들의 경우처럼 완벽하지 않았거든. 의사인 그는 그 정도 기도 손상이 생명에는 지장 없다는 것을 잘 알고 있었어. 물론 당장 치료가 필요하지만 말이야. 그밖에도 브루크는 자신이 토이펠스베르크 클리닉에서 멀리 떨어져 있지 않다는 것을 잘 알고 있었지. 그 안에 범인뿐만 아니라, 범인이 노리는 궁극적인 목표 하버란트까지 있다는 것도! 더불어 하버란트는 자신의 고객이기도 했지. 이제 이후의 일은 짐작과 추측만 할 수 있을 따름이야. 그날 밤 사건 이후 브루크의 경찰 진술은 허점투성이니까. 게다가 경찰의 수사자료에는 나도 다 접근할 수 없어. 아마 저 퀴즈라는 언어유희를 풀어보면 돌팔매 한 번으로 참새 두 마리를 잡는 효과를 기대할 수 있을 거야. 어쨌거나 브루크의 행동은 아주 과감하고 극적이었지. 샤데크가 운전대를 놓치게 만들어 원하는 병원으로 실려올 수 있었으니 말이야."

"그렇게 해서 드디어 본격적으로 이야기가 시작되었군요."

"아직 아니지."

"왜죠?"

교수는 자신의 실험 대상자들의 얼굴을 다시 한번 빤히 바라보았다.

"자네들은 리누스를 까맣게 잊은 모양이군."

오늘, 15시 13분

파트리크는 손목시계를 힐끗 내려다보았다. 오늘은 12월 23일, 그러니까 크리스마스이브 하루 전날이다. 하지만 실험에 참가한 두 학생에게 지금 이런 시간은 별문제가 되지 않는다는 것을 교수는 잘 알고 있었다.

"리누스. 아, 그렇군요. 그에게는 무슨 일이 일어났죠?"

소피도환자죽여.

교수는 눈을 끔벅이며 설명을 이어나갔다.

"소피아는 브루크가 병원을 빠져나가지 못하도록 제설차량의 휘발유관에 손을 써뒀지."

"왜죠?"

"그를 죽이려고. 브루크는 그녀에게 가장 큰 부담을 주는 증인이었거든. 그밖에도 브루크와 하버란트가 마주치는 것을 한사코 막으려 했어. 그래야 하버란트를 최후의 목표로 삼아 복수의 정점을 찍을 수 있으니까. 소피아는 한밤중에 브루크의 병실로 숨어들었어. 베개로 눌러 질식시키려던 게 분명해. 어차피 기도를 다친 마당이니 별 의심을 받지 않을 테고 말이야. 그런데 리누스가 현장을 목격하고 말았어. 밤잠을 못 이루고 늘 여기저기 기웃거리던 그에게 딱 걸리고 만 거야."

"그래서 리누스는 하버란트를 깨워 무슨 일이 일어났는지 말했죠. 소피도환자죽여. 소피아가 도로 환자를 죽여!"

"이로써 본격적인 이야기가 막을 올린 거지." 파트리크는 상의 호주머니에서 손을 빼서 떨리는 손길로 물병을 잡았다. 하지만 병을 입으로 가져가지는 않는다.

"맞았어. 리누스가 방해하는 바람에 소피아는 일을 끝낼 수가 없었지. 브루크는 창문을 넘어 도망갔고, 여의사는 어떤 쪽으로든 결단을 내려야 했어. 한밤중에 브루크의 병실로 숨어든 것을 뭐라고 설명해야 좋을지 난감하기만 했지. 먼저 리누스를 처치해야 했어. 그가 어눌하긴 해도 바보는 아니었으니까. 머릿속이 하얘진 소피아는 먼저 선수를 치기로 했어. 쪽지에 알쏭달쏭한 말을 적어놓고 옷을 벗은 다음 제 발로 욕조에 들어갔지. 하버란트가 와서 쪽지를 발견했을 때, 그는 당연히 소피아가 범인이 아니라 영혼파괴자의 네번째 희생자인 줄로만 생각했지. 사실 처음에 소피아는 일단 시간을 벌려는 심산이었어. 사람들이 혼란에 빠지도록 주의를 흐려놓은 거야. 그런데 생각지도 않았던 기회가 찾아온 걸 깨닫고 쾌재를 불렀지. 잘만 하면 하버란트의 영혼을 짓밟는 건 물론이고, 동시에 모든 잘못을 요나탄 브루크에게 뒤집어씌울 수 있게 됐잖아. 하지만 전혀 예상하지 못한 사람이 사건 현장을 들여다보는 것만은 막아야 했어. 그래서 차단벽을 내려야 했던 거야."

"그래서 라스펠트도 죽였나요?" 리디아가 물었다.

"자기 말고 코드를 아는 유일한 사람은 원장이었으니까. 바로 그렇지. 야스민이 귀마개를 찾으러 가고, 샤데크가 옷을 갈아입고, 카스파와 바흐만이 차단벽을 내리는 사이, 소피아는 의자를 가지고 라스펠트의 뒤통수를 후려쳤지. 그래서 방사선과 촬영실 바닥에 피가 흥건했던 거야. 그런 다음 소피아는 의식을 잃은 원장을 냉동고 맨 아래 칸에 넣어두었어."

"그럼 쪽지는요? 소피아는 그때 벌써 사람들이 나중에 라스펠트를 찾아낼 거라는 걸 알았다는 말인가요?"

"그럴 수야 없지. 소피아가 무슨 신이야? 그건 우연이었어. 퀴즈도 확실한 뜻을 가진 건 아니었지. 야스민이 너무 곰살궂게 구는 바람에 소피아의 옷가지를 그녀 방에서 가져왔지. 그중에는 소피아의 가운도 있었고 말이야. 소피아는 원래 카스파를 생각하고 준비해둔 쪽지를 호주머니에서 꺼내 라스펠트의 입에 넣었어. 그리고 방사선과로 돌아와 저 기계의 원통 안으로 들어가 스스로 손발을 묶은 거지. 돌아온 야스민은 박사가 보이지 않자, 사람들에게 도움을 청하러 갔어."

"그래서 87쪽*에 팔이 헐거웠다는 말이 나오는군요."

교수는 파트리크의 말이 옳다는 뜻으로 엄지손가락을 치켜세웠다.

"맞아. 그런 다음 소피아는 비명을 지르기 시작했지. 그래야 누구도 그녀를 의심하지 않을 테니까."

"정말 사악하네요." 리디아가 아랫입술을 지그시 깨물며 말했다.

"사람들이 친구를 사냥하고 적을 보호하게 만들다니."

"그런데 MRI 촬영실에서는 무슨 일이 벌어진 거죠?" 파트리크는 믿기 어렵다는 목소리로 말했다. "카스파와 바흐만이 불까지 놓았었잖아요. 그런데 왜 브루크는 카스파와 바흐만을 그곳에 가뒀죠?"

"거기라야 소피아의 마수에서 안전하니까." 교수가 설명했다. "물론

---

* 본문 94쪽.

그 안에서 타 죽지만 않는다면 말이야. MRI도 그래서 작동시킨 거야. 놀라서 불을 놓지 못하도록. 하지만 너무 늦었지. 둘이 불을 벌써 지펴놓았을 뿐만 아니라 브루크에게는 열쇠도 없었어. 유리문을 열어줄 열쇠."

"무슨 말인지 알겠어요. 그럼 그곳에서 들었다던 소음은 리누스가 경찰을 데리고 와서 난 소리인가요?"

"아니, 아직은 아니지. 그건 눈보라였어. 그러나 그날 밤 살아남은 사람들이 감사해야 할 사람은 어디까지나 리누스야. 차단벽이 내려오기 전에 리누스는 발코니로 빠져나갔지. 몇 분 뒤 야스민은 우연히 발코니의 검은 그림자를 보고 까무러칠 듯이 놀랐고 말이야. 발코니에서 정원으로 뛰어내리느라 다리를 겹질리고 말았지만, 그래도 리누스는 도로까지 기어내려가 몇 시간 뒤 마이크 하프너의 간담을 서늘하게 만든 고급 주택가까지 간 거야."

"그 하프너라는 사람이 경찰에 신고했고요?"

교수는 고개를 끄덕였다.

"경찰들이 리누스의 횡설수설을 이해하기까지 시간이 걸리긴 했어. 하지만 다행히 브루크는 소피아의 공격을 무릅쓰고 남은 사람들을 안전하게 피신시킬 수 있었지. 디르크 바흐만, 지빌레 파츠발크, 그레타 카민스키 그리고 미스터 에드는 그날 밤 살아남을 수 있었어. 야스민도 마지막 순간 실험실에서 구조됐고." 교수는 한숨을 쉬었다. "하지만 하버란트에게는 모든 게 너무 늦고 말았지."

"너무 늦었다고요? 그에게 무슨 일이 일어났는데요? 소피아는 어디로 간 거죠?"

파트리크는 고개를 들고 교수를 똑바로 바라보았다. 교수는 눈이 부신지 질끈 감고 아무 말도 하지 않았다.

교수는 다시 창 쪽으로 몸을 돌려 희미하게 내린 어둠을 바라보았다.

"자, 바로 그것 때문에 오늘 우리가 여기 있는 거야." 교수가 나직하게 말했다.

"무슨 말씀이신지?" 교수는 등뒤에서 리디아가 조심스럽게 묻는 소리를 들었다.

"지금 이게 바로 실험의 일부란 말이지. 그래서 자네들은 환자 진료기록을 정확하게 읽어야 하는 거고."

"그래서라뇨? 무엇 때문이죠?"

교수는 제자들을 천천히 돌아보았다.

"이 이야기가 어디까지 진짜인지 알아내기 위해서! 결국 하버란트와 소피아에게 무슨 일이 일어났는지 밝혀내기 위해서!"

오늘, 15시 15분

석유난로의 쉭쉭 소리가 더욱 커졌다. 하지만 도서관 안의 온도는 교수의 이야기가 계속될수록 더욱 떨어지는 것 같다.

"내가 자네들에게 이야기할 수 있는 전부는, 소피아가 그날 밤 영원히 사라지고 말았다는 거야." 교수는 갑자기 몇 살은 더 먹은 것처럼 늙고 지쳐 보였다. "마리는 이후 베스트엔트 시립병원의 중환자실에서 간병을 받고 있어. 인공호흡기를 달아야 할 정도는 아니고, 의사소통은 오른쪽 눈썹만으로 할 수 있어. 지금까지 의사들은 이렇다 할 성과를 올리지 못하고 난감해하고만 있지."

"잠깐만요. 소피아가 딸을 그렇게 간단히 내버려두었단 말인가요?" 파트리크가 알 수 없다는 표정으로 물었다. "그런 난리를 치고 나서요?"

"버려둔 것처럼 보일 따름이지."

교수는 추운지 자기도 모르는 사이 벽난로에 손을 내미는 시늉을 한다. 불도 지피지 않은 벽난로에. 그러면서 교수는 학생들이 자기 말투에 섞여 있는, 갈수록 더해가는 떨림을 알아차렸을까 자문한다.

"1년 뒤 간호사들이 마리의 나이트테이블에서 작은 선물을 발견했지."

"무슨 선물요?" 파트리크와 리디아가 거의 동시에 한목소리로 물었다.

"라일락 색깔의 조그만 선물상자, 꼭 반지함 정도 크기의 상자 안에는 진주색 장신구가 달린 목걸이가 들어 있었어. 그게 누구 것인지는 짐작하고도 남겠지?"

리디아는 초등학생처럼 쭈뼛거리며 손을 들었다.

"아무도 찾아온 사람을 못 봤나요?"

"중환자실은 고도의 보안장치가 된 벙커 같은 곳이 아니야." 교수는 손을 저으며 말했다. "게다가 면회객들은 대개 마스크를 쓰고 있지. 그래, 아무도 누가 오거나 가는 것을 못 봤어."

"전혀요?"

"목걸이로만 끝난 게 아니야. 매년 크리스마스만 되면 선물을 발견할 수 있었지. 어떤 때는 조그만 향수병이었어. 순찰이 그것을 발견했을 때는 이미 마리의 머리에서 그 향수 냄새가 났지. 또 장난감 시계나 값비싼 희귀 동전 같은 것도 있었어. 그때마다 선물 옆에는 두 번 접은 조그만 쪽지가 놓여 있었지."

리디아는 모두에게 들릴 정도로 한숨을 폭 쉬었다.

"쪽지에는 뭐라고 쓰여 있었나요?"

"아무것도. 그냥 텅 빈 쪽지였어."

교수는 손수건을 사라지게 만든 마술사처럼 손바닥을 활짝 펴 보였다.

"그럼 그 선물들이 소피아가 살아 있다는 유일한 단서인가요?" 파트리크가 믿지 못하겠다는 표정으로 물었다.

"아니. 꼭 그런 건 아니야. 소문에는 소피아가 몇 년 뒤 유명한 정신과 의사를 찾아 상담을 했다더군. 물론 가명을 썼지. 뭐라더라, 안나 슈피겔이라고 했다지."

이름을 듣는 순간 이번에는 두 대학생이 움찔했다. 파트리크의 입술이 천천히 열렸다.

"그럼 그 정신과 의사의 이름은?"

"빅토르 라렌츠. 우리는 이미 실험을 시작하며 그의 이름을 말했었지. 유감스럽게도 오늘날 우리는 이 사건에 대해 라렌츠에게 문의할 수 없어. 그는 돌연 병원 문을 닫고 지금 자네들이 읽은 기록만 남겨놓았지. 학계에서는 오늘날까지도 그가 직접 이 기록을 작성했는지, 아니면 그 기묘한 환자가 썼는지를 두고 논쟁이 끊이지 않고 있어. 한쪽에서는 사건을 다룬 것만으로 병에 걸렸을 거라 추측하고 있지. 소피아 도른, 일명 안나 슈피겔은 라렌츠가 나중에 조현병에 걸려 지어낸 캐릭터의 실제 모델이었다는 거야. 하지만 그것은 아직 분명하게 증명되지 않은 또다른 이야기일 뿐이야. 지금 우리 실험과는 상관없지."

"아니, 무슨 말씀이세요. 제가 보기에는 분명 연관이 있는데요. 어쨌거나 교수님은 우리에게 말도 안 되는 이런 기록을 읽으라고 주셨잖아요." 파트리크는 초조한 표정으로 파일 표지를 손가락으로 두들겼다. "교수님은 이 기록을 누가 썼다고 생각하시나요?"

"흠, 그게 말이야……" 교수는 잠깐 망설였다. "솔직히 말하면 이 문제를 풀 암시는 기록 214쪽 18번째 줄*에 나와."

"알츠너 조서?" 리디아가 반문했다.

교수는 한숨을 푹 쉬었다. "그건 아마도 라렌츠의 가명일 거야." 교수가 말했다.

"라렌츠는 왜 자기 서류에 가명을 썼을까요? 그것참 묘한 일이네."

"그러니까 지금 교수님이 우리에게 설명하고 계시잖아." 리디아는

---

* 본문 218쪽 18번째 줄.

노여운 눈빛으로 남자친구를 노려보았다. "소피아가 그렇게 쓴 게 틀림없어."

"잠깐만." 파트리크는 어처구니없다는 표정으로 웃었다. "어떻게 그럴 수가 있지? 이 기록은 거의 완벽하게 카스파의 관점에서 쓰여 있어. 그가 무슨 일을 겪었고, 생각했고, 느꼈는지 누가 어떻게 알아……?" 파트리크는 말을 잇지 못하더니 잠시 후 얼굴을 일그러뜨렸다.

"……소피아가 카스파의 머릿속에 있었던 거지. 바로 그게 핵심이야." 숱이 얼마 없는 머리를 쓸어올리는 동안 교수의 손은 부들부들 떨렸다.

"하버란트가 최면에 걸리고 경찰이 나타나기까지는 1시간 반이라는 시간이 흘렀어. 소피아가 모든 걸 알아내기에 충분한 시간이지. 말하자면 소피아는 하버란트의 의식으로 들어가는 열쇠를 쥐고 있던 거나 마찬가지야. 하버란트가 털어놓지 않은 나머지 사실들은 나중에 신문을 보고 알았을 거야. 예를 들어 리누스가 제설차량 운전사 마이크 하프너와 어떻게 맞닥뜨렸는지 하는 것 말이야."

이제 파트리크는 자리에 앉아 있지 않았다. 화난 사람처럼 벌떡 일어서서 소리소리를 질렀다.

"그럼 우리가 저 살인마 여자가 쓴 기록을 읽었다는 말인가요? 정신과 전문의마저 돌아버리게 만든 미친 여자가 쓴 거요?"

"잠깐, 그게 아냐, 잠깐만!" 교수는 달래듯 손을 흔들었다. "그건 소문일 뿐이야. 그게 어떻게 가능하다고 생각하지? 소피아가 기록을 썼다는 건 불가능한 일이야. 그리고 자네들은 전혀 걱정할 것 없어. 혹시라도 벌어질지 모를 사태를 대비해 만반의 준비를 해놓았으니까. 두 사람은 언제라도 의료진의 도움을 받을 수 있어. 앞으로 뭔가 이상한 일이 벌어진다 싶으면 바로 내게 연락하게."

교수는 탁자 위에 서류가방을 올려놓고 노란색 포스트잇이 붙은 작은 노트 한 권을 꺼냈다.

"의료진의 도움요? 뭣 때문에요? 우리한테 무슨 일이 일어난다는 건가요?" 파트리크는 교수가 볼펜을 쥐는 동안 놀란 눈을 동그랗게 뜨고 물었다.

"이제 우리 모두 알고 있듯 소피아 도른은 인간에게 그 의지와 상관없이 최면을 걸 수 있다는 생각에 사로잡혔어. 지금 학계 전문가들은 그녀가 도망다니면서 그 방법을 더욱 갈고닦아 상당히 발전시켰을 거라 의견을 모으고 있지."

"요점부터 말해주면 안 될까요, 제발." 파트리크는 흥분한 탓인지 대들듯 말했다. 그래도 교수는 그런 제자를 그다지 나쁘게 생각하지 않는다. 지금 같은 상황이라면 충분히 그런 반응을 보일 수 있다고 인정하기 때문이다.

"학계는 오래전부터 기록을 읽는 것만으로 사람이 최면에 걸릴 수 있는가 하는 문제로 논쟁을 벌이고 있어."

"예? 뭐라고요?"

"실제로 기록 214쪽에 나오는 '알츠너 조서'라는 게 있을까 하는 문제를 두고 말이야. 아마 자네들이 지금 들고 있는 게 그중 하나일지도. 육안으로는 볼 수 없는 암시를 담은 기록. 오로지 잠재의식만이 읽어낼 수 있는, 일종의 비밀 주문 같은 것 말이야."

"지금 그 말씀, 진심이시죠?" 파트리크의 목소리에는 공포가 그대로 묻어났다.

"그러니까 지금 우리 둘이 최면에 걸렸다는 건가요? 미치광이가 쓴 기록을 훑어본 탓에?"

교수는 고개를 끄덕였다.

"충분히 그럴 수 있어. 그걸 알아내는 게 이 실험의 목적이야. 실험을 위해서는 미리 뭐가 문제인지 밝힐 수 없었네. 그 점은 사과할게. 내 개인적인 의견을 말하자면, 기록을 읽는 것만으로 최면에 걸린다는 가설은 말도 안 되는 이야기야. 현대의 전설이랄까. 밑도 끝도 없는 신화 같은 이야기에 우리가 함께 힘을 모아 반박하려는 거지. 확실한 실험 결과를 가지고!"

"하지만 그 반대라면, 우리는 이제 어떻게 되는 거죠?"

"유감이지만, 그건 그때 가서 생각해야겠지. 정말 최면에 걸리게 된다면, 그건 지금껏 누구도 경험해보지 못한 상황이니 말이야. 하지만 앞서도 언급했듯, 만약을 대비해 만반의 준비를 해놓았어. 뭔가 의심스러운 상황을 겪는 즉시 내게 연락해주게."

"그럼 교수님은 우리를 다시 최면으로부터 꺼내주실 수 있나요? 우리가 갇혀버린 환각상태에서 빼내주실 수 있어요?"

리디아의 눈빛이 불안하게 흔들렸다.

"만약 최면에 빠지게 된다면, 그래, 꺼내줄 수 있어. 어떤 경우든 꺼내준다고 약속할게. 나는 최면상태를 깰 해답을 알고 있거든."

"해답?"

"마지막 퀴즈를 풀어낸 거지. '내가 필요하면 나를 버려요. 내가 더는 필요 없으면 나를 도로 찾아요.' 만약 이른바 '역하 메시지'*라는 게 있다면, 다시 말해 숨겨진 암시가 있다면, 이를 통해 우리는 거듭 최면에 걸리는 걸 막을 수 있다고 추측해."

"추측하신다고요? 듣기만 해도 안심이 되네요. 지금 우리더러 그 얘길 믿으라는 겁니까? 빨리 그 해답이 뭔지 말씀해주세요."

* 심리학에서 잠재의식에 영향을 주는 것을 뜻하는 용어.

삿대질을 해대는 파트리크를 보며 교수는 고개를 절레절레 저었다.

"그걸 내가 지금 자네들에게 이야기해준다면, 실험은 안 한 것만도 못하게 돼. 우선은 무슨 일이 일어나나 기다려보세. 뭔가 이상한 점이 있을 때마다 메모를 해둬. 하지만 장담할게, 걱정할 필요는 조금도 없어. 나한테는 밤낮 가릴 것 없이 언제라도 전화하게. 자네들에게 아무 일도 없으리라는 건 내가 약속하지."

"그 빌어먹을 해답이라는 걸 알기 전에는 여기서 한 발짝도 나가지 않을 거예요!" 파트리크는 악을 쓰다시피 했다. 뒤에서 문이 열리고 한 남자가 고개를 들이밀어 실내를 살폈다.

"괜찮아. 여긴 아무 문제 없어. 걱정하지 말게." 교수는 늙수그레한 남자에게 말했다. 눈썹을 치켜세웠던 남자는 교수의 지시에 아무 말 하지 않고 다시 문을 닫았다.

"아니요, 하나도 괜찮지 않아요! 지금 당장 그 마지막 퀴즈의 해답을 말해요, 어서……"

"알았어, 알았다고." 교수는 열받은 제자가 쏟아내는 말을 중간에서 잘랐다.

모두 예상하고 준비한 상황이다. 교수는 학생들에게 다가가 기록을 챙긴 다음 각자에게 노란색 포스트잇을 붙인 서류를 나눠줬다. 처음에 서명한 동의서 사본이다. 포스트잇에는 교수의 전자우편 주소가 적혀 있다.

131071vl@
alznerexperiment.
com

리디아와 파트리크는 이게 뭔가 하는 표정으로 교수를 보았다.

"정 이상하다 싶으면 바로 메일을 주게. 곧장 원하는 해답을 보내줄 테니. 자, 지금 당장 실험을 포기할 건지, 좀더 상황을 지켜볼 건지는 전적으로 자네들의 선택에 달렸네. 부탁하지만 과학을 위해서라도 조금만 더 참고 기다려볼 수는 없을까? 실험을 중단하는 것밖에 달리 방법이 없다면 하는 수 없지. 다만 침착하게 생각해봐주길 바랄 뿐이네. 어때, 이 정도면 서로 동의했다고 보는데?"

교수는 다시 제자리로 돌아갔다. 기록들을 그 낡은 서류가방에 챙겨 넣었다.

리디아가 자리에서 일어섰다.

"하지만 풀리기는 한 거죠, 예?" 그녀가 조심스럽게 물었다. "하버란트 퀴즈요. 그는…… 결국 살아남았잖아요."

마침 원본 기록을 챙기던 교수는 그대로 얼어붙었다.

"아니." 교수가 나직하게 대답했다. 슬픔이 안개처럼 피어오르며 그의 눈을 가린다. 리디아는 위로라도 하듯 교수에게 고개를 끄덕인다. 가장 가슴 아픈 진실을 이야기하기 위해서는 누군가 손을 잡아줘야 하리라. 너무 시끄러운 음악에 잔뜩 물을 탄 맥주나 팔며 스트립쇼를 보여주던 저 컴컴한 바에서 교수와 맞부딪쳤을 때만 하더라도 이처럼 가슴 아프지는 않았다고 리디아는 생각했다. 교수 역시 그녀와 같은 심정이었다. 리디아가 알고 묻는 것일까. 교수는 속으로 자문하며 이렇게 말했다.

"가슴이 아프군. 니클라스 하버란트는 구출되지 못했을 거라고 보네. 안타까운 일이지."

오늘, 15시 42분

녹슨 문이 철거덩 닫힌다.

"대단한 용기시구려." 늙수그레한 남자는 주름 가득한 얼굴로 미소 지으며 묵직한 열쇠고리를 빼들어 작업복 상의 호주머니에 넣고 나서 장갑을 꼈다.

"이렇게 아무렇지도 않게 불쑥 와주시리라고는 생각도 못했소."

"뭐, 이번에 제자들과 일이 있어서요." 교수가 환하게 웃었다. "아직 여기 계셨군요."

"어쩔 수 없이 그렇게 됐소." 관리인은 씁쓸하게 웃으며 교수와 함께 몇 걸음 걷는다.

"한 달에 한 번 이곳을 돌보고 있지. 아내가 일을 그만둬서, 연금을 더 받아내고 싶다면 내가 아직 더 부지런을 떨어야 한다오."

"이 건물을 사겠다고 나선 사람은 아직도 없어요?"

바흐만은 코를 높이 치켜들고 담쟁이넝쿨이 가득한 건물의 전경부터 박공지붕까지 죽 훑어보았다. 얼어붙은 담쟁이넝쿨로 건물은 을씨년스럽기만 하다.

"소문만 무성하지. 라스펠트가 죽고 나서 병원은 물론 문을 닫았소. 아무튼 언론에도 구체적인 매각 이야기는 없고, 그냥 소문과 풍문만 산처럼 쌓여 있어요. 공식적으로 나서는 사람이 없는 것도 놀라운 일은 아니지. 브루크는 그날 밤 사건을 책으로 써달라는 제안을 모두 거부하고 함부르크로 돌아갔소. 요리사는 호텔로 직장을 옮겼고, 야스민도 간호사 일을 집어치웠소. 듣기로는 리누스와 음반을 냈다더군. 그것도 대성공이랍디다. 이거야 원 미친 닭에게나 어울릴 이야기 아니겠소?"

바흐만은 고개를 들어 하늘을 보았다. 한 무리의 까마귀떼가 그의 머리 위로 날아간다.

"사건에 대해 인터뷰한 사람은 그레타가 유일했지. 아주 진지한 어투로 그날 밤 이후 정신불안증이 완전히 나았다고, 이제부터는 크리스마스를 홀로 보낼 수 있게 되었다고 하더군. 믿어도 되는 말이오?"

흩어졌던 까마귀떼가 잠시 후 다시 모여든다. 바흐만은 더는 새들에게 관심을 갖지 않고 교수를 바라보았다. 아무래도 시력이 많이 떨어진 모양이다. 예전보다 훨씬 도수가 높은 안경을 끼고 있다.

"오늘날까지도 사람들은 정신병원에서 환자들이 서로 죽고 죽이는 학살극이 벌어졌다고 믿고 있소. 여기서 유령이 나타난다고 겁을 내는 사람도 많고. 투자자들이 움찔할 수밖에 없지. 뭐, 계획은 숱하게 쏟아져나왔소. 고급 호텔을 짓겠다, 아니다 레스토랑이 낫겠다, 아니 고급 주택가로 재건축하겠다, 말만 무성했지 뭐 하나 실현된 건 없다오."

"사람들이 소피아 이야기도 하나요?"

소피아 이름이 나오자 늙은 관리인은 눈치챌 수 없을 정도로 잠깐 움찔하고는 허연 구레나룻을 쓰다듬었다.

"어린애들은 그녀를 마녀라 부르지. 심지어 이 집에 산다고 믿고 있소. 지붕 밑 다락방에서, 장애를 앓는 자기 딸과 말이죠. 두 눈으로 똑똑히 보았다는데 뭐라겠소."

관리인은 애써 웃음을 지어 보였다. 그럴수록 표정은 슬퍼 보이기만 한다. 교수는 성인 남자의 얼굴에서 참 보기 드문 표정이라고 생각했다.

"나쁠 건 없소. 그저 집 주위나 한 바퀴 더 돌아봐야지, 카스……" 늙은 관리인이 멈칫한다. "미안하오."

"괜찮아요." 하버란트는 관리인에게 손을 내밀었다.

"메리 크리스마스. 다시 만나 기뻤소. 스스럼없이 대해줘서 고맙소."

"원 별말씀을. 그런 일이 또 일어나지 않기만 바랄 뿐이죠."

두 사람은 마지막으로 목례를 나누고 저마다 갈 길을 갔다. 단 하룻밤 사이 그 많은 일을 함께 겪어야 했던 두 사람이지만, 앞으로 남은 생에서 함께할 일은 없어 보인다. 하물며 짧은 대화를 나누는 것조차 두 남자는 버거운 모양이다.

하버란트는 바람을 등지고 겨울 코트의 깃을 바짝 세운다. 조심스레 내리막길을 한 발짝씩 내딛는다. 길은 부드럽게 굽이치며 아래로 이어지고 있다. 오늘은 진눈깨비가 내리고 빙판길이 되겠다는 예보가 있었다. 그래서 교수는 일부러 미끄럼 방지 밑창이 달린 묵직한 겨울 등산화를 신었다. 그 옛날 평범한 가죽구두를 신고 왔다가 불운을 맛보았던 일이 새삼 사무쳤기 때문이다.

옛날, 전생에서.

이제 그는 전혀 다른 사람이다. 그가 리디아에게 니클라스 하버란트는 죽었다고 한 것은 거짓말이 아니다. 그런 이름을 가진 인간은 벌써 저 영혼의 심연에서 다시는 회복할 수 없게 망가지고 말았다. 브루크가 이틀 후 수수께끼를 풀고 그를 구해냈음에도, 내면이라는 감옥에서 이 짧은 시간은 영원을 의미했다. 브루크 덕분에 현실로 되돌아오기는 했지만, 자기 자신에게 이르는 길은 영영 찾아내지 못하고 말았다.

내가 필요하면 나를 버려요. 내가 더는 필요 없으면 나를 도로 찾아요.

왜 소피아는 이런 퀴즈 쪽지를 남겨놓았을까? 그는 종종 자문한다. 어쨌거나 소피아는 이로써 피해자들에게 탈출할 통로를 남겨놓았다. 마리에게는 열려 있지 않은 탈출구를! 처음에 그는 그저 그녀가 가진 인간성의 마지막 유물이겠거니 여겼었다. 하지만 곱씹다보니 이런 생각을 지울 수가 없다. 혹시 마리도 단 한 마디 주문으로 고통의 미로를 빠져나올 수 있지 않을까 하는 희망을 그런 식으로 드러낸 게 아닐까. 고통의 긴 세월을 보낸 오늘날, 교수는 이제 더 정확하게 알고 있다. 그 퀴즈도 형벌의 일부라는 사실을! 아니, 퀴즈야말로 형벌의 핵심이었다. 소피아는 거칠 것 없는 자신의 권능을 퀴즈로 증명했다. 소피아는 그를 지옥으로 떠밀어버리고 밖에 열쇠를 꽂아두었다. 안에서는 절대 열 수 없도록! 하지만 그것은 누군가 찾아와 그 지옥의 문을 열어주는 것은 상관하지 않겠다는 과시이기도 했다. 언제든 다시 잠가버릴 힘을 가진 쪽은 바로 그녀 자신이기에!

……나를 도로 찾아요……

그날 밤 이후 교수는 근거 없는 두려움에 사로잡혀 살았다. 소피아가 다시 나타나지 않는 이유는 그녀가 다름아닌 자신 안에 숨어 있기 때문이 아닐까 하는 두려움. 물론 말 그대로 그녀의 몸이 숨어 있다는 게 아니다. 일종의 비유적인 의미에서 하는 말이다. 그녀가 단 한 마디로 죽음의 잠에서 깨어나게 했다면, 그가 전혀 알지 못하는 또다른 최면 명령을 심어놓았을 수도 있지 않을까? 어쨌든 그녀는 그의 머리에서 모든 정보를 끄집어내고도 남을 만큼 충분한 시간 동안 그를 통제했다. 필요하다면 이 환자 진료기록도 써낼 수 있을 정도의 정보를!

바로 그래서 교수는 전화벨이 울릴 때나 모르는 사람의 목소리를 들을 때, 혹은 뉴스 앵커가 쓰는 낯선 단어를 들을 때마다 움찔움찔 놀라는 것이다. 영혼의 연옥불로부터 도망 나온 이래 언제나 최악의 상황을 염두에 두기 때문이다. 이게 바로 이번 실험을 감행한 이유이기도 하다. 그는 소피아가 실제로 얼마나 강한 힘을 가졌는지 알아야 했다. 실종된 지 몇 년의 세월이 흐른 지금도 누군가의 마음에 닻을 드리울 방법을 찾고 있는지 정말 알고 싶었다.

하버란트는 침을 삼키며 목구멍이 칼칼한 게 감기라도 걸렸나 생각했다. 흉터가 조금 가렵다. 눈이 올 때면 늘 이런 식이다. 맨 먼저 가슴에 금간 곳이 뻐근해지면서 알린다. 그다음은 손목. 관절 주변의 죽어버린 조직은 해가 거듭될수록 날씨에 민감하게 반응한다. 갑자기 교수는 오른손에서 뭔가 촉촉한 것을 느끼고 아래를 내려다보았다.

"너구나." 그는 꼬리를 흔드는 개를 반갑게 맞는다. 바흐만과 이야기를 나누는 동안 숲속으로 뛰어갔던 녀석이 돌아온 것이다. 어딜 가더라도 결코 오래 떨어지는 법이 없는 녀석이다. 오른쪽 뒷다리의 절뚝거림은 갈수록 심해진다. 조금만 산책해도 힘들어하는 기색이 역력하다. 게다가 오른쪽 눈은 시력을 잃고 말았다. 그러니까 타잔을 끈에 묶어야 하는 시절은 이미 오래전에 끝난 셈이다.

"이제는 넘어지지 않게 우리 둘 다 조심해야 해, 이 녀석아. 뭐라고? 오늘은 마리를 찾아가자고? 그래, 그러자꾸나."

그는 늙은 개의 목덜미를 쓰다듬으며 마지막으로 고개를 돌려 건물을 바라보았다. 건물은 마치 거대한 돌비석처럼 잿빛 겨울 하늘을 향해 우뚝 솟아 있다. 아래층 창문은 철판으로 막혀 있고, 위에는 두꺼운 커튼이 쳐져 있다. 최근 거래를 주선했던 중개인이 그래야 한다고 고집을 피운 탓이다. 커다란 집에서 불빛 하나 새어나오지 않는다. 다만 현관에 달아놓은 조그만 건설 현장용 조명등이 가늘게 떨고 있을 뿐이다.

하버란트는 눈을 감았다. 짧은 순간이나마 색 바랜 커튼 뒤에서 뭔가 움직이는 듯한 느낌을 받았다. 5층 꼭대기, 지붕 바로 아래 방이다. 하지만 이내 모든 게 어두컴컴하기만 하다. 여기서는 밝은 대낮에도 현실과 착각을 구별하기 힘들다는 것을 익히 배우지 않았던가. 그럼에도 5층을 올려다보는 그의 눈은 촉촉하게 젖어든다.

분명 헛것을 보았을 뿐이리라. 한 마리 쥐였을 수도 있다. 혹은 어디 창문이 깨진 통에 바람이 불어 뭐가 움직인 것처럼 보였을 수도 있다. 하버란트는 한쪽 소매를 걷고 손목 관절을 긁는다.

기상학자들이 정확해. 눈이 오겠는걸. 그는 그렇게 생각하며 타잔을 돌아본다. 녀석은 기대에 가득찬 눈길로 그를 올려다보고 있다.

"어때? 올해는 네가 생각해도 화이트 크리스마스가 될 것 같지?"

개는 기분이 좋은지 깡충깡충 뛰며 하버란트를 따라온다. 조금 빠른 속도다. 휘청했던 그는 놀라서 왼팔을 번쩍 든다. 하마터면 균형을 잃을 뻔했다. 그러나 신발이 미끄러지지 않게 확실히 버텨준다. 올라올 때 길 옆 얼어붙은 나뭇잎 더미에 남긴 자국을 그대로 따라간다. 한 발 한 발 엉거주춤 조심스럽게 길을 내려간다. 한때 가장 큰 고통을 안겨주었고 이제는 텅 빈 채 핏기 하나 없는 창백한 몰골로 기적이 일어나기만을 기다리는 토이펠스베르크 클리닉의 낡은 건물로부터 둘은 꾸준히 멀어져간다. 언젠가는 누군가 찾아와 가구에 내려앉은 과거의 먼지를 털어버리고, 벽난로에 따뜻한 불을 지피고서, 창마다 밝은 빛을 밝혀주겠지. 그래서 어두운 기억들을 몰아내고 사악한 유령들을 과거라는 이름의 지하실에 가두어둘 거야.

예전에 그랬듯 모든 것이 다시 밝게 사랑을 나눌 그날이 올 수 있도록.

보충, 감사 그리고 사과의 말

독자 여러분은 어떤지 모르지만, 책의 첫 장章을 펼치기 전에 나는 항상 감사의 말부터 먼저 읽는다. 많은 저자분이 책의 말미에 참고문헌을 쭉 늘어놓으며 독서의 재미를 망치는 것은 유감이 아닐 수 없다. 참고문헌 목록은 뭐가 주요 주제인지, 소설의 포인트가 어디 있는지 미리 누설하기 때문이다.

예를 들어 최근 역사 스릴러 한 편을 읽었다. 책은 끝까지 읽어야 살인자가 다중인격자였다는 사실을 알게끔 치밀한 구성으로 쓰였다. 그런데 나는 감사의 말 덕분에 첫 쪽부터 그것을 알고 읽기 시작했다.

여기서 왜 이런 이야기를 하는지 궁금해할 독자분들이 계시리라. 무엇보다도 이 사이코 스릴러에서 언급한 의학지식을 좀더 자세히 알고 싶으신 분들에게 기꺼이 몇 가지 안내를 해드리고 싶기 때문이다. 정말 그럴까 의심이 갈지라도 책에서 다룬 많은 것이 지금 (또다시) 학계에서 뜨거운 논쟁의 중심에 서 있음을 알려드린다.

하지만 책 내용을 미리 발설하지 않고 어떻게 그런 정보들을 알려드릴 수 있을까? 다행스럽게도 '보이지 않는 연쇄 고리Unsichtbare Ketten' 라는 무난한 제목의 책이 있다. 한스 울리히 그레슈 박사(심리학 전공)가 쓴 책이다. 카스파는 구체적인 상황에서, 그 출전을 기억하지는 못하지만, 이 책을 거의 글자 그대로 인용하고 있다.

인쇄에 들어가기에 앞서 『보이지 않는 연쇄 고리』를 인터넷에서 무료로 다운로드 받을 수 있었다. 저자에게 심심한 감사를 드린다(독자 여러분은 『영혼파괴자』를 다 읽고 나서 구글 검색을 해보기를 간곡히 부탁드린다). 카스파가 도서관 서가에서 찾아낸 『신경심리학』이라는 탁월한 필독서 역시 실재하는 책이다. 브라이언 콜브와 이언 Q. 휘쇼가 공동집필했다. 본문의 출전 표기 역시 정확하다.

반면에, 토이펠스베르크 클리닉의 존재는 작품의 나머지 내용과 마찬가지로 완전한 픽션이다. 좋은 뜻에서 한 거짓말과 마찬가지로 여기도 한 줄기 진실의 빛이 숨겨져 있다. 베를린 토이펠스베르크에 실제로 비슷한 개인병원이 있기 때문이다. 다만 작품을 좀더 그럴싸하게 만들고자 하는 작가의 과대망상증 덕분에 위치가 그루네발트 숲속으로 더 깊이 들어갔음을 밝혀둔다. 토이펠스베르크라는 폐허의 산이 생겨난 서글픈 역사 역시 간략하게나마 작품에 녹아들어 있다.

말이 나온 김에 밝히자면 카스파가 좋아한 노래는 그룹 '더 큐어'의 〈인비트윈 데이즈〉이다. 물론 독자 여러분도 곧장 알아보았겠지만. 영혼파괴자의 마지막 퀴즈를 아직도 풀지 못하셨다면, 여기 한 가지 작은 힌트를 드리겠다. 해답은 이제 이어질 감사의 말에 숨겨져 있다. 안 그렇소, 게를린데?

언제나처럼 독자 여러분에게 먼저 감사드린다. 여러분이 작품들을 읽어주지 않았다면, 틀림없이 나는 다른 일을 하고 있을 것이다. 글쓰기보다 훨씬 재미없는 일, 이를테면 양복을 챙겨입고 직장에 출근하는 일 따위를 하지 않게 해주신 독자 여러분에게 진심으로 고맙다는 인사를 전한다. 그동안 전자우편(fitzek@sebastianfitzek.de) 또는 홈페이지(www.sebastianfitzek.de)의 방명록을 통해 보내주신 성원과 비판, 개선을 위한 고언과 채찍이 되어준 칭찬에서 정말 많은 것을 배웠다.

때때로 가수가 된 듯한 느낌에 사로잡힌다. 수많은 스태프와 매니저가 구슬땀을 흘려가며 무대 준비를 끝내놓고 나면 마이크만 들고 나타나 한껏 자신을 뽐내기에 바쁜 가수 말이다. 예를 들어보자.

로만 호케: 정말이지 세계 최고의 문학 에이전트라 불러 마땅할 유일한 사람이다. 그럼에도 항상 겸손한 그에게 고맙고 감사할 따름이다.

마누엘라 라슈케: 당신의 관리와 감독이 없었더라면, 난 벌써 이 일을 때려치웠을 거요. 어디서 홀로 쓸쓸히 떠돌다가 아마도 감방 신세를 지지 않았을까?

게를린데: 전 세계 최고의 공포 스릴러 팬으로서 끊임없이 보여준 관심과 비판 덕분에 이 책이 나올 수 있었소. 이 미친 소용돌이 같은 세상에서 내 인생의 닻이 되어준 당신께 감사하오.

자비네 피체크와 클레멘스 피체크: 너희의 빛나는 의학지식 덕을 톡톡히 보았다. 너희가 아니었으면 내가 '가상 부검'이라는 게 있다는 걸 어떻게 알았겠니? 감사를 전해주는 대신 한 가지 부탁 좀 하자. 혹 책에 숨어 있을지 모를 실수도 책임져줄 거지? 어때, 아주 공평한 거래 아니니?

크리스티안 마이어: 사람들이 너를 내 보디가드인 줄 아니, 이 얼마나 쿨한 일이냐. 네가 생긴 게 그래서니까 나한테 뭐라 하지 마. 이제부터 모든 강독회에 너를 데리고 다니면서 총기에 대한 질문이 나오면 너를 내세울 테니 그리 알아.

자브리나 라보우: 최고하고만 함께 일하라는 말이 있지. 몇 년 전 우연히 길이 엇갈리며 만나, 그때부터 내 책 홍보를 맡아줘서 내가 얼마나 기쁜지 알지?!

능력과 지식과 창의성으로 나를 열광하게 만든 많은 사람이 있다. 특히 나에게 영감을 심어준 그들에게 무한한 감사를 전한다. 츠솔트 바크스, 올리버 칼코페, 크리스토프 메나르디, 요헨 트루스, 안드레아스 프루티거, 아르노 뮐러, 토마스 코슈비츠, 시몬 예거, 토마스 초르바흐, 옌스 데센스, 파트리크 호, 페터 프랑에, 그리고 영원히 잊을 수 없는 나의 아버지 프라이무트 피체크!

이제 감사의 말에서 절대 빠져서는 안 될 사람들, 이들이 없었다면 작가도 존재할 수 없었을 만큼 은혜를 베푸신 분들 차례다.

카롤린 글라엘: 당신의 철저하고도 애정 어린 원고 검토야말로 완벽한 프로정신의 귀감이었습니다. 다른 것도 많지만 특히 원고를 보며 칼같이 정확하게 던져준 질문에 진심으로 감사드립니다. 당신의 노력 덕분에 자잘했던 아이디어들이 한데 뭉쳐 긴장감 넘치는 읽을 만한 작품이 나왔습니다.

레기네 바이스브로트: 처음에는 믿을 수가 없었소. 이제는 압니다. 그 많은 저자가 왜 당신과 함께 일하기를 꿈꾸는지! 다음 작품의 편집을 맡아주지 않는다면, 유감이지만 당신을 죽일 수밖에 없소(농담 아니오. 죽은 사람의 이름으로라도 책에 꼭 올릴 거요).

안드레아 뮐러 박사: 저를 발견해 저자로 만들어주신 은혜를 평생 잊지 않겠습니다. 선생께서 거두신 성공으로 제 경쟁자들이 앞다투어 선생께 가르침을 구하기 전에 함께 초안 작업을 할 수 있었던 것을 무한한 영광이자 행운으로 새깁니다.

베아테 쿠커르츠와 한스페터 위블아이스 박사: 앞으로 다른 사람들은 꿈밖에 꿀 수 없는 것, 즉 돈을 저에게 주시게 될 것을 미리 감사드립니다. 아니, 농담입니다. '드뢰머 크나우어'라는 놀라운 출판사에 둥지를 틀고 깃들 수 있게 해주시어 정말 고맙습니다.

클라우스 클루게: 늘 새롭고 기발한 마케팅 아이디어를 짜내느라 갖은 수고를 아끼지 않은 자네에게 고마움을 전하네. 업계로부터 인정받고 있다는 거 잘 아네. 앞으로 나도 자네를 인정하는 일에 부족함이 없을 걸세. 다만 내 축축한 악수만은 아무리 애써도 못 팔 테니, 자네만 누리게나.

지빌레 디에첼: 생각밖에 할 줄 모르던 저에게 당신의 창의적인 작업으로 구체적인 결과물이 나올 수 있게 해주신 점, 진심으로 감사드립니다.

감사의 말을 맺기에는 소중한 분이 아직도 많이 남아 있다. 책을 제작하고 유통시키며 서점과 도서관에서 이 책이 독자 여러분의 손에 들어갈 수 있도록 애써주시는 많은 분께 이 자리를 빌려 깊은 감사를 올린다.

마지막으로 이 책을 쓰기 위해 거리낌없이 이름을 가져다 쓴 몇몇 분에게 용서를 구한다. 오랜 세월 동안 라디오에서 함께 일해온 헬무트 라스펠트가 좋은 예다. 그 간결하면서도 깊은 울림이 있는 이름을 허락 없이 쓴 것을 진심으로 사과드린다. 분명히 밝혀두지만, 소설에 등장하는 원장과는 다행히 조금도 닮은 점이 없다. 파츠발크 여사는 실제로 내 유치원 시절에 가장 좋아한 요리사다(선생님, 간 요리를 절대 해주시지 않아 정말 고마웠습니다!). 아, 그리고 선생님, 아드님 이름을 버르장머리 없는 구급대원에게 붙여서 죄송합니다. 마르크, 자네는 불만 없겠지? 언제든 자네 성姓을 써달라고 내게 간곡히 부탁했으니 말이야. 아닌 게 아니라 참 멋진 성이야…… 그러게 소원을 빌 때면 언제나 신중하라고 했잖아. 어쨌든 충족이 된 셈이야. 안 그런가, 하버란트.

제바스티안 피체크

2008년 4월, 베를린에서

추신: 겁내실 건 없습니다. 지금 여러분이 읽은 것은 소설일 뿐입니다. 그런 환자 진료기록은 실제로 존재하지 않습니다. 이 점만은 거의 확실하다고 말씀드릴 수 있습니다.

옮긴이 **김희상**
성균관대학교와 동 대학원에서 철학을 전공했다. 뮌헨 루트비히 막시밀리안 대학교와 베를린 자유대학교에서 헤겔 이후의 계몽주의 철학을 연구했다. 현재 전문번역가로 활동중이다. 옮긴 책으로 『어떻게 살인자를 변호할 수 있을까?』『악의 어두운 창고에서』『삶의 기술 사전』『다빈치와 수제자』『아인슈타인과 도둑맞은 바이올린』 등이 있다.

문학동네 블랙펜 클럽
영혼파괴자

초판인쇄 2015년 9월 4일 | 초판발행 2015년 9월 11일

지은이 제바스티안 피체크 | 옮긴이 김희상 | 펴낸이 강병선
책임편집 황문정 | 편집 양수현
디자인 고은이 이원경 | 저작권 한문숙 박혜연 김지영
마케팅 정민호 이미진 정진아 전효선 | 홍보 김희숙 김상만 한수진 이천희
제작 강신은 김동욱 임현식 | 제작처 한영문화사

펴낸곳 (주)문학동네
출판등록 1993년 10월 22일 제406-2003-000045호
주소 10881 경기도 파주시 회동길 210
전자우편 editor@munhak.com | 대표전화 031) 955-8888 | 팩스 031) 955-8855
문의전화 031) 955-1927(마케팅) 031) 955-2659(편집)
문학동네카페 http://cafe.naver.com/mhdn | 트위터 @munhakdongne

ISBN 978-89-546-3763-3 03850

www.munhak.com